Tahsin Yücel
GÖKDELEN

Can Yayınları: 1574
Türk Edebiyatı: 453

1. basım: Ekim 2006

Yayına Hazırlayan: Faruk Duman

Kapak Tasarımı: Erkal Yavi
Kapak Düzeni: Semih Özcan
Dizgi: Gelengül Çakır
Düzelti: Fulya Tükel

Kapak Baskı: Çetin Ofset
İç Baskı ve Cilt: Özal Basımevi

ISBN 975-07-0661-7

CAN SANAT YAYINLARI
YAPIM, DAĞITIM, TİCARET VE SANAYİ LTD. ŞTİ.
Hayriye Caddesi No. 2, 34430 Galatasaray, İstanbul
Telefon: (0212) 252 56 75 - 252 59 88 - 252 59 89 Fax: 252 72 33
http://www.canyayinlari.com
e-posta: yayinevi@canyayinlari.com

Tahsin Yücel
GÖKDELEN

ROMAN

CAN YAYINLARI

TAHSİN YÜCEL'İN
CAN YAYINLARI'NDAKİ
ÖTEKİ KİTAPLARI

AYKIRI ÖYKÜLER / *öykü*
BEN VE ÖTEKİ / *öykü*
BIYIK SÖYLENCESİ / *roman*
GÖSTERGELER / *deneme*
HANEY YAŞAMALI / *öykü*
KOMŞULAR / *öykü*
KUMRU İLE KUMRU / *roman*
MUTFAK ÇIKMAZI / *roman*
PEYGAMBERİN SON BEŞ GÜNÜ/ *roman*
VATANDAŞ / *roman*
YALAN / *roman*
YAPISALCILIK / *deneme*
YAZIN, GENE YAZIN / *deneme*

Tahsin Yücel, 1933 yılında Elbistan'da doğdu. Galatasaray Lisesi'ni ve İstanbul Üniversitesi Edebiyat Fakültesi Fransız Dili ve Edebiyatı Bölümü'nü bitirdi. Aynı bölümde uzun yıllar öğretim üyeliği yaptıktan sonra, 2000 yılında emekli oldu. Çok çeşitli alanlarda ürünler vererek yazınımıza katkıda bulundu. Yazın araştırmalarına 1969'da yayınladığı *L'Imaginaire de Bernanos* ile başladı. Bunu 1973 yılında yayınlanan *Figures et Messages dans la Comédie Humaine* izledi. Ardından 1979'da *Anlatı Yerlemleri*'ni, 1982'de *Dil Devrimi ve Sonuçları* ve *Yapısalcılık*'ı yayınladı. Tahsin Yücel'in deneme ve eleştirileri de büyük yankılar uyandırdı. 1976'da *Yazın ve Yaşam*, 1982'de *Yazının Sınırları*, 1991'de *Eleştirinin Abecesi*, 1993'te *Tartışmalar*, 1995'te *Yazın, Gene Yazın*, 1997'de *Alıntılar*, 1998'de *Söylemlerin İçinden* (1999 Sedat Simavi Edebiyat Ödülü) 2000'de *Salaklık üstüne deneme*, 2003'te *Yüz ve Söz*'le deneme ve eleştirilerini okurla buluşturan Yücel, roman ve öyküleriyle de edebiyatımızda kendine kalıcı bir yer edindi. Yücel, ilk romanı *Mutfak Çıkmazı*'nı 1960 yılında yayınladı. Bunu 1975'te *Vatandaş*, 1992'de *Peygamberin Son Beş Günü* (Orhan Kemal Roman Ödülü), 1995'te *Bıyık Söylencesi*, 2002'de *Yalan* (2003 Yunus Nadi Roman Ödülü ve 2003 Ömer Asım Aksoy Roman Ödülü) ve *Kumru ile Kumru* (2005) izledi. Öykü kitaplarından, Sait Faik Hikâye Armağanı'nı kazanan *Haney Yaşamalı* 1955 yılında, *Düşlerin Ölümü* 1958' de (1959 Türk Dil Kurumu Öykü Ödülü), *Ben ve Öteki* 1983'te, *Aykırı Öyküler* 1989'da ve *Komşular* 1999'da (Dünya Kitap 1999 Yılın Kitabı Ödülü) yayınlandı. Pek çok çeviriye imza atan Tahsin Yücel'e 1984'te Azra Erhat Çeviri Yazını Üstün Hizmet Ödülü verildi. Yücel'in 1957 yılında yayınladığı *Anadolu Masalları* başlıklı bir de masal kitabı var.

I

Bağlı değildi, sağında solunda bir sürü koltuk varken, odadaki tek tahta iskemlenin üstünde, kımıldamadan oturmasını söyleyen de olmamıştı, o gene de hep aynı yerde, aynı tahta iskemlenin üstünde, kımıldamadan oturuyor, korku ve şaşkınlık içinde karşısındaki adamlara bakıyordu. Geniş omuzları, kısa boyları, kapkara saçları, dar alınları, kalın kaşları, küçücük, yuvarlak gözleri, eğri burunları, sarkık bıyıkları ve sivri çeneleriyle hepsi birbirine benziyordu, kara takımları, ak gömlekleri ve çeneleri gibi sivri burunlu ve sivri topuklu çizmeleri daha da artırıyordu benzerliklerini. Uzun bir masanın çevresinde dikiliyor, kimi zaman birbiri ardından, kimi zaman aynı anda, kimi zaman alçacıktan, kimi zaman yüksek sesle konuşuyorlardı. Ancak, yüksek sesle konuştukları zaman bile, söyledikleri hiç mi hiç anlaşılmıyordu. Sayıları konusunda da kesin bir sonuca varmak olanaksızdı: insan gözünün algılayamayacağı kadar hızlı bir biçimde yer değiştiriyorlardı da öndeki arkaya, arkadaki öne ya da ortaya geçerken birileri de kaşla göz arasında aralarına katılıyor ya da sıvışıyor muydu, nedir, o, hep aynı yerde, aynı tahta iskemlenin üstünde, kimi zaman sekiz sayıyordu, kimi zaman on, kimi zaman dokuz, kimi zaman da yedi. Neden sonra, uzun masanın önünde, yüzleri kendisine dönük olarak tek sıra diziliverdiler. Sonra, gene çok hızlı bir biçimde, ortadaki adam bir adım öne çıktı. "Bana bak, Can Tezcan efendi, soruma kesin yanıt istiyorum," dedi: "Bugün hangi yılın hangi ayının hangi günündeyiz?"

Pek öyle gür bir sesi yoktu adamın, bağırdığı da söylenemezdi, gene de Can Tezcan'ın kulaklarında en az on kez yankılandı sözcükleri.

Can Tezcan tepeden tırnağa titredi ya fazla sarsılmadı öyle, sorunun yanıtını vermek için yankılanmanın sona ermesini bekledi. Ne var ki, yankılanma sona erdiğinde, hem bu kara takımlı adamların karşısında çok dar ve çok eski bir pijamayla oturduğunu, hem soruyu soran kara bıyıklı adamın sağ elinin belindeki kocaman bir tabancanın üzerinde durduğunu, hem de sorulan sorunun yanıtını bilmediğini ayrımsadı. Başını önüne eğdi o zaman, suçlu çocuklar gibi beklemeye başladı.

Tabancalı adam da bekledi bir süre, sonra, ilkinden çok daha güçlü ve çok daha sert bir sesle sorusunu yineledi:

"Can Tezcan, soruma yanıt istiyorum senden: hangi yılın hangi ayının hangi günündeyiz?"

Can Tezcan yüreğinin göğsünü parçalamak istercesine çarpmaya başladığını duydu. Gözlerini korka korka çevresinde dolaştırdı. Dört yanı yüksek duvarlarla çevriliydi, ne bir kapı görünüyordu, ne bir pencere, adamlar da, sekiz miydiler, dokuz mu, on mu, bilinmez, karşısına dikilip sağ ellerini bellerindeki tabancanın üstüne koymuşlar, vereceği yanıtı bekliyor, her saniye biraz daha sert, biraz daha kızgın bakıyorlardı. Bu da yetmiyormuş gibi çoğalıverdiler birden: sağda, solda, önde, arkada, hepsi bir örnek giyinmiş ve hepsi sarkık bıyıklı birkaç düzine adam, sağ eller tabancaların üstünde, kaşlar çatık, sürekli kendisine bakmaktaydı. Bayıldı bayılacaktı.

Aynı ses gene gürledi:

"Sana söylüyorum, avukat bey: hangi yılın hangi ayının hangi günündeyiz şu anda? Hadi söyle, daha fazla bekletme bizi!"

Can Tezcan tüm gücünü toplamaya çalıştı o zaman.

"Bilmiyorum, efendim," diye kekeledi. "Çok özür dilerim, bilmiyorum."

Önce korkunç bir kahkaha yükseldi dört yandan, sonra yılı, ayı ve günü sormuş olan adam Can Tezcan'ı ensesinden yakalayarak tahta iskemleden kaldırıp arkadaşlarına doğru itti.

"Şu adama bakın, arkadaşlar!" dedi. "Şu adama iyi bakın: İstanbul'un en büyük avukatı olduğu söyleniyor, ama hangi yılda, hangi ayda, hangi gündeyiz, bilmiyor!"

Adamlar Can Tezcan'ın kulaklarına ulaşmayan bir buyruk almış gibi daha sıkı ve daha dar bir halka oluşturdular, iyice birbirlerine yaklaşıp bir şeyler konuşmaya başladılar. Can Tezcan soluğunu tutarak dinlemeye çalıştı, ama yüreği fazla hızlı, fazla gürültülü çarpıyordu, hiçbir şey anlamadı konuşulanlardan. Yalnız, birkaç dakika sonra, içlerinden birinin, bayağı sinirli bir sesle "Bugün günlerden ne olduğunu bile bilmeyen bir herifi sorgulayacaksınız da ne olacak? Bir de onunla mı uğraşacağız? Kulağından tutup atarız içeriye, zıbarana kadar kalır orada!" dediğini işitti. Ötekilerin önce tiksintiyle yüzlerini buruşturduklarını, sonra daha çok hayvan seslerini andıran kahkahalarla güldüklerini gördü, yüreği duracak gibi oldu. Aynı anda, nasıl ve ne zaman yaklaştığını hiç mi hiç ayrımsamadığı bir sarkık bıyıklı yumruğu göğsüne indiriverdi. Can Tezcan tutunacak bir şeyler aradı, bulamadı, en az bir buçuk metre öteye düştü. Terliklerinden biri ayağında kalmış, biri üç metre öteye fırlamıştı. Kalkıp almaya yeltendiyse de kendisini itmiş olan adam ya da bir başkası sağ ayağını göğsüne bastırdı. "Orada kal, avukat bozuntusu! Sana sorulmuş olan sorunun yanıtını bulmaya çalış. Karının yanına dönmenin buna bağlı olduğunu da unutma!" dedi.

Can Tezcan güçlükle doğrulup oturdu. Oturduğu yer hem ıslak, hem de buz gibi soğuktu. Gene de başını ellerinin arasına alıp düşünmeye başladı: böyle bir şey ilk kez geliyordu başına, ne günü, ne ayı, ne yılı çıkarabiliyordu. Buna karşılık, birbiri ardından bir sürü tarih beliriyordu usunda, hatta gözlerinin önünden geçiyorlardı: 14 temmuz 1789, Fransız Devrimi'nin başlaması, 29 mayıs 1453: İstanbul'un fethi, 20 ekim 1448: Kosova meydan savaşı, 28 ocak 1881: Dostoyevski'nin ölümü. Hepsi bu kadar da değildi, kimini yıllar önce okulda, tarih derslerinde, kimini daha sonra değişik koşullarda öğrendiği tarihler bir bir usuna geliyor ve her biri içine düştüğü bunalımdan bir şeyler koparıp götürerek biraz olsun rahatlamasını sağlıyordu. Böylece, sırtında pijama, ayakları çıplak, hep öyle ıslak ve soğuk döşemenin üstünde otururken, kara giysili, kara saçlı, kara bıyıklı adamları nerdeyse unutmaya başlıyordu. Sonra, birden, tam da Kafka'nın doğum tarihini anımsadığı saniyede, kendisini ilk sorgulayan adamın tepesine dikilip sağ ayağının parmakları üstüne çizmesinin çok sivri topuğuyla basarak "Söyle bakalım, avukat bey: tarihi anımsayabildin mi şimdi?" diye sorması üzerine, yanıtının doğruluğundan hiç mi hiç kuşku duymadan, "Evet, efendim, anımsadım: 3 temmuz 1883, Prag!" demesiyle kara giysili adamların tümünün çevresini sarması ve başı, omzu, göğsü, sırtı, karnı, kolu, bacağı, hayası, neresi gelirse, sivri burunlu çizmeleriyle tekmelemeye başlamaları bir oldu. Sonra, hangi tansıkla, bilinmez, sert bir tekmenin etkisiyle havalanıverdi, korku içinde, gözlerini yumdu, bir süre sonra, insanın içini ürperten bir gürültüyle, ama bayağı yumuşak bir yere düştü, kımıldamayı da, gözlerini açmayı da göze alamadan, öylece kaldı bir süre.

En sonunda gözlerini açtığı zaman, kendini yatağında buldu, sağ yanında da, dingin mi dingin, Gül Tezcan gazete okumaktaydı.

Can Tezcan, en az bir dakika süresince, şaşkınlık içinde, hatta korka korka baktı karısına, sonra, "Günaydın" gibi, "İyi sabahlar, sevgilim" gibi, "Gazeteler ne yazıyor bu sabah?" gibi, hatta "Biliyor musun, sevgilim, çok korkunç bir düş gördüm!" gibi duruma ve saate uygun bir şey söylemek varken, incecikten bir korku içinde, ama dünyanın en doğal sorusunu sorar gibi, "Söyler misin, sevgilim, hangi yılın hangi ayının hangi günündeyiz?" dedi.

Gül Tezcan elindeki gazeteyi bıraktı, doğrulup oturdu hemen, gözlerini kocasının gözlerine dikti, şaşkın şaşkın baktı bir süre.

"Sana ne oldu böyle? Gene kötü bir düş mü gördün?" diye sordu, elini alnına bastırdı. "Gene Smerdiakof'a mı yakalandın?"

Can Tezcan yüzünü buruşturdu, "Bir o eksikti!" dedi içinden. Yıllar önce, ama devrimci eylemleri çoktan bıraktığı ve bayağı ünlü bir avukat olduğu günlerde, Smerdiakof nerdeyse her gece düşüne girer, evde, sokaklarda, işyerinde, hepsi birbirinden saçma bir sürü tartışmalardan ve edimlerden sonra, kolundan tutup zorla Fiodor Pavloviç Karamazof'un odasına götürür, yaşlı adamı öldürüşünü izlemek zorunda bırakırdı onu. Sonra, Smerdiakof'un sarası tutup yere devrildiği anda, korku ve tiksintiden şaşkına dönmüş bir durumda, ta Rusya'dan buralara koşarak gelmiş gibi ter içinde, soluk soluğa gözlerini açar, "Bıktım artık, bıktım, bıktım!" diye söylenirdi. Gül Tezcan saniyesinde ışığı yakar, korkuyla üzerine eğilerek "Gene mi Smerdiakof?" diye sorardı. "Evet, gene. Bıktım artık! Sonunda beni de öldürecek bu herif, " diye yanıtlardı Can Tezcan. "Korkarım, hiçbir zaman kurtulamayacağım ondan."

Gül Tezcan'ın uzattığı bardağı aldı, içindeki suyu ağır ağır, son damlasına kadar içti.

"Hayır, ama bunlar çok daha korkunçtu. Öyle korkunç görünüyorlardı ki bulunduğun günü, ayı ve yılı bile şaşırıyordun: belki de çocuklarıydı onun," dedi.

"Çocukları mı? Can'cığım, delirdin mi sen? Smerdiakof'un çocuğu mocuğu yoktu ki. *Karamazof kardeşler*'i en az yirmi kez okumuş bir Dostoyevski hayranısın sen, nasıl böyle konuşursun?"

"Daha sonra evlenmiş ve çocukları olmuş olamaz mı? Bir sürü çocuğu, sonra torunları, sonra torunlarının çocukları, sonra..."

"Can'cığım, dalga mı geçiyorsun sen benimle? Yoksa hâlâ düş mü görüyorsun?"

"Hayır, hayır," dedi Can Tezcan. "Hayır, düş görmüyorum. Bak, sana dokunuyorum işte. Dokunduğumun da bilincindeyim. Ama... ama sanki..."

Aynı anda, adamların sorusunun yanıtını hâlâ bilmediğini ayrımsadı, bedeninin bir ucundan bir ucuna zorlu bir akım geçmiş gibi titredi, gözlerini eşinin gözlerine dikti.

"Sen soruma hâlâ yanıt vermedin," dedi.

Gül Tezcan, şaşkın mı şaşkın, kocasının yüzüne baktı bir süre, sonra tuhaf bir biçimde gülümsedi.

"Ha, şu soru: 17 şubat 2073, sevgilim," dedi, "Varol'un

11

kim bilir kaçıncı duruşma günü. Bana öyle geliyor ki bu olay iyice sinirini bozdu senin."

"17 şubat 2073" sözcüklerini işitir işitmez mutlu bir gülümseme belirdi Can Tezcan'ın yüzünde, çok değerli bir nesneyi yitirmiş de yeniden bulmuş gibi derin bir soluk aldı. "Evet, 17 şubat 2073! Nasıl unuttum ki? Evet, canım, çok teşekkür ederim, evet, çok güzel: 17 şubat 2073, 17 şubat 2073, 17 şubat 2073, evet, çok güzel, çok güzel!" diye yineledi.

Sonra kendi sevincine kendisi şaştı: bunda böyle sevinilecek ne vardı ki? 17 şubat hiçbir önemli olayı anımsatmıyordu, 17 şubat 2073 de sıradan, renksiz, ışıksız bir gündü. Bir başka düşünce de nerdeyse tersine dönüştürdü sevincini: doğru, çok korkunç bir düş görmüştü, ama, ister korkunç olsun, ister gülünç, her şey olabilirdi bir düşte, yalnızca bulunduğu günü, ayı, yılı değil, kendi adını, kendi işini, kendi eşini de unutabilirdi, ama yaşamakta olduğu günü, ayı ve yılı uyandıktan sonra da çıkaramaması neyle açıklanırdı? Düşün hâlâ sürmekte olmasıyla mı? Yoksa geçici ya da sürekli bir bellek yitimiyle mi? Birden, ikinci olasılığı doğrularcasına, gözlerini eşinin gözlerine dikti, az önce yanıtını aldığı soruyu bir kez daha yineledi.

"Söyledik ya, 17 şubat 2073, saat da yediyi kırk bir geçiyor," dedi Gül Tezcan. "Senin tuhaflığın üstünde bugün, ya da benimle dalga geçiyorsun." Gazeteyi ikiye katlayıp kucağına bıraktı, sonra parmağını başlığın altındaki tarihin üstüne bastırdı, "Bak işte, burada da yazılı," dedi, uzun uzun güldü.

Can Tezcan ilk kez gülümsedi o zaman.

"Bir zayıflıktı, geldi geçti," diye mırıldandı. "Çok kötü bir düş gördüm az önce, bir değil, sekiz on Smerdiakof birden gördüm, hem de bunlar ötekinden çok daha saldırgandı. Bilirsin, düşler hep etkilemiştir beni, ama geçti."

"O zaman, hemen kahvaltıya!" dedi Gül Tezcan. "Bu sabah nerede olacağını da unutmadın, umarım."

Can Tezcan bir an düşündü, sanki yanıt oradaymış gibi bir iki dakika süresince gazetenin ilk sayfasındaki başlıkları bir bir gözden geçirdi, sonra gülümsemeye başladı.

"Bu sabah Varol'un duruşmasına gidiyorum, on kırk beşte. Dosyam çoktan hazır. Öğleden sonra da şirkette Niyorklu Temel'le buluşacağım gene," dedi, kalktı, başucu lambasının altından kol saatini alıp baktı, sekizi beş geçiyordu. İrkildi, kısa bir şaşkınlık geçirdi, Gül Tezcan'a döndü, "Tuhaf şey," dedi, "Varol içeri alındı alınalı ilk kez bugün, yani 17 şubat 2073 sabahı onu bu kadar geç anımsıyorum." Aynı anda, düşünün ve düşünde 17 şubat 2073'ü unutuvermesinin anlamının Varol'un bunca zamandır yok yere içeride tutulması olabileceğini düşündü. Hızla tıraş olup giyindi. Salona geçti. Yemek masasında kahvaltı hazırdı. Hemen oturdu.

"Biliyor musun? Her gün uyanır uyanmaz ilk düşüncem o anda Varol'un içeride bulunması olurken, bu sabah uyandıktan en az yarım saat sonra, hem de sen anımsatınca düşündüm bunu. Tuhaf değil mi?"

Gül Tezcan'ın yüzünde zorlama bir gülümseme belirip silindi.

"Dert etme, nasıl olsa, gün boyunca on kez, yirmi kez, elli kez anımsayacaksın Varol'u. Bugün göreceksin de ayrıca. Öyle anlaşılıyor ki bu olay kafa sağlığını da, beden sağlığını da bozuyor senin. Artık toparlanmaya çalışsan, iyi olacak."

"Ama kaç insanın Varol gibi bir arkadaşı olabilir ki, sevgilim?" dedi Can Tezcan, içini çekti, ekmeğine önce sarı, sonra mor bir ürün sürdü, ucundan ısırdı, çayını yudumladı. "Sonra, düşün bir kez, hiç böyle haksızlık görülmüş mü? Altı yıl aynı sırada oturdum ben Varol'la, bir kez bile yalan söylediğini, kopya çektiğini ya da kopya verdiğini görmedim. Sonra, üniversitede, sen, ben gösteriler yaptık, polis taşladık, cam kırdık, araba yaktık, ama o tek gösteriye katılmadı, hiç kimseye karşı hiçbir suç işlemedi, bir dürüstlük, bir yansızlık, arılık örneği olarak kaldı her zaman, evinde, işinde, sokakta, her yerde. Ama o iki yıldır içeride, biz özgürüz. Bizi bırak, bugün bu ülkenin en özgür insanları suçlular, hırsızlar, halk düşmanları..."

Can Tezcan kahvaltı etmeyi bırakmıştı, gittikçe coşuyor, konuşması bir söyleve dönüşüyordu. Gül Tezcan çay bardağını kaşığıyla döverek durdurdu onu.

"Gene coştun, ama belki şu masanın başında yüzüncü kez aynı şeyi söylüyorsun, hem de bana," dedi. "Kendisini içeriye atanlar da çok iyi biliyorlar ki Varol Korkmaz suçlu değil."

"Öyleyse?"

"Öyleyse, dün sabah sen söylemiştin, Varol Korkmaz'ın suçu suçsuzluk."

Can Tezcan içini çekti.

"Evet, olayın en doğru açıklaması bu, yani suçsuzluk," dedi. "Ama burada da bir haksızlık var, çünkü tek suçsuz Varol Korkmaz değil bu ülkede, bunca suçsuz ortalıkta elini kolunu sallayarak dolaşırken, Varol Korkmaz iki yıldır Tuzla hapishanesinde çürüyor."

Gül Tezcan bir kahkaha attı.

"Tüm suçsuzları aynı anda içeriye atamazlar ki," dedi, sonra sustu, gözlerini kocasına dikti, bir süre, hiçbir şey söylemeden baktı öyle, sonra kaşlarını çattı.

"Ama sen kahvaltını bitir önce. Bugün kaç sofrada buğday ekmeği yeniyor?"

"Evet, buğday serada yetişiyor, seralar da yabancıların elinde. Gene de bitirmek zorunda değilim. Hiç iştahım yok bu sabah."

"Sen bilirsin, ama düşündeki Smerdiakof'ların etkisinden sıyrılmaya bak. Salaklar olanak verirse, bir güzel savun Varol'cuğu," dedi Gül hanım, sonra karşı duvardaki saate baktı, "Ama elini çabuk tutmalısın, saat dokuzu geçiyor," diye ekledi. "Mekikle mi gideceksin, arabayla mı?"

Can Tezcan bir an düşündü.

"Arabayla," dedi, "Neden, bilmem, şu son günlerde mekik biraz ürkütüyor beni. Bu kadar küçük bir uçağa binmek rahatımı kaçırıyor, durduğu yerde uzun uzun titremesi de, kanatlarını kırlangıçlar gibi, boşluğa atıldıktan sonra açması da tüylerimi ürpertiyor. 'Ya bu kez açmazsa?' diyorum. Olur mu olur."

"Arabayı da kendin kullanmayacaksın herhalde?"

"Kafam çok karışık bugün, bir telefon et de Mustafa arabayı çıkarıp kapıda beklesin beni, iki dakikada hazır olurum."

İki dakika sonra, elinde çantası, dairenin kapısındaydı. Tam çıkacağı sırada, Gül Tezcan "Duruşmada da düşlere dalma sakın," deyince, birden geriye döndü, "Sen de her şeyi abartırsın!" demeyi düşündü, sonra vazgeçti. Gene de belli etti tepkisini: evliliklerinin ilk günlerinden beri, her sabah evden ayrılırken, kapı aralığında eşine sarılıp yanaklarını öptükten sonra, burnunun ucuna da sesli bir öpüş kondurup "Hoşçakal, sevgilim" derken, bu kez dosdoğru asansöre yöneldi ve açılan kapıdan girer girmez sağ elini dudaklarına götürerek bir soğuk öpüş yollamakla yetindi.

Gül Tezcan İstanbul'un o güne dek yapılmış en yüksek yüz elli üç gökdeleninden birinin sondan üç önceki katından, yani şöyle böyle beş yüz otuz beş metre yukarıdan bir şeyler seçilebilirmiş gibi pencereye koştu, küçücük bir oyuncak adamın kendisi gibi kara bir oyuncak arabanın kapısını açtığını, hızla yaklaşan bir başka oyuncak adamın oyuncak arabanın arka koltuğuna yerleşmesini bekleyip kapıyı kapattıktan sonra, koşarak arkadan dolaşıp ön kapıdan oyuncak arabaya girdiğini, iki saniye sonra da oyuncak arabanın hızla uzaklaştığını gördü, içini çekti, "Bu dava sinirlerini bozdu," diye mırıldandı. "Umarım, bunca uğraştığına değer, geç de olsa verir hepsinin dersini."

Can Tezcan'ın biricik düşüncesi de buydu, ama, arabada, dostu Varol Korkmaz'ın da karıştırıldığı olağandışı davanın dosyasını el bilgisayarında bir kez daha gözden geçirirken, bu duruşmada da hiçbir şeyin değişmeyeceğinden kuşkusu yoktu. Zaman zaman öfkesinden haykıracak gibi oluyor, yanında bu işleri iyi bilen biri varmış gibi, "Şuraya bak! Olamaz, hayır, olamaz bu kadarı! Böyle özel olarak kurulmuş mahkemeleri de, böyle bir derece yükseltilme ve daha büyük bir makam arabası karşılığında satın alınmış yargıç ve savcıları da çok gördük, ama bu kadarı fazla, böylesi hiç görülmedi!" diye homurdanıyordu. Sonra sustu, gözleri el bilgisayarındaki bir belgeye dikili, öylece kaldı. Şoförü Adliye Sarayı'nın önünde arabanın kapısını açıp en az bir dakika bekledikten sonra "Efendim, geldik!" dediği zaman da hep bu belgeye dikiliydi gözleri. Hiçbir şey söylemeden, bil-

15

gisayarını kapatmayı bile düşünmeden indi arabadan, gözleri hep tepesini attıran bu belgenin üzerinde, yılların alışkanlığıyla yürüdü, girişin on bir basamağını ağır ağır çıktı.

Kurumunun beş avukatı cüppelerini giymişler, kapıda kendisini bekliyorlardı. Bir sekreter de, her zaman olduğu gibi, cüppesini giydirmek üzere koşup geldi. Ama o görmedi bile, buradaki tüm insanların şaşkın şaşkın kendisine bakmakta olduklarını da görmedi, en çok güvendiği yardımcısı Sabri Serin'i bir kenara çekip bilgisayarındaki belgeyi gösterdi, "Şunu görmüş müydün?" diye sordu.

Sabri Serin gülümsedi.

"Evet, gördüm, efendim," dedi. "Sanıkların eski gönül işleri, okullarından aldıkları diplomalar, kurumlarından aldıkları ödül ve nişanlar bile suç kanıtı sayılacak anlaşılan: suçsuzluk bir düş oldu artık."

"Evet, bir düş oldu," diye doğruladı Can Tezcan, öyle dikilip kaldı olduğu yerde, sonra yorgun bir at gibi soludu. "Bu dava çıldırtacak beni," diye ekledi. "Böylesini ne gördüm, ne duydum. Nasıl olsa, el koymuşlar adamların her şeyine, ne olduğu, nereden kaynaklandığı bilinmeyen bir açık gerekçesiyle, banka, fabrika, ev, çiftlik, araba, her şeylerini almışlar ellerinden, arabalarına kendileri biniyor, köşklerinde kendileri oturuyor, şaraplarını kendileri içiyor, bankalarından da dostlarına bol bol kredi veriyorlar. Bir de yasa çıkarsınlar, şu tarihten başlamak üzere, bu adamların nesi var, nesi yoksa, hepsi bizim olmuştur desinler. Sonra da ipini koyversinler hepsinin. Bu arada, adamlara zaman zaman danışmanlık yapmaktan başka kusuru olmayan Varol'u da bıraksınlar."

Sabri Serin gülümseyerek çevresine baktı.

"Efendim, sesinizi biraz alçaltsanız iyi olacak, bir yasa da bizim için çıkarmasınlar," dedi. Sonra durdu, patronunu kolundan tutup geniş merdivene doğru yönlendirdi. "Ama önerdiğiniz yasanın fazla bir yararı olmaz: biliyorsunuz, adamlar çoktan kuruttu her şeyi," diye ekledi.

Can Tezcan dinliyor mu, dinlemiyor mu, belli değildi: burnunun doğrusuna yürüyor, gittikçe de hızlanıyordu.

Sabri Serin bir kez daha koluna yapıştı.

"Yanlış yöne gidiyoruz, efendim; bizim duruşma soldan ikinci salonda, sanırım, biraz da geciktik," dedi.

Duruşma salonuna girdiklerinde, üç yargıç, cumhuriyet savcısı, "bağsız olarak getirilmiş" ama hepsi de tutuklu sanıklar, davacı ve davalı avukatları, gazeteciler ve öteki izleyiciler yerlerini almışlardı. Onlar da hemen sol yanda, davalı avukatlarının arasına sıkıştılar. Başkan duruşmayı açtı. Bankaya ve bağlı kuruluşlarına el konulmasıyla ortaya çıkan genel durum konusunda istenen dördüncü bilirkişi yazanağı konusunda avukatlara söz verdi; davacı, yani hükümet avukatları, ayrıntılara girmeden, her şeyin "gün gibi ortada" olduğunu yinelemekle yetindiler; sanık avukatlarıysa, bu yazanağın da öncekilerin yeni bir kopyası olduğunu ve, gene öncekiler gibi, banka ve bağlı kuruluşlarının kazançları eksik gösterip devleti zarara sokmuş olmalarının "büyük bir olasılık gibi göründüğünü" yinelediğini vurguladılar, bu tür yazanakların davayı uzatmaktan başka bir sonucu olamayacağını söylediler, bu arada davalıların daha fazla "mağdur olmamaları" için salıverilmeleri gerektiğini bir kez daha yinelediler. Can Tezcan aynı istemi biraz daha etkili ve daha sarsıcı sözcüklerle yineledi. Ama konuştukça sinirleniyor, sinirlendikçe sertleşiyordu. "İdam cezası çoktan kalktığına göre, nasıl olsa asamayacaksınız bu insanları, bari herhangi bir ceza önerin de ortada tartışılacak bir konumuz olsun!" deyip bitirdi.

Bu dava nedeniyle ülkenin en ünlü yargıcı durumuna gelen başkan Cahit Güven birden sinirlendi.

"Yani sen bu on altı kişiyi boşuna tutukladığımızı, yani ortada suç diye bir şey bulunmadığını mı söylemek istiyorsun?" diye bağırdı.

Can Tezcan etkilenmiş gibi görünmedi.

"Hayır, sayın başkan, öyle bir şey söylemedim, çünkü şu son iki yılda suçsuzluğun da bir suç olduğunu öğrenmeye başladık; ne olursa olsun, bu konuda ben de sizin gibi düşünüyorum," dedi.

Başkan büsbütün sinirlendi:

"Avukat bey, sen ne demek istiyorsun?" diye bağırdı.

Can Tezcan belli belirsiz bir biçimde gülümsedi.

"Kötü bir şey söylemek istemedim, efendim," diye yanıtladı. "Umarım, unutmadınız: siz kendiniz, geçen oturumda, 'Şu 2073 yılında böylesine büyük bir kuruluşlar topluluğunun tek yabancı ortağı yok: bundan daha kuşkulu topluluk mu olur?' demiştiniz. Suçları bu! Hangi tansıkla, bilinmez, yabancı ortaklara gereksinim duymamaları. Bunları siz söylemediniz mi?"

"Evet, ben söyledim; ulusum ve Tanrım önünde de yinelerim. Senin savunmaya kalktığın bu adamlar gerek dünyanın, gerekse bu güzel ülkenin gidişine ters bir yol tutmuş olduklarına göre, bizden gizlemeye çalıştıkları birtakım rezillikler bulunması gerekir."

"Siz de iki yıldır bu rezillikleri bulmaya çalışıyorsunuz; sürekli bilirkişilere başvuruyorsunuz."

"Evet, öyle, avukat bey."

"Yani siz varlığı kuşkulu bir suçu arıyorsunuz. Bilirkişileriniz de sizi haksız çıkarmamak için hep aynı varsayımın birbirinden kötü değişkelerini üretiyor, yazanaklarını 'büyük bir olasılıkla' diye noktalıyorlar ve şu gördüğünüz insanlar üç ayda bir yinelenen bu 'büyük olasılıkla'lara dayanılarak nerdeyse iki yıldır Tuzla hapisanesinde tutuluyor."

Başkan kürsüye bir yumruk indirdi.

"Avukat bey, çizmeden yukarı çıkıyorsun! Ağzından çıkanı kulağın duysun!" diye bağırdı.

Ama Can Tezcan o sabah yatakta gözlerini titreyerek açan adam değildi şimdi, kendi ortamında, en rahat olduğu, kafasının en iyi çalıştığı yerdeydi.

"İstemeden bir kusur işlediysem, özür dilerim, sayın başkan; fazla zamanınızı da alacak değilim, yalnız bu davanın sonu konusunda kafamı karıştıran bir sorun var, sorunumu size kısaca sunmak isterim," dedi.

"Söyle de içinde kalmasın, ama fazla uzatma," dedi başkan.

O zaman, yüzünde varla yok arası bir gülümseme belirdi Can Tezcan'ın, bu dava on altı sanığa devleti ve ulusu büyük zararlara uğrattıkları gerekçesiyle açıldığına, gene aynı gerekçeyle bankaya ve on dört kuruluşuna el konulduğuna ve sonuçta söz konusu zararın bu banka ve on dört kuruluşu satılarak karşılanacağına göre, bu kuruluşların bir an önce satılması ya da görevden uzaklaştırılan kişilerin serbest bırakılıp yeniden görevlerine dönmelerinin sağlanması gerektiğini söyledi. Başkanın "Bu da nerden çıktı şimdi?" diye sorması üzerine de "Size tek bir kuruluşu örnek göstereceğim!" diyerek hükümetçe söz konusu kuruluşun başına getirilen kişinin aldığı aylığın şimdi tutuklu bulunan öncülünün aylığının altı katı olduğunu, bir alt basamaktaki yeni görevlilerin de öncüllerinden en az üç kat fazla ücret aldıklarını, her birine yeni arabalar alındığını, bunun yanında, kuruluşun yöneticilerince iki spor kulübünün futbol takımlarına toplam beş oyuncu alındığını, hükümete yakın kişilerin çocuklarına burslar verildiğini, yılda iki kez de toplu sünnet düğünü düzenlendiğini ve, sonuç olarak, söz konusu kuruluşun bütün bunlardan sonra batma "sath-ı mail"ine girdiğini anlattı. Ancak, öyle yumuşak bir sesle ve öyle tatlı bir dille anlatıyordu ki başkan da, üyeler de, savcı da kulak kesilmişti, üyelerden biri de anlatılanların doğruluğuna yüzde yüz inanıyormuş gibi gülümsüyordu, bir ara da başıyla onaylar gibi oldu.

Bu sırada, Can Tezcan çantasından bir dosya çıkarıp başkana uzattı.

"Bizim belgelerimiz de burada, sayın başkanım," dedi. Sonra derin bir soluk aldı, "Bu durumda karşımıza küçümsenmesi zor bir sorun çıkıyor," diye sürdürdü. Hafiften gülümsedi gene. "Bu işin uzaması durumunda, banka da, kuruluşları da bu kez gerçekten batmış olacağına göre, şimdiden hepsinin kapısına kilit vurmak ya da karşınızdaki adamları bırakıp yerlerine getirilen kişileri içeri almak daha doğru olmaz mı? Yoksa şu sanık yerinde oturan kişilerin tüm suçu yerlerine gelenler kadar savurgan davranmamış olmaları mı?" diye sordu.

Başkan Cahit Güven en az bir dakika süresince öyle susup baktı Can Tezcan'a, sonra üyelerle bir şeyler konuştu, sonra gene Can Tezcan'a döndü.

"Avukat bey, boş yere zamanımızı çalıyorsunuz, bu sizin anlattıklarınız bizim bakmakta olduğumuz davanın kapsamı dışında," dedi, hemen arkasından da belki rastlantıyla, belki arkadaşını zor durumda bırakarak ona bir ders vermek amacıyla, "Varol Korkmaz!" diye seslendi, Varol Korkmaz ayağa kalkınca da çenesiyle duracağı yeri gösterdi ona.

Varol Korkmaz, sert adımlarla ve başını hiç önüne eğmeden ilerleyip gösterilen yerde durdu, ama daha da zayıflamış, hatta küçülmüş gibiydi. Başkan, kaşları çatık, bir süre dürbünle bakar gibi ve tek sözcük söylemeden süzdü onu, sonra, böyle sanığına bakmakla yetinecekmiş gibi bir izlenim uyandırmaya başladığı bir sırada, doğru konuşacağı konusunda yemin ettirdi ona, hemen arkasından da "Varol Korkmaz, Aynur Alpay adında bir hanım tanır mısın?" diye sordu.

Varol Korkmaz görünmez bir yumruk yemiş gibi sarsıldı, yanıt vermedi, başkanın kimsenin bakamadığı söylenen gözlerine dikti gözlerini. Başkansa, sanıklar arasında oturan bir başka kişiye: genel müdür Ahmet Alpay'a bakmayı yeğledi.

"Ahmet Alpay, siz neden kızardınız böyle? Ben size hiçbir şey sormadım," deyip gene Varol Korkmaz'a döndü, "Sanık, sana bir soru sordum: Aynur Alpay'ı tanıyor musun, tanımıyor musun?" diye üsteledi.

Varol Korkmaz bu kez gözlerini yere dikti.

"Tanıyorum, efendim," dedi.

"Ne zamandan beri tanıyorsun?"

"Yaklaşık yirmi beş yıldır."

"Yanılıyor olamaz mısın?"

"Olamam, efendim."

"Neden olamazsın? Belleğine bu kadar çok mu güveniyorsun? Yoksa bu tanışma senin için çok mu önemli?"

"Evet, çok önemli."

"Anladığım kadarıyla, onu çok sevmiştin, öyle değil mi?"

"Evet, çok sevmiştim."

"Onunla cinsel ilişkide bulundunuz mu?"

"Bunları konuşmanın yerinin burası olduğunu sanmıyorum, efendim."

"Ben öğreneceğimi öğrendim. Peki neden evlenmedin onunla, neden bıraktın?"

"Bırakan ben değildim, efendim."

Can Tezcan yerinde duramıyor, araya girmek istiyordu, ama yardımcıları ileriye çıkmak istediği her seferde kollarından tutup geriye çektiler. Başkan da gördü bunu, gülümsemekten kendini alamadı. Sonra gene sanığına döndü.

"Peki neden?" diye sordu. "Neden bunca zaman seninle yatıp kalktıktan sonra onunla evlendi? Sana iyi bir iş bulmak, bu arada eski ilişkisini de sürdürmek için mi? Kuruluşunuzda işler böyle mi yürütülmekteydi?"

"Bizim ilişkimiz sona erdiğinde Ahmet bey bankada çalışmıyordu, biz de kendisini tanımıyorduk," dedi Vural Korkmaz. "İnsanları böyle olur olmaz şeylerle suçlamak bir mahkeme başkanına yakışmıyor."

Başkan gene kürsüye bir yumruk indirdi.

"Burada ben seni yargılıyorum, sen beni değil!" diye bağırdı.

Aynı anda Can Tezcan ileriye atıldı, yardımcıları da bu kez kendisini engellemeye çalışmadılar.

"Sayın başkan, bütün bunların davamızla ilgisi ne?" diye bağırdı. "Daha on dakika önce el konulan kuruluşların yönetimin atadığı kişilerce yağmalanmasının konumuzun dışında olduğunu söylüyordunuz, şimdi de iki insanın devlete hiçbir yük yüklemeyen, üstelik en az yirmi beş yıl geride kalmış gönül ilişkilerini davanın içine sokmaya kalkıyorsunuz. Olacak şey mi bu?"

Başkan kürsüye bir yumruk daha indirdi.

"Avukat bey, kendine gel, sana söz vermedim!" diye bağırdı.

"Ben de sizden söz istemedim," dedi Can Tezcan. "Yargıyı ortaoyununa çevirmenize daha fazla katlanamadım."

Başkan kürsüye bir yumruk daha indirdi.

"Bir sözcük daha söylersen, seni dışarı atarım," dedi. "Gerekirse, içeriye de."

Can Tezcan birinci tümceyi işitti, ama ikinci tümceyi işitmedi, çünkü kendisi hızla kapıya doğru giderken, salonu bir uğultu kaplamıştı. Sağ yanda oturan kimi avukatlar bile "Ülkenin en ünlü avukatına bu yapılmaz," diye homurdanıyorlardı. Kapıya yakın oturan kimi izleyiciler ünlü avukatın "Hayır, bu böyle süremez, böyle yargı olmaz!" diye söylediğini işittiler. Arabasına doğru giderken, arkasından gelen arkadaşlarına da birkaç kez yineledi aynı şeyi, "Benim gençliğimde arkadaşlarımız herkesin gözü önünde öldürülür, ama suçlu hiçbir zaman bulunamazdı. En yakın arkadaşlarımdan Tufan da böyle gitti, gazeteler bir adamın Tufan'a bir buçuk metreden ateş edişini gösteren fotoğrafı kaç gün üst üste birinci sayfalarında yayımladılar, gene de bulunamadı adam, yargı da fotoğrafın tek başına kesin kanıt oluşturamayacağı kanısına vardı. Ama şimdi yaklaşım değişti, hükümete ters düşen kişilerin varını yoğunu ellerinden alıp kendilerini içeri atıyorlar," dedi. Ancak en ilginç sözlerini arabaya binmek üzereyken, birden geriye dönüp gözlerini yardımcısı Sabri Serin'in gözlerine dikerek söyledi: "Her şeyi özelleştirdiklerine göre, yargıyı da özelleştirseler bari, bundan daha iyi olur, daha kötü olmaz."

Sabri Serin gülümsemekle yetindi, "Bizim son marksçı da böyle konuşursa!" dedi içinden, ama olumlu ya da olumsuz bir görüş belirtmesine zaman kalmadan, patronunun birdenbire "Vay, son marksçı, nereden çıktın sen böyle?" diyerek saçı sakalı birbirine karışmış, çakır gözlü, basık burunlu, iriyarı bir kılıksız adama doğru koşup boynuna sarıldığını, sonra da, gözleri adamın gözlerinde, "Söylesene, nereden çıktın sen böyle? İçeride değil miydin?" diye sorduğunu işitti, hem kendisinin onun için kullandığı nitelemeyi kullanması, hem de böyle üstü başı dökülen bir adama bu kadar yakınlık göstermesi karşısında şaşırıp kaldı, "Çok tuhaf, gerçekten çok tuhaf!" dedi, şoförüne gitmesini söyledi, Can Tezcan'ın arabasına girdi, uzaktan izlemeye başladı onu.

Bu arada, Can Tezcan bir kez daha sarıldı çakır gözlü adama, sonra iki adım gerileyerek tepeden tırnağa süzdü onu.

"Rıza'cığım, bakıyorum, tekke sana yaramış," dedi. "Ne zaman çıktın?"

"Dokuz gün oldu. Düşünebiliyor musun, Türkiye'de yaşıyorum ve dokuz gündür özgürüm."

"İstersen, dokuz yıl da özgür olabilirsin, uslu durman yeter," dedi Can Tezcan. "Ama Adliye çevresinde dolaşman kötü bir belirti. Ne arıyorsun buralarda?"

"Garajcı çok eski bir tekke arkadaşımdır, hem de seni görmek zorundaydım."

"Başka türlü de bulabilirdin beni, buralarda fazla görünmek senin için tehlikeli olabilir."

"Bilirsin, tehlikeden korkmam ben, hatta üstüne giderim: 2070'lerde bile Türkiye'de komünistler bulunduğunu kanıtlamak benim görevim."

"Çıkardığın her kitapçık yakalanıp içeri atılmana yol açıyor. Pek bir işe de yaramıyor."

"Hayır, bence yarıyor, dedim ya, 2070'lerde bile Türkiye'de markscılar da bulunduğunu kanıtlıyorum millete. Tek sakınca şu boksör suratım: karakolda cılız ve bücür polisler beni pataklamaktan özel bir zevk alıyorlar."

Can Tezcan güldü.

"Tüm bu yaptıkların Don Kişot'luk olmuyor mu o zaman?" diye sordu. "Ayrıca, bu dünyadan Marx adlı bir büyük adam geçtiğini buralarda kaç kişi biliyor?"

Rıza Koç da güldü.

"Marx'ı bilen tek kişi kalmasın isterse, bu yola baş koymuşum bir kez, seni bilmem, ama ben bu yaştan sonra dönecek değilim," dedi. "Ayrıca, senin Don Kişot Don Kişotluğunu Cervantes'in büyülü anlatımına borçluydu, ben kendi Don Kişotluğumu kendi yazılarıma ve kendi davranışlarıma borçluyum."

Can Tezcan'ın öfkesi tümden geçmişti nerdeyse, gittikçe daha çok keyifleniyordu.

"Seni kutlarım, yoldaş," dedi, sonra da dostuna elini uzattı, "Ama benim çok işim var bugün, umarım, gene görüşürüz, eve de beklerim," diye ekledi.

Rıza Koç koluna yapışıverdi o zaman.

"Dur bakalım, ne zamandır bekliyorum seni burada. Senin için tehlikeyi göze aldım: bana para gerek!"

"Yeni bir yayın mı var gene?"

"Evet, sıkı bir şey hazırlıyorum," dedi Rıza Koç. "Senden de, bir kez daha, eski günler adına..."

"Tamam, tamam, anladım," dedi Can Tezcan, arabasına girdi, çantasından çek defterini çıkarıp bir şeyler yazdı, sonra yazdığı sayfayı koparıp aldı, eski arkadaşının yanına döndü, çeki uzattı, "Sanırım, işini görür," dedi.

Rıza Koç gözünü kırparak rakama baktı.

"Tamam, kesene bereket, yeter de artar bile," dedi. "Ama bakarsın birkaç hafta sonra gene çalarım kapını."

"Çalarsın elbette, yalnız kendine dikkat et, içeri atılmana yol açacak şeyler yazma artık, yaşlanıyoruz," dedi Can Tezcan, arabasına bindi, sonra, kapalı otoparktan gün ışığına çıkınca, tatlı bir dinginlik duydu, "Çok tuhaf, tüm öfkem uçup gitti," diye geçirdi içinden. "Anlaşılan, bu bizim Rıza' yı görmek ve ülkede hâlâ bir marksçı bulunduğunu anlamak bayağı rahatlatıyor insanı." Bir süre daha dinledi dinginliğini. Yanılsama değildi, bunu iyice kesinleştirmek istedi, şoförle kendisi arasındaki ses geçirmez camı araladı, "Mustafa, çoluk çocuk nasıl?" diye sordu.

"İyiler, efendim, ellerinizden öperler," dedi şoför.

Ama Can Tezcan işitmedi sanki, elini Sabri Serin'in elinin üstüne koydu, sanki araya hiçbir şey girmemiş gibi "Evet, böyle, Sabri'ciğim, özel yargı Mevlüt Doğan döneminin yargısından daha iyi olur, daha kötü olmaz, hem de kör olası düzenleri tutarlılık kazanır," dedi. "Evet, neden olmasın?"

Sabri Serin'den yanıt gelmedi, bu ülkede son marksçının kendi başkanı olduğunu düşünürken, onun bu sanı başka birine vermesi kafasını karıştırmıştı.

II

Gerçekleştirilmesi olanaksız da görünse, şöyle ya da böyle bir çözüm yolu tasarlamak Can Tezcan'ı yavaş yavaş rahatlattı. Esin kaynağı ve adaşı Manhattan Building'ten yüz elli metre daha yüksek olan 25 - C sayılı ve pembe renkli gökdelenin doksan sekizinci katındaki Tezcan Avukatlık Kurumu'nun kapısından girerken bayağı yatışmıştı. Yönetim bölümünün kapısının önündeyse, bu yatışmada Rıza Koç'la karşılaşması kadar her sorunun yanıtını bilen, her isteneni duralamadan yerine getiren mavi gözlü, güzel yüzlü özel sekreteri İnci'nin de belirli bir payı bulunduğunu düşündü. Gülümseyerek yaklaştı, sağ elini omzuna bastırıp öyle dikildi bir süre, sonra, nerdeyse hiç düşünmeden, "İnci'ciğim, bana şu anda içinde bulunduğumuz günü, ayı ve yılı söyler misin?" dedi.

İnci kısa bir şaşkınlık geçirdi, ama uyanık kızdı, gecikmeden verdi sorunun yanıtını:

"17 şubat 2073, soğuk ve güzel bir gün, efendim," dedi, sonra mavi gözlerini patronunun gözlerine dikerek gülümsedi, "Sıradan bir gün işte," diye ekledi.

Can Tezcan'ın içine bir hüzün çöktü birden, çevresinde her şey kararır gibi oldu, tam dört yıldır en az bin kez düşündüğünü bir kez daha düşündü: o hep bir kızı olsun istemiş, Gül Tezcan'sa "Kelebeklerin kökünün kuruduğu bir dünyada çocuk istemem," diye kesip atmıştı. O da boyun eğmişti ister istemez. Ama düş hep canlı kılmıştı içinde. Sonra, İnci'yi daha ilk görüşünde, yıllar yılı düşlediği kızın o olduğunu düşünmüştü. Biraz daha yaklaştı.

"Pek sayılmaz, İnci'ciğim," dedi: "Bilemedin bir saat önce çok ünlü bir yargıcımız bizim Varol Korkmaz'ı bundan

25

yirmi beş yıl önce, yani senin yeni doğduğun bir dönemde sevdiği hanımla sevişmiş olmakla suçladı."

İnci birden üzerlerine çöken ağırlığı biraz olsun dağıtmak istedi, gülümsemeye çalıştı.

"Yani Varol bey bu hanımla kendisine tutulduktan yirmi beş yıl sonra mı sevişmiş, efendim?" diye sordu.

"Hayır, bundan tam yirmi beş yıl önce tutulmuş, gene o sıralarda da sevişmiş, sonra kadın bir başkasıyla evlenmiş," dedi Can Tezcan.

İnci bir an düşündü.

"Siz hep söylersiniz ya, efendim: burası Türkiye," dedi.

"Bu yargıcın zaman aşımı diye bir kavramdan haberi yok anlaşılan: yirmi beş yıl çok uzun bir süre."

Can Tezcan, sağ eli hep sekreterinin omzunda, dalıp gitmişti.

"Yirmi beş yıl, evet, çok uzun bir süre," diye yineledi. "Tufan da yirmi beş yıl önce öldürülmüştü: öldüren herifin ona bir buçuk metreden ateş ederken çekilmiş fotoğrafını tüm gazeteler birinci sayfalarında yayımlamışlardı, o herif hiçbir zaman yakalanmadı, ama Varol'un yirmi beş yıl önce sevdiği kızla sevişmesi yirmi beş yıllık bir gecikmeyle de olsa yargıç önüne geldi."

"Burası Türkiye, efendim, sizin de sık sık söylediğiniz gibi."

Can Tezcan odasına gidemeyecek kadar güçsüz buldu bir an kendini, gene de, en az iki dakika süresince, öyle dikildikten sonra, yürüyüp odasına gitmekten daha zor bir şey yaptı: hiçbir şey söylemeden, İnci'yi usulca kendine doğru çekti, ayaklarının ucunda yükselerek yanaklarını öptü. Zaman zaman yapardı bunu, her seferinde de gözlerini gözlerine dikip gülümseyerek hep aynı tümceyi söylerdi ona. Bu kez de öyle yaptı, "Senin gibi bir kızım olsun isterdim," dedi. İçini çekerek odasına yöneldi, İnci de arkasından geldi.

"Efendim, Temel bey siz Kurum'un kapısından girer girmez kendisine bildirmemi söyledi bu sabah, daha sonra da tam üç kez arayarak gelip gelmediğinizi sordu," dedi.

Can Tezcan yüzünü buruşturdu.

"Ben daha gelmedim, güzelim; geldiğimde sana bildiririm," diye yanıtladı.

"Gene telefon ederse?"

"Geldiğimde hemen kendisini arayacağını söylersin. Bizim arkadaşlara da söyleme burada olduğumu."

"Emredersiniz, efendim," dedi İnci, sonra kapıya yöneldi. Can Tezcan öksürdü, her sabah şaşmaz bir biçimde sorduğu soruyu yineledi:

"Tüm arkadaşlarımız görev başında mı?"

İnci hanım hızla çıktı, hemen sonra, elinde küçük bir aygıtla geri döndü.

"Dokuz avukatımız duruşmada, Sabri bey de içlerinde olmak üzere, otuz sekiz avukat, dört araştırmacı, yirmi dokuz sekreter, beş hizmetli kurumda görev başında, efendim," dedi.

Can Tezcan çalışma masasının önündeki iki meşin koltuktan birine bıraktı kendini, başını arkalığa yaslayıp gözlerini yumdu. "Bende bir tuhaflık var bugün," dedi kendi kendine. "Önce günümü, ayımı şaşırıp Gül'e sordum, sonra duruşmada hiç sonunu düşünmeden ortalığı birbirine kattım, hangi günde, hangi ayda, hangi yılda olduğumu adım gibi bilirken, Gül'e sorduğum soruyu bir de İnci'ye sordum. Şimdi de en iyi müşterime kurumda olmadığımı söyletiyorum. Neden? O tuhaf düşün etkisiyle mi? Yoksa bunamaya mı başlıyorum?" En az on dakika süresince babasının ve amcasının son yıllarındaki edimleri ve sözleri dönendi beyninin içinde. Kimi zaman gülümsedi, kimi zaman yüzünü buruşturdu. Sonra birden doğruluverdi. "Saçma, saçma, saçma!" diye yineledi. "Onların yaşına gelmedim daha!"

Kendi gözlemine güldü, tüm dostlarının da buna kahkahalarla güleceklerini düşündü. İlkokula başladığı günlerden şu 17 şubat 2073'e kadar hemen herkes başarılı, içten ve yaratıcı bir insan olarak görmüştü kendisini. Özellikle İstanbul Üniversitesi Hukuk Fakültesi'nde başlayıp Sorbonne'da noktalanan öğrencilik günleri unutulacak gibi değildi: bir yandan her sınavdan başarıyla çıkarken, bir yandan Dostoyevski ve Marx okur, bir yandan da "son devrimci öğrenciler"in önderliğini hiç kimseye bırakmaz, her fır-

27

satta tutucu ve anamalcı yönetime karşı etkili gösteriler düzenler, kenter düzeniyle savaşma konusunda hiçbir fırsatı kaçırmazdı. Geçmişi anımsamıyor da anlatıyormuş gibi gülümsedi, "Ne günlerdi o günler! Korku nedir, bilmezdik," diye mırıldandı. Tufan'ı götürmeye kalkan iriyarı komiserin belindeki tabancayı kapıp adamın kendisine çevirişi belki bininci kez yeniden belirdi gözlerinin önünde, yaşamının en güzel ve en anlamlı günlerinin o günler olduğunu düşündü. Ama sonrası da fena sayılmazdı: 2050'lerde, yani avukatlık yaşamının ilk yıllarında, ülkenin büyük kentlerinde şaşırtıcı bir hızla yaygınlaşan vurdulu kırdılı sol eylemler sırasında yakalanıp içeri atılmış varlıklı kenter çocuklarının değişmez savunucusu olarak ünlenmiş, demeçleri ve fotoğrafları gazete ve televizyonlarda sık sık görünür olmuştu. Herhangi bir duruşmada söz alıp da olayların yerlerini ve tarihlerini, yasaların sayılarını ve içeriklerini önündeki dosyalara hiç bakmadan ve gerçekten coşkulu bir dille anlatmaya girişti mi salonda kendisi dışında herkes susar, yargıcından sanığına, savcısından tanığına herkes soluğunu tutarak dinlemeye başlardı. Yargıçlar, savcılar, avukatlar, davacılar ve sanıklar her sözcüğün tam gerektiği gibi vurgulandığı, her tümcenin kusursuz ve haklı göründüğü konuşmasına hayran kalır, bunları daha önce hiç mi hiç görmemiş, sezinleyememiş olmalarına şaşarlardı. Saptırmacalara başvurduğu, zengin çocuklarının vitrinleri kırmalarının, Mercedes'leri ateşe vermelerinin, üzerlerine göz yaşartıcı gaz sıkan güvenlik güçlerine daha güçlü gazlarla karşılık vermelerinin birer gençlik çılgınlığı olduğunu söyleyerek yargıçları bağışlayıcı olmaya çağırmak şöyle dursun, tüm bu edimlerin çağın zorunlu kıldığı bir büyük devrimin ilk kıvılcımları olarak bizim için birer uyarı görevi üstlendiklerini, bu devrimi zorunlu kılan güç kaynağının da artık varlığı bile kuşkulu görünen proletarya değil, tüm kötülüklerin anası olarak tanımlayabileceğimiz anamalcılık olduğunu kesinler, savunma sona erdiği zaman, birer öncü ya da kahraman değil de anamalın son yaratıları olduklarını kesinlediği delikanlılar ve hanım kızlar birkaç saat içinde ellerini kollarını sallayarak evlerine döneceklerini bilirlerdi. Kısacası, yaklaşık üç yıl süresince, o kadar çok kenter çocuğunu salıverdirtmiş ve eylemlerinin doğal, sıradan ve sonuçsuz olduğuna yargıçlarını öylesine inandırmıştı ki sonunda eylemler kendiliğinden durmuş, zengin çocukları, Roma Olimpiyat Oyunları'nı yerinde izledikten sonra, kendilerini dört gözle bekleyen kenter yaşamına dönerek babalarının ya da analarının işlerini bir ucundan tutmuş, ortada nerdeyse tek gerçek solcu olarak kendisini bırakmışlardı. "Evet, tek gerçek solcu," diye söylendi, ancak hemen sonra gülümsemeye başladı, "Bizim deli Rıza'yı saymazsak," dedi. Birkaç yıl önce, Bebek'te, lisenin son yılındaki sınıf arkadaşlarının düzenlediği bir akşam yemeğinde, nice yıldır ilk kez karşılaştığı şakacı bir arkadaşının "Seni kutlarım, Can'cığım: gençlik düşüncelerini biraz kaçık bir arkadaşını anlatır gibi anlatıyor ve bundan büyük paralar kazanıyorsun," deyişi geldi gözlerinin önüne. Bir an bile duralamadan, "Saçmalama, ben hiç değişmedim, gençlik düşüncelerime hep bağlı kaldım," demiş, arkadaşı da, yüzünde aynı alaycı anlatım, "Ben de bundan bir an bile kuşku duymadım," diye yanıtlamıştı. Alayın ayrımındaydı, ama şu 2073 yılında bile hâlâ gerçek bir solcu olduğu düşüncesindeydi. Temel Diker gibi büyük para babalarının bugün kendisini ülkenin en ünlü ve en zengin avukatı durumuna getirmiş olmaları da bir siyasal tutum sorunu değil, bir uğraş sorunuydu: o yalnızca uğraşının gereğini yapmaktaydı. Kendisine geçmişiyle bugünü arasındaki çelişkiyi anımsatarak bir derin kopma tanısı koyduğu her seferde Gül Tezcan'a da söylerdi bunu. İçini çekti, "Dünyanın en iyi avukatı da olsan, insanlara tüm düşünceni anlatamıyorsun, hele bizim Gül'e," dedi içinden. "Bunca birliktelikten sonra bile!" Onunla öğrenci gösterilerinde yan yana yürüyüşlerini, gecenin ilerlemiş saatlerinde Dimitri'yi, İvan'ı, Alyoşa'yı, Şatov'u, Raskolnikof'u, Nastazia'yı, Netoçka'yı, prens Muşkin'i, İefimov'u, Goliadkin'i tartışmalarını anımsadı, içini çekti, "Her şeye karşın çok güzel günlerdi o günler! Böyle özel yasalarla özel mahkemeler kurulmaya da başlamamışlardı," dedi kendi kendine.

Kalktı, pencereye gitti; yukarıda nerdeyse her dakikada sinekler gibi vızıldayan şu mekik dedikleri küçücük uçaklar birbirini izliyor, aşağıda da arabalar sinekler gibi küçücük görünüyordu; arada sırada bir iki insanın da belirdiği oluyordu; onlar sinekten de küçüktü. Gerçekte de böyleymişler ve hep böyle olmuşlar gibi bir duyguya kapıldı; bir süre hep bu duyguyla baktı insanlara ve arabalara, sonra birden "Saçma! Saçma! Saçma!" diye söylendi. "Belki de günü yaşamanın önemini kavramak için hangi yılın hangi ayında ve hangi gününde olduğumuzu her sabah üst üste on kez yinelemek gerek!" Dönüp masasının başına geçti, parmağını önündeki bir düzine mavi düğmeden birine bastırdı, İnci'ye Temel Diker beyi arayıp "şu anda" odasının kapısından girdiğini ve kendisini beklediğini bildirmesini söyledi.

Aradan beş dakika bile geçmeden, üç boyutu nerdeyse birbirine eşit bir Karadeniz uşağı, tüm İstanbulluların Niyorklu Temel ya da kısaca Niyorklu dediği Temel Diker kapıyı vurmadan odaya daldı, hiçbir şey söylemeden ilerledi, az önce avukatının oturmakta olduğu meşin koltuğa bıraktı kendini, Bir "Merhaba" ya da bir "Nasılsın?" bile demeden, son günlerde kafasında bir saplantıya dönüşen konuya girdi.

"Senin uşaklardan öğrendim, o adam gene ertelemiş bizim davayı, üstelik, iki ay ileriye atmış," dedi. "Anlaşılan tümden bize karşı bu herif."

Can Tezcan gülümsedi.

"Hayır, abartıyorsun," dedi. "Gelecek duruşmada kesinlikle bulunmak istediğini söyleyen de, bir sonraki hafta salı günü bir buçuk aylığına Amerika'ya gideceğini söyleyen de sensin. Tansu da, ne yapsın çocuk, pazartesini istemiş. Ama bu adam pazartesi günlerine duruşma koydurtmaz hiçbir zaman. Çok çalıştığını, cumartesi ve pazarla birlikte pazartesini de dinlenmeye ayırdığını söyler."

"Buna hakkı var mı peki?"

"Bu bir hak sorunu değil, dostum, bir yetki sorunu: duruşma günlerini kendisi saptıyor ve pazartesi günlerine duruşma koymuyor. İşine geldikten sonra, dosyalarını incelemesine ya da boş oturmasına kim ne diyebilir?"

Niyorklu Temel bir at gibi soludu.

"Beni haksız çıkarması durumunda da kimse bir şey diyemeyecek, öyle değil mi?" diye sordu. "Oysa bu dava yüzünden işlerim uzuyor benim; tam on altı gökdelenin yapımına başlanması bu davanın sonuçlanmasına bağlı. Üstelik, başka nedenlerim de var."

Can Tezcan taşı gediğine koymaya bayılırdı.

"Temel'ciğim, sen bu kentte en az yüz elli gökdelen dikmiş adamsın, durmadan da dikiyorsun, on altı gökdelenin sözü mü olur?" diye atıldı.

Ama Niyorklu Temel'in duruşunda ya da bakışında en ufak bir değişiklik olmadı.

"Biliyorsun, ben bu İstanbul'u ikinci bir New York yapmaya çalışıyorum, o evin arsasının da bu çabanın içinde çok özel bir yeri var. Ama yeniden kurmaya çalıştığım şu kentte bir yargıç pazartesi günleri yan gelip yatacak diye işim uzadıkça uzuyor. Buna kimse bir şey diyemez mi sence?" dedi.

"Hayır, diyemez," diye yanıtladı Can Tezcan. Aynı anda, konuğunun dudaklarının titrediğini, yani öfkenin ve üzüntünün son sınırında bulunduğunu gördü, kalkıp yanına geldi, elini omzuna koydu. "Bu adamın bu davayı seni yenik düşürmemek ve ötekini bıktırıp boyun eğmek zorunda bırakmak amacıyla, yani senden ve benden yana olduğu için böyle durmamacasına erteleyebileceğini usuna getirdin mi hiç?" diye sordu.

Niyorklu Temel omuz silkti.

"Öyle de olsa bana ne yararı var ki?" dedi. "O kıç kadar evle bahçe benim on altı gökdelenimin Manhattan'daki gibi düz sıralar oluşturmasını engelliyor. Biliyorsun, iki yıldır bekliyorum. Bu yıl en az bir düzine tarihsel yapıyı yıkma izni aldım. Ama bu inatçı morukla başa çıkamıyorum bir türlü. O ev tarihsel bile değil. Bence büyük bir haksızlık bu, hem bana, hem İstanbul'a haksızlık!"

Can Tezcan güldü, birkaç saat önce öfkeden kendi kendini yiyen adam o değildi sanki. Konuğunun saçsız başını okşadı.

"Dostum, takma kafanı," dedi. "Biliyorum, çok yüce bir

amacın var: İstanbul'u ikinci bir New York yapmak istiyorsun, ama bu iş on altı gökdelenle bitmiyor. Hele biz ötekileri dikeduralım, nasıl olsa onlara da sıra gelir."

"Can bey, belki yüz kez söyledim sana," dedi Temel Diker, derin derin içini çekti. "Burasının benim için çok özel bir yeri var: İstanbul'un en güzel yeri, daha doğrusu, millet böyle biliyor, oraya da aynı gökdelenleri dikeyim ki tüm ötekiler gibi olsun istiyorum."

"Yani her yer eşit, her yer eşdeğer olsun istiyorsun, öyle mi?"

"Evet, öyle, ama çok önemli bir nedenim daha var, biliyorsun: Sarayburnu'na dikilecek *Özgürlük Anıtı* düşüncesi ilk oralarda geldi usuma, bir de, kaç kez söyledim sana, bu anıt en iyi oradan görünecek."

Can Tezcan bir kahkaha attı.

"Peki, nerden biliyorsun? Hiç içine girmedin ki o evin. Yoksa mekiği evin beş yüz metre yukarısında durdurdun da öyle mi baktın çevrene?" dedi.

Temel Diker içini çekti.

"Düşlerimde çok girip çıktım o eve. Hem de ben mimarım, o kadarını kestirebilirim," dedi.

Can Tezcan orada olmayan birine göz kırptı sanki.

"Hepsi bu kadar mı?" diye sordu.

"Hayır, ben de o arsanın üstünde yapılacak gökdelende oturmak ve pencremden bakınca dünyanın en büyük *Özgürlük Anıtı*'nı karşımda görmek istiyorum; daha da önemlisi, Temel Diker olarak bir şeyi bu kadar isteyip de alamamak uykularımı kaçırıyor," dedi Temel Diker, dalıp gitti.

Can Tezcan "Orası arsa değil, konut," demeyi düşündü, sonra vazgeçti, masasının başına döndü, çenesini yumruğuna dayayıp gözlerini konuğuna dikti. İçinden hep gülmüştü bu adama, bunca başarısına, bunca zenginliğine, kendisini de hatırı sayılır bir zengine dönüştürmüş olmasına karşın, onu hiç gözünde büyütmemiş, sanıldığı kadar akıllı, sanıldığı kadar becerikli olmadığını düşünmüştü. Tek bir üstün yanı varsa, o da bir şeyi kafasına koydu mu bir daha vazgeçmemesi, yabandomuzları gibi burnunun doğrusuna gitmesiydi. En azından gökdelen konusunda böyle olmuştu: 2060' larda yaptığı iki haftalık bir New York yolculuğunun ardından memlekete dönmek üzere havaalanına giderken, on beş gün boyunca kendisine New York'u gezdirmiş olan genç Karadeniz uşağına "Bu New York'u çok beğendim, gâvurlar çok güzel yapmışlar, adam gibi değerlendirmişler arsalarını, ben de bizim İstanbul'u ikinci bir New York yapacağım, demedi deme!" demiş, dört saat sonra, kendisini Yeşilköy Havaalanı'nda karşılayan bir başka Karadeniz uşağına da sözcüğü sözcüğüne aynı şeyi yinelemişti. Dönüşünün üstünden bir hafta bile geçmeden, hem de çalışanlarının yalvarıp yakarmalarına karşın, bitmiş ya da bitme aşamasına gelmiş yirmiyi aşkın lüks apartmanını yıktırtıp gökdelen tasarımlarına dalması da, her önüne gelene New York ve gökdelenlerinden söz açması sonucu kısa sürede Niyorklu Temel diye anılmaya başlaması da ne denli kararlı olduğunu göstermişti herkese. O gün bu gün, iki eli kanda da olsa, 22 nisanla 8 mayıs arasındaki günleri New York'ta geçiriyor, İstanbul'u ikinci bir New York'a dönüştürme çabasını gittikçe güçlenen bir aşkla sürdürüyordu. Ancak New York içeriğinden boşalmış bir karşılaştırma öğesiydi artık: Niyorklu epey bir süre New York'takileri örnek alan birtakım gökdelenler diktikten sonra, 2068 başlarında, daha da dizgesel olmayı seçmiş, uzmanlarının uzun ve çok yönlü çalışmaları sonunda, büyüklükte, yükseklikte ve yapım hızında New York gökdelenlerine "taş toplatan" bir örnekçede karar kılmış, İstanbul'u yalnızca bu gökdelenlerden oluşan bir benzersiz kent yapmaya karar vermişti. O gün bu gün, kararından en ufak bir ödün vermeden ilerliyordu yolunda. İnancını ve amacını gönülden paylaşarak aynı çizime göre aynı gökdelenleri diken birkaç kodamanın koşut çabalarının da desteğiyle düşünü daha şimdiden yüzde on, on bir oranında gerçekleştirdiği de söylenebilirdi. Can Tezcan bu tutkuyu üç boyutu birbirine eşit bir adamın koşulunu bir başka düzlemde aşma çabası biçiminde değerlendirerek kahkahalarla gülüyordu ya bu çabaya belli bir saygı da duymuyor değildi. Hiç kuşkusuz, kimi yazarların sık sık vurguladığı gibi, bu aşkın, daha şimdiden, İstanbul'u İstanbul olmaktan çıkardığı söylenebilirdi, ama o bu kentin Niyorklu Temel'in girişimlerinden çok önce ortadan silindiği, dahası, kendi girişimleri sonunda, bir öykünü olarak bile daha kişilikli bir kente dönüşeceği, ayrıca tam bir öykünüden de söz edilemeyeceği düşüncesindeydi. Bir kez daha "Biz hele ötekileri dikeduralım," diye yineledi, sonra da elinde olmadan gülümsedi.

Çok iyi biliyordu ki Temel Diker bu küçük arsayı, dolayısıyla da bu davayı nerdeyse İstanbul'u ikinci bir New York'a dönüştürme tasarısından da fazla önemsiyor, böyle uzun süre sürüncemede bırakılmasını özel ve özgür girişimin önünde yüz kızartıcı bir engel olarak değerlendiriyor ve aktörel açıdan acı çekiyordu: sıradan bir adam, gereğinden fazla yaşamış bir emekli öğretmen, çevresindeki tüm yapı ve arsaları "İstanbul'un son kurtarıcısı" satın almışken, yüz beş metrekarelik bir eski evle içinde üç çam, bir dut, bir nar ve kısır bir fındık ağacından başka hiçbir şey bulunmayan yetmiş beş metrekarelik bir bahçeyi kendisine satmamakta direniyor, önerilen baş döndürücü rakamlar üstünde düşünmek bile istemiyor, "Bu ev bana kardeşimden kaldı, iki oğlum burada doğdu, karım buraya gelin geldi ve burada öldü, tüm dünyayı da verseler, satmam," diye kesip atıyordu. Can Tezcan elli kez söylemişti belki, malını satıp satmamak en doğal hakkıydı adamın, yargılık bir yanı yoktu. Ama Temel Diker de çok önemli bir müşteriydi, isteğini geri çeviremezdi: Sabri Serin'in direnmelerine, "Böyle bir dava Kurum'un saygınlığına gölge düşürür, herkesin alay konusu oluruz," türünden gerekçelerine karşın, kamu yararı gibi temelsiz bir gerekçeyle davayı açmış, yargıç da her şeyden önce davacının Temel Diker, avukatının Can Tezcan olmasını göz önünde bulundurduğundan olacak, "Böyle saçma dava olmaz!" deyip başvuruyu geri çevirmemişti. Ne var ki, parasını ödemek koşuluyla da olsa, yaşlı öğretmenin evini elinden alıp bir başkasına vermenin olanaksız olduğunda tüm Tezcan Avukatlık Kurumu uzmanları birleşiyordu. Şu son yıllarda, nice temel yasanın hoyratça çiğnenmesinden sonra, hukukun hukuk olmaktan çıkmak üzere gelip dayandığı son sınırdı belki bu ev, uzmanların aşıldı mı ortada hukuk diye bir şey kalmayacağını düşündükleri noktaydı. "Hayır, Can bey, olamaz," deyip susuyorlar, Can Tezcan en yakın arkadaşı Varol Korkmaz'ın iki yıldır içeride tutulmasına yol açan mahkemeden söz açınca da "O başka, o başbakanın özel davası," diye kesip atıyorlardı. Kendisi de onlardan farklı düşünmüyordu gerçekte, en doğru tutumun yaşlı öğretmenin ölümünü beklemek olduğu görüşündeydi.

"Benim içten görüşümü sorarsan, boşuna uğraşıyoruz," dedi. "Hiçbir zaman kazanamayacağız bu davayı. Yargıcımız çok iyi bir adam, koskoca Temel Diker bir emekli öğretmene yenildi demesinler diye uzatıyor davamızı."

Temel Diker koltuğunda doğruluverdi birden.

"Öyle mi diyorsun?" diye sordu.

"Evet, gidiş bunu gösteriyor. Bence unutalım bu davayı, yan yollara da sapmayalım, çünkü olay dile düşmeye başladı: bir gazete ve birkaç dergi bizimle dalga geçip duruyor, ak adımızı kara çıkarmayalım."

"Öyle mi diyorsun?"

"Evet, böyle diyorum."

"Ama ben o evi ve o bahçeyi içindeki morukla birlikte bir gecede dümdüz ettirebilirim, toprağın hazineye kalması için başka şeyler gerekirse, o başka şeyleri de yaptırtabilirim."

Can Tezcan yerinden kalkıp konuğunun yanına geldi, elini omzuna bastırdı.

"Hayır, Temel Diker, hayır, sen koskoca bir kent kurucusun, yasadışı yollara başvurarak bunca gökdeleni kana bulayamazsın, ak adını karaya çevirmeye hakkın yok," dedi.

"Öyle mi diyorsun?"

"Evet, böyle diyorum, dostum, her zaman da böyle dedim, biliyorsun."

İkisi de sustu bir süre. Can Tezcan Temel Diker'e bakarak gülümsüyor, Temel Diker'se, nerdeyse hiç kımıldamadan, gözlerini karşı duvarda bir noktaya dikmiş, boş boş bakıyordu. Sonra birden avukatına döndü.

"O zaman biz de devlete dava açalım," dedi.

Can Tezcan güldü.

"Hangi gerekçeyle?" diye sordu.

"Ne bileyim ben," dedi Temel Diker. "Memlekette gerekçe mi yok? Örneğin bu kümesin toprağını o tutucu herifin elinden kurtarmadığı gerekçesiyle."

Can Tezcan umutsuzca başını salladı.

"Olur mu, Temel abi?" dedi.

"O moruk bu güzel semti evinin o köhne görüntüsüyle kirletmekte diretiyor, bense kenti New York'a taş toplatacak bir kent yapmak için her şeyimi ortaya koyuyorum."

Can Tezcan gene umutsuzca başını salladı.

"Ama bu seninki kişisel, dolayısıyla görel bir gerekçe," dedi: "Böyle bir gerekçeyle hiçbir yere varılmaz, sağlam bir toplumsal gerekçe ister."

"Toplumsal gerekçen ne peki?"

"İnsanların yaşam hakkı."

"İnsanların yaşam hakkı mı?"

"Evet, insanların yaşam hakkı. Daha önce de kim bilir kaç kez anlatmışımdır sana: yer düzeyinde pislikten, mikroptan, virüsten geçilmez oldu, bunlar çoğaldıkça nice kuşların, nice böceklerin, nice bitkilerin soyu hızla tükeniyor, insan sayısı da hızla azalmakta. Öyleyse, çözüm yeryüzü düzeyinden elden geldiğince uzaklaşıp gökdelenlerin temiz ortamında yaşamak gerek."

Can Tezcan gülümsedi.

"Bir de bunu yetkililere anlatmak," dedi.

Niyorklu Temel nerdeyse sinirlendi.

"Neden anlatılmasın ki? Söylediğim gerçeğin ta kendisi. Sen hiç gökte güvercin, kırlangıç, serçe görüyor musun?"

Can Tezcan gene güldü.

"Görmüyorum, o kuşlar tarihe karıştı artık, kelebekler de öyle, kuşlardan karga kaldı, böceklerden de kara sinek, ama insanlara anlatılması en zor şeyin gerçekler olduğunu biliyorum," diye yanıtladı.

Niyorklu Temel tam bir Niyorklu gibi kaşlarını çattı.

"Neden anlatılmasın ki?" diye atıldı. "Çözüm de kolay üstelik: moruğun evini iyi bir fiyatla kamulaştırır, daha da yüksek bir fiyatla bana satarlar. Bir zamanlar çok gördük bunun örneklerini."

Can Tezcan gene elini dostunun omzuna bastırdı.

"Bir ara ben de uzun uzun düşündüm bunu, hatta arkadaşlarla da tartıştım," dedi. "Ev çok küçük, öğretmen de çok inatçı bir adam, arkasında birileri var gibi, basından birileri, sanırım, sürekli fiştekliyorlar herifi. Böyle bir işe bulaşırsak, bizi topa tutarlar hemen, öteki işlerimizi de bozarlar. Hem de, biliyorsun, başımızdaki herifler bunca yıldır bu ulusun nesi varsa, hepsini özelleştirdiler, maden, orman, ırmak, liman, fabrika, hastane, üniversite, ilkokul, her şeyi, her şeyi sattılar haraç mezat, bir anaları kaldı satılmadık, sattılarsa da ben bilmiyorum, kimsenin günahını almak istemem. Diyeceğim, bunca özelleştirmenin ardından bir de kamulaştırma yapmaları büyük çalkantılara yol açabilir."

"Basının gözü kapalı bu herifleri desteklediğini söyleyip duran sen değil miydin?"

"Evet, bendim, ama kamulaştırmacı değil, özelleştirmeci oldukları için destekledikleri ortada. Patronlar çıkarlarını burada görüyorlar. Sen de kendi çıkarını burada görmüyor musun? Bunca tarihsel yapıyı böyle yıkmadın mı?"

"Yani bin yıllık yapıyı gözümü kırpmadan yıkacağım, ama bu kümes hep böyle duracak orada, öyle mi?"

Can Tezcan dostunun yakasında uzun bir sarı saç gördü, iki parmağıyla alıp attı.

"Sevgili dostum, büyüklerimizin söylediklerine inanmak gerekirse, memlekette demokrasi var, her şey yapılabilir, ama bizim isteğimizi kolay kolay yapmazlar, yaparlarsa da bu iş bize en az iki üç gökdelene mal olur, en iyisi biraz daha beklemek," dedi. Öyle durup düşündü bir süre, duruşma çıkışı, Sabri Serin'e söylediği bir söz geldi usuna, birkaç dakika süresince gözlerini tavana dikip sustu öyle, sonra gülümsemeye başladı, Niyorklu'nun sağ elini avcuna alıp sıktı, sonra, bir giz verircesine, "Pek de emin değilim ya bu işin bir çözümü var gibi," diye fısıldadı.

"O çözüm ne peki?"

Can Tezcan önce Varol Korkmaz'ın sanık sandalyesinde

oturuşunu, yirmi beş yıl önceki gönül ilişkisi konusundaki soruları yanıtlayışını, sonra da Sabri Serin'e "Özel yargı Mevlüt Doğan döneminin yargısından daha kötü olmaz," deyişini anımsadı, daha da yaklaştı Niyorklu'ya, dudaklarını nerdeyse kulağına yapıştırdı.

"Yargının özelleştirilmesi," dedi: "Her şey gibi yargının da toptan ve tam anlamıyla özel kesime geçmesi, yani senin gibi bir büyük patrona satılması."

Belki birkaç gün önce *Resimli Gündem*'de okuduğu gülmece yazısından, belki Niyorklu'nun az önce söylediği sözden, belki de Sabri Serin'e öfkeyle fısıldadığı tümceden, ama her şeyden önce Varol Korkmaz'ın sanık sandalyesinde oturuşundan ve yargıcın sorularını yanıtlayışından esinlenmişti; ne olursa olsun, ilk kez ağzına almıyordu bu konuyu: daha gencecik bir avukat olduğu ve sol düşünceden hiç mi hiç ödün vermediği yıllarda, kanlı bıçaklı oldukları zaman bile hep birbirlerine benzeyen ülke yöneticilerinin usa gelebilecek her şeyi pazara çıkarmaları, özellikle de nice serüvenler yaşadığı İstanbul Üniversitesi'ni eski bir kaçakçıya satmaları karşısında, kimi zaman gülerek, kimi zaman içi burkularak "Gün gelecek, bu herifler yargıyı da özelleştirecek!" dediği çok olmuştu. Başka çıkışlarını da anımsıyordu Can Tezcan: oldukça yakın bir geçmişte, ama bu kez hiç içi sızlamadan, alaylı bir biçimde, dağların, taşların bile özelleştirildiği bir dönemde, en azından yönetimin kendi kendisiyle tutarlı olabilmesi için yargının da özelleştirilmesi gerektiğini kesinliyor, bir karşı çıkan olunca da "Kardeşim, her şey özelleştirilmiş bu memlekette, yargı neden özelleştirilmesin ki?" diyordu. "Neden yargı, hatta polis örgütü, hatta ordu, hatta bakanlıklar da özelleştirilmesin ki? Ülkenin tüm kaynaklarını adamlarına dağıtırken, yargıyı unuttular anlaşılan, ya da fazla önemsiz buldular. Ama göreceksiniz yakında, ona da sıra gelecek." Dinleyenler gülüyordu bu öngörüye, kendisi de gülüyordu. Karşı çıkanlar oldu mu tartışmayı yapay bir biçimde uzatıyor, ülkeyi gerçekte patronlar yönettiğine ve özel yargı yöntemleri her geçen gün biraz daha ağır basmaya başladığına göre, böyle bir özelleştirmenin, herhangi bir aksaklığa yol açmak şöyle dursun, patronlarımızın sorunlarını çok daha kolay çözeceğini söyleyerek kahkahayı koyveriyor, gençlik yıllarının coşkulu havasını yeniden bulduğu bu ayrıcalıklı dakikalarda, daha bir içten, hatta daha bir mantıklı olduğunu, daha tutarlı çözümlemeler yaptığını düşünerek içlendiği bile oluyordu. Ama bu kez, hafiften alaylı bir biçimde bile olsa, yargının özelleştirilmesini ilk kez belli sorunların çözüme kavuşturulması yolunda bir araç olarak düşünmekteydi.

Ne olursa olsun, Temel Diker'in "İyi de böyle bir şey nasıl olabilir ki?" diye sorması üzerine, biraz ileri gittiğini ayrımsadı. "Nasıl mı? Nasıl mı?" diye yineledi birkaç kez, gözlerini tavanda bir noktaya dikip düşünmeye başladı. En sonunda, konuğuna dönüp de "Özelleştirilmedik ne kaldı ki, dostum? Şimdi polisler, subaylar bile patronların okullarında yetiştiriliyor. Yargı neden patronlarımızın güçlü ellerine bırakılmasın ki?" dediği zaman, aradan en az on dakika geçmişti; üstelik, verdiği yanıt kendisine yöneltilen sorunun tam karşılığı da değildi. Temel Diker'in tepkisi de açıklıkla ortaya koydu bunu: önce büyük bir coşkuyla "Evet, öyle ya, yargı neden patronlara bırakılmasın ki?" diye onayladı, hemen arkasından da "İyi de bu işin bana ne yararı olacak?" diye sordu. "Bu evi o herifin elinden almamı sağlayacak mı?"

Can Tezcan bu kez hiç duralamadı.

"Bir düşünsene, dostum, şöyle bir düşünsene," dedi: "yargıyı sen satın almışsın, tepesine de beni oturtmuşsun: karşımızda kim durabilir o zaman?"

Böyle bir olasılığı düşünmek bile Temel Diker'in başını döndürdü.

"Evet, evet, evet," diye onayladı. "Evet, o zaman... o zaman hiç kimse duramaz karşımızda!" Bedenindeki tüm yağlar kasa dönüşmüşçesine toparlanıp dikleşiverdi koltuğunda, ama, hemen arkasından, kuşku kafasını bir kez daha karıştırdı, "İyi, güzel de buna bizim gücümüz yeter mi?" diye sordu.

Can Tezcan duralamadı bile.

"Neden yetmesin? Yeter de artar bile. Bu arada bizim Varol'u da kurtarırız, yağdan kıl çeker gibi çekip alırız ellerinden," dedi. Gözleri boşlukta, öyle dalıp gitti gene. Temel Diker "Varol da kim?" diye sorunca da yüzünü buruşturdu. "Varol da kim mi dedin?" diye mırıldandı, "Varol benim en eski, en yakın iki arkadaşımdan biri, tam on dokuz buçuk aydır içeride, suçunun ne olduğunu bile bilmeden gün sayıyor."

"Ha, anladım, şu Varol bey," dedi Temel Diker. "Tamam, onu da kurtarırız bu arada. Hele herifler bir 'He!' desinler de. Ama derler mi gerçekten?"

Temel Diker'in "Onu da" demesi Can Tezcan'ı biraz sinirlendirdi: adam en eski ve en yakın arkadaşına bir ayrıntı gibi bakıyordu.

"Tam on dokuz buçuk aydır denemediğim yol kalmadı, ama tüm çabalarım boşa gitti. Herifler yargıçlarını iyi seçmişler, bir adım bile gerilemiyorlar," dedi.

Temel Diker işitmedi sanki.

"He derler mi gerçekten?" diye üsteledi.

Can Tezcan konuşmayı daha bir bilenmiş olarak sürdürdü o zaman.

"Herifler bunca zamandır en büyük kuruluşları, en yaşamsal yeraltı kaynaklarını bile yerli, yabancı demeden, yok pahasına sattılar, hem de bunu bir övünç konusu yaptılar," dedi. "Sıra yargının kırık iskemlelerine, topal masalarına, on yıl öncesinden kalma bilgisayarlarına gelince cimrilikleri mi tutacak?"

"Yani çok paradan çıkmayacağız mı diyorsun?"

"Bundan hiç kuşkun olmasın: ben diyeyim bir gökdelen fiyatı, sen de iki."

"O zaman bu işi olmuş bil," dedi Temel Diker, sonra, iş şimdiden kotarılmışçasına, yargı kendi ellerine geçip de önü açılınca neler yapacağını anlatmaya girişti: bundan böyle tarihti, coğrafyaydı, sanattı, çevreydi, hiçbir gerekçe karşısında duralaması söz konusu olmayacağına göre, İstanbul'u kısa sürede bir ikinci New York yapması iyice kolaylaşacaktı. "Bilemedin, on yılda çıkarım bu işin içinden," diye noktaladı düşünü.

Can Tezcan, pek de inanmadan, ama mutlulukla dinliyordu.

"Ya şu senin *Özgürlük Anıtı?*" diye sordu. "*Özgürlük Anıtı* ne olacak?"

"*Özgürlük Anıtı* mı? *Özgürlük Anıtı* benim için çocuk oyuncağı. Yeter ki izin çıksın," dedi Temel Diker. "Bilirsin, New York limanının girişindeki *Özgürlük Anıtı* yıllar süren çalışmalardan sonra, 1886'da tamamlanmıştı; o zamandan bu zamana köprülerin altından çok sular aktı, bilim ve teknik öyle ilerledi ki bildiğin gibi değil, ben Sarayburnu'na o heriflerinkinden üç dört kat daha büyük bir *Özgürlük Anıtı* dikeceğim, hem de çok kısa bir sürede, ama onların *Özgürlük Anıtı*'nı diken mimar..."

"Heykeltıraş!"

"Evet, heykeltıraş... Heykeltıraş, şu Bartholdi dedikleri uşak... bugün tekniğin nerelere geldiğini görse, dudakları uçuklardı herhalde," dedi Temel Diker, sonra tuhaf bir gülümseme yayıldı yüzüne, "Ama sıkı herifmiş," diye sürdürdü: "Kadına, hani şu meşaleyi tutana, kendi anasının yüzünü vermiş, ben de benimkine Nokta hanımın yüzünü vereceğim."

"Nokta hanım kim?"

"Nokta hanım benim anam."

"Ama Bartholdi heykeltıraştı, sen bizim *Özgürlük Anıtı*'nın parasını vereceksin yalnızca."

"Daha iyi ya! Üstelik benim anam onunkinden çok daha güzel," dedi Temel Diker, çantasını açtı, bir fotoğraf çıkardı içinden, ilk kez görüyormuş gibi hayran hayran baktı bir süre, sonra Can Tezcan'a uzattı.

"Anamın fotoğrafı," dedi, "anamın tek fotoğrafı..."

Fotoğraf Can Tezcan'ın elinde titremeye başladı.

"Ama... ama... ama bu..." diye kekeledi Can Tezcan, "ama bu gerçekten... gerçekten çok güzel bir kadın, öyle güzel, öyle güzel ki insan..."

"Evet, çok güzeldir," dedi Temel Diker, gene tuhaf bir gülümseme yayıldı yüzüne, nerdeyse on yıl gençleştiriverdi onu. "Ben hiç tanıyamadım, daha ben altı aylıkken ölmüş," diye ekledi, içini çekti. "Ama bizim köyde o dünya güzeliydi derdi herkes, bu dünyaya onun gibi güzel gelmedi derlerdi."

"Çok doğru söylüyorlarmış, bu alın, bu burun, bu kaşlar,

hele bu gözler," diye kekeledi Can Tezcan, sesi de elleri gibi titriyordu. "Öyle gösterişsiz, öyle yalın, öyle arı ki herkes gibi diyeceği geliyor insanın, gene de bambaşka, benzersiz..." Birkaç kez yutkundu, "Peki, yarına kadar bende kalabilir mi bu resim?" diye sordu. "Gül de görsün isterdim."

"Kalabilir, geri getirmen de gerekmez," dedi Temel Diker. "Bizim çocuklar bol bol çoğalttılar, hem de boy boy, renklisini bile çıkardılar."

"Çok teşekkür ederim," dedi Can Tezcan. Sonra, gözleri hep fotoğrafta, konuyu değiştirmek istedi: "Anıtı ille de Sarayburnu'na dikmekte hâlâ dayatıyorsun demek?" diye sordu.

"Yer çok güzel, New York limanını aratmaz; ayrıca, Topkapı Sarayı'nı yıkamayacağıma göre, hiç değilse önünü kapatmış olacağım," dedi Temel Diker.

Can Tezcan gülmemek için kendini zor tuttu.

"Bunu da düşündün demek?" diye sordu.

"Evet, düşündüm," dedi Niyorklu.

Can Tezcan bu kez kendini tutmaya çalışmadı.

"Her şeyi düşünmüşsün," dedi, "seninle başa çıkılmaz. Ama Topkapı Sarayı'ndan ne istiyorsun ki? Tarihimizin en önemli tanıklarından biri, hem de çok güzel."

"Olabilir, ama benim kafamdaki İstanbul'un bütünlüğünü bozuyor."

"İstanbul'un bütünlüğünü bozan sen değil misin gerçekte?"

"Hayır, benden çok önce başkaları bozdular. Ben ona yeni bir bütünlük vermek istiyorum, çağın gidişine uygun, tutarlı bir bütünlük, kuruluşu tamamlandığı zaman kent her zaman böyleymiş gibi bir duygu uyandıracak insanlarda, geçmişi de, geleceği de düşündürtmeyecek, onları sonsuz bir şimdiki zamanda yaşatacak bir bütünlük."

Can Tezcan gülümsedi.

"Gene coştun, Temel'ciğim, gene başlangıçla sonucu kaynaştırma tutkun kabardı," dedi. Bir süre düşündü. "Bana öyle geliyor ki gizli ve çelişkin bir Babil saplantısı var sende, dünyayı Babil kuleleriyle doldurmak istiyorsun," diye ekledi. "Belki de..."

Arkasını getirmedi.

"Evet, belki de?" diye yineledi Temel Diker.

Can Tezcan dostunun hep yana, öne ve arkaya doğru genişlemiş olmasının acısını yapılarına olabildiğince ince ve olabildiğince uzun bir biçim vererek çıkardığını söylemeyi düşünmüş, ama hemen sonra vazgeçmişti.

"Seninle başa çıkılmaz," dedi gene.

"Evet, doğru, benimle başa çıkılmaz," diye onayladı Temel Diker, ama aynı anda yaşlı öğretmenin evini görür gibi oldu. "Peki, şu bizim konuya dönersek, bu işi nasıl kotaracağız?"

"Hangi işi?" diye sordu Can Tezcan.

"Hangi işi olacak? Şu öğretmenin evini kamulaştırma işini."

Can Tezcan bu işi nasıl kotaracağını hiç düşünmemişti, yargıyı ele geçirmek gibi tasarlanması bile zor bir serüvene girişip girişmeme konusunda herhangi bir karara da varmış değildi, usuna geleni söyleyivermişti öyle, tıpkı İnci'ye günü, ayı ve yılı sorduğu ve yanaklarını öptüğü gibi, yaşanan dakikanın esiniyle. Gene de, yüzde yüz inanmamakla birlikte, "Biz birlikte çok işler başardık, dostum," dedi. "Bunu da başaramamamız için bir neden göremiyorum. İyice düşünelim ve hazırlıklarımızı iyi yapalım, yeter."

"Evet, çok işler başardık," diye doğruladı Temel Diker, sonra dalıp gitti, Can Tezcan'la sonuçlandırdıkları birbirinden karışık işleri düşündü. Şu son işte başarılı olamamışlar, emekli öğretmeni bir türlü yola getirememişlerdi, doğru; ama gerek devlet, gerek özel kişi ve kurumlarla nice sorunu yağdan kıl çeker gibi çözmüş, İstanbul'u bir bakıma ikinci, bir bakıma birincisinden de özgün, birincisinden de bağdaşık bir New York yapma tasarısını gönülden desteklemiş, başkaları kıskançlıktan adının başına bir de Niyorklu eklerken, o Sarayburnu'na dev bir *Özgürlük Anıtı* dikme düşünü bile yüzde yüz özgün ve yerinde bulmuş, bu konuyu da yakında çözüme kavuşturma yolunda kolları şimdiden sıvamıştı.

"Para konusunda hiç kaygın olmasın, o açıdan sıkıntımız yok çok şükür," dedi. "Nasıl olsa, İstanbul'un kodamanları gökdelenlerimize bayılıyor: herhangi bir gökdelenimizde bir daire için vermeyecekleri şey yok. Bir alan bir daha alıyor. Elimizin altında da nerdeyse bitmiş durumda en az on dört gökdelen var."

Can Tezcan gülümsedi.

"Her şey benim düşündüğüm gibi olursa, bu iş çok fazla para da gerektirmez," dedi.

Temel Diker koltuğunu avukatınınkine biraz daha yaklaştırdı, adamın ağzına girecekmiş gibi eğildi.

"Peki, düşündüğün ne?" diye sordu.

Can Tezcan gizemli bir biçimde gülümsedi. Son günlerde okuduğu bir güldürü yazısını anımsadı.

"Yavaş ol, arkadaş," dedi. "Düşünmek sözün gelişi: biz bu işi konuşmaya başlayalı bir saat bile olmadı daha. Nereden başlayacağımı ancak yarım dakikadır biliyorum, yani daha sen ne düşündüğümü sorarken düşündüm. Bu da önemli bir şey: işler çabuk yürüyor."

"Nereden başlayacaksın?"

"Her şeyin özelleştirilmiş olduğu bir ülkede devletin yargıyı hâlâ kendi tekelinde tutmasının aykırılığından."

"Aykırılığından mı? Sen ne demek istiyorsun?" diye atıldı Niyorklu Temel, çok şaşırmışa benziyordu, çünkü tüm Niyorkluluğuna karşın, yargının gerçekten özelleştirilebileceğini düşünemiyor, avukatının sözcüğünü bir tür benzetme, fazla fazla kendilerinden yana birkaç yasa değişikliği olarak algılıyordu.

Ama Can Tezcan dinginlikle açıkladı tasarısını.

"Evet, aykırılığından! Biliyorsun, geçen yüzyılın sonlarından beri her şey özelleştirildi bu ülkede, öncelikle yabancılara, yabancı alıcı çıkmayınca da yerli kodamanlara, yani onların taşeronlarına satıldı, dağlar, taşlar, ırmaklar, denizler, limanlar, havaalanları, gemiler, uçaklar, trenler, yollar, köprüler, fabrikalar, çöpler, okullar, üniversiteler, stadyumlar. Her şey özel kurumların elinde. Başbakan başbakanlıkta oturması karşılığında İsrailli bir kodamana kira ödüyor. Öyleyse, her şey özel kurumların elindeyse, yargı neden özelleştirilmesin ki? Evet, neden özelleştirilmesin? Yargının nesi eksik? Yüksek sesle soracağım bu soruyu. Baş gerekçem de düzenin tutarlılığı olacak!" Sesi titremeye başlamıştı, soluk soluğaydı: son tümcesi olmasa, Niyorklu Temel'in avukatının değil de bir zamanların ateşli devrimcisinin sesi olduğu düşünülebilirdi. "Evet, düzenin tutarlılığı!" diye üsteledi.

Temel Diker gülümsedi.

"Bir solcu gibi, yani bir solcu inanmışlığıyla konuştun, ama doğru konuştun. Evet, neden özelleştirilmesin?" diye onayladı. Bununla birlikte, daha sonra Can Tezcan'ın da doğrulayacağı gibi, böyle bir olasılığı tümden yadsımasa bile, nasıl başarılacağı ve neler sağlayacağı konusunda kesin bir görüşe varmış değildi hâlâ. "Sen ne dersen, doğru çıkar; ama bu iş bize tam olarak neler sağlar ki? Şu moruğun kümesini elinden alabilir miyiz?" diye sordu.

Can Tezcan irkildi birden: yargının kendi istedikleri biçimde özelleştirilmesi, yani kendi ellerine bırakılması durumunda Niyorklu'nun sorunlarının çok daha kolay çözümleneceği, örneğin Sarayburnu'na Nokta hanımın dev heykelini dikmesine kimsenin ses çıkaramayacağı, çıkaranlar olsa bile tasarıyı engelleyemeyecekleri kesindi, ama bir başka patronun işleri büsbütün karıştırması da büyük olasılıktı, kuralların her an değiştirilebildiği bir ortamda New York bile birkaç hafta içinde yerle bir edilebilirdi, ama, eski bir devrimci olarak, yıkımın devrim, devrimin yıkım biçiminde yorumlandığı bir ortamda böylesine büyük bir devrim ya da yıkımın öncüsü olmayı düşünmek de hoşuna gitmiyor değildi.

"Büyük bir olasılıkla işlerimiz çok daha kolaylaşacaktır," dedi.

"Peki, nasıl?"

"Bilmiyorum, o günler gelince göreceğiz."

Niyorklu Temel'den bir süre yanıt gelmedi, sonra, kendi işleriyle ilgili konularda başkalarının karar vermek üzere olduğu tüm durumlarda yinelediği devini bir kez daha yineledi: elini ceketinin üstünden ve üç kez üst üste iç cebindeki çek defterine vurdu ve aynı durumda her zaman söylediği sözcüğü yineledi, bir yüreklendirme olabileceği gibi bir gözdağı da olabilecek sözcüğü: "Arkandayım."

Can Tezcan'ın beyninde bir şimşek çaktı: o sabah eşine günü, ayı ve yılı söyletmesinin şu sırada tasarladığı eylemin bir önbelirtisi olduğunu, bir başka deyişle, "şu anda" tarihsel bir olayın başlangıç noktasında bulunduğunu düşündü, mutlulukla gülümsedi.

"Temel bey, bugün 17 şubat 2073," dedi.

Temel Diker şaşkınlıkla yüzüne baktı.

"Peki, ne olmuş?" diye sordu.

"Daha ne olsun istiyorsun ki?" dedi Can Tezcan, gene gülümsedi. "Duyduğuma göre Maçka'daki on yedinci gökdelen de bitmek üzereymiş, öyle değil mi?"

Temel Diker hâlâ şaşkındı.

"Evet, bitti sayılır," dedi. "Neden sordun?"

"Hiç, öyle sordum," diye yanıtladı Can Tezcan, sonra konuğunu unuttu. Kafasında düşünceler şaşırtıcı bir hızla birbirini izlemeye başlamıştı şimdi; ancak artık kendisi düşünmüyor, bir tasarıyı geliştirmiyordu da düşünceler kendiliklerinden, ama anılarla, tasarılarla, görüntülerle iç içe geçmiş bir biçimde, yukarılarda bir yerlerden iniyorlardı. Şimdi eski dostlarından Cüneyt Ender "Paran olacak da şu mavi gökdelenin yüz bilmem kaçıncı katında kıyak bir daire alacaksın, ama nerde bizde o para?" diyordu. Aynı sözcükleri aynı biçimde yirmi beş kez yineledi belki içinden, sonra masasının üstündeki minicik iletişim düğmelerinden birine bastı.

"İnci'ciğim, bana *Küre* gazetesinden Cüneyt Ender'i bulur musun?" dedi.

III

Can Tezcan dört beş aydır görmediği dostunun kendisini çok iyi karşılayacağını daha *Küre*'nin görkemli kapısından girerken anladı: görevliler ayağa fırlayarak kendisini saygıyla selamlıyor, her adımda, adını ezberlemek isterlermiş gibi, "Buyurun, Can bey; şuradan, Can bey; hemen, Can bey; lütfen, Can bey," diyor, çevresinde gittikçe kalabalıklaşıyorlardı. Öyle anlaşılıyordu ki gazeteye geleceğini yalnızca ünlü köşe yazarı Cüneyt Ender ve kapıdaki görevliler değil, başta gazetenin patronu olmak üzere, muhabirinden saymanına, tüm çalışanlar biliyordu. "Peki, nedeni ne bunun? Niyorklu Temel'in avukatlığını yapmam mı? Bu sabah olağanüstü mahkemede başkan beye çektiğim fırça mı? Yoksa yalnızca Can Tezcan olmam mı?" diye sordu kendi kendine. Ama daha ötesini araştırmadı, "Ne olursa olsun, bu karşılama iyi bir belirti," diye geçirdi içinden: kafasındakini dostuna benimsetebilmesi durumunda, işler hızla gelişebilirdi. *Küre* bir zamanların *Hürriyet*'i gibi bol resimli ve bol yarı çıplak kadınlı bir halk gazetesiydi, ama bir yandan patronun serveti ve ilişkileri, bir yandan kimi köşe yazarlarının becerisi nedeniyle, en yapay, en saçma sorunları bile güncelleştirip kitleye mal etmekte üstüne yoktu, arada bir konuları saptırarak iktidarlara yardımcı olur, arada bir de saldırıya geçerek kitleyi arkasına alırdı, ama birtakım önemli sorunların üzerinde inatla durarak çözüme kavuşturulmalarında belirleyici bir işlev yüklendiği de olmaz değildi. Eski dostu Cüneyt Ender de gazetesine benzerdi bu açıdan. Üstelik, olayların akışına göre ve oldukça sık değiştirdiği tutumlarına bir dürüstlük, daha dün benimsediği savlara tartışılmaz bir gerçeklik görüntüsü vermeyi çok iyi becermesi nedeniyle her zaman örnek bir gazeteci, etkili bir köşe yazarı olarak değerlendirilmişti. Düşündüğü konuda da etkili olmaması için bir neden yoktu.

Ancak, Cüneyt Ender'in odasında, sabahki duruşmaya ilişkin beş on dakikalık bir konuşmadan sonra, gençliklerinin bir bölümünü yüzyılın ikinci çeyreğinde bırakmış kır saçlı, hafiften göbekli ve çok başarılı eski arkadaş nitelikleri bir süre her şeyi unutturdu onlara. Gerçekte, bugün olduğu gibi o günlerde de ne yaşamları benzeşirdi, ne düşünceleri. O günlerde Can Tezcan devrimci bir üniversite öğrencisiydi, Cüneyt Ender'se tüm düşüngülere dışarıdan bakan bir genç gazeteci. Ama, görev gereği, hep solcu öğrencileri izlemiş, çoklarıyla dostluk kurmuş, eylemlerini ve düşüncelerini olabildiğince nesnel bir biçimde yansıtmaya çalışmış, olayların soğumasından sonra serüvenlerine ve kişiliklerine ilişkin kitaplar yazmış, böylece onlardan biri gibi görünmeye başlamıştı. Eylemleri artık içeriğinden boşalıp birtakım gözüpeklik ve güç edimlerine indirgenmiş olduğundan, onlar da içlerinden biri olarak görmeye başlamışlardı kendisini. Üstelik, her şeyi abarttığından olacak, serüvenlerini ondan dinlemeye bayılırlardı. Can Tezcan da kuralı bozmadı: içten kahkahalar arasında, "Ne günlerdi o günler!" ya da "Ne çılgınlıktı o!" türünden ünlemlerle başladılar, sonra, alçak sesle, savaşım anılarına daldılar: uçsuz bucaksız bir kalabalığın ortasında, havaya sıkılan kurşunlar, yirminci yüzyılın üçüncü çeyreğinden kalma "Kurtuluşa kadar savaş!" ve "Tek yol devrim!" haykırışları kulakları sağır ederken, Can Tezcan'ın, boyuna bakmadan, iriyarı bir polis komiserinin belindeki tabancayı kapıverip kendisine doğrultmasını, bir başka gösteride, üç haftadır ülkenin her köşesinde aranıp da bir türlü bulunamayan, kendisinden herhangi bir haber de alınamayan Amerika Birleşik Devletleri konsolosunun, başında dalga dalga omuzlarına inen kızıl bir peruk, üzerinde kolsuz bir pembe bluz, kısacık bir pembe etek ve ayaklarında hem yüksek, hem incecik topuklu pabuçlarla polislere doğru koşmasını birbirlerinin eksiğini tamamla-

yarak tam üç kez baştan anlatıp kahkahalarla güldüler, iki-
de bir "Ne günlerdi o günler!" diye yineleyip durdular.

Cüneyt Ender gözlerini arkadaşının gözlerine dikti.

"Ama hepsinin en unutulmazı komiserin belinden ta-
bancasını, elinden de Tufan Şirin'i çekip almandı," dedi, içi-
ni çekti. "Yazık ki aradan bir yıl bile geçmeden vuruldu za-
vallı, çünkü sen yanında değildin," diye ekledi.

Can Tezcan'ın gözleri doldu.

"Tufan kavganın şiirini yazardı, ama kavga etmesini
bilmezdi, her şeyden önce ozandı," dedi, içini çekti, "Hep
geride kalmasını söylerdim, ama beni dinlemezdi," diye mı-
rıldandı.

Cüneyt Ender tuhaf bir biçimde gülümsedi.

"Ben de soyadıyla dalga geçerdim, 'Sen bu soyadıyla ne
ozan olabilirsin, ne kahraman,' derdim," dedi.

Bir süre sustular, sonra gene Cüneyt Ender konuştu.

"Senin Varol Korkmaz hiç katılmazmış bu eylemlere,
inekler dururmuş, bu da yetmemiş gibi devlete ve yasaları-
na bağlılık söylevleri çekermiş hep, işe bak ki şimdi biz dı-
şarıdayız, o içeride," dedi. "Sen bu sabah duruşmada ortalı-
ğı birbirine kattığına göre, davasında hiçbir olumlu gelişme
olmadığı anlaşılıyor."

Can Tezcan'ın yüzüne koyu bir gölge düştü sanki, içini
çekti.

"Göründüğü kadarıyla yok," diye yanıtladı. "Ben de sa-
na bunu sormayı düşünüyordum."

"Avukatı sensin, davanın ayrıntılarını en iyi sen biliyor-
sun."

Can Tezcan bir kez daha içini çekti.

"Avukatın bilgisi olması için ortada gerçek bir dava bu-
lunması gerekir," dedi. "Ama bu davada ne belge var, ne bir
şey, suçlamalar var yalnızca, hiçbir kanıta dayanmayan ve
hiçbir yere götürmeyen suçlamalar, Varol'un gençlik aşkı gi-
bi. Bunlar da yargıçlardan ve avukatlardan önce gazete ve
televizyonlara geliyor genellikle, bizlerden önce sizler görü-
yorsunuz. Sonra da doğru mu, yanlış mı demeden yayımlı-
yorsunuz."

"Haklısın," dedi Cüneyt Ender. "Bu konuda iyi bir sınav vermedik. Adamlar fazla iticiydi, Mevlüt aga da fazla bastırıyordu."

Can Tezcan birden dostuna doğru eğildi.

"Benim bu tür aksaklıklara kesinlikle son verecek nitelikte bir tasarım var, seni bu nedenle rahatsız ettim," dedi fısıldar gibi.

Cüneyt Ender korkmuş gibi arkasına yaslandı birden.

"Beni bu heriflerle karşı karşıya getirmeye kalkacak değilsin herhalde," dedi: "Bilirsin, hiç şakaları yoktur; köşemden atılmam için Mevlüt ağanın bir telefonu yeter."

Can Tezcan güldü.

"Önerimin böyle bir sonuç getirebileceğini hiç sanmam, sevgili dostum," dedi.

"Öyleyse anlat."

Can Tezcan düşünceli bir havaya büründü, gözlerini dostunun gözlerine dikip sustu bir süre, sonra, bir şaka yapacakmış gibi, tuhaf bir biçimde gülümsedi.

"Sevgili Cüneyt, bu ülkede gerçek demokrasinin yerleşmesi için yargının en kısa zamanda özelleştirilmesi gerekiyor," dedi.

O zaman, ta öğrenciliğinden beri tekleme nedir bilmeyen Cüneyt Ender bir süre "Se... se... sen... sen..." diye kekeledikten sonra, "Sen ne diyorsun, Tanrı aşkına? Sen neler saçmalıyorsun?" dedi, ama, hemen arkasından, fazla ileri gittiğini düşündü, sesini yumuşatmaya çalıştı, "Can'cığım beni çok şaşırttın," diye sürdürdü: "Bu da yeni bir devrim mi?"

Can Tezcan kararlılıkla başını kaldırdı, gözlerini dostunun gözlerine dikti.

"Evet, yeni bir devrim," diye yanıtladı. "Hem de büyük, çok büyük bir devrim. Daha doğrusu, gerçekleştirilmesi durumunda, büyük bir devrim olabilir."

"Nereden esti peki?"

"Nereden essin istiyorsun ki? Bırakınız yapsınlar, bırakınız geçsinler ilkesinden. Bir ülkede her şey özelleştirilmişse, hukukçusundan polisine herkes özel öğretim kurumlarında yetiştiriliyorsa, yargının hâlâ bir devlet kurumu olarak kalması açık bir tutarsızlık olmaz mı sence? Bugünkü durum da yeterince göstermiyor mu bu tutarsızlığı?"

"Bugünkü durumun nesi var ki?"

"Bugün yargı ne özel, ne kamusal. Daha doğrusu, kimi zaman özel gibi görünüyor, kimi zaman kamusal. Ama daha çok özel. Her şey yönetimin, yönetimin bile değil, hükümetin başındaki adamın iki dudağı arasında. Yani kamusal görüntüsü altında özel, özelden de öte, bireysel. Yani yargının en kötü, en yoz biçimi. Bu sabah da tanık olduğumuz gibi. Sen de böyle düşünmüyor musun?"

Cüneyt Ender hemen yanıt vermedi, gözlerini yere dikerek düşündü bir süre: gazetesinin coşkuyla desteklediği yönetimin böyle bir öneriyi öfkeyle geri çevirmeyeceği de, yargı alanında gerçek çözümün özelleştirme olup olmadığı da kuşkuluydu ona göre. Gülümsemeye çalıştı.

"Bunu nereden çıkarıyorsun?" diye sordu.

Can Tezcan şaşırdı birden, böyle bir soru beklemiyordu. Oturaklı bir yanıt, somut bir örnek aradı, başbakan ve birkaç bakan, birkaç milletvekili geldi gözlerinin önüne, Büyük Millet Meclisi'nde bir oylama, Adalet Sarayı'nda birkaç yargılama görüntüsü geldi.

"Bir ülkede akşam sabah yeni yasalar çıkarılıyorsa, yargı ve yönetim çoktan özelleştirilmiş demektir," dedi. "Bizdeki durum da bu: her özel durum için özel yasa çıkarılmakta, hem de kaç yıldır. Kaç yıldır, yöneticiler ya da adamları ne istiyorsa o olsun, yüzde yüz o yapılsın, yargıcın, yöneticinin yorumlama hakkı kalmasın diye. Bunu görmemek için kör olmak gerekir. Benim görüşümü sorarsan..."

"Dostum, dostum, yavaş ol biraz," diye sözünü kesti Cüneyt Ender. "Sen konuyu biraz saptırmıyor musun? Sözünü ettiğin tüm o yasalar kapalı kapılar ardında değil, Büyük Millet Meclisi'nde çıkarılıyor, dolayısıyla bu devletin, bu toplumun yasaları..."

Can Tezcan birden sinirlendi, kalkıp gitmemek için zor tuttu kendini.

"Bu yasalar kapalı oturumlarda çıkarılsaydı, en azından bir utanma, bir bilinç rahatsızlığı, bir ölçü duygusu taşıdıklarına inanırdık," dedi.

"Sen bizim yöneticilerimizin utanç duygusundan bile yoksun olduklarını mı söylüyorsun?"

"Cüneyt'çiğim, duyguyu muyguyu bırakalım da gerçeğe bakalım," dedi Can Tezcan. "Bir ülkede durmamacasına yasa çıkarılıyorsa, altı ay önce çıkarılmış bir yasanın yerine altı ay sonra tam karşıtı getiriliyorsa, yargı kararlarının yönetimin istediği biçimde olması için ikide bir özel mahkemeler kurulup özel yargıçlar atanıyorsa, o ülkede yalnızca yargı değil, hiçbir şey güvencede değil demektir," dedi. "Yasaları çıkaranların kendileri bile güvende değil demektir. Bunu anlamak ve anlatmak çok mu zor sence?"

İyice coşmuştu Can Tezcan, inançla konuşuyordu, ama, kimilerini zaman zaman şöyle bir sezinlemiş bile olsa, daha önce bilinçle düşündüğü şeyler değildi söyledikleri. Bu nedenle, kendi ağzından çıkan sözleri nerdeyse bir başkasının düşünceleri gibi algılıyor, ama, bundan rahatsız olmak şöyle dursun, içinden çıkılmaz olmuş bir duruma geçerli bir tanı konulduğunu görmenin mutluluğunu duyuyordu. İşin ilginç yanı, o bu coşkulu konuşmayı sürdürdükçe, Cüneyt Ender de benimsemeye başlıyordu gözlemlerini, 2070'li yılların çok ünlü ve çok zengin avukatını değil de 2050'lerin ateşli devrimcisini dinliyormuş gibi bir duyguya kapılıyor, nerdeyse gençlik günlerini yeniden yaşıyordu. Gene de durmamacasına özel durumlar için yasa çıkarmak ve özel mahkemeler kurmakla yargıyı özelleştirmek arasında dolaysız bir bağıntı kuramıyordu.

"Sevgili dostum, sürekli olarak özel yasa çıkarmakla yargıyı özelleştirmek birbirinden çok farklı şeyler gibi geliyor bana," dedi; "böyle sürekli olarak özel yasalar çıkarılırken, yargı özel kurumların elinde daha iyi mi işleyecek?"

Can Tezcan duralamadı bile.

"Herhalde," dedi, "herhalde daha iyi işleyecek."

"Neden?"

"Çünkü çelişki kalkacak ortadan, yani her şey gibi yargı da özel kurumların elinde olacak. Daha iyi işlemese bile tutarsızlık kalkacak ortadan."

"Tüm sorun tutarlılık mı yani? Evrimin tamamlanması mı? Ama özel kurumlar bu işi daha iyi yapmayacaksa..."

"Eninde sonunda daha iyi yapacaklar, çünkü parasıyla yapacaklar her şeyi. Evet, böyle, yargıyı ellerinde tutanlar davalı ve davacıdan para alacaklar ister istemez, onlara karşı belli bir sorumluluk yüklenecekler, işlerini ellerinden kaçırmamak için daha sorumlu davranacaklar."

"Nereden belli? Ülkeyi yönetenlerle büyük özel kuruluşlar arasındaki sıkı ilişkileri sen benden çok daha iyi bilirsin. Her gün görüyoruz: halkı soymakta çok iyi anlaşıyorlar, hele bu özel kuruluşlar yabancı olunca. Yargıda da böyle olmayacak mı?"

"Hayır, yargıda böyle olmayacak."

"Öyle bile olsa, sen bu durumda adaletin de bir mal gibi satılabileceğini, dolayısıyla da bir mala dönüştürülebileceğini benimsemiş olmuyor musun?"

"Sence doğal değil mi bu? Her türlü değerin mala dönüştürüldüğü bir ortamda bundan daha doğal bir şey olabilir mi? Şu yirmi birinci yüzyılda neler mala dönüştürülmedi ki?"

Cüneyt Ender hep yirmi beş yıl öncesinin ateşli devrimcisini dinler gibi dinliyordu dostunu, görüşüne katılsın katılmasın, mantığına, gözlem gücüne, coşkusuna ve öfkesine hayranlık duyuyor, ne düşüneceğini, ne söyleyeceğini bilemiyordu.

"Peki, yargıyı satın alacak zengini nereden bulacağız?" diye sordu. "Böylesine büyük bir örgüte kimin gücü yeter ki?"

Can Tezcan gülümsedi.

"Örneğin ben alabilirim," dedi.

Cüneyt Ender büsbütün şaşırdı.

"Sen mi? Dalga geçme benimle," dedi. "Onca yapıyı, onca yargıcı, onca savcıyı neyle satın alacaksın ki?"

Can Tezcan hep gülümsüyordu.

"Sorduğun şeye bak!" dedi. "Bunca fabrika, bunca maden, bunca orman, bunca üniversite, bunca hastane, bunca hava, deniz, kara ve demiryolları nasıl satıldıysa, yargı da öyle satılacaktır herhalde, yani yok pahasına. Ayrıca, çalışanlar için para ödenmez bu işlerde, onlar hesap dışında tutulur, böylece canının istediğini alır, istemediğini almazsın. Üstelik, hükümeti binlerce adama aylık ödemekten kurtarmış olursun. Cüneyt'çiğim, senin gibi büyük bir gazeteci bunları nasıl bilmez?"

Cüneyt Ender soruya yanıt vermedi.

"Yargı başka," dedi. "Burada da değişik dümenler çevrilse bile, bence bu iş çok para ister."

"Ben kendimi örnek diye andım, yargıyı ille de ben alacağım demedim, alamam da," diye yanıtladı Can Tezcan. "Ama almaya kalkarsam, bana destek olacak ya da kendileri alıp beni yönetimin başına getirecekler hiç de az değil."

"Örneğin kim?"

"Örneğin paralı müşterilerim, diyelim ki Niyorklu Temel..."

"Senin gökdelen kıralı."

"Evet, o. Yoksa beğenmedin mi?"

"Yok, neden beğenmeyeyim? Çok zengin ve çok çılgın olduğunu söylüyorlar. Diktiği gökdelenler de gerçekten güzel. Ama biraz üç kâğıtçı değil mi bu herif?"

"Herkes kadar. Fazla olarak bir ülküsü var: İstanbul'u yüzde yüz çağdaş, yüzde yüz ruhsuz bir kente dönüştürmek, esin kaynağı New York'tan bile daha tutarlı, daha düzgün, daha işlevsel bir kent yapmak istiyor."

"Nasıl yani?"

Can Tezcan bir süre düşündü.

"Nasıl anlatsam, bilemiyorum," dedi. "En azından yapılar konusunda, Thomas More'un *Nusquama*'sı gibi bir şey. Ya da onun yüzyılımıza uygun düşen bir biçimi: tüm gökdelenler birbirinin aynı olacak, aynı çizime göre, aynı yükseklikte, aynı genişlikte. Yalnızca renkleri ve numaraları değişik olacak. Bir de ortalıkta ne ağaç, ne çiçek. Birbirlerinden uzaklıkları da aynı olacak. Her birinin yüksekliği beş yüz elli metre olduğuna göre de kent derlenip toparlanacak ister istemez, zaman ve yakıt tüketimi en aza inecek."

"Ya eski yapılar? Eski yapıları geçtik, eski gökdelenler?"

"Hepsi yıkılacak."

"Ne zaman?"

"Olabildiğince kısa bir sürede."

Cüneyt Ender nerdeyse yerinden fırlayacaktı.

"Olamaz, hayır, bu kadar da olamaz!" dedi. "Peki, sen böyle bir kentte yaşayabileceğine inanıyor musun?"

Can Tezcan bir süre düşündü.

"Temel Diker'in İstanbul'u benim düşlerimin kenti değil; gene de şu içinde yaşadığımız çirkinlik, kargaşa, uyumsuzluk ortamından çok daha rahat ve çok daha güzel olacağı kesin," dedi. "Bu İstanbul Thomas More'un düşlediği başkent olacak bir bakıma."

Cüneyt Önder şaşkınlıkla, nerdeyse öfkeyle ayağa kalktı.

"Olamaz, çok saçma bir şey bu!" diye homurdandı. "Böyle bir tasarının Thomas More'un düşüncesiyle ne ilgisi olabilir?"

Can Tezcan "Thomas More'u okumadığın belli," demeyi düşündü bir an, ama hemen sonra vazgeçti, elini dostunun elinin üstüne koydu, sonra var gücüyle sıktı.

"Cüneyt'çiğim, bizim Niyorklu'nun tasarısı Thomas More'a da, çağımıza da çok uygun," diye yanıtladı. "Thomas More başkentinin evlerinin hep aynı biçimde ve çok uzun bir ev sanılacak kadar düzenli bir biçimde sıralanmış olduğunu söylemiyordu yalnızca. Aynı zamanda kenter düzenini de muştuluyor ve insanlarını kadın ile erkeği, evli ile bekârı ayırt etmek koşuluyla hep aynı biçimde giydiriyordu. Bugün, konutlar ve yollar hızla tek biçimliliğe yönelirken, kılıklar da tek biçimliliğe gidiyor, üstelik kadın ve erkek, evli ve bekâr ayrımı da kalmadı artık, kalsa da kimsenin umurunda değil."

Cüneyt Ender güldü.

"Abartıyorsun, Can'cığım, hem de çok abartıyorsun," dedi. Sonra birden kaşlarını çattı. "Peki, aynı zamanda bir kuramcı mı bu senin Niyorklu? Bir filozof mu?" diye sordu.

"Hayır, ne kuramcı, ne filozof," dedi Can Tezcan. "Ne filozof, ne kuramcı, ama korkunç bir sezgisi ve korkunç bir becerisi var."

"Çok da parası..."

"Evet, doğru; ama kendi çabasıyla kazanmış. Dedeleri Diker soyadını almışlar, çünkü terziymişler, Trabzon'da en güzel avcı yeleklerini onlar dikerlermiş; Temel Diker alan değiştirmiş: en yüksek, en sağlam ve en güzel gökdelenleri dikiyor."

"Oradan buraya nasıl gelmiş peki?"

"Zamanında iyi patronlar, zengin yatırımcılar seçip zamanında aslan payını aldıktan sonra yol değiştirerek, yönetimlerle iyi ilişkiler kurarak, sonunda da benim gibi çok sıkı bir avukat bularak."

"Anlıyorum, korkunç para düşkünü demek?"

Can Tezcan gene bir kahkaha attı.

"Hayır, dostum, Temel Diker mala ve paraya senin benim kadar bile değer vermez; kendini İstanbul'a adamış o; daha doğrusu, imgelemindeki İstanbul'a. Bu İstanbul'a bir adım daha yaklaşabilmek için servetler verebilir, küçücük bir arsa için beş gökdeleni gözden çıkarabilir."

"Korkunç bir tutkulu yani."

"Evet, hem insanın tüylerini ürperten, hem saygı uyandıran bir tutku."

"Evet, öyle görünüyor," dedi Cüneyt Ender, sonra gülümsedi, "Ama üç kâğıtta herkesten ileri olduğu da kesin gibi. Ayrıca, mala, paraya fazla düşkün olmaması Karun gibi zengin olmasını önlememiş."

Can Tezcan bir süre düşündü.

"Evet, belki," diye yanıtladı. "Bu ülkede en az yüz yıldan beri her iktidar kendi zenginlerini yaratmıştır; ama bizim..."

Cüneyt Ender sözünü kesti.

"Bereket, Türk halkı sağduyulu bir halk da hiçbir partiyi bir dönemden fazla iktidarda tutmuyor," dedi.

"Evet, öyle, hep kendi zenginlerini yaratan partileri iktidara getirmiş olması da açıkça gösteriyor ne denli sağduyulu olduğunu! Ama sen benim sözümü kestin: bizim Niyorklu'nun üstünlüğü üst üste üç iktidar döneminde zenginliğine zenginlik katmış olması. Bakarsın, dördüncüsünü de kafakola alıverir," dedi Can Tezcan, sonra bir kahkaha attı, "Dostumun bir başka üstünlüğü de benim tasarıya gönülden inanıp destek vermesi," diye ekledi. "Çok duyarlı bir yurtsever. Senin her yazını okur. Ve senin gibi bir düşünce adamının dünyaya bir Diker gökdeleninin penceresinden bakması gerektiğini söyler. Sık sık çınlatırız kulaklarını."

Cüneyt Ender mutlulukla gülümsedi.

"Ben de şöyle güzel ve geniş bir gökdelen dairesinde oturmak isterdim doğrusu," dedi, sonra yapmacık bir biçimde içini çekti, "Oradan gazeteye de mekikle gelmek isterdim," diye ekledi.

"Bunlar şu yaşadığımız günlerde hiç de erişilmez şeyler değil, hele çok ünlü bir *Küre* yazarı için," dedi Can Tezcan. "Önemli olan istemek."

"Öyle mi diyorsun?"

"Öyle diyorum."

Cüneyt Ender dostunu daha bir ilgiyle dinlemeye başlamıştı, gene de sözünü kesti.

"Bana bak, komutan, bunlar hep devrimci sözleri. Bence, senden dinlemiş olsalardı, Danton da, Saint-Just de onaylardı bu tasarıyı," dedi. Gözlerini gözlerine dikerek bir süre hiçbir şey söylemeden baktı eski savaşım arkadaşına. "Yani sen bu yeni özelleştirme düşüncesini yerinde bir tasarı olarak görüyorsun, yani ciddisin, yani güvenilir ortakların da var, öyle mi?" diye sordu.

Can Tezcan başıyla onayladı.

"Evet, böyle, dostum, ancak ben tek başıma kalkamam bu işin altından, bu konuda senin yardımını istiyorum, istiyoruz daha doğrusu," dedi.

Cüneyt Ender daha bir ilgiyle baktı dostuna.

"Ben ne yapabilirim ki?" diye sordu.

"Bana sorarsan, senin o oturaklı, o hep on ikiden vuran yazılarından biri bile olayı başlatmaya yeter, gerisi kendiliğinden gelir."

"Abartıyorsun."

"Hayır, abartmıyorum, Cüneyt'çiğim, Temel Diker de benimle aynı görüşte: senin kimliğin de, gazetenin konumu da çok önemli."

"Neyse, görürüz yakında; nasıl olsa, denemesi bedava. Belki yarınki sayıya bile yetiştirebilirim," dedi Cüneyt Ender. Sonra arkasındaki kitaplığın alt bölmelerinden birinin içine yerleştirilmiş küçük buzdolabından viski ve buz, yanındaki bölmeden de kadeh ve kuruyemiş çıkardı. "Hadi, şerefe!" deyip kadeh tokuşturdular. Bir yandan içkilerini içerken, bir yandan da tasarının ayrıntılarına girdiler. Yaklaşık kırk dakika sonra, yargının özelleştirilmesini nerdeyse şimdiden çözüme kavuşturulmuş bir sorun olarak değerlendirip bir kez daha gençlik anılarına daldılar. En sonunda, dostundan izin istediği zaman, Can Tezcan üçüncü kadehini de boşaltmış, dışarıda da sokaklar çoktan aydınlatılmıştı. Asansörün kapısında, Cüneyt Ender öpüşleri dörtledi.

"Arada sırada da olsa, böyle buluşup konuşmak çok güzel oluyor, insanın çevreni genişliyor," dedi.

"Evet, sık sık yinelemeli," diye onayladı Can Tezcan.

Cüneyt Ender dostunu bir kez daha öptü.

"Biliyor musun, şu yargının özelleştirilmesi konusunu ilk açtığında tepem atmıştı," dedi duygulu bir sesle. "Bu kadarı da fazla diye düşünmüştüm, ama şimdi... şimdi kaç yıllık düşümüzmüş gibi."

"Anlıyorum, dostum, seni çok iyi anlıyorum," diye yanıtladı Can Tezcan. "Bende de olur sık sık, hiç ayrımına varmadan geçmişte, gençlik günlerde bulurum kendimi, o günlerin mantığıyla bakarım dünyaya, daha doğrusu, o günlerdeki mantığımla, hele yanımda bir gençlik arkadaşım varsa. Ne de olsa, başkaldırı içimize işlemiş, daha doğrusu, doğamızın bir parçası, ya da ilkel benliğimizin, bilemiyorum, yani Freud'un 'bu' dediğinin. Böyle durumlarda birden başını kaldırıp dikleniverir, sonra gene sıcak uykusuna dalar. Biz eski devrimcileriz. Bugünün devrimi de yargıyı özelleştirip günümüzün toplumuna tutarlılığını vermek."

"Evet, eski devrimcileriz ve eylemimizi sürdürüyoruz," diye doğruladı Cüneyt Ender. "Yargıyı özelleştirmek de bir devrim, sana inanıyorum."

Can Tezcan, midesindeki üç kadeh viskiye karşın, insanların en olmayacak şeyleri bağdaştırma yeteneklerinin hayranlık verici olduğunu düşündü, sonra dostunun gözlemine düşünsel bir temel getirmek istedi.

"Montesquieu'nün ünlü yasa tanımını bilirsin," dedi:

"Yasalar olguların doğasından kaynaklanan zorunlu bağıntılardır."

"Yani?"

"Yani doğru söylüyorsun: yargıyı özelleştirmek de bir devrim. Yirmi birinci yüzyılın ortalarında hâlâ on dokuzuncu yüzyıl kuralları uygulanamaz, öyle değil mi?"

"Evet, kesinlikle öyle; dünyamız küreselleşiyor."

"Hâlâ mı?" dedi Can Tezcan.

Cüneyt Ender uzun uzun güldü bu soruya.

"Akıllı arkadaşlarımız böyle söylüyorlar, Galilei döndürmüştü, bizimkiler de yavaş yavaş küreselleştiriyorlar," dedi, bir kez daha eğilip dostunun yanaklarını öptü. Kendisi de eski eylemcilerdenmiş gibi "Gençliğimizde boşuna önder bellememişiz seni," diye ekledi, gözlerini Can Tezcan'a dikerek gülümsedi. "Bir de yamağın Rıza Koç vardı, sıkı herifti hani."

"Bizim son marksçıyı mı söylüyorsun? Daha birkaç saat önce görüştüm onunla," dedi Can Tezcan.

Cüneyt Ender dostuna büyümüş gözlerle baktı.

"Yapma!" dedi. "O tekkede değil miydi?"

"Değil, gününü doldurmuş bir kez daha."

"Nerede gördün peki?"

"Adliye'nin otoparkında."

"Ne arıyormuş ki orada? Gene duruşması mı varmış?"

"Hayır, o duruşmalara kendi gelmez hiçbir zaman, getirilir."

"Peki, ne arıyormuş o zaman?"

"Beni bekliyormuş, biraz borç istemek için."

"Gene bir saçmalık yapmak için olmalı. Sen de verdin mi?"

"Verdim, evet."

"Bence iyi etmemişsin, gene bir saçmalıklar yapacak, yakalayıp içeriye atacaklar."

"Bana öyle geliyor ki Rıza bundan hoşlanıyor. Bazı bazı düşünüyorum da benim bile hoşuma gidiyor. Çok eski bir devrimci geleneğini sürdürüyor bizim Rıza: devrimci kitapçıklar yazıp el altından dağıtıyor, 2073 yılında, düşünebiliyor musun? Türkiye'nin son devrimcisi. Bayrağı bırakmamakta dayatıyor."

"Sen de onu destekliyorsun. Yargının da patronlara bırakılmasını istediğin şu boynuzlu günlerde bile."

Can Tezcan güldü.

"İnsan çelişkin bir hayvandır," dedi. "Sanırım, bir yazında sen söylemiştin bunu."

"Evet, dostum, belleğine hiç diyecek yok," dedi Cüneyt Ender.

Tam bu anda asansör kata geldi. Yarım dakika sonra, Can Tezcan *Küre*'nin kapısının önündeydi. Birkaç adım ileride, şoförünün, eli arabanın arka kapısının üzerinde, kendisini beklemekte olduğunu gördü, hızla yürüyüp bindi arabasına. Tam yerine oturduğu anda gene Tufan Şirin'i anımsadı. Cüneyt Ender'e duyduğu sevgi daha bir güçlendi: o çok çalkantılı dönemde, arkadaşının ardından en az beş yazı yazmış, kendisini vuran kişinin bulunmamasını eleştirmişti. Son yazısı da, anımsadığı kadarıyla "Ozanın kanı" adını taşıyordu. "O günlerde hiçbir etkisi olmamıştı yazılarının, ama o dönemlerde sol bir gazetede yazıyordu," dedi kendi kendine. Sonra gene Tufan Şirin'e döndü: Varol Korkmaz ya da Rıza Koç'la olduğu gibi içli dışlı bir dostluğu yoktu onunla, ama birçok eyleme yan yana katılmışlar, birçok kez birlikte içmiş, birlikte şarkılar ve marşlar söylemiş, birlikte kovalamış ve birlikte kaçmışlardı, çok da güzel şiirler yazardı. O vurulduğunda Paris'teydi, öldüğünü öğrendikten sonra, günler boyunca onu düşünmüş, sık sık da ağlamıştı. Ama şimdi, birkaç yaşlı adam dışında kimsecikler anımsamıyordu kendisini. Yüzünü gözlerinin önüne getirmeye çalıştı, getirdi de, ama bir şeyler eksikti sanki. "Yaşam iğrenç bir şey," diye mırıldandı. Sonra, yavaş yavaş, kendisi ayrımına bile varmadan, Tufan Şirin silinip gitti düşüncesinden. Günün konusuna döndü: tasarısının daha şimdiden gerçekleşme yoluna girdiğine inanıyor, bunu da her şeyden önce kendi bilgi birikimine, kendi düşünme ve konuşma yeteneğine bağlıyor, dilinin ucuna nerdeyse yukarılarda bir yerlerden inen tutarlı gerekçeleri anımsadıkça göğsünün kabardığını duyar gibi oluyordu. "Bizim Cüneyt yazısında kendisine saydığım nedenlerin yarısını da kullansa, bol bol yeter," diye geçirdi içinden. Sonra gülümsemeye başladı, özel numarasından Temel Diker'i aradı, "Alo?" sesini işitir işitmez de "Ben Can, işler tıkırında!" deyip kapattı, sonra da, neden kapattığını bir soran varmış gibi, nerdeyse yüksek sesle, "Meraktan çatlasın hergele!" deyip gevrek bir kahkaha attı. Oturduğu gökdelenin asansörüne girerken, tutumunu doğrulayacak bir gerekçe daha buldu: yüz otuz katı yarım dakikada çıkıveriyordun, alabildiğine çirkinleştirilip kirletilmiş kentin o karışık yollarından, o birbirinden çirkin yapılarından kurtarılarak bir baştan bir başa gökdelenlerle donatılması kesinlikle doğru, kesinlikle gerekli bir şeydi, kenti ve insanlarını özgürleştirecek bir tasarıydı. Tıpkı yargının özelleştirilmesi gibi. Tasarısının övüldüğü her seferde Niyorklu'nun yüzünde beliren mutluluk gülümsemesi gözlerinin önüne geldi. Kendisi de gülümsedi.

Yüz yirmi yedinci katta, asansörden çıkıp dairesinin kapısından girdiğinde de çevresine aynı dingin ve mutlu gülümsemeyle baktı. Salonda, elinde bir rakı kadehi, uçsuz bucaksız kent ve deniz görünümüne karşı koltuğuna oturduğu zaman da öyle. Gül Tezcan bir şaka hazırlamakta olduğunu düşündü. Şaka bir türlü gelmeyince de dilinin altında olağanüstü bir şeyler bulunduğunu sezinledi. Ancak, Varol Korkmaz'ı o gün de özgürlüğüne kavuşturamadığına göre, bu dingin ve mutlu gülümsemeyi herhangi bir anlama bağlamak olanaksızdı.

"Can'cığım, sende bir tuhaflık var bugün, hem de sabahın köründen beri. Ne yaptığını, ne yapacağını bilmiyormuş gibi görünüyorsun," dedi.

Can Tezcan tıpkı arabadaki gibi gevrek bir kahkaha attı.

"Ben mi ne yaptığımı ve ne yapacağımı bilmez gibiymişim? Tam tersi, sevgilim, tam tersi! Anlatsam aklın durur," diye yanıtladı, arkasından da "Hadi, anlat öyleyse!" denmesini beklemeden, önce Varol Korkmaz'ın duruşmasında başkanla atışmasını özetledi, sonra Temel Diker ve Cüneyt Ender'le buluşmalarını birbiri ardından anlatmaya girişti. Gül Tezcan'ın tüm araya girme girişimlerini de "Dur hele, güzelim!" ya da "Bekle, canım, oraya da geleceğim!" diyerek boşa çıkardı. En sonunda, her şeyi anlatıp da "Bana bir rakı daha, koca bir bardak da su!" dediğinde, en az bir saat bir çeyreklik bir konuşmayı noktalıyordu.

Gül Tezcan dinlediklerinde aklını "durdurabilecek" hiçbir şey bulamamış gibi dinginlikle, hem de hiç sesini çıkarmadan kalkıp mutfağa gitti, rakıyla suyu getirip eşinin önündeki sehpaya bıraktı, sonra gene koltuğuna oturdu, gözlerini gözlerine dikti.

"Bir kez daha anladım ki sen delinin tekisin," dedi. "Evet, içtenlikle söylüyorum, delisin sen, sevgilim, ya da çocuk, bilemiyorum. Düş kurup durursun öteden beri, arada bir de böyle akıllara durgunluk veren, böyle zırva düşler kurarsın."

Can Tezcan gene bir kahkaha attı.

"Bu yüzden mi böylesine başarılı oldum?" diye sordu.

Gül Tezcan ne duruşunu değiştirdi, ne sesini.

"Şimdiye dek işlerin hep rast gitti, olaylar düşlerine denk düştü, ama her şey tersine dönebilir, sevgilim, çünkü bu kez hukukun temeline saldırıyorsun, kesinlikle kendisinin olanı kamunun elinden alıp kurtlara vermeye kalkıyorsun, bindiğin dalı kesiyorsun yani. Dünyanın hiçbir yerinde görülmemiş, denenmemiş bir şey bu senin istediğin."

"Orada dur, Gül'cüğüm!" diye atıldı Can Tezcan. "Orada dur bakalım..." Karısının görüşlerine her zaman değer verir, çok iyi bir hukukçu olduğunu deneyimleriyle bildiğini de sık sık yinelerdi; ama bu kez sözünü bitirmesini bile beklemedi. "Orada dur," diye yineledi. "Dur da tek tek ele al söylediklerimi: bakalım, en ufak bir çelişkim var mı?"

Gül Tezcan gülümsedi.

"Hayır, yok," diye yanıtladı. "Dikkatle dinledim, söylediklerin birbirleriyle çelişmiyor, hepsi kendi içinde tutarlı. Ama, başta hukuk ve tüm toplumsal değerler olmak üzere, hemen her şeyle çelişiyor. Bir yandan düşlerde yaşıyor, bir yandan da herkes senin gibi olsun istiyorsun."

Can Tezcan kendi kendini yiyordu.

"Böyle konuşma, sevgilim," diye atıldı, "Ne olur böyle konuşma, şu iyi zamanlarında söylediğini söyle bana: arada bir kendimi gençlik günlerimde bulduğumu ve birden yüzde yüz haklı, yüzde yüz yaratıcı oluverdiğimi söyle."

Gül Tezcan biraz ileri gittiğini düşündü o zaman, gene de gerilemedi.

"Sen her zaman haklı ve yaratıcısın, ama bu başka bir durum," diye yanıtladı. "Bu anlattığın gerçekten yanlış ve yıkıcı bir tasarı. Hiç kimseye benimsetemeyeceksin bu yaklaşımı, milletin alay konusu olacaksın."

"Hayır, sevgilim, yanılıyorsun," dedi Can Tezcan, bu kez fazlasıyla içten ve coşkulu görünüyordu. "Hayır, değil, yıllar var ki gençliğime böylesine yaklaşmamıştım, yaklaşmak da söz mü, hiçbir zaman gençliğimi böylesine yakalamamıştım: şimdi tüm anamalcıları ve tüm uşaklarını tutarsızlıkları içinde tutarlı, yanlışlıkları içinde doğru yere yerleştirerek, yani tutarsızlıkları ve yanlışlıklarıyla burun buruna, kucak kucağa getirerek gerçek kimliklerine kavuşturuyorum. Kim bilir, belki de kaçınılmaz sonlarına yaklaştırıyorum onları."

"Onlarla bir olarak, onları zırva mantıklarında destekleyerek."

"Hayır, sevgilim, bilinçle onların dışında kalarak."

"Tüm bu zenginlik içinde, İstanbul'un en yüksek gökdeleninin en büyük dairesinde, Niyorklu Temel'in avukatı olarak mı?"

Can Tezcan bir yanına bir ağrı saplanmış gibi yüzünü buruşturdu, ama alışkındı, Gül Tezcan böyle sık sık karşı çıkardı tasarılarına.

"Haksızlık ediyorsun, sevgilim, bana haksızlık ediyorsun," dedi. "Yaşamımın yanlışlığı düşüncemin de yanlış olduğunu göstermez. Ayrıca, soruna öncelikle dürüstlük açısından bakacaksak, bu düzenin içinde başka türlü nasıl yaşayabilirdik ki? Başka türlü yaşamamıza olanak var mıydı?"

"Avukatlığı bırakabilirdin, ben bıraktım."

"Evet, sen bıraktın, böyle bir düzende böyle bir uğraşı miden kaldırmadı. Ama bu düzenin gözde avukatlarından birinin eşi olarak yaşadığını da unutma."

"Eşim de başka türlü bir yaşam seçebilirdi."

"Ne yapsaydım ki, sevgilim? Elime bir kalaşnikof alıp sokağa fırlasam, yakalanıncaya kadar kaç kapitalist öldürebilirdim? Oysa şimdi, şu beğenmediğin düşüncemle duvarın dibine getiriyorum onları, Fransızların dediği gibi. Evet, hepsini gerçekle yüz yüze getiriyorum."

"Nasıl peki? Yargıyı da patronların kucağına atarak mı?"

"Nasıl mı? Nasıl mı? Nasıl mı?" diye yineledi Can Tezcan, soluk soluğaydı. Sanki sözcükler düşüncelerinin önünden gidiyor, onları da kendisi gibi soluk soluğa bırakıyorlardı. Birkaç saniye solukandı, sonra "Şöyle," diye sürdürdü: "Sorun dönüp dolaşıp şuraya geliyor: yargı ve geri kalan her şey patronların eline geçtiği zaman, Tanrı'nın günü televizyon ekranlarında zırvalayıp durmaktan başka bir şey yapmayan yarım akıllı başbakanların ve tüm adamlarının artık hiçbir işe yaramadıkları, gerçek anlamda hiçbir işlevleri kalmadığı, yalnızca halkın ve patronların sırtında gereksiz bir yük oldukları kesinlikle anlaşılacak. Gereksizlikleri kesinlikle anlaşılınca da koca Marx'ın öngörüsü tersinden gerçekleşecek ister istemez: o proletaryanın, yani emeğin kesin utkusunun devletin sonu olacağını öngörmüştü, olmadı; oysa bu iş kesinlikle getirecek anamalcılığın sonunu. Arkasından da..."

"Evet, arkasından da?..."

"Arkasından da artık özgür kalan proletarya düzenlerin en yabanılına, en insandışısına, kapitalizme son vererek emeğin egemenliğini kuracak ve devrim, bir kez daha, hiç, ama hiç beklenmediği bir ülkede gerçekleşecek."

Can Tezcan birden öylesine coşkulu, öylesine inançlı konuşmaya başlamıştı ki Gül Tezcan kendini otuz üç yıl öncesinde buluvermişti: şimdi bir zamanların gencecik üniversitelisini dinliyormuş gibi bir duyguya kapılıyor, coşkudan ağlayacak gibi oluyordu. Gene de çabuk topladı kendini.

"Ya patronlar?" diye sordu. "Patronlar ne oluyor?"

Can Tezcan bir an bile duralamadı.

"Gerçek patronların nerdeyse tümü yabancı olduğuna, dolayısıyla ülke dışında bulunduğuna, ülkedeki adamları da birer uşak olmaktan öteye geçmediğine göre, fazla bir sorun çıkmayacak," dedi.

Gül Tezcan birden yerinden fırlayarak eşinin boynuna sarıldı, neresi gelirse, öpmeye başladı.

"Sevgilim, sevgilim, sevgilim," diye yineledi, "Sevgilim, sen avukat olacağına ozan olacaktın..."

Ama Can Tezcan işitmiyordu sanki, gözleri boşlukta, kımıltısız, öylece kaldı bir süre, sonra gözlerini Gül Tezcan'ın gözlerine dikti.

"Bu arada, Varol'u da kurtaracağım," dedi.

Gül Tezcan bir kez daha sımsıkı sarıldı kocasına.

"Elbette, sevgilim," diye hıçkırdı. "Elbette kurtaracaksın."

"Buna sen de inanıyorsun, öyle değil mi?"

"Elbette, sevgilim, elbette inanıyorum," dedi Gül Tezcan, büyülenmiş gibiydi. Karşısına oturmuş, dudaklarında, gözlerinde, yüzünde, tüm varlığında ışık gibi, anlatılmaz bir gülümseme, hayranlıkla kocasına bakıyor, kucağına atılıp sımsıkı boynuna sarılmakla aynı edimi ondan beklemek arasında duralıyordu.

Can Tezcan da aşağı yukarı aynı durumdaydı: gözleri eşinin gözlerinde, onun hâlâ güzel, hatta çok güzel olduğunu düşünüyordu. Sonra birden Niyorklu Temel'in annesinin fotoğrafını anımsadı, sanki yargının özelleştirilmesi ve Marx'ın öngörüsü çoktan gerçekleşmiş gibi, kalktı, ağır ağır ceketine doğru yürüdü, ceketinin cebinden cüzdanını, cüzdanından fotoğrafı çıkardı, Gül Tezcan'a uzattı.

"Bu da bizim Niyorklu'nun anası," dedi. "Seninle karşılaştırılamasa da çok güzel bir kadın."

Gül Tezcan, tam da onun boynuna sarılmak üzere olduğu bir anda, kocasının zamansız edimine şaşmadı; tam tersine, fotoğrafı görür görmez her şeyi unuttu.

"Benimle karşılaştırılamaz mı? Sen dalga mı geçiyorsun? Ben ömrümde böyle güzel bir yüz görmedim. Bununkine güzellik bile denilemez, yüce bir şey, eşsiz bir şey, buna başka bir ad bulmak gerekir," dedi, sonra, Can Tezcan kendisini kucaklayıp yatak odasına götürürken de, üzerindekileri ağır ağır çıkarırken de, yatakta sevişirken de benzer şeyler mırıldanıp durdu. Ancak, yarım saat sonra, birbirlerine sırtlarını dönmek üzere oldukları sırada, kocasının elini tutup var gücüyle sıktı, "Sence tek bir yazı nasıl başlatabilir ki o süreci?" diye sordu. "Bu senin Cüneyt Ender düşündüğün kadar etkili bir yazı yazabilecek mi? Yazmaktan vazgeçerse ya da *Küre*'nin yöneticileri yazıyı geri çevirirlerse ne olacak?"

Can Tezcan konuyu çoktan unutmuştu, bir süre düşündü. "Cüneyt yazıyı bu akşam bile yazabileceğini söylemişti; umarım, yarın okuruz, bilemedin, öbür gün," dedi.

IV

Cüneyt Ender yazıyı o akşam da, ertesi akşam da, üçüncü, dördüncü, beşinci, altıncı akşam da yazmadı. Tam dokuz günlük bir gecikmeyle, tasarının çağcıllığına, tutarlılığına ve yararlılığına ilişkin tüm açıklamaları bir kez daha dinledikten, bu arada, Temel Diker'den gelen ilginç bir öneriyi de değerlendirdikten sonra, 26 şubat 2073'te, bütün gün evine kapanarak yazdı, ertesi gün, yani 27 şubat 2073'te de yayımladı. Doğrusunu söylemek gerekirse, Temel Diker'in önerisi geri çevrilebilecek bir öneri değildi: "ünlü ve değerli yazarımız"ın Nişantaşı'ndaki yüz kırk metre karelik dairesinin satışından alacağı para karşılığında, Maçka'da bitmek üzere olan bir gökdelenin yetmişinci ve yüzüncü katları arasında, salonu ve üç odasından ikisi denize bakan iki yüz elli metre karelik bir daire vermeye hazır olduğunu bildirmekteydi. Ancak ünlü yazar bugün rahatlıkla "tarihsel" diye niteleyebileceğimiz ünlü yazıyı bu cömert önerinin etkisiyle mi yazdı, yoksa, Can Tezcan'a söylediği gibi, buna daha baştan karar vermişti de konu uzunca bir hazırlık mı gerektirmişti, kesin bir şey söylemek zordu. Ne olursa olsun, dönemin olaylarına gençliklerinde yakından tanık olmuş yaşlı dostlarımızın da tanıklık ettikleri gibi, yazısının tüm Türkiye'de bir bomba etkisi yarattığı kesindi. Rahatlıkla söylenebilirdi ki Cüneyt Ender'in "Uyarıyorum" başlığını taşıyan ve önemli bir bölümü birinci sayfada verilen bu uzun yazının yayımlanmasından sonraki Türkiye yayımlanmasından önceki Türkiye değildi artık. Yazı Emile Zola'nın on dokuzuncu yüzyılın sonlarında Fransız kamuoyunu altüst eden *Suçluyorum*'u kadar etkili ve tutarlı değildi belki, ama yazarı-

67

nın büyük ölçüde ondan etkilendiği, hatta bilgisayarının başına geçmeden önce onu birkaç kez, hem de çoktan aramızdan ayrılmış ve çoktan unutulmuş olan sıradan bir yazarın tam yetmiş yıl önce yaptığı bir çeviriden okuduğu da belli oluyordu. Bununla birlikte, "Uyarıyorum"un Türk kamuoyu üzerindeki etkisinin *Suçluyorum*'un kendi döneminde Fransız kamuoyu üzerindeki etkisinden geri kalmadığı kesindi.

Cüneyt Ender karşı durulmaz savlar mı öne sürüyordu bu yazıda? Hayır. Çok yeni şeyler mi söylüyordu? Gene hayır. En azından, Can Tezcan'dan dinlediklerine hiçbir şey eklemiyordu. Ancak, bir köşe yazısının alışılmış boyutunun dört katına çıkarılması bile çarpıcı bir şeydi, işin içine köşe yazarının bunca yıllık deneyimi ve ünü de girince, önerisi bambaşka bir bütünlük, tutarlılık ve çekicilik kazanıyordu. Yazıya, "eski bir devrimci olarak", belki de büyüklü küçüklü tüm devrimleri er geç tökezleten başarısızlığın birincil olarak değişik kurumlar arasındaki uyumsuzluktan, ikincil olarak da yargıyı bir devlet kurumu olarak sürdürme inadından kaynaklandığını vurgulamakla başlıyor, gerçekleştirilmesi gereken en büyük devrimin yargıyı özelleştirmek, yani yargı alanında devletin patronluğuna son vermek olduğunu söyledikten sonra, "Yargı devletin eline bırakılamayacak kadar önemli bir toplumsal kurumdur," diyor, hemen arkasından da savının düşünsel temeline geliyordu: günümüzde üniversitelerden madenlere, ulaşımdan güvenliğe, her şey özelleştirilmiş bulunmakta ve dünyamız kaçınılmaz bir küreselleşme sürecinden geçmekteyken, yargı bu evrensel gidişin dışında kalamazdı.

Ona göre, kamusalcılık tümden yanlış bir toplum anlayışının ürünü olan bir sapkınlık, özel girişimse, yurttaş sayısının artmasına katkıda bulunmanın bile bir yatakta iki bireyin içgüdüsel edimine bağlı bulunduğu düşünülünce, insanın en doğal tutumuydu. Dünyamızın küreselleşmesi de her şeyden önce özel kurumların ülke ayrımı yapmadan, yani hiçbir sınır tanımadan tüm ülkelere egemen olmaları, böylece devletlerin fazlasıyla ikincil bir güç durumuna düşürülmeleriydi. Yirmi birinci yüzyılın son çeyreğinin eşiğindeydik, Montesquieu'nün tasarladığı dünyada yaşamıyorduk artık. Bu adam krallığın temel ilkesinin onur, tiranlığın temel ilkesinin korku, cumhuriyetin temel ilkesinin de erdem olduğunu söylemişti; tanımı her zaman gerçeği yansıtmasa da, yani krallık yönetimi onura, cumhuriyet yönetimi erdeme sık sık boş verse de ilkeler temelde doğruydu belki, ama, kim ne derse desin, dünyamız küreselleşmişti artık, her yıl bir kez güneşin çevresinde, üç yüz altmış beş kez de kendi çevresinde dönmekteydi; öyleyse bizim yaşamakta olduğumuz dönemde ne erdem, ne onur, ne korku temel ilke olabilirdi, kim kimi korkutacak, kim kimden daha erdemli, kim kimden daha onurlu olacaktı, bizim yaşamakta olduğumuz mutlu dönemde tek ölçüt nesnel ve evrensel bir değerdi artık, bu evrensel değer de paraydı. Bu durumda, köktenci bir özelleştirmenin kaçınılmaz duruma geldiğini hiç kimse yadsıyamazdı. Dünyada yönetimlerin yargıyı büyük ölçüde kendi ellerinde tutmaları, yargıyı kendi ellerinde tutmayı sürdürürken, bir de utanmadan "erkler ayrılığı"ndan söz etmeleri yargı alanındaki geleneksel tutumun saçmalığını değil de neyi gösterirdi? Öyleyse bizim erkler ayrılığı dediğimiz şey gerçekleştirilmiş bir ülkü değil, gerçekleştirilecek bir ülküydü. Ülküyü gerçeğe dönüştürmenin tek yolu da yargının serbest piyasa koşulları uyarınca özelleştirilmesinden geçmekteydi. Böylesine yüce, yüce olduğu kadar da zorunlu bir ülküyü gerçekleştirme yolunda ilk adımın tüm dünya ülkeleri arasında Türkiye Cumhuriyeti'nde atılması ulusumuza çok önemli bir öncü niteliği kazandıracak, saygınlığımızı artıracaktı. Çünkü özelleştirme kavramı "sivilleştirme" kavramıyla eşanlamlıydı ve, herkesin çok iyi bildiği gibi, "sivil" latince *civicus* sözcüğünden gelirdi ve hem "askerin ve suçlunun karşıtı olarak *sivil*" hem de "uygar" anlamını taşırdı. Böylece, bu yepyeni özelleştirme bizi öteden beri yeterince "sivilleşmemiş, yani uygarlaşmamış bir toplum" diye küçümseyen kendini beğenmiş Batı uluslarının suratında patlayan bir şamar olacak ve ulusumuza dünya ulusları arasında seçkin bir yer kazandıracaktı. Ne olursa olsun, böyle bir devrimin geciktirilmesinde her açıdan büyük sakıncalar, bir an önce gerçekleştirilmesinde büyük yararlar vardı. Özellikle canı sıkılan her yurttaşın soluğu yargıda aldığı bir toplumda bu çağdışı durum bir iki yıl daha sürecek olursa, Türkiye Cumhuriyeti kesinlikle batardı. Bu denli geri ve yoksulsak, biraz da yargıyı devletin elinde bıraktığımız içindi. Uzun sözün kısası, dünyamızın kesinlikle küreselleşmiş bulunduğu bu mutlu çağda, Türkiye Cumhuriyeti'ni yönetenleri ülkenin ölümsüzleri arasına katacak tek bir yol vardı, o yol da yargının özelleştirilmesinden geçmekteydi.

Gül Tezcan yazıyı daha sabahın yedisinde, yani kocasından en az bir saat önce, yatağında okudu, kahvaltı sırasında da, orasına, burasına bir kez daha göz attıktan sonra, yüzünü buruşturdu, gazeteyi sehpaya doğru fırlattı, "Bu kadar teneke bir yazı beklemiyordum," dedi. Can Tezcan "Ne yaparsın, bizim halk böylesinden hoşlanır," diyerek arkadaşını savunmaya çalıştı ya onun da yazıyı fazla beğenmediği açıkça görülüyordu. Ne var ki, söylediğimiz gibi, "Uyarıyorum" gerçekten bir bomba etkisi yarattı ve bir anda ülke gündeminin göbeğine oturdu.

"Uyarıyorum"'un yayımlandığı günün akşamı Türkiye Cumhuriyeti'nin nerdeyse tüm televizyonları akşam haberlerinin başında Cüneyt Ender'in "devrimsel öneri"sinin uzun bir özetini veriyor, arkasından da ülkenin başbakanının, adalet ve içişleri bakanlarının, ana muhalefet partisi başkanı ve birtakım parti sözcülerinin, her konuda söylenecek sözü bulunan profesörlerin ve ünlü köşe yazarlarının bu "ilginç öneri"ye ilişkin görüşlerini alıyorlardı. Açıklanan görüşler de önerinin kendisi kadar ilginçti nerdeyse. Okumayla başının pek hoş olmadığı bilinen başbakan "Bu sabah tüm gazetelerin manşetlerini okudum, öyle bir yazıya rastlamadım, sözünü ettiğiniz yazarın adını da ilk kez sizden duyuyorum," diyerek belli çevrelerde yarattığı izlenimi haklı çıkarıyor, buna karşılık, adalet bakanı işlerinin yoğunluğu nedeniyle söz konusu yazıyı okumaya zaman ayıramadığını, ancak, arkadaşlarından aldığı bilgilerden çıkardığı kadarıyla, öneriyi "kendi içinde oldukça ilginç ve tutarlı" bulduğunu, gerekirse konuyu uzman arkadaşlarıyla birlikte değerlendirebileceklerini söyleyerek sorunu zamana bırakıyordu. Muhalefet partilerinin sözcüleri de işi aynı biçimde zamana, yani oluruna bırakmayı yeğliyor, olumlu ya da olumsuz bir görüş belirtmekten özenle kaçınıyorlardı. Hiçbir konuda kesin bir görüşleri bulunmadığı ve her girişimi kendileri için yararlı ya da zararlı olması açısından değerlendirdiklerinden, bunun sonucu olarak da kendi görüşlerini oluşturmak için önce iktidarın görüş belirtmesini beklediklerinden, konunun üzerinde durulmaya değer olduğunu belirtmekle yetiniyorlardı. Burada görüşten söz etmek bir abartma sayılmazsa, aynı partinin önde gelenleri arasında görüşleri çelişenler de az değildi. Ama bunlar ayrıntılara, özellikle de Cüneyt Ender'in yazarlığına ve kişiliğine ilişkin konularda ortaya çıkan çelişkilerdi. Örneğin eski ve büyük bir partinin başkan yardımcılarından biri "Ben Cüneyt beyi her okuyuşumda Türkiye'de de filozoflar var derim, bu yazıyı da bir felsefe yazısı gibi okumak ve öyle değerlendirmek gerekir," diyerek önerisi konusunda görüş belirtmeyi ertelerken, bir başkası aynı şeyi "Gerçekten ilginç ve yaşamsal bir öneri söz konusu burada, çok yakında tüm yönleriyle ele alacağız," diyerek yapıyor, bir üçüncüsüyse, "Biz bu konuyu parti yönetim kurulumuzda tam bir yıldır tartışmaktayız, çok yakın bir tarihte kesin bir sonuca varacağımızı umuyorum," diyor, bir dördüncüsüyse, "Ben o yazarı okumam," diyerek defteri kapatıyordu. Kısacası, hepsinin kafası karışıktı. İktidar partisinin adından sık sık söz ettiren bir üyesi, Massachusetts Institute of Technology'de siyasetbilim doktorası yapmış genç bir milletvekiliyse, "Hele televizyonlarımız konuyu şöyle enine boyuna ele alıp irdeleyerek aydınlatsınlar da ondan sonra konuşalım," diyerek benzerlerinin büyük çoğunluğunun eğilimini dile getirmekteydi: önce televizyonları izlemeli ve buradan yansıyacak ışıktan yararlanmalıydı, çünkü, bugün olduğu gibi o gün de evde, sokakta, okulda, partide ve hükümette herhangi bir tasarı ya da etkinliğin geçerlilik kazanabilmesi için önce birkaç televizyon izlencesine konu olması ve olumlu bulunması gerekmekteydi.

Bundan daha doğal bir şey de olamazdı doğrusu, televizyonlarda görmeye alışkın olduğumuz kişilerin, yani hemen her konuda söylenecek sözü olan köşe yazarları ve üniversite öğretim üyelerinin ipiyle kuyuya inmenin de birtakım sakıncaları bulunsa bile, bu kişiler konuya daha bir hazırlıklı biçimde, yani en azından Cüneyt Ender'in yazısını okumuş olarak giriyor, yazının havasının da etkisiyle soruları çok coşkulu ve gerçekten inanmış bir havayla yanıtlıyorlardı. Ayrıca, ayrıntılarda ufak tefek uzlaşmazlıklara rastlanmakla birlikte, çoğunluğun yazıyı coşkuyla desteklediği görülmekteydi. Örneğin dönemin en gözde hukukçularından Taylan Gökçek "Cüneyt kardeşimiz bizleri bir yandan yerin dibine geçirirken, bir yandan da elimizden tutup aydınlığa çıkardı: biz hukukçu ve siyasetbilimcilerin çoktan düşünmüş ve benimsetilmesi yolunda savaşım vermeye başlamış olmamız gereken bir doğruya parmak bastı, çağdaş demokrasilerin en büyük eksiğini gösterdi bize. Bundan böyle demokrasilerin önü küreselleşme olgusuna tam olarak açılacaksa, dünya ulusları bunu değerli düşünürümüz Cüneyt Ender'e borçlu olacaklardır," diyordu. Katılım Üniversitesi profesörlerinden İsmet Özgümrükçü de Cüneyt Ender'i benzerine az rastlanır bir öncü olarak niteliyor, onun bu tam zamanında gelen önerisinin gerçekleştirilmesi durumunda "dünyamızın gerçekten ve eksiksiz bir biçimde küreselleşmiş olacağını" kesinliyordu. Bir başka hukuk bilgini, Sabancı Üniversitesi öğretim üyesi Yar. Doç. Dr. Aleyna Şekûre Köseibrahimefendioğlu, ünlü yazarı gecikmesinden dolayı topa tutuyor, sanki yargının özelleştirilmesi sorunu bu ülkede yıllardır tartışılıyor ve kendisi bu tartışmayı sürdürenlerin başında yer alıyormuş gibi, "İyi hoş da bugüne dek nerelerdeydi bu sayın yazarımız? Yeni mi uyandı?" diye soruyordu. Daha bir başkası, Yüceler Üniversitesi öğretim üyesi Doç. Dr. Numan Çakmak da "Bugün Türkiye'yi yönetmekte olanlar daha nice şeyler gibi yargıyı da özelleştirebilecek güçtedir ve, altını çizerek söylüyorum, Türkiye bu düzeye çoktan gelmiş bulunmaktadır, bundan hiç kimse kuşku duymasın," diyerek dönemin yönetimine dolaylı bir selam yolluyordu.

Daha önemlisi, basına da yüzde yüz egemen olan büyük

patronlar (bu dönemde küçük patronlara rastlamak İstanbul Boğazı'nda istavrit yakalamak kadar zordu) birkaç saatlik bir kararsızlıktan ve beş on telefon görüşmesinden sonra, Ender'in önerisinin kendi çıkarlarına yüzde yüz uygun olduğu sonucuna vararak yüzde yüz desteklemeyi kararlaştırmışlar, yazarlarını da tasarıya sonuna kadar arka çıkmak ve zorunluluğu konusunda yeni gerekçeler bulmakla görevlendirmişlerdi. Yirminci yüzyılın dördüncü çeyreğinden beri her geçen gün üye sayısı azalan, ama, herkesin bildiği nedenle, üye sayısı azaldığı ölçüde güçlenen ünlü derneklerinin ikinci başkanının kısa demeci de bu yöndeydi: bu yeni düzeni anamalın karşısına dikilebilecek her türlü yargı engelini aşmanın en kestirme yolu olarak değerlendiriyor, önerinin "bağımsızlığından hiçbir zaman ödün vermemiş olan çok ünlü ve çok deneyimli bir köşe yazarından" gelmesini de "çok anlamlı bir olay" olarak niteliyorlardı. Haksız da sayılmazlardı doğrusu: ünlü önerinin daha ilk günde gündemin tepesine oturmasının önemli bir gösterge olması bir yana, hiçbir televizyonda, hiçbir radyoda, hiçbir internet sitesinde bu "gecikmiş öneri"ye karşı çıkan yoktu.

Kolaylıkla kestirilebileceği gibi, ertesi gün yayımlanan gazetelerde de aynı eğilim egemendi: ilk günün olumlu demeçlerini aynı yönde pek çok yeni demeç izlemekte, politika, ekonomi, yaşam, ekin, bilim, hatta magazin sayfalarında ve köşe yazılarının en az yüzde doksan beşinde Cüneyt Ender'in ilginç önerisi ele alınmakta, küçük biçem farklılıkları bir yana, hepsi aynı görüşü, yani yargının özelleştirilmesini savunmaktaydı. Örneğin çok ünlü bir bayan yazarımız müzelerden ormanlara her şeyin çoktan "halka" satılmış olduğu bir ülkede yargının da satışa çıkarılmasının hiç kimseyi şaşırtmaması gerektiğini söylerken, en az onun kadar ünlü bir erkek yazarımız ülkelerin devlet elinde bulunan her şeyi özelleştirerek kalkındıkları bir dönemde yargının özelleştirilmesinde fazlasıyla geç kalındığını savunuyor, bir başkası yargının özelleştirilmesini gönülden onaylarken, yabancı bir kuruluşa satılmasının birtakım sakıncalar içerebileceğini belirtiyor, daha bir başkasıysa, aynı gazetenin aynı sayfasında, yargının yabancı bir kuruluşa satılmasında "sayısız yararlar" bulunduğunu ve bu ülkede hukukun egemenliğinin ancak böyle sağlanabileceğini vurguluyordu. Bu çok ünlü köşe yazarına bakılırsa, bundan daha doğal bir şey düşünülemezdi: yurttaş kolaylıkla etki altında kalırdı, yabancıysa "deneyim ve konumundan gelen yansızlığı" nedeniyle ister istemez nesnel davranırdı. *Resimli Gündem*'in çok okunan sarışını Didem Çiçek özelleştirmenin bir tür gençleştirme olduğu varsayımından yola çıkarak "çok yakın bir gelecekte" mahkeme kürsülerinde ununu eleyip eleğini duvara asmış ak saçlı ve asık suratlı yargıçlar yerine gül yüzlü genç adamlar ve genç bayanlar göreceğimizi muştuluyor, aynı gazetenin bir başka sayfasında da bir başka sarışın, Ayça Oral, kendisi gibi genç ve sarışın bir konuğuyla yaptığı söyleşi aracılığıyla, özelleşmiş mahkemelerde kadın yargıçların çoğunlukta olmasının ülkede bir hoşgörü ve barış havası estireceğini sezdiriyordu. Kadın olsun, erkek olsun, köşe yazarlarımızın önemli bir bölümü de böyle bir özelleştirmenin ülkemizde en sonunda hukuku egemen kılacağını ve demokrasinin en önemli "ayaklarından" birini daha sağlamlaştıracağını muştulamaktaydı: onyıllardır tartışılmasına karşın, hep bir düş olarak kalan erkler ayrılığı da en sonunda gerçekleşmiş olacaktı böylece. Basınımızda pek de sık rastlanmayan bu coşkulu görüş birliği içinde tek çatlak sesse, az satışlı bir gazetemizin ekin sayfasında sinema eleştirileri yazan orta yaşlı ve esmer bir bayan yazarımızdan, Kısmet Güçlü' den geldi. Bu hafiften uçuk bayan, ezici çoğunluğa inat, yargıyı özelleştirmenin hukuk kavramını tümden yozlaştırarak kendi kendinin tersine dönüştüreceğini, bu nedenle hiç değilse erkler ayrılığının sona erdirilmemesine özen göstermek gerektiğini, yoksa bize önerilen bu "sözde devrim"in hepimizin "gönlünden ve göbeğinden" bağlı bulunduğu anamalcılığa gölge düşürebileceğini söylemekteydi.

Ancak, hemen ertesi gün, aynı gazetenin aynı sayfasında bir başka yazar, bu kez bir tiyatro eleştirmeni, Yıldız Sarı, "Erkler ayrılığı da ne demekmiş! Birlikten güç doğar, özelleştirme yargıyı daha güçlü kılacaktır," diye kesip atı-

74

yordu. Bu genç yazar bu kadarla da kalmıyor, bir tiyatro eleştirmeninden beklenmeyecek bir ustalıkla, yargının özelleştirilmesini kesinlikle anamalcı bir temele oturtuyordu: özelleştirme, dolayısıyla satış kavramı hukuku, dolayısıyla yargıyı bir "mal"a dönüştürmekti. Hiç kuşkusuz, gününü çoktan doldurmuş değerlere bağlı kalmış olan birtakım örümcek kafalılar kötü bir şey gibi görebilirlerdi bunu; ancak, biraz düşünülecek olursa, sevgi ve saygı da içinde olmak üzere, aldığımız ve verdiğimiz her şey bir maldı; daha önce dolaylı bir biçimde, vergilerimizle devletten alıyorduk adaleti, üstelik, yargıyla bir işimiz olmadığı zaman da bu vergiyi ödemeyi sürdürüyorduk; bundan böyle parasını doğrudan ödeyerek alacaktık adaleti; daha açık bir deyişle, yargı bize adalet verecekti, biz de ona parasını ödeyecektik. Dünyanın düzeni böyleydi, yirmi birinci yüzyılın üçüncü yarısının bilinçli insanları olarak gerçekçi davranmak zorundaydık. Fırınları devletin işletmesi ne denli gülünçse, yargıyı devletin yürütmesi de o denli gülünçtü gerçekte. Öte yandan, gene tiyatro eleştirmeni Yıldız hanıma göre, yargıyla ilişkiye giren her yurttaş bir bakıma adaleti parayla satın almak durumunda olacağına göre, yüzyıllardır bir türlü başa çıkamadığımız rüşvet derdimiz de tarihe karışacaktı: bakkala, kasaba, berbere rüşvet vermediğimiz gibi savcıya ve yargıca da rüşvet vermeyecektik artık, belki avukatlara bile gereksinimimiz kalmayacaktı. Bir tiyatro eleştirmeninin katkısı olmasına karşın, bu mal kavramı daha sonra her yazıda, her demeçte, her açıkoturumda boy gösterdi ve gittikçe artan bir saygınlık, hatta bir soyluluk kazandı. Öyle ki yargının özelleştirilmesi söz konusu oldu mu olumsuz çağrışımı uçup gidiyor, insanlar "Siz neler söylüyorsunuz, yargı nasıl mal olabilir?" diyenlere şaşkınlıktan büyümüş gözlerle bakıyorlardı.

Uzun sözün kısası, Can Tezcan'ın şaşırtıcı önerisi iki hafta gibi kısa bir sürede tüm topluma mal olmuş görünüyordu.

Ancak, bu fazlasıyla olumlu gelişmeye karşın, yavaş yavaş ve alttan alta birtakım karşıt görüşler de filizlenmiyor değildi. Kolaylıkla kestirilebileceği gibi, günün üniversitelerinde hukuk dersleri veren profesörlerden gelmiyordu bu karşıt görüşler: böyle bir değişikliği doğru bulmasalar bile, aylıklarını ödeyen patronların gönülden desteklediği bir tasarıya karşı çıkmaları söz konusu olamazdı. Öte yandan, kendi kurumları da özel kesimde yer aldığına göre, 2073 yılında üniversitelerde görev yapan hukuk profesörlerinin herhangi bir kurumun özelleştirilmesine karşı çıkmaları bir çelişki, çalıştıkları kurumun yasallığına gölge düşürecek bir girişim olarak değerlendirilebilirdi, başka türlü de düşünseler, kişisel görüşlerini kendilerine saklayarak tasarıyı desteklemeyi ya da susmayı seçeceklerdi ister istemez. Bu tasarıyla kişisel konumları tartışmalı duruma düşen yargıç ve savcılarsa, nasıl sonuçlanacağı bilinmeyen bir tartışmaya hiç katılmamayı yeğlediler. Az satışlı bir dergide böyle bir özelleştirmenin hukukun ölümü olacağını savunan bir bildiri yayımlandıysa da, bir yazısında Cüneyt Ender'in de belirttiği gibi, bu "sapkınlık" birkaç emekli yargıcın başının altından çıktı ve hiçbir yankısı olmadı. Bundan daha doğal bir sonuç da beklenemezdi doğrusu: tüm renkli basının ve tüm renkli kutuların özelleştirme de özelleştirme diye tutturduğu bu coşku döneminde bu yaşlı ve yoksul adamların ülkenin iletişim araçlarında görüşlerini açıklama olanağı bulabileceklerini düşünmek bönlük olurdu. Ne kendilerini önemseyen vardı, ne derneklerini. Ancak, bir zamanların iki ünlü yargıcı, Turgut Bayram'la Arif Sönmez aşabildi engeli: başlangıçta, en azından ikincil konularda, yansız görünmeye çalışan bir televizyon kanalında iki açıkoturuma katılmış, az satışlı bir günlük gazetede de oldukça ayrıntılı bir ortak yazı yayımlamışlardı, ama böyle bir özelleştirmenin sakıncalarını göstermekten vazgeçmeyecekleri açık olduğuna göre, önlerinde tüm kapılar kapanmıştı. Gerekçe de hazırdı: "Bugün yargı çok mu iyi işliyor? Devletin yarı aç, yarı tok yargıçlarının doğru dürüst adalet dağıtmalarını beklemek budalalık olmaz mı?" diye soruyor, arkasından da savlarını örneklerle temellendirmeye girişerek susturuyorlardı karşıtlarını. Hiç kimse göğsünü gere gere "Ülkemizde yargı çok iyi işliyor, el değiştirmesine ne gerek var?" diyemediği için de özelleştirme yanlıları her geçen gün biraz daha artmaktaydı. Kolay kolay susturulamayan, verilen her örneğin karşısına daha inandırıcı bir karşı-örnek çıkaran bir hukukçu da vardı ya o da Can Tezcan'ın başında bulunduğu kurumun ikinci adamı Sabri Serin'di, çalıştığı kurumun patronunun öncülük ettiği bir tasarıya karşı çıkmasını beklemek gülünç olurdu.

Böylece, ülke basınında tasarıya karşı çıkmayı göze alabilen tek kişi kaldı: *Resimli Gündem*'in köşe yazarlarından Veysel Çakır. Aynı zamanda ünlü bir ozan olan bu yaşlı yazar gazetesinin pazar ve çarşamba eklerinde yayımladığı kısacık gülmece yazılarının en az üçte birinde, yerli yersiz, zamanlı zamansız demeden, eğlenceli bir yargılama öyküsü anlatıyor, tüm bu öyküleri de hep aynı tümcelerle, "Adalet en eski çağlardan beri boş bir kavram olarak kaldığına ve bu boş kavram adına sürekli haksızlık yapma geleneği her çağda ve her yerde sürdüğüne göre, yargıyı özelleştirmek adaletsizliğin ağır sorumluluğunu patronun sırtına yüklemek olacak, bu da büyük bir devrime yol açacaktır. Patronlarını seven bir toplum olduğumuza inanıyorsak, bu günahı Tanrı ile devletin sırtında bırakmalıyız," diye noktalıyordu. Ne var ki büyük çoğunluk bu yazılar karşısında gülmekten çok sinirleniyor, kimi yazarlarımız da bunları "düzenli ve inatçı bir devrim ya da karşı-devrim girişimi" olarak niteliyor, bu "çatlak sesi susturma zamanının gelip de geçtiğini" ya da söz konusu tasarının gülmece yazılarına sokulamayacak kadar önemli olduğunu vurguluyorlardı.

Ne olursa olsun, tüm bu tartışmalara öncelikle iki kişi yön vermekteydi: Can Tezcan ve Cüneyt Ender. İkisinin de her gün birkaç gazetede yeni bir fotoğrafını ve yeni bir demecini görmek, her hafta üç dört kez yan yana ya da karşı karşıya oturup televizyonda yargının özelleştirilmesini savunmalarını izlemek alışılmış bir şeydi artık. Kolaylıkla kestirilebileceği ve eldeki belgelerin de gösterdiği gibi üç aşağı beş yukarı aynı şeyi yineliyorlardı hep, konuşma düzenleri bile aynıydı: sunucu ilk sözü tartışmanın başlatıcısı Cüneyt Ender'e veriyor, Cüneyt Ender yürürlükteki yargı düzeninin aksaklıklarını ve önerilen yeni düzenin ana çizgilerini açıklıyor, sıra sorunun hukuksal temellerine ve içerdiği devrimsel yeniliklere gelince de parmağıyla Can Tezcan'ı göstererek "İşte hukuk burada!" diyordu. Can Tezcan zor işitilen bir "Estağfurullah, efendim"in ardından, ayrıntılarıyla ve tam gerektiği gibi açıklıyordu yeni düzeni. İşin ilginç yanı, konuşmalarının içeriği hep aynı kalmakla birlikte, zaman zaman kendisini de şaşırtan yeni kanıtlar ve yeni örnekler bulmasıydı. Ancak, en sevdiği ve en çok yinelediği örnek dostu Varol Korkmaz'ın iki yıla yakın bir süredir içeride tutulmasına yol açan davaydı. Hiçbir zaman ad vermiyor, olayı olabildiğince soyutlaştırarak en yalın çizgilerine indiriyor, ama izleyicilerin büyük çoğunluğu her şeyi anlıyor, soyutu somuta bağlamakta hiç mi hiç zorlanmıyordu.

Böylece, bilemediniz iki hafta sonra, sıkı televizyon izleyicileri herhangi bir ekranda Can Tezcan'ı gördüler mi yakın bir dostu görmüş gibi "Bay Hukuk!" diye söyleniyorlardı. "Bay Hukuk yargının özelleştirilmesini isteyecek gene." Bununla birlikte, hakçasını söylemek gerekirse, savaşımın en ateşli sürdürücüsü Cüneyt Ender'di, ikide bir televizyonları, radyoları arayarak yeni konuşmalar ve açıkoturumlar ayarlıyor, üniversite ve derneklerdeki dostlarına toplantı konuları öneriyor, gazeteci arkadaşlarından kavgasına destek istiyor, her hafta yazdığı beş köşe yazısının en az birini yargının özelleştirilmesinin kaçınılmazlığına ayırıyor, hemen hepsini de "Bu bir devrim, benim sevgili okurlarım, kesinlikle büyük bir devrim; daha doğrusu, yaşamakta olduğumuz son devrimin son halkası: çok yakında herkes onu benimsemek zorunda kalacak ve Türkiye Cumhuriyeti devrim tarihinin son büyük turunu tüm uluslardan önce koşup bayrağı burca dikerek uluslararası ortamda gerçek yerini bulacak," diye noktalıyordu. Bu arada, en azından özel konuşmalarda, Can Tezcan'ın "komünist ve anarşist" geçmişini, Cüneyt Ender'in bir zamanlar "komünist ve anarşist" gençlere verdiği desteği anımsatarak bu işin altında bir sol devrim düşünün yattığını ileri sürenler çıksa bile, büyük çoğunluk bu ayrıntıyı da olumlu bir biçimde değerlendiriyor,

"Eski komünist ve anarşistler bile özelleştirmeyi savunduklarına göre, bir an önce bu devrimi gerçekleştirmek gerek," diyorlardı. Kısacası, Cüneyt Ender'in ünlü yazısının yayımlanmasından beş hafta sonra bile, öneriye ilişkin yazıların, söylevlerin, demeçlerin, açıkoturumların sonu gelmiyor, yalnız gazete, radyo ve televizyonlarda değil, okulda, kışlada, sokakta, kahvede, trende, uçakta, her yerde yargının özelleştirilmesi ya da, Veysel Çakır'ın deyimiyle, "pazarlanması" tartışılmaktaydı.

Bu konuda hemen hiç tepki vermeyen bir çevre varsa, o da iktidar çevresiydi. Cüneyt Ender'in yargının özelleştirilmesine ilişkin ilk yazısı gündeme bir bomba gibi düştüğünde, iktidarın birkaç bakanından ve parti yönetiminden cılız da olsa olumlu olarak nitelenebilecek birtakım tepkiler gelmiş, iktidar yanlısı köşe yazarlarının küçümsenmeyecek bir bölümü önerinin "üzerinde durulmaya değer" olduğunu yazmış, ancak, hangi nedenle, bilinmez, iktidar çevresi birkaç gün sonra derin bir sessizliğe gömülmüş, en küçük ilçe başkanından başbakana, iktidar partisinin hiçbir üyesinden öneri konusunda olumlu ya da olumsuz en ufak bir yorum gelmez olmuştu. Öteki siyasal partilerin tutumuysa, kolaylıkla kestirilebileceği gibi, iktidar partisinin tutumunun tam tersi olmuştu: ilk günlerde iktidar çevrelerinden gelen olumlu ya da yarı olumlu demeçlere bakarak öneriyi kuşkuyla karşılamış, "Türkiye bir kez daha yalancı sorunlarla uyutulmak mı isteniyor?", "Avrupa'nın gündeminde kesinlikle böyle bir tasarı yok, öyleyse bize ne oluyor?" ya da "Adalet işportaya mı düşüyor?" türünden demeçler vermişlerdi. Ancak, gazete, radyo ve televizyonların coşkulu ilgisi, özellikle de iktidarın ilgisizliği karşısında tutumlarını "yeniden gözden geçirme", yani değiştirme yolunu seçmişlerdi. "Uyarıyorum"un yayımlanışından on beş gün sonra, iktidar tasarı konusunda olumlu ya da olumsuz hiçbir görüş belirtmezken, muhalefet partileri yargının özelleştirilmesini coşkuyla desteklemekteydi. Böylece, kendini öteden beri sol olarak niteleyen bir partinin genel başkanı hemen her gün yeni bir demeç vererek her alanda olduğu gibi yargı alanında da özelleştirmenin durdurulamayacağını bildiriyor, ülkeyi yönetmekte olanlara halkın olanı halka vermekte daha fazla gecikmemelerini salık veriyordu.

Basının desteğine muhalefetin desteği de eklenince, Cüneyt Ender kendini bir kahraman olarak görmeye, geniş kitleleri arkasından sürükleyebileceğini düşünmeye, başını kendisinin çekeceği bir devrim düşlemeye başladı. Böylece, İstanbul'un son gökdelenlerinden birinin en üst katında, beş yüz kırk metre yukarıdan Boğaz'a ve Marmara denizine bakarak Can Tezcan ve Temel Diker'le birlikte viskilerini yudumladıkları bir akşam, söz dönüp dolaşıp iktidarın suskunluğuna gelince, hiç mi hiç eveleyip gevelemeden, "Bence en kısa zamanda devirmeli bu herifleri, bu özel mahkemelere, bu dediğim dedik yönetime bir son vermeli artık," dedi, Can Tezcan'ın şaşkınlıktan büyümüş gözlerle kendisine baktığını görünce de "Senin Varol da bu kötü gidişin kurbanlarından biri," diye ekledi, sonra sesini alçalttı, "Topa tüfeğe gerek yok, partilerinden otuz beş, kırk milletvekili kopardık mı gerisi kendiliğinden gelir," dedi, bir Temel Diker'e baktı, bir Can Tezcan'a, "Var mısınız bu işe?" diye sordu.

Temel Diker hemen benimseyiverdi öneriyi.

"Ben varım," dedi. "Ücreti neyse öderim."

Can Tezcan güldü.

"Ölçüyü kaçırmayalım, 2073 yılındayız," dedi. "Bunca sorun arasında, bir de ordu mu kuracağız?"

"Söyledim ya, orduya morduya gerek yok," diye üsteledi Cüneyt Ender, her şeyi önceden düşünmüşe benziyordu. "Mevlüt ağadan otuz beş kırk milletvekili kopardık mı tamamdır, gerisi kendiliğinden gelir."

Can Tezcan dostuna doğru eğildi.

"Cüneyt'çiğim, yan yollardan hükümet devirmek bize yakışacak bir iş değil; hem de bindiğimiz dalı kesmiş oluruz, bir yandan yargıyı özgürleştirmek istediğimizi söylerken, bir yandan da zora başvurduğumuzu, yani demokrasiyi çiğnediğimizi düşünür herkes; her şeyden önce ülkeyi düşünmek zorundayız," dedi.

"Bunun ülkeyle, demokrasiyle ne ilgisi var ki?" diye

atıldı Temel Diker. "Biz milleti tutucu sahtekârlardan kurtarmaya çalışıyoruz."

"Ayrıca, top tüfekle de girişmeyeceğiz bu işe," diye atıldı Cüneyt Ender, "Kitabına uyduracağız her şeyi. Böyle olunca, neden devirmeyelim?"

"Evet, neden devirmeyelim bu herifleri?" diye onayladı Temel Diker. "Yaptıkları yanlarına kalsın diye mi?"

Can Tezcan yüzünü buruşturdu.

"Hayır, iktidarların fazla sık değişmesi ülkenin daha çok batmasına neden oluyor da ondan," dedi.

"Neden? Politika değiştiği için mi?"

"Hayır, her yeni iktidar kendi zenginlerini oluşturduğu ve böylece dürüst yurttaş oranı daha hızlı bir biçimde düştüğü için," diye yanıtladı Can Tezcan. Hemen arkasından da ülkenin siyasal yaşamının ayrıntılı bir çözümlemesine girişti. Her siyasal parti günün koşullarına göre belirli politikaları seçiyor, belirli ilkeleri savunur görünüyor, gerekli gördükçe de kolaylıkla değiştiriyordu. Değişmeyen tek politika iktidar politikasıydı: iktidara gelen her parti, daha önce savunduğu politika ne olursa olsun, yerini aldığı partinin politikasını uyguluyor, yani aynı halk karşıtı ilkeleri benimsiyor, Avrupa ve Amerika'nın dümen suyunda gitmeyi kutsal bir görev sayıyor, bu arada yandaşlarını zengin etmeyi birincil görev olarak benimsiyordu. Gözlerini gençlik arkadaşının gözlerine dikti. "Haksız mıyım?" diye sordu.

"Dostum, ne yaparsan yap, geçmişinden hiçbir zaman kurtulamayacaksın," dedi Cüneyt Ender, öyle durup gençlik arkadaşına baktı bir süre, sonra içini çekti. "Belki de sen haklısın; ayrıca, sen katılmayınca, bu iş kendiliğinden yatar," diye ekledi. "Bakarsın, benim önerim tümden karıştırır işleri."

"Böyle düşünmene sevindim," dedi Can Tezcan. "Ayrıca, susmalarına bakıp da adamların tasarımıza kesinlikle karşı olduklarını söyleyemeyiz."

"Bir bildiğin mi var?"

"Hayır, bir bildiğim yok; ama suskunluk da anlamlıdır."

"Yani?"

"Yani bu suskunluk bir kararsızlıktan da kaynaklanıyor

olabilir. Adamlar kesinlikle karşı olsalar, konunun gündemden düşürülmesi için gazete ve televizyonları el altından uyarmaları yeterdi, bir hafta, bilemedin on beş gün içinde unutulup giderdi her şey, Cüneyt Ender'in o güzelim yazıları hiç yazılmamış gibi olurdu. Belki de adamlar tasarıyı uygulamaya koymak için en uygun zamanı bekliyorlar."

Temel Diker yeniden doldurulan viski kadehini başına dikip son damlasına kadar içti.

"Ben de öyle," dedi. "Ben de bekleyip duruyorum onlar gibi, Cihangir'deki ev ve bahçe de öyle. Başka bir yol seçmeliydim: hangi çeteyle anlaşsam, şimdi çoktan bitirmiş olurdum bu işi."

Can Tezcan kaşlarını çattı.

"Dostum, kaç kez söyledim sana, bunu düşünmek bile tüylerimi ürpertiyor, kesinlikle böyle yapamazsın, çünkü sen her şeyden önce bir kent kurucusun, tarihe geçecek adamsın," dedi. "Biz konuyu gündemde tutmaya çalışalım; göreceksiniz, Mevlüt bey eninde sonunda bizim dediğimize gelecektir."

Zaman Can Tezcan'ı haklı çıkardı: kendisinin demeçlerinde, köşe yazarlarının köşelerinde, iktidar karşıtı politikacıların gezilerinde, "Bu konuda en doğru ve en kestirme çözüm halka gitmek, yargı özelleştirilsin mi, özelleştirilmesin mi, soruyu ona sormaktır. Bugün bu ülkede yargının nasıl işlediğini çocuklar bile bildiğine göre, halkımızın en az yüzde doksanı 'Evet, özelleştirilsin,' diyecektir" türünden kesinlemeler birbirini izledikçe, yapılan soruşturma ve araştırmalar da bu kesinlemeleri doğruladıkça, iktidarın önde gelenleri yerlerini korumanın birincil koşulunun tutumlarını değiştirmek olduğunu gördüler, böylece, "Uyarıyorum" un yayımlanmasından yaklaşık iki ay sonra, 14 nisan 2073' te, dönemin adalet bakanı Veli Dökmeci, birinci olarak Amerika Birleşik Devletleri'ne bağlılığı, ikinci olarak hiçbir cumayı kaçırmaması, üçüncü olarak sabah verdiği demeci akşam yalanlamasıyla ünlü başbakan Mevlüt Doğan'ın da onayıyla Tezcan Avukatlık Kurumu Başkanı Can Tezcan'ı arayarak "basınımızın gündemindeki hukuksal konuda görüş alışverişinde bulunmak üzere" kendisini Ankara'ya çağırdı. Can Tezcan'ın ağırdan almanın daha etkili olacağını düşünerek işlerinin çokluğu nedeniyle şu günlerde bu çağrıya uyamayacağını bildirmesi üzerine de kalkıp İstanbul'a geldi. Sabri Serin "Efendim, bunu yapmayın, görüşmeyin bu adamla, şeytanla kuyuya inilmez, bu iş sizi de, ülkeyi de batırabilir," diyerek görüşmeyi engellemeye çalıştıysa da Can Tezcan "Hele dur bakalım; ayrıca, ben senin gibi düşünmüyorum, biliyorsun," diyerek kapattı konuyu. Böylece, 18 nisan 2073'te Temel Diker'in gökdelenlerinden birinde, akşam yemeğinde buluştu adamla. Üstelik, bir başka durumda karşılıklı bir kahve bile içmeyeceği bu politika cambazına olabildiğince saygılı davrandı.

Amacına bir an önce ulaşmak istediğine göre, böyle davranması da gerekirdi: adam bayağı yaşlıydı, hep uykudan yeni kalkmış gibi bir izlenim uyandırıyor, ikide bir söyleneni yinelettiriyor, kolay kolay kesin bir şey söylemiyor, kafası hep başka yerdeymiş gibi bir izlenim uyandırıyordu. Yüzünde de fotoğraflarındakinden çok daha belirgin bir salaklık anlatımı vardı. Ama Can Tezcan hükümetin tepkisini onun geciktirdiğinden de, sorunu en iyi onun çözeceğinden de kuşku duymuyordu: son on yıl içinde birbirinin can düşmanı üç parti iktidara gelmiş, Veli Dökmeci bu üç iktidarın üçünde de Adalet Bakanlığı'ndaki koltuğunu korumayı başarmıştı. Düşüncelerinin, daha doğrusu, çıkarlarının uyuşması durumunda, yargının özelleştirilmesi konusunda elinden geleni yapacağı kesindi. Öte yandan, daha ilk dakikalarda fazlasıyla canayakın bir adam gibi göründü Can Tezcan'a; çoğu politikacıların tersine, geveze bir adam da değildi: sözü fazla uzatmadan konuya girdi, yargının özelleştirilmesine ilişkin "çok derin görüşlerini" bir kez de doğrudan doğruya onun ağzından dinlemek istediğini söyledi. Haftalardır televizyonlarda, radyolarda, gazetelerde yinelene yinelene can sıkıcı olmaya başlayan, dolayısıyla işi başından aşkın bir bakanın bile tüm ayrıntılarıyla bilmesi gereken görüşleri ve gerekçelerini ilk kez işitiyormuş gibi büyük bir ilgiyle dinledi ve Can Tezcan'ın açıklamayı söyleşime dönüştürmeyi denediği her seferde, böylesini bir bakan için küçültücü bir şey sandığından mı, iki lokma arasında konuşmaktan hoşlanmadığından mı, yoksa değişim konusunda fazla istekli görünmekten çekindiğinden mi, bilinmez, açıklamalarını sürdürmesini rica etmekle yetindi. Açıklamalar sona erdiği zamansa, yargının işleyişinden kendilerinin de hoşnut olmadıklarını, zaman zaman özel ya da olağanüstü diye adlandırılan birtakım mahkemeler kurmalarının da bundan kaynaklandığını, özelleştirme konusunu köklü bir çözüm olarak gördüklerini, ancak, bildiği kadarıyla, her konuda örnek aldığımız Amerika Birleşik Devletleri'nde bile yargı hâlâ özelleştirilmemiş olduğundan, ister istemez birtakım kuşkulara kapıldıklarını ve bir süre beklemeyi yeğlediklerini söylemekle yetindi. Can Tezcan "Sayın bakanım, Amerika Birleşik Devletleri'nde kentler yargıçlarını kendileri seçiyorlar, bu da özelleştirmeye gerek bırakmıyor. Ayrıca siz ve partiniz ülkemizde yargıçların seçimle göreve gelmelerini mi isterdiniz, yoksa başta hükümetinize yüklü bir özelleştirme parası ödeyecek, sonra da mahkemelere ödenek ayırıp yargıcına, yazmanına, hademesine aylık ödemekten kurtaracak, üstüne üstlük bir de vergi ödeyecek bir özel kuruluşa bırakmayı mı?" dedi. Bakanın Avrupa ülkelerine ilişkin bir sorusunu da "Benim bildiğim kadarıyla, şimdilik onlar da bizden daha ileri değiller; siz de çok iyi bilirsiniz ki bu adamlar hep parlak ilkeler koyarlar, ama kendi ilkelerini kendileri çiğnerler. Onları örnek alacak değiliz herhalde. Hem toplumlarının zoruyla onlar da bizim çizgimize geleceklerdir yakında, çünkü çağ bunu gerektirmekte," diye yanıtladı.

Adalet bakanı bu kararlı yanıt karşısında biraz duraladı.

"Çağ neden bunu gerektirsin ki?" diye sordu.

Can Tezcan bir an bile duralamadı.

"Size yaklaşık iki saattir açıklamakta olduğum nedenlerle, sayın bakanım," dedi, varlığının derinliklerinden gelen zorlu bir gülme isteğini son anda bastırdı, "Yani, kısaca özetlemek gerekirse, dünyamız küreselleştiği ve bunun doğal sonucu olarak her şey özelleştirildiği için, efendim," diye ekledi.

Veli Dökmeci hak verir gibi başını salladı o zaman, kalktı, elini aynı anda yerinden fırlayan Can Tezcan'ın omzuna koydu, bir bakandan beklenemeyecek kadar anlamlı bir biçimde gülümsedi, sonra kulağına eğildi. "Sorun şu ki sayın başbakanımız Mevlüt Doğan yargıyı satan başbakan olarak anılmaktan çekiniyor," diye fısıldadı. "Sayın bakanım, bunu da nereden çıkarıyorsunuz Tanrı aşkına? Kendisinden önce bunca başbakan dağı, taşı, karaları, denizleri sattı da adı mı çıktı? Hem siz yargıyı satmayacaksınız ki! Özelleştireceksiniz yalnızca: arada büyük bir fark var," dedi Can Tezcan. "Üstelik, bu ülkede özelleştirme eylemini en son noktasına götüren hükümet olmanın onurunu taşıyacaksınız."

Veli Dökmeci gülümsedi.

"Öyle mi diyorsunuz?" diye sordu. "Gerçekten inanıyor musunuz bu söylediklerinize? Bir başka deyişle, siz bu işin doğruluğuna gerçekten inandığınız, yalnızca ülkeye yararlı olacağını düşündüğünüz için mi giriştiniz?"

"Evet, sayın bakanım, böyle düşünmesem ne diye girişecektim ki bu işe?" dedi Can Tezcan. "Söyledim ya, neresinden bakarsanız bakın, devlet için çok yararlı olacak bu iş: üstünüzden büyük bir yük kalkacak, hükümetiniz bayağı rahatlayacak, çok büyük harcamalardan kurtulmanız bir yana, bundan böyle hiç kimse haksızlıkla suçlayamayacak sizi: yargının size bağlı olmadığını söyleyerek sıyıracaksınız yakayı. Çok büyük bir yük kalkacak üstünüzden. En önemlisi de ülkenin siyasal düzeni tutarlılığa kavuşacak."

"Evet, bunlar da önemli."

"Bir de şu var, sayın bakanım: yargının özelleştirilmesine öncülük etmeniz tüm dünyada ülkemizin ve hükümetimizin saygınlığını artıracak, siz de adalet tarihinde çok önemli bir ilke imza atmış bakan olarak tarihe geçeceksiniz."

Veli Dökmeci başıyla onayladı.

"Evet, bu da çok önemli kuşkusuz," dedi, "Siz gerçekten çok akıllı, çok bilgili ve çok deneyimli bir hukukçusunuz."

Can Tezcan gülümsedi.

"Bu sizin görüşünüz, sayın bakanım," diye yanıtladı.

"Evet, benim içten görüşüm," dedi bakan, sonra gözlerini Can Tezcan'a dikip öyle durdu bir süre, sonra içini çekti. "Evet, Can bey, gerçekten çok akıllı, çok bilgili, çok deneyimli bir hukukçusunuz, tüm Türkiye biliyor bunu, ama bana öyle geliyor ki zaman zaman duygularınıza fazla kapılıyorsunuz, bu da büyük savınız için zararlı oluyor."

"Ne demek istediğinizi tam olarak anlayamadım, sayın bakanım, bu konuda somut bir örnek verir misiniz?"

"En somut örneği vereyim size, şu Bıçakçılar davasındaki tutumunuz: son duruşmada mahkeme başkanı Cahit Güven'i bir dövmediğiniz kaldı; sonra da açıkoturumlarda hep kötü örnek olarak gösterdiniz adamı."

"Ama haklıydım."

"Olabilir, ama bu mahkemeyi başbakanın özel olarak kurdurduğunu, yargıçlarını da kendisinin atadığını, dolayısıyla kendi kurduğu bir mahkemenin yargıçlarını aşağılayan bir hukukçuyla uzlaşmasının zor olduğunu bilmeniz gerekirdi. Sizin istediğiniz çözüm başbakanımız Mevlüt Doğan'ın iki dudağının arasında. Bunu da düşünmediniz mi?"

Can Tezcan bir süre düşündü.

"Haklısınız, ama o davanın benim için çok özel bir yanı var."

"Biliyorum, tutuklulardan biri yakın arkadaşınız, büyük bir olasılıkla da suçsuz. Ama bu dava başkanımız için çok özel bir dava. Hem seçimler sırasında kendisini çelmelemek için elinden geleni ardına bırakmamış olan bir hainden öç almak, hem de bu haini bir daha belini doğrultamayacağı bir duruma düşürmek istiyordu. Ama arkadaşınız için her zaman bir kolaylık düşünülebilirdi."

"Nasıl bir kolaylık, sayın bakanım?"

"Nasıl bir kolaylık olsun istiyorsunuz ki? Başbakanımızın 'Tamam', demesi durumunda, küçük bir para cezasıyla sıyırabilirdi örneğin, küçük bir ceza verilip ertelenebilirdi, hatta tümden suçsuz olduğuna karar verilebilirdi. Hâlâ da verilebilir."

Can Tezcan'ın hukukçu damarı tuttu birden.

"Ya ötekiler?" diye atıldı. "Tıpkı Varol Korkmaz gibi suçsuz yatanlar."

Veli Dökmeci güldü.

"Onlar da sıralarını beklerler."

"Eşitsizlik olmaz mı bu?"

"Evet, eşitsizlik olur, ama biz burada iş konuşuyoruz. Dostunuzun özgürlüğe kavuşmasını istiyor musunuz, istemiyor musunuz?"

Can Tezcan başını önüne eğdi.

"İstiyorum, sayın bakanım," dedi, "Ama burada iş konuştuğumuzu nereden çıkarıyorsunuz, anlayamadım."

Veli Dökmeci gizemli bir biçimde gülümsedi.

"Yakında anlarsınız," dedi. "Siz koskoca bir ülkenin yargısını hiçbir karşılık almadan herhangi bir özel kuruluşa bırakır mıyız sanıyorsunuz?"

"Gene bir şey anlamadım, efendim," dedi Can Tezcan.

Adalet bakanı kulağına doğru eğildi o zaman.

"Koca bir kenti yeni baştan kurmayı göze alanlar yargıyı da yeni baştan kurabilirler," dedi, sanki bir dinleyen varmış gibi daha da yaklaştı, "Önerileriniz çok güzel, gerçekten de yararlı. Ama, söz aramızda, öncelikle özel olarak da anlaşmamız gerektiğini düşünmüyor musunuz?"

Can Tezcan donmuş gibi öyle dikilip kaldı bir süre, sonra gözlerini Veli Dökmeci'nin gözlerine dikti.

"Ne demek istediğinizi anlayamadım, sayın bakanım," dedi.

Veli Dökmeci daha da yaklaştı.

"Diyeceğim, bir de sayın başbakanım ve benimle özel bir anlaşma yapmanız gerekecek," dedi.

Can Tezcan, gözleri hep Veli Dökmeci'nin gözlerinde, "Yani... yani... yani..." diye yinelerken, Veli Dökmeci kendisine doğru biraz daha eğildi, sesini de biraz daha alçalttı.

"Daha açık konuşayım, sayın başbakanla benim de bu işten bir pay almamız gerekir," dedi.

Can Tezcan şaşkın şaşkın bakıyordu.

"Nasıl bir pay?" diye sordu.

Veli Dökmeci güldü.

"Fazla bir şey değil," dedi, "Ben diyeyim yüzde dört, siz deyin yüzde üç, hem de hükümete ödenecek olandan düşülmek üzere. Tamam mı?"

Can Tezcan şaşkın şaşkın bakıyordu.

"Sayın bakanım, biz ilke olarak istiyoruz bunu, yargıyı kendimiz almak gibi bir düşüncemiz yok," diye kekeledi.

Veli Dökmeci bir kahkaha attı o zaman, kadehini kadehine vurdu, sonra başına dikip sonuna kadar içti.

"Can bey, bana masal okumaya kalkma lütfen," dedi. "Biliyorum, şu anda gözlerimle de görüyorum, yüzünde, gözlerinde, beyninin içinde: sen en başından beri istiyorsun bunu, yani yargıçlar yargıcı olmayı, tüm yargının başına geçmeyi. Birbirimize dürüstlük numaraları çekmeyelim. Yargının başına geçtiğinde yaparsın bunu. Tamam mı?"

Can Tezcan, yüzü kıpkırmızı, başını önüne eğiyordu. Veli Dökmeci bir kahkaha daha attı.

"Susuyorsun, ama duruşun da yeter, ben yanıtımı aldım," dedi, bir süre daha baktı Can Tezcan'a. "Anlaştık kısacası, ama sakın hız kesmeyin, Cüneyt bey de yazılarını sürdürsün, o kötü örneği de bırakın artık, bu yüzden olayı yeterince geciktirdiniz," diye ekledi. "Tamam mı, Can bey, anlaştık mı?"

Can Tezcan yüzünün büsbütün kızardığını duydu.

"Anlaştık, sayın bakanım," dedi. "Öyle istiyorsanız, öyle olsun."

İki saat sonra, Cüneyt Ender ve Temel Diker'le birlikte televizyonda ara haberleri izlerken, çevresini saran gazetecilerden birinin yargının özelleştirilmesine ilişkin bir sorusu üzerine, Veli Dökmeci'nin anlamlı bir biçimde gülümsediğini ve "Biz çok güçlü bir hükümetiz, yargıyı da özelleştirebilecek güçteyiz," dediğini gördü, masaya bir yumruk indirdi.

"Arkadaşlar, bu iş tamam!" dedi, bakanla görüşmesinin ayrıntılarını birden gelen bir coşkuyla yeniden anlatmaya girişti, "Dünyamız küreselleştiği ve bunun sonucu olarak her şey özelleştiği için!" deyişini aktardı, "Nasıl, iyi demiş miyim?" diye sordu.

"İyi deyiş miyim de söz mü?" dedi Cüneyt Ender. "Tüm iktidarların sihirli sözünü söylemişsin."

Can Tezcan gözlerini dostunun gözlerine dikerek gülümsedi.

"Ama bu küreselleşme dedikleri şey benim öngördüğüm sonucun tam tersinin de kanıtı olabilir," dedi. "Biz eski solcular daha iyi görebiliriz bunları: her şey toplumların elinden alınıp tekellere verilmekte. Özelleştirme toplumu ve bireylerini haklarından yoksun bırakırken, devletin yerini tekeller alıyor. Bu böyle giderse, tüm dünya ülkelerinin adaleti tek bir patronun elinde toplanabilir."

Cüneyt Ender güldü.

"Bir tanrı-patronun ya da bir patron-tanrının," dedi.

"Evet, iyi dedin."

"Sen de zil takıp oynarsın o zaman. Ama sen kimden yanasın, Tanrı aşkına?" dedi Cüneyt Ender. "İş bu kadar pişirilmişken çağdışı kuramlar uğruna vazgeçmeye kalkacak değilsin herhalde."

"Yok, canım, o kadar da değil," dedi Can Tezcan. "Nasıl bir dünyada yaşadığımızı biliyor ve ona tutarlılığını vermek istiyoruz: başladığımız işi bir biçimde bitireceğiz."

Temel Diker ikide bir esniyor, sıkıldığını belli ediyordu, ilk kez söze karıştı.

"Şu evle bahçeyi süpür de nasıl bitirirsen bitir, bence bu iş gereğinden fazla uzadı," dedi.

Can Tezcan irkildi birden: görünüşte o evle bahçesini ortadan silmek amacıyla girişmişti bu serüvene, ama evi ve bahçeyi nerdeyse tümden unutmuştu. Yüzünün kızardığını duydu gene, gülümsemeye çalıştı.

"Çok yakında göreceksin, o işin de üstesinden geleceğiz, Temel'ciğim," dedi. "Türkiye'de yargı özelleşecek ve her şey yoluna girecek."

Temel Diker içini çekti.

"İyi de nasıl?" diye sordu. "Uzadıkça uzuyor bu iş, nasıl sonuçlanacağı da belli değil. Bu iş sonuçlansa bile benim işim olacak mı? Ya herifler yargıyı bize değil de başkalarına verirlerse? Çamur Mevlüt'ün ipiyle kuyuya mı inilir?"

Can Tezcan işitmemişti sanki, pencereden bulutları izliyordu. Yanıtı Cüneyt Ender verdi.

"Sana karıyı getiren başını koyacağı yastığı da bulur," dedi. "Herifin çamurluğunu nereden çıkardın?"

"Okulda öyle derlermiş. Yargıyı başkası satın alırsa, nasıl çözümlenir bizim sorun?"

Cüneyt Ender güldü. "Hiç takma kafanı," dedi. "Bir kampanya da senin için başlatırım. Ama öyle sanıyorum ki bu iş Can'ın başına kalacak, yani yargı senin tapulu malın olacak. İş iyice hızlandı artık."

Ama Temel Diker o gün tersinden kalkmışa benziyordu. "Göreceğiz," diye söylendi. "Göreceğiz, hızlanacak mı bakalım."

"Hızlanacak, hızlanacak," diye yineledi Cüneyt Ender. Dediği de çıktı: bakanın "Biz çok güçlü bir hükümetiz, yargıyı bile özelleştirebilecek güçteyiz!" biçimindeki demeci "Çok yakında bu özelleştirmeyi gerçekleştireceğiz" biçiminde algılandı. Bunun sonucu olarak, gerek radyo ve televizyonlarda, gerek gazete ve dergilerde, ülkenin düşünmenleri, köşe yazarları, televizyon yorumcuları ve özel üniversite profesörleri yargı özelleştirilmeli mi, özelleştirilmemeli mi sorununu bir yana bırakıp "Nasıl özelleştirilmeli?" sorununu çözmeye giriştiler. Tam bir hafta süresince, ülkenin tüm köşemenleri görüş bildirdi bu konuda, hemen her gazete okurları, hemen her televizyon izleyicileri arasında soruşturmalar düzenledi. Birbirinden ilginç görüşler çıktı ortaya. Örneğin kimi kişiler, özelleştirmeden yana olmakla birlikte, yüksek yargı kurumlarının özelleştirilmesine karşı çıkarken, kimileri, bu arada Cüneyt Ender, en yükseleri de içinde olmak üzere, tüm yargı kurumlarının özelleştirilmesi gerektiğini savunuyorlardı. Örneğin haftalık *Yorum* dergisinde Naci Yavuz "Hukuk bir bütündür, bir bölümü özel kesime verilirken, bir başka bölümü devletin elinde bırakılamaz. Özelin verdiği kararı kamusal, kamusalın verdiği kararı özel bozarsa, bu iş yürümez. Öte yandan, özel kurum doğal olarak yargıçlarına yüksek ücretler verirken, devletin verdiği gülünç ücretle çalışmaya hangi yargıç boyun eğer?" diyordu. Bu arada, birkaç yazarımız Yargıtay ve Danıştay'ın özelleştirilmesini doğal bulurken, Anayasa Mahkemesi'ni özelleştirmenin yanlış olacağını savunmaktaydı. Batı hayranı ve Batı destekli yazarlarımızsa, en azından bu yüksek mahkemelerin yabancı hukuk kuruluşlarına bırakılmasından yanaydılar: "Ülkemize gerçek hukuku yerleştirmek istiyorsak, ancak böyle yerleştirebiliriz," diyorlardı. Hakçasını söylemek gerekirse, bunlar öteden beri bir ayağı dışarıda olan, ülkeyi ve yurttaşı küçümseyen kişilerdi, ama belli kesimler üzerinde küçümsenmeyecek bir etkileri vardı. Ayrıca, Cüneyt Ender'in yazılarında birkaç kez yinelediği gibi, düşüncelerinde içten oldukları benimsense bile, yargının Batılı bir hukuk kurumuna bırakılması durumunda ortaya çözülmesi zor bir dil sorunu çıkması kaçınılmazdı: adamlar bilmedikleri bir dilde, bilmedikleri yasalara göre, bilmedikleri bir toplumun kurumları ve bireyleri konusunda verilmiş kararları nasıl değerlendireceklerdi? Yazı tura atarak mı? İyileşmesi olanaksız bir Amerika hayranı olmasına karşın, bu yabancı yargıç yanlılarına en çok kızan da Niyorklu Temel'di: "Bu herifler nereden çıkarıyor bu zırvaları? İşleri karıştırarak hükümeti vazgeçirmek mi istiyorlar? Bunca zaman beklediğimiz yetmedi mi?" diye homurdanıp duruyordu. Can Tezcan gülerek sırtını okşuyor, "Sıkma tatlı canını, it ürür, kervan yürür; göreceksin, bu iş tam bizim istediğimiz gibi sonuçlanacak, fazla da uzamayacak," diyordu.

Dediği çıktı: Veli Dökmeci'yle görüşmesinden beş gün sonra, 22 nisan 2073 günü saat 15.30'da İnci hanım, alı al, moru mor, kapıyı bile vurmadan Can Tezcan'ın odasına daldı, başbakanlık özel kaleminden arandığını söyledi, o da, elinde telefon, tam iki dakika süresince bağlanmayı bekledikten sonra, özel kalem müdüründen sayın başbakan Mevlüt Doğan'ın ertesi gün saat tam 16'da kendisini Kızılcahamam yakınlarında, yerlemleri ertesi sabah saat 14.15'te bildirilecek olan bir köşkte bekleyeceğini öğrendi. Haberi büyük bir sevinç içinde Sabri Serin'le Cüneyt Ender'e, son olarak da Temel Diker'e iletti. Cüneyt Ender de, Temel Diker de çok sevindi, Sabri Serin'se ne sevindi, ne üzüldü.

V

Can Tezcan ertesi gün başbakanla yapacağı görüşmeyi düşünerek Tezcan Avukatlık Kurumu'ndan iki saat erken ayrıldı. Sorunu kendisi yaratmış, kendisi ortaya atmıştı, bunca zamandır içindeydi, sabah akşam bunu düşünüyor, bunu konuşuyor, bunu dinliyordu, en küçük ayrıntıları üzerinde bile dakikalarca konuşabilirdi. Başbakanın düşünsel düzeyini de bildiğine göre, öyle uzun boylu bir hazırlık yapması gerekmezdi. Ama, ne olursa olsun, görüşmeye dingin bir kafayla gitmekte yarar vardı. Bu nedenle, Gül Tezcan, kapıyı açar açmaz, küçük salonda kendisini umulmadık bir şaşırtı beklediğini, sonra da bu şaşırtının Rıza Koç olduğunu söyleyince, keyfi kaçar gibi oldu. Rıza Koç gibi uslanmaz bir düzen karşıtını evinde konuk etmeyi sakıncalı bulduğundan değil, önceden bir telefon bile etmeden, üstelik nice yıldır ilk kez evine geldiğine göre, içinin fazla dolu olmasından, dolayısıyla saatlerce kafa ütülemesinden korktuğundan.

"Bilirsin, bir başladı mı bir daha durduramazsın bu herifi," dedi. "Bizim Sabri yeterince ütülemişti kafamı, bunun üstüne bir de Rıza'ya katlanmak hiç kolay olmayacak."

"Yavaş ol, işitebilir," dedi Gül Tezcan.

Can Tezcan güldü.

"İşitirse işitsin hergele," diye yanıtladı. "O herkese sövüp sayacak da biz ona kibar mı davranacağız? Hem de yarın önemli gün: Mevlüt Doğan'la buluşacağım; onunla yüz yıl gerilerde kalmış sorunları tartışarak yorgun düşmek istemem."

Tam o anda küçük salonun kapısı açılıverdi, kıvırcık kır saçları, yuvarlak yüzü, kalın kaşları, çakır gözleri ve basık burnuyla Rıza Koç önünde belirdi: tuhaf bir şeyler yapmaya hazırlanıyormuş gibi gülümsüyor, eski savaşım arkadaşını karşısında bulmaktan mutlu görünüyordu. Can Tezcan da kaygısını unutuverdi hemen: kucaklaşıp öpüştüler.

Sonra, ellerinde birer viski kadehi, yuvarlak bir sehpanın başında karşı karşıya oturdukları zaman, Rıza Koç her zaman, her yerde varlığından dalga dalga yayılan mutluluğu dostuna da geçirmişti. Ama az önce işittikleri hep usundaydı.

"Komutan, az önce söylediğin şey kesinlikle yanlış: yüz yıl gerilerde kalmış sorunlarla uğraştığım yok benim," dedi.

"Ne oldu? Bu kez de yarının sorunlarına mı taktın yoksa?"

Rıza Koç yanıt vermedi, elinde kadeh, yüzünde derin bir hüzün, dalıp gitti bir süre, sonra derin derin göğüs geçirdi.

"Bugün de, yarın da tarihöncesinin karanlıklarına gömülmekte, bizleri de içine çekiyor," diye mırıldandı, sanki dostuna yanıt vermiyor da kendi kendine söyleniyordu.

Can Tezcan nerdeyse yerinden sıçrayacaktı: gençlik yıllarından beri, söz ne zaman tarihe gelecek olsa, Rıza Koç kaşlarını çatardı hemen, "Masalı bırak da bugüne gel!" diye homurdanırdı. Şaşkınlık içinde, uzun uzun süzdü onu.

"Tarihöncesi mi?" dedi. "Demek sen de değiştin artık? Tarihöncesine taktığına göre..."

Rıza Koç istifini bozmadı.

"Hayır, tarihöncesine de takmadım," dedi en doğal sesiyle, "Tarihöncesi gelip bizi buldu; bizi, yani Türkiye'yi."

"Ne demek istediğini anlamadım."

Rıza Koç içini çekti.

"Bunda anlaşılmayacak bir şey yok, dostum," dedi. "Siz meyveyi, sebzeyi, hatta ekmeklik buğdayı bile seralarda yetiştirirken, ta Mısır'dan kalkıp gelen leylekleri makineli tüfeklerle vurdururken, insanlarımızın büyük çoğunluğu dağda, bayırda aç, çıplak dolaşmaya, ağaç kabuğu, ot, solucan, çekirge, kurbağa, kaplumbağa, yenilebilecek ne bulursa yiyerek, içilebilecek ne bulursa içerek oradan oraya sürüklenip duruyor. Tarihöncesinde yaşamak demezler de ne derler buna?"

"Saçmalama, Rıza'cığım, dalga geçme benimle, şu anda koca bir gökdelenin yüz yirmi yedinci katındasın, kadehinin içindeki on iki yıllık Chivas Regal. Az sonra da sıkı bir sofraya oturacaksın. Şakayı bırak da konuya gel."

Rıza Koç kalın kaşlarını çattı, çakır gözlerini dostunun gözlerine dikti.

"Bana bak, sen bugüne dek yılkı adamları diye bir şey işitmedin mi yoksa?" diye gürledi. "Bu kadar mı daldın o gülünç özelleştirme masalına? Biliyorum, basınımızda bu konudan söz etmek de, bu konudan söz etmenin yasak olduğunu söylemek de yasak. Gene de senin gibi bir komünist eskisinin, kısa bir süre için de olsa, geniş kitlelerin yaşamına ilgi duymuş bir uyanık adamın bunu işitmiş olması gerekir. Hiç işitmedin mi gerçekten?"

Can Tezcan dostuna şaşkınlıkla bakıyor, kendisini işletip işletmediğine karar veremiyordu.

"Gül, gelsene bir dakika!" diye seslendi. "Şu adam neler anlatıyor: Türkiye'de yılkı atları gibi yılkı adamları varmış, tıpkı tarihöncesindeki insanlar gibi derede tepede aç, çıplak dolaşarak ot, solucan, kurbağa, çekirge, ne bulurlarsa yiyen yılkı adamları, 2073 yılında..."

Gül Tezcan bir kahkaha attı.

"Rıza'yı bilmez misin, tıpkı senin gibidir," dedi: "Şiir yazmaz, ama şair adamdır, yoktan var eder, şimdi de böyle bir masal uydurmuş demek! Yakındır, kitap da yazar bu konuda."

"Evet, öyle görünüyor," diye doğruladı Can Tezcan, şimdi daha bir güvene gelmişti. "Ama bu kitap olsa olsa roman olur."

Rıza Koç yuvarlak sehpaya bir yumruk indirdi birden, viski kadehi devrildi, küçücük tabaklardaki kuruyemişler oraya buraya saçıldı.

"Bir Diker gökdeleninin yüz yirmi yedinci katında yaşadığınız belli: göğe çekildiniz artık, evden işe, işten eve de havadan, uçakla gidiyorsunuz çoğu zaman; kısacası, siz artık bu ülkede yaşamıyorsunuz," dedi, ama, hemen sonra, Gül Tezcan'ın bakışlarından, biraz ileri gittiğini anladı. Gene de "Özür dilerim, ama siz hiçbir şey bilmiyorsunuz, evet, hiçbir şey, hiçbir şey," diye eklemekten kendini alamadı.

Gül Tezcan dört bir yana saçılmış kuruyemişleri toplamaya çalışırken, Can Tezcan havanın ağırlığını dağıtmak istedi, kalkıp bir pencere açtı.

"Rıza'cığım, yüz yirmi yedinci katta oturmanın da çok güzel yanları vardır," dedi. "Gel şöyle de denize bak biraz. Ay sonsuzlaşıvermiş sanki, gökle denizi birleştirivermiş kendinde. Gelsene şöyle, bir zamanlar denize bayılırdın sen."

Rıza Koç yerinden kımıldamadı.

"Denizden de tiksiniyorum artık," dedi. "Şu salak Yankee'nin eline geçeli beri..."

"Bir Yankee'nin eline geçmiş olması güzelliğini değiştirmiyor ki..."

"Daha da kötüsüne yol açıyor: içeriğini değiştiriyor. Ülkenin tüm karasularının Amerikalı bir hıyarın elinde bulunduğunu, doğal yapısının yok edilip uçsuz bucaksız bir balık çiftliğine dönüştürüldüğünü ve kimi yerlerine yaklaşmaya kalktığın zaman izbandut gibi zencilerin bellerinde tabancalar ve ellerinde coplarla üzerine geleceğini bildin mi güzelliği on para etmiyor."

Can Tezcan perdeyi kapattı, sonra bir kahkaha attı.

"Türkiye özgür bir ülke, bir demokrasi cenneti," dedi: "Her şeyini satabilir, donunu bile."

"Satmasa da yukarıdan yılkı adamlarına atsa, çok daha iyi bir şey yapmış olur."

"O da neden?"

"Yılkı adamları dona çok değer veriyorlar da ondan."

Gül Tezcan sehpayı bir kez daha silip yeni kadehler getirmişti. Bir kadeh de kendine doldurdu.

"Bizimkiler satmayı yeğlerler, bu konuda hiç kimse su dökemez ellerine. Ama Rıza'nın hakkı var, bu Yankee'ler balıkların da içeriğini değiştirdi," dedi: "Hangi balığı alırsan al, hepsinin tadı aynı, hepsi tatsız, cıvık, mide bulandırıcı." Gözlerini konuğuna dikip öyle baktı bir süre, kafasını balıkların tatsızlığından da, ülkesinin karasularının tam on beş yıldır bir Amerikan şirketinin elinde bulunmasından da kötü bir şeylere takmış olması gerektiğini düşündü. Kadehine viski ve buz koyup eline verdi, sonra karşısına oturdu. "Rıza'cığım, sen şu dilinin altındakini çıkarsana artık: bize neyi anlatmaya çalışıyorsun?" dedi.

Rıza Koç yeni kadehinden bir yudum viski içti, hafiften yüzünü buruşturdu.

"Anlatmaya çalışmıyorum, anlatıyorum," dedi. "Olayın kitabını da yazdım: *Yılkı adamları*, Kaçak Yayınlar, No 41. Ama siz sokaklarda yaya dolaşmadığınızdan görmediniz. Bir daha gelecek olursam, yani gene gelmeyi başarabilirsem, getiririm. Diyeceğim, söylediğim gerçek: insanlar gözlerden uzak yerlere, dağlara, tepelere çekilmek zorunda kalıyor nicedir, yaşlı, genç, kadın, erkek, çocuk, sürülerle, evet, sürülerle, yalınayak, yarı çıplak, pislik içinde, tarihöncesinden kalma hayaletler gibi dolaşıp duruyorlar öyle, solucan, kurbağa, sıçan, çekirge, ot, kabuk, yosun, daha ne bileyim, ne bulurlarsa yiyor, bir karga ölüsü için birbirlerine saldırıyorlar. Çiftliklere yaklaşmaları bile yasak, buraları insan azmanları ellerinde makineli tüfeklerle bekliyor; öldürdükleri de ölüden sayılmıyor, tıpkı dirilerinin diriden sayılmadığı gibi..."

Gül hanım da, Can Tezcan da donmuş gibi, hiç kımıldamadan, büyümüş gözlerle, ama pek inanmadan dinliyor, bir karabasanın etkisi altında bulunduğunu, bu karabasanı anlattığını düşünüyorlardı. Can Tezcan elini omzuna bastırdı.

"Rıza'cığım, sen toplumsal kavgayı bırakıp ozanlığa dökmüşsün işi, kafandaki bir yerlerde yaşıyorsun; bize de o yeri anlatıyorsun herhalde," dedi.

"Saçmalama, tüm bu adamları gördüm ben, on beş gün aralarında yaşadım," diye bastırdı Rıza Koç, gittikçe sinirleniyor, elleri, ayakları, dudakları titriyordu.

"Bir düşte yaşıyorsun sen, sinirlerin çok bozulmuş," dedi Can Tezcan, içini çekti. "Birkaç gün bizde kal da kendine gel. İstersen, bir hekim de çağırırız."

Rıza Koç öfkeli bir çocuk gibi ayağını var gücüyle yere vurdu.

"Ben bunları yaşadım diyorum sana!" diye bağırdı.

"Peki, ama neden?" diye sordu Gül Tezcan. "Derdi neymiş bu insanların? Bunca insan ne diye köyü, kenti bırakıp dağlara çıkmış ki?"

Rıza Koç "Soruya bak!" dercesine başını salladı.

"Kendi istekleriyle dağlara çıktıklarını kim söyledi sana?" dedi. "Bunlar yılkı adamları! Yılkı adamları sözünü duymadın mı hiç? Ya yılkı atlarını? Bir zamanlar atlar, eşekler, katırlar insanların yaşamının ayrılmaz bir parçasıyken, gün gelip iyice yaşlanıp da işe yaramaz olunca, kentlerden, köylerden uzaklara, dağlara, tepelere, ıssız bozkırlara sürülürmüş, onlar da birbirlerini bulup sürülerle dolaşırlarmış oradan oraya. Bugün atların ve eşeklerin kökü nerdeyse tümden kurudu. Sıra insanlara geldi, bunların işe yaramayanları, yani iş bulamayan ve bulamayacak olanları da doğaya bırakılıyor artık, daha doğrusu kendileri gidiyorlar, yalnız yaşlıları da değil, gençleri ve çocukları da. Doğa da bir zamanlar atların salındığı doğa olsa bari! Ama nerde! Öyle görünüyor ki şu koca dünyada türlerin en dayanaklısı insan, en zor koşullarda bile yaşıyor, üstelik, ürüyor da..."

"Peki, yaşlıları anladık diyelim, gençlerden ve çocuklardan ne istiyorlar ki?" diye sordu Gül Tezcan. "Onları neden atıyorlar?"

"Neden atacaklar? Nasıl olsa işe yaramayacaklarını, daha önemlisi de bunca aç insanın tokların yaşamını katlanılmaz duruma getireceğini bildikleri için, kentlerin görünümüne gölge düşürmemek için, sırtı kalın yurttaşlar her sabah sokağa çıktıklarında cesetlerle karşılaşmasınlar diye. Kentlerden çıkmaya zorlanmaları da gerekmiyor ayrıca, çoğu zaman kendileri çıkıp gidiyor, kurtuluşu doğada arıyorlar."

Şimdi Can Tezcan da, Gül Tezcan da inanmadan, ama tuhaf bir ürperti içinde dinliyorlardı dostlarını, tuhaf bir ağırlık altında ezildiklerini duyuyorlardı.

"İyi de neden iş bulamasınlar ki?" dedi Can Tezcan. "Ekonomi doruğunda, herkes bunu yineliyor, kanıtlar da ortada: İstanbul yıkılıp yeniden kuruluyor."

"Neden de bu ya!" diye atıldı Rıza Koç. "Her şeyi kuruttular. Kuru ekip kuru biçiyorlar yalnızca. İnsanların yerine makineler çalışıyor, çok yakında bir işleri bulunanlar da işsiz kalacak ve at sinekleri gibi her şeye yapışan o herifler, o senin yöneticilerinin yere göğe sığdıramadığı yabancılar da bavullarını alıp gidecekler, kirli çamaşır ve kirli para dolu bavullarını." Bir an durup soluklandı. "Ben yılkı adamları arasında mimarlar, mühendisler, öğretmenler de gördüm," diye ekledi.

"Benim yanımda yüz elliye yakın insan çalışıyor," dedi Can Tezcan.

Rıza Koç yüzünü buruşturdu.

"İki milyon İstanbullu'nun yanında yüz elli kişi nedir ki?" dedi.

"İki milyon mu? Bunu nerden çıkardın?" diye sordu Gül Tezcan.

"Evet, en fazla iki milyon, belki daha da az," dedi Rıza Koç. "Bugün bu kentte yaşayanların..."

Can Tezcan sözünü kesti.

"İyi, güzel de biz neden bilmiyoruz bütün bunları?" diye sordu. "Bizim gözlerimiz kör mü?"

Rıza Koç ceketinin iç cebinden bir fotoğraf çıkarıp sehpanın üstüne attı.

"Şunu al da iyice bak," dedi: "Güzel Bergama'nın yakınlarında bir ormanın fotoğrafı, iki ay önce çekilmiş, ağaçların yüzde doksan beşi kuru, yapraksız, içinden çürümüş, yedi yaşında bir çocuk tekmeyi vurdu mu yıkılıveriyor hepsi, yıkılmıyor bile, bir tuhaf toza dönüşüyor, bok sarısı bir toza."

Can Tezcan bir karabasanın içine çekilmek isteniyormuş gibi bir duyguya kapılıyor, direnmek istiyordu.

"Sen önce soruma yanıt ver," diye üsteledi. "Biz neden bilmiyoruz bütün bunları? Bu kadar mı kuş kafalıyız?"

Rıza Koç birkaç saniye düşündü, sonra içini çekti.

"Dostum, şu özelleştirme tutkusu her şeyi unutturmuş sana," dedi, tuhaf bir biçimde yüzünü buruşturdu. "Bu ülkede yaşıyorsun, çok saygın bir hukukçusun, karın da öyle, ikiniz de hem hukukçu, hem de eski devrimcisiniz, çevrenizde neler döndüğünü, neler olup bittiğini bilmeniz gerekir, ama yaşadığınız ülkede kavramların en saygınının yasak kavramı olduğunu unutmuşa benziyorsunuz. Yasak üstüne yasak konuluyor her şeye, yasak takımları bile kurmuşlar, her yere giremiyorsun. Uçak kullanma belgen yoksa, yalnızca Tunceli'de, Bitlis'te, Sivas'ta değil, Bursa'da, Balıkesir'de, İzmir'de bile senin benim gibi insanların canları istedi mi kent dışına çıkmalarına izin vermiyorlar kolay kolay, kimi yerlere girmek kesinlikle yasak. Kentler arası karayollarının tarihe karışmış olması da bayağı kolaylaştırıyor yasakçı özgürlük tutkunlarının işini, uçaktan baktığın zaman da aşağılarda kaynaşan yılkı adamlarını pek seçemiyorsun. Kısacası, günümüzün bu yeni insanlarını kendi ortamlarında görmek hiç kolay değil, hem de, neresinden bakarsan bak, çok tehlikeli: aralarına düştün mü kolay kolay geri dönemezsin."

"Ama gerçekten böyle bir durum varsa, o adamlar da her şeye karşın bu ülkenin yurttaşları."

"Pek sayılmaz: çokları eşleriyle nikâhsız yaşıyor, çocukları kütükte yazılı değil, yönetimin gözünde bu ülkenin yılanları ve kurbağaları neyse, yılkı adamları da o. En az on, on beş yıllık bir geçmişi var bu işin."

Can Tezcan gözlerini tavana dikip düşündü bir süre.

"Ben daha geçen gün uçağıma binip Ankara'ya gittim, çok da yüksekten uçmadım, ama bu tür insanların izine bile rastlamadım," dedi.

Rıza Koç güldü.

"Az önce söyledim sana, uçaktan pek göremezsin bu insanları," diye yanıtladı, bir an düşündü. "Onlar görünmek istemezler pek, çok alçaktan uçarsan, görürsün belki, bilmiyorum," diye ekledi, gene düşündü, "Evet, çok tehlikeli demezsen, biraz alçaktan uç, kuru, çıplak, kül rengi dağlar, tepeler, evet, hayran kalırsın..."

Can Tezcan gözlerini tavana dikti.

"Sen nereden biliyorsun bunları diye soracak değilim, her şeye sokarsın burnunu, her şeyi herkesten önce öğrenirsin," dedi. "Ama bu anlattıklarını hâlâ anlamış değilim, Rıza'cığım, inanmakta da güçlük çekiyorum."

Gül Tezcan bir süredir onları izlemekle yetiniyordu.

"Ben de," dedi.

"Kitabımı okusanız da ondan sonra konuşsaydık, çok

99

daha kolay anlaşırdık," dedi Rıza Koç. "Ama, ne olursa olsun, ozanlığa soyunmadım, belgesel bir kitap yazdım, yalnız resim koyamadım. Kocan yardım edecek olursa, daha kapsamlı ve resimli bir kitap hazırlamak istiyorum bu konuda."

Can Tezcan ne zamandır ilk kez güldü.

"Yani gene benden para istiyorsun," dedi. "Öyle bir iş için..."

Rıza Koç nerdeyse kızdı.

"Böyle bir iş için değil de senin özelleştirme masalına destek vermek için mi isteyecektim?" diye atıldı. "Tarihte çok önemli bir sayfa çevrilmekte, belki tarih de sona ermekte, çünkü efendilerimizin paralarını alıp gittikleri yerlerin durumu da pek parlak olmasa gerek. Sen de paranı düşünüyorsun. Şimdi konuyu değiştirmek için yeni bir kuram geliştirmeye başlarsan, hiç şaşmam."

"Nasıl bir kuram?"

"Ne bileyim ben? Örneğin şu sıralarda oldukça sık görüştüğün salakların zaman zaman söyledikleri gibi dünyamızda yaşamın sona ermesi durumunda türklüğün bir başka gezegende ve aynı görkemle süreceği kuramını geliştirebilirsin. Bana da 'Başka kapıya! Düzen düşmanlarına verecek param yok!' dersin."

"Teşekkür ederim, tam benim kafama göre bir kuram buldun hemen," dedi Can Tezcan, yüzünde varla yok arası bir gülümseme, özlem giderircesine, uzun uzun süzdü dostunu, sonra birden gözlerinin yaşardığını duydu, yutkundu. "Hayvan herif! Hayvan herif!" diye yineledi. "Sen benden ne zaman para istedin de vermedim ki? Ama ben gene başını belaya sokacaksın diye korkuyorum. Unutma, yaşlandın artık, hapishane sana göre bir yer olmaktan çıktı."

Gül Tezcan gene araya girdi.

"Hiç takma kafanı, Can'cığım," dedi. "Nasıl olsa, bu yılki adamları yalnızca bir masal."

"Ne yapalım, sen masal diyorsan, masal olsun, sevgili Gül, ama gerçek," dedi Rıza Koç. "Her işinizi bilgisayar aracılığıyla görüp hiçbir yere çıkmazsanız, canınız çıkmak isteyince de soluğu Paris'te, Londra'da, Floransa'da alırsanız, hiçbir şey görmezsiniz. Ama memleket yılkı adamlarıyla dolu. Ayrıca, işin gerçeğine bakarsanız, hepimiz yılkı adamlarıyız."

Gül Tezcan korkunç bir şey görmüş gibi ürperdi birden. "Ben değilim," diye atıldı, "Hayır, ben değilim. Yılkı adamları diye bir şey de yok ayrıca!"

Can Tezcan kolunu eşinin omzuna attı, sonra onu kendine doğru çekti.

"Var ya da yok, bu konuyu kapatalım artık: insanın tüylerini ürpertiyor," dedi. "Yargı konusuna da girmeyelim. Üç eski dost, üç devrimci eskisi, geçmiş günlerimizi konuşalım, eski, güzel günlerimizi."

Rıza Koç bir kahkaha attı.

"Tüm yaşlı kenterler gibi," dedi. "Gerçekleri unutmak için. Ama ev de sizin, söz de sizin, öyle olsun: eski güzel günlerimizi konuşalım, şu yaşamakta olduğumuz günleri hiç görmemiş ve hiç görmeyecekmiş gibi."

"Yılkı adamlarının varlığından haberimiz yokmuş gibi."

"Tamam, öyle."

Öyle oldu: eski günlere öyle bir daldılar ki Gül Tezcan saate bakmayı akıl ettiği zaman dörde çeyrek vardı.

"Hemen yatalım," dedi.

Can Tezcan da gönülden onayladı önerisini.

Ancak, ertesi gün, Kızılcahamam dolaylarında bir özel köşkte başbakan Mevlüt Doğan'la buluşmak üzere, gökdelenin tepesinde özel uçağına bindiğinde, hâlâ yirmi altı yıl öncesinde, Gül Aşkın'la el ele dolaşmaya başladığı günlerdeydi. Arada bir, o sabah, evden çıkarken, oldukça yaşlanmış bir Gül'ün "Vazgeçtim, görüşmeyeceğim o adamla demeni ne kadar isterdim!" deyişini işitir gibi oluyordu. Her şeye karşın, işadamlığı kanına işlemişti, tam on altıya on kala, uçağından inip de çıplak tepeler arasında bir ağaçlığın ortasında bulunan iki katlı, pembe bir köşkün kapısına doğru yürürken, başbakanla görüşeceği konudan önce başbakanın kendisi geldi gözlerinin önüne, "Mevlüt Doğan, Mevlüt Doğan," diye yineledi içinden. "Mevlüt Doğan! Bir adamı bu dönemde böyle bir ad ve böyle bir suratla başbakan koltuğuna oturabiliyorsa, gel de anla bu milleti."

VI

23 nisan 2073'te, saat on altıya bir kala, Kızılcahamam'daki beyaz köşkün görkemli girişinde, özel kılıklı beş altı görevlinin önünde bekleyen orta yaşlı ve bıyıklı bir adam, sanki kendisini her gün burada ve hep böyle karşılarmış gibi, "Hoş geldiniz, Can bey, hoş geldiniz, lütfen şöyle buyurun, sayın başbakanımız sizi bekliyor," dedi ve nerdeyse yüzü hep arkaya dönük ilerleyerek yedi sekiz basamaklı bir mermer merdivenden çıkardı, içinde bir yuvarlak masayla birkaç kırmızı koltuktan başka hiçbir şey bulunmayan, çok geniş bir salonun kapısını açtı, "Buyurun, efendim," diyerek tuhaf bir biçimde gülümsedi. Can Tezcan oyuna getirilmiş gibi bir duyguya kapıldı birden, tepeden tırnağa titredi: başbakandan iz bile yoktu ortalıkta. Bereket, nerdeyse aynı anda, kır saçlı, lacivert takımlı, bıyıklı bir ufak tefek adam belirdi önünde, yüzünde içten mi içten, dost mu dost bir gülümseme, "Hoş geldiniz, Can bey; ben özel kalem müdürü Hasan Berberoğlu, sayın başbakanım Mevlüt Doğan şu anda namaz kılıyor, kaza namazı. Anlarsınız ya, sık sık kaçırıyor namazlarını, boş bir zaman bulunca da hemen kaza namazına duruyor, ama fazla beklemezsiniz, beş dakikaya kadar burada olur," dedi. Yer gösterdi, kendisi de gelip karşısına, başbakan için ayrıldığı anlaşılan biraz daha büyük ve daha yüksek bir koltuğun solundaki koltuğa ilişti. Böylesine büyük bir iş ve düşünce adamıyla tanışmaktan onur duyduğunu söyledi. Sonra bir de avukatlık alanındaki başarılarını saymaya başlayınca, Can Tezcan beklenmedik bir yakınlık duydu adama, bunca övgüyü hak etmediğini, belki de tüm erdeminin, buna bir erdem denilebilirse, her işin

hakkını vermeye çalışmak olduğunu, bunun da fazla abartılacak bir yanı bulunmadığını söyledi. Ama özel kalem müdürü "Abartmıyorum, efendim, ben de hukuk okudum, alanımızda neyin övülüp neyin yerilmesi gerektiğini bildiğimi sanıyorum. Ayrıca, sayın başbakanım Mevlüt Doğan da benimle aynı görüşte," deyince, yakınlık duygusu daha bir güçlendi, hemen arkasından da sık sık kapıldığı bir izlenim bir kez daha boy gösterdi bilincinde: ünlü ve önemli adamların yakın çevrelerindeki kişiler genellikle onlardan daha içten, daha canayakın, hatta daha bilgili ve daha deneyimli oluyorlardı, bu Hasan Berberoğlu da böyle olsa gerekti. "Ama başbakanından söz ederken ne diye her seferinde adını ve soyadını da ekliyor ki herifin? Bilmediğimi mi sanıyor?" dedi içinden. Belki de izleniminde yanıldığını, ne olursa olsun, daha başbakanla tanışmamış olduğuna göre, bir karara varabilmek için bir iki rekat daha beklemesi gerektiğini düşündü. Adama doğru eğildi.

"Hasan bey, izniniz olursa, size çok kişisel bir soru soracağım," dedi: "Siz sayın başbakanımızı beğeniyor musunuz, beğenmiyor musunuz?"

Özel kalem müdürü şaşırdı, hatta hafiften titredi.

"Bunu neden soruyorsunuz?" dedi.

Can Tezcan bir an düşündü.

"Yanıtınız kendisiyle yapacağım görüşmede bana ışık tutar diye düşündüm," dedi. "Evet, beğeniyor musunuz?"

Özel kalem müdürü gülümsedi o zaman.

"Elbette, Can bey, elbette," diye yanıtladı. "Beğenmek de söz mü? Ben sayın başbakanım Mevlüt Doğan'ın hayranıyım. Yoksa siz beğenmiyor musunuz kendisini?"

Can Tezcan yanıttan fazla etkilenmiş gibi görünmedi.

"Ben mi? Bilmiyorum daha," dedi. "Ben kendileriyle ilk kez bugün karşılaşacağım, ama beğeneceğimi umuyorum."

Tam bu sırada, başbakan Mevlüt Doğan gülümseyerek salona girdi. Özel kalem müdürü, elleri pantolon dikişlerinin üzerinde, nerdeyse iki büklüm uzaklaşırken, o som bir duyarsızlık dışında hiçbir anlatım içermeyen bir yüzle, ama hep gülümseyerek kendisine doğru gelirken, Can Tezcan da yüzünde varla yok arası bir gülümsemeyle kendisine doğru ilerledi. Uzattığı elin başbakanın kocaman elinde bir an görünmez olmasına şaşırdı: elleri olmayacak gibi büyüktü başbakanın. Ama adam "Özel kalem müdürümle öyle fıs fıs ne konuşuyordunuz?" diye sorunca, şaşkınlığı uçup gitti. "Hasan bey size ne denli hayran olduğunu anlatıyordu, efendim," dedi.

Mevlüt Doğan gevrek bir kahkaha attı.

"Öyledir, sağ olsun, yere göğe sığdıramaz başbakanını, bana çok bağlıdır," diye yanıtladı.

Konumunu açıklıkla belirtmek istercesine, kararlı adımlarla gelip büyük koltuğa yerleşti, sonra da, son gelen kendisi değilmiş gibi, "Buyur, şöyle buyur," diyerek Can Tezcan'a da az önce oturmakta olduğu koltuğu gösterdi. "Seni buraya kadar yorduğum için özür dilerim. Ama ben önemli randevularımı hep burada veririm. Neden dersen, burası her açıdan güvenli bir yer. Sürekli olarak en etkili ürünlerle ilaçlanır. Tüm bu çevre bir tür seradır; ne kene, ne kuş, ne sinek, ne mikrop, ne virüs vardır burada, bahçede güvenle dolaşılabilir. Kısacası, senin gibi değerli bir adamı çağırırsam, adam da bir hafta içinde cızlamı çekerse, hiç günahım yokken adım kötüye çıkar. Ben de işlerimi sağlam tutmayı severim, önlemimi alırım böyle, konuklarımı temiz ve güvenli yerlere çağırırım," dedi. Hemen arkasından da konuya girdi. Ancak, çoğu yöneticiler gibi o da her şeyi başından almayı yeğler gibiydi: öteden beri özelleştirme "sevdalısı" olduğunu, çünkü bu edimi ülke için bir "can simidi", bir "kurtuluş penceresi" olarak gördüğünü, seksen, doksan yıl önce bu ülkenin ulusunu ve Allah'ını seven insanlarının köktenci bir özelleştirme seferberliğine girişmiş olduklarını, onların bu hayırlı girişimi alınlarının akıyla bitirmiş olmamaları durumunda bugün bulunduğumuz noktanın "çok, ama gerilerinde" kalmış olacağımızı anlattı bir süre. Arkasından zile bastı, saniyesinde içeriye dalıp hazırola geçen özel kılıklı adama, Can Tezcan'ın ne istediğini sormadan, iki koka-kola getirmesini söyledi. Sonra, sanki yakıtı bitmiş gibi, gözleri boşlukta, öyle durup bekledi. Bereket, kolasından bir iki yudum içtikten sonra, yeniden canlanıp gülümsemeye başladı, gözlerini konuğunun gözlerine dikip dost dost baktı bir süre.

"Biliyor musun, Can bey, sen benim önümde yepyeni bir çevren açtın," dedi. "Nasıl, biliyor musun? Şu 2073 yılında, ülkede her şey özelleştirilmiş ve kendi elinde özelleştirip de ülkene katkıda bulunmanı sağlayacak hiçbir şey kalmamış sanıyor, ister istemez umutsuzluğa düşüyorsun, ne büyük devletlerin gözüne giriyor, ne yurttaşı da sevindirebiliyorsun. Başbakanlığının tadını da çıkaramıyorsun bu yüzden; sonra birden senin gibi bir akıllı adam çıkıyor, 'Durun bakalım, arkadaşlar, her şey bitmiş değil daha, şunlar, şunlar, şunlar da var!' diyor. Anlıyorsun ki satıp kurtulacağın çok şey var daha; bir güzel rahatlıyorsun. Evet, işin gerçeğine bakarsan, uyanık bir devlet adamı her zaman satacak bir şeyler bulur, çünkü her zaman satılacak bir şeyler vardır," diye sürdürüp kristal bardağındaki kolasından bir fırt daha çekti, Can Tezcan'a da kendi bardağını gösterdi, sonra kocaman elini onun küçücük elinin üstüne koydu. "Ama daha dünyada hiçbir ülke böyle bir girişimde bulunmamışken, yargıyı özelleştirmek Şeytan'ın aklına gelmez, böyle bir şeyi düşünebilmek için anasının... anasının gözü olmak gerekir," diye ekledi. Bu konuda kamuoyunu olumlu biçimde yönlendirip devrimin kaçınılmaz zorunluluğunu birkaç hafta içinde tüm Türkiye'ye benimsettiği için konuğunu kutladı, sonra birden kalktı, yanına geldi, "Can aga, üstadım, seni öpeceğim," dedi, "evet, öpeceğim seni!" Elinden tutup çekerek onu da kaldırdı, sarılıp iki yanağını da öptü, sonra da "Teşekkür ederim, çok teşekkür ederim, buyur, otur!" deyip az önce oturmakta olduğu koltuğu gösterdi bir kez daha.

Can Tezcan başbakanın sert bir tahtadan çakıyla oyulmuş izlenimini veren köşeli yüzü ve her şeye karşın insanı yiyecekmiş gibi bakan iri gözleri ve kocaman elleri karşısında beklenmedik bir sevgi duydu, sonra, gülümseyerek birbirlerini süzdükleri bir anda, beyninde bir şimşek çaktı, "Ben bu yüzü ve bu elleri çok, ama çok gördüm!" diye geçirdi içinden. "Çok eskiden, daha onun ünlenmediği zamanlarda... Bu yüzü ve bu elleri biliyorum. Kesinlikle. Benzerlikse, ancak bu kadar olur!"

Oturdular.

Mevlüt Doğan şimdi yargıyı özelleştirme düşüncesini Cüneyt Ender'in o insanın önünde çevrenler açan yazısını okur okumaz nasıl benimsediğini, yaşlı cumhurbaşkanından az önce şurada oturmakta olan özel kalem müdürüne dek, çevresindeki herkesin bu ilginç öneriye nasıl karşı çıktığını ve kendisinin nasıl savunduğunu anlatıyor, sanki bunu kanıtlamak zorundaymış gibi ayrıntılara giriyor, eleştirileri nasıl bastırdığı konusunda örnekler veriyor, Can Tezcan'a da dinlemek düşüyordu. Ancak, bir yandan dinlerken, bir yandan da gözlerini gözlerinde, ellerinde, çenesinde, burnunda, alnında, saçlarında, omuzlarında dolaştırıyor, bu yüzü, bu bedeni, bu elleri, bu bakışı ve bu devinileri daha önce nerede ve kimde gördüğünü anımsamaya çalışıyor, bir türlü bulamıyordu. Sonra, birden, adamın tam da cumhurbaşkanıyla giriştiği kim bilir kaçıncı tartışmayı anlattığı sırada, "Yumruğumu masaya vurdum ve dedim ki, dedim ki sayın cumhurbaşkanım, benim adım Mevlüt Doğan dedim!" dediği anda, "Smerdiakof! Evet, tamam, Smerdiakof!" diye haykırmamak için zor tuttu kendini. "Evet, tamam, Smerdiakof!" dedi içinden. Mevlüt Doğan öyküsünü sürdürürken, o, kafası allak bullak olmuş durumda, "O zamanlar böyle bir surata *Karamazof kardeşler*'den başka hiçbir yerde rastlanamayacağını düşünmüştüm, oysa herif burada işte, tam karşımda!" diye düşünüyor, dikkatini başbakanın yüzünde değil de söylediklerinde yoğunlaştırmayı bir türlü başaramıyordu. Bu da yetmiyormuş gibi düşüncesi ikide bir Gül Tezcan'la birlikte sürekli Dostoyevski okuyup Dostoyevski konuştukları gençlik günlerine doğru kayıyordu. O günlerde Smerdiakof bir saplantı olmuştu onun için, sürekli düşlerine girer, hep işlenmesi zor bir ağaçtan yontulmuş izlenimini uyandıran bu yüzle, bu içinden pazarlıklı bakışla, bu kocaman ellerle, bu sarsak devinimlerle belirirdi karşısında. Bir kez daha, tüm dikkatini toplayarak baktı Mevlüt Doğan'a. "Evet, bu yüz!" dedi içinden. "Evet, tam böyle."

Smerdiakof Can Tezcan'ın düşlerinde öyle tuhaf, öyle uzun ve kalın, öyle tahtamsıydı ki tüm dünyada bir benzeri daha bulunamayacağını düşünürdü, ama işte yıllardan sonra gene karşısındaydı, tek ayrım bu Smerdiakof'un durmadan konuşmasıydı. Durmadan konuşuyor, bir de karşısındakini Smerdiakof olmadığına inandırmak istercesine, ikide bir "Benim adım Mevlüt Doğan!" diye yineleyip duruyordu.

Derken, başbakanın sözlerini dinlemekten çok, devinimlerini izlerken, birden bıyığına takıldı gözleri. Tepeden tırnağa titredi, "Smerdiakof'un bıyığı var mıydı?" diye sordu kendi kendine. Bir süre her şeyden koptu, gözleri çevresini görmez oldu nerdeyse, tüm benliğini Smerdiakof'un gençlik düşlerindeki görüntüsünü yeniden canlandırma çabasında topladı, "Bıyığı var mıydı, yoksa yok muydu?" diye yineledi durdu içinden, bir karara varamadı. Eşine telefon etmeyi düşündü, ama, hemen arkasından, "Ben iyice saçmalamaya başladım, uykusuzluğun sonu bu işte," diye geçirdi içinden. Smerdiakof'u tümden unutup Mevlüt Doğan'ı dinlemeye çalıştı. Şimdi yargının özelleştirilmesini bırakmış, kendi etkinliklerine geçmişti. Göründüğü kadarıyla, tek amacı görüşlerinin doğruluğunu onaylatmaktı. Bunu da hemen her zaman başarıyor, karşısındakini şöyle bir süzdükten sonra, "Benim adım Mevlüt Doğan," diye bağlıyordu. Öyle anlaşılıyordu ki "Benim adam Mevlüt Doğan!" demek "Ben yanılmam!" demek değildi yalnızca, daha nice üstünlüklerin anlatımıydı. Ama o, Mevlüt Doğan'ı Smerdiakof'la özdeşleştirdikten sonra, kendini daha bir rahat buluyor, övünmelerini gülümseyerek dinliyordu. Başbakan bir kez daha "Benim adım Mevlüt Doğan!" deyince, "Bu durum aynı zamanda Smerdiakof olmanızı önlemiyor," demek geldi içinden, ama avukat içgüdüsü daha ağır bastı, "Sizi kim tanımaz ki, efendim!" demeyi yeğledi. Bununla birlikte, öyküsünün sonuna doğru, tam adının Mevlüt Doğan olduğunu söylemek üzereyken, Can Tezcan bir kez daha Smerdiakof'u gördü, "Bıyıklı bir Smerdiakof!" diye geçirdi içinden, "Elbette, sayın başbakanım, sizin adınız Mevlüt Doğan!" dedi. Mevlüt Doğan bu onaylamada bir alay sezmedi, yalnızca sözünün ağzından alınmasına bozuldu, ama belli etmemeye çalıştı.

"Her neyse, biz konumuza gelelim," dedi.

"Nasıl isterseniz, sayın başbakanım," dedi Can Tezcan. Başbakanın duraladığını gördü, gözlerini yüzüne dikti: hep aynı bıyıklı Smerdiakof'tu, ama değişmişti sanki, televizyonda görmeye alıştığı o kurumlu, o her şeye ve herkese yukarıdan bakan, güven dolu adam değildi, az önce, başarılarını anlatırken, ikide bir, nerdeyse bir güç gösterisi olarak "Benim adım Mevlüt Doğan!" diyen adam da değildi, kendisinden daha zengin bir işadamıyla konuşan bir işadamıydı daha çok, sanki bir çekingenlik çökmüştü üstüne; "Biz konumuza gelelim," demiş olmasına karşın, en az bir dakikadır susmaktaydı. Can Tezcan son anda görüş değiştirmiş olmasından kuşkulandı.

"Sayın başbakanım, bir sorun mu takıldı kafanıza?" diye sormaktan kendini alamadı.

Başbakan güldü o zaman.

"Hayır, düşünüyorum; başbakanınızın kafası her zaman bir şeylere takılır ve sık sık böyle dalıverir, ama yalnız bir an için," dedi. "Düşünüyordum ki..."

Can Tezcan başbakana şaşkınlıkla baktı, "Yalnız bir an için!" Yalnız bir an için bile değil: "Smerdiakof düşünmez hiçbir zaman, dünyayı ve insanları gözlemler durur, ama düşünmez," dedi içinden. "Fiodor Pavloviç de bu düşüncededir." O anda başbakanın sarası tutsa da yerde çırpınmaya başlasa, hiç mi hiç şaşmazdı. Gene de oldukça çabuk topladı kendini.

"Ne düşünüyordunuz ki, efendim?" diye sordu.

Mevlüt Doğan kaşlarını çattı.

"Geçen hafta iktidarda iki buçuk yılımızı doldurduk," diye yanıtladı.

Can Tezcan gene Smerdiakof'u gördü karşısında, ama o da Mevlüt Doğan gibi benliğinde iki kişilik birden taşıyordu sanki.

"Öyle mi? Bu çok güzel bir şey, sayın başbakanım, sizi kutlarım," dedi Can Tezcan.

Başbakan yüzünü buruşturdu.

"O gün bu gün kafama takılan şeyler öylesine çoğaldı ki uykularım kaçıyor," dedi.

Can Tezcan kendisinden bir pohpohlama beklendiğini düşündü.

"Çok başarılı bir iki buçuk yıl! Bunda uyku kaçıracak ne olabilir ki, sayın başbakanım?" diye sordu.

"Ne olacak? Dördüncü yılın sonunda seçim var."

"Evet, ikinci bir dört yıl için başbakan seçilmenizi sağlayacak bir seçim."

Başbakan gizemli bir biçimde gülümsedi.

"İşte orası hiç belli olmaz," dedi. "Neden dersen, yüzyılın başından beri hiçbir parti iki kez üst üste seçim kazanmadı, dolayısıyla hiç kimse iki dönem üst üste başbakan olamadı. Biz de palas pandıras gidebiliriz senin anlayacağın. Bu da başımıza tatsız sorunlar çıkarır ister istemez."

"Ne gibi sorunlar, sayın başbakanım?"

Başbakanın yüzü umutsuz bir Smerdiakof yüzüne dönüştü.

"Bir kez düşmeyegör, akşam sabah önünde iki büklüm olanlar tepene binmeye kalkar, olmadık suçlarla, haksızlıkla, hırsızlıkla suçlarlar seni. Öyle de kalabalıktırlar ki hangisine ne yanıt vereceğini bilemezsin. Hele bir de milletvekili bile seçilememişsen, ömrün kodeste olmasa da mahkemelerde geçer."

Can Tezcan bu kez de suçlu Smerdiakof'u gördü karşısında, içinden güldü, sonra evrensel bir gerçeği dile getirmek üzereymiş gibi öksürdü.

"Haklısınız, sayın başbakanım, büyük başın derdi de büyük olur," dedi.

Bu kez de başbakan öksürdü.

"Gerçekte düşeceğimizi pek sanmıyorum, çünkü biz ötekiler gibi değiliz," dedi. "Gene de şu senin özelleştirme dalgasını bir an önce sonuçlandırmak istiyorum. Ülke için olduğu kadar benim için de, arkadaşlarım için de çok önemli: ikinci kez başbakan olmamı sağlayabilir."

"Yasa gecikebilir mi diyorsunuz, sayın başbakanım?"

"Hayır, yasa sorun değil, istedik mi bir günde de çıkarırız. Ama önce bu işi seninle sağlam kazığa bağlamamız gerek: bana Mevlüt Doğan demişler, kendimi ve arkadaşlarımı sıkı korurum."

"Biz de size yardımcı oluruz, sayın başbakanım, yasaların elverdiği ölçüde..."

Birden sustu, Smerdiakof şimdi o televizyonda gördüğü, o hep kendi kendisiyle dolu başbakana dönüşmekteydi, konuşmasıyla da doğruladı bunu:

"Benim adım Mevlüt Doğan, Can aga: hiçbir şeyi rastlantıya bırakmam," dedi. "Yasaların elverdiği ölçüyle de yetinmem. Seninle ikili bir anlaşma yapacağız, ikili, yani yalnız ikimiz arasında, tanıksız manıksız; yazılı bir sözleşme, sen imzalayıp bana vereceksin, ben imzalayıp sana vereceğim. Başka bir kopya olmayacak, tamam mı?"

Can Tezcan donup kalmıştı.

"Bu anlaşmayı şimdi mi imzalayacağız?" diye sordu.

Mevlüt Doğan iyice güvene gelmişti artık, ikide bir yumruğunu masaya vurarak "Benim adım Mevlüt Doğan!" diyen başbakandı.

"Hayır, o kadar aceleye gerek yok, bol bol zamanımız var daha," diye yanıtladı. "Önce biz her türlü tehlikeyi göze alarak yasayı çıkaracağız. Sonra, ülkenin tüm mahkemelerini sana bırakmak üzere güzel bir sözleşme yapacağız, satış ya da devir sözleşmesi, her neyse; orada, senin şirketten bir yetkili benim adalet bakanımla sözleşmeyi imzalarken, biz de seninle aynı yapının bir başka odasında kendi özel sözleşmelerimizi imzalayıp birbirimize vereceğiz; ama her şey ikimiz arasında kalacak, yalnız ikimiz arasında."

Can Tezcan şaşkınlıkla Mevlüt Doğan'a bakıyordu.

"Koşullar konusunda karar vermek için tam bir hafta zamanımız olacak, tam bir hafta," dedi Mevlüt Doğan. "Bir hafta sonra özel telefonumdan arayacaksın beni, tamam mı?"

Can Tezcan başını önüne eğip bir süre düşündü. Şaşkındı, kararlı görünmeye çalışıyordu, ama şaşkınlığının gözden kaçmadığının da ayrımındaydı.

"Bu işi ben başlattım, siz de bitiriyorsunuz, sayın başbakanım; dönmeye kalkarsam, arkadaşlarımın güveni kalmaz bana," dedi. "Ancak koşullarınızın ne olduğunu şimdiden bilmek isterim."

Başbakan güldü.

"Ben de seni bunları konuşmak için çağırdım, hepsini öğreneceksin şimdi. Ama korkma, koşullarım fazla değil: bize, yani bana, partime ve hükümetime karşı açılan davaları kesinlikle geri çevireceksin; bizim kimi kurum ve kişilere açtığımız ve açacağımız davaları da istediğimiz sürede ve istediğimiz biçimde sonuçlandıracaksın," dedi bir solukta, sonra durdu, gözlerini Can Tezcan'ın gözlerine dikti. "Suratın bir tuhaf oldu: koşullarımı beğenmedin mi?" diye sordu.

Can Tezcan birkaç kez yutkundu, çıkıp gitmeyi düşündü, sonra hemen pes etmenin yanlış olacağını düşündü.

"Böyle bir tutum her ikimizin de saygınlığına gölge düşürür, sayın başbakanım, halkın adalet duygusunu yaralar ve size duyulan güveni sıfıra indirebilir," dedi. "Bence bu kadar katı olmayalım, yargıçlarımızın sağduyusuna da güvenelim."

Mevlüt Doğan bir kahkaha attı.

"Haklısın, ben biraz ileri gittim, ama yargının her zaman iktidarı kollaması gerekir bence, her zaman da öyle olmuştur," dedi.

Can Tezcan bir süre düşündü gene.

"Haklısınız, sayın başbakanım, ama bu konuda ölçüyü kaçırmanın da iktidarın ömrünü kısaltabileceğini unutmamak gerekir," diye yanıtladı. Bir süre düşündü. "Benim içten görüşümü isterseniz, açtığınız kimi davalar size zarar veriyor," diye ekledi. "Örneğin bu davalardan biri nedeniyle benim en iyi arkadaşım iki yıldır tutuklu, ama neyle suçlandığı hâlâ belli olmadı. Bunun kamuoyu üzerinde olumsuz etkileri olacağı kesin."

Mevlüt Doğan bir kahkaha attı.

"Demek öyle, senin arkadaşı da içeri almışız, adı neydi bu arkadaşının?"

"Varol Korkmaz, efendim."

"Varol Korkmaz, Varol Korkmaz," diye yineledi Mevlüt Doğan. "Onun için duruşmada, bütün milletin önünde öyle

111

kötü fırçalamıştın bizim Cahit Güven başkanı." Birden kalktı, Can Tezcan'ın yanına geldi, elini omzuna koydu. "Can aga, sen çok büyük bir avukatsın, ülkemizde bu tür durumların yaygın olduğunu, zaman zaman da zorunlu duruma geldiğini benden iyi bilirsin, ama, sana erkek sözü, yargı özelleştirilir özelleştirilmez çıkarabilirsin arkadaşını," dedi, bir an düşündü, "Yok, hayır, o kadar uzatmayalım bu işi, sana bir kıyak yapalım, önümüzdeki ilk duruşmada ipini koyversinler adamın, seninle anlaşsak da, anlaşmasak da koyversinler, buraya yazıyorum işte!" diyerek sağ eliyle alnını gösterdi, gözlerini tavana dikip bir süre düşündü ya da düşünür gibi görünmek istedi, sonra Can Tezcan'a doğru eğildi, söyleyeceğini başkalarının da işitmesinden korkarmış gibi, alçak sesle, "Sana bir kıyak daha," dedi: "Bu davayı gönlünün dilediği gibi sonuçlandırabilirsin, ama en az bir yıl sonra."

Can Tezcan kendini tutmak istedi ya tutamadı.

"Neden en az bir yıl sonra, efendim?" diye sordu.

Mevlüt Doğan bir kahkaha attı.

"Hadi, altı ay diyelim, senin güzel hatırın için," dedi. "Nasıl olsa, şimdiden okuduk heriflerin canlarına, bundan böyle bir daha doğrultamazlar bellerini. İstersen, daha ilk oturumda patronları alıkoyup müdürleri ve uzmanları koyuverebilirsin. Bir sonraki duruşmada da patronu çıkarırsın. Nasıl olsa, bunu usturuplu bir biçimde yapacağından kuşkum yok."

Can Tezcan "Sayın başbakanım, siz yargıyı çoktan özelleştirmişsiniz," demeyi düşündü, ama vazgeçti.

"Teşekkür ederim, sayın başbakanım, çok teşekkür ederim," dedi.

"Benim adım Mevlüt Doğan, dostlar için elimden gelen her şeyi yaparım," diye yanıtladı başbakan. "Nasıl olsa, tek davamız bu değil, ötekileri benim istediğim gibi sonuçlandırırsın, olur biter. Özel bir çaba harcaman da gerekmez: önem verdiğimiz davaların hepsi bize candan bağlı yargıçların elinde, onları görevde bırakman yeter."

Can Tezcan dostunun çok yakında bırakılacağını öğreneli beri daha bir rahatlamıştı, bir süre susup düşünmeyi göze aldı.

"Sayın başbakanım, siz benden de iyi bilirsiniz ki bu tür bağlılıklar iktidarların ömrünü aşmaz genellikle. Bırakın da gerektikçe değiştirelim onları, yerlerine daha sağlam adamlar koyalım, böylesi sizin için de daha iyi olur, bizim için de. Ama hepsini uzaklaştıracak değiliz elbette, her şey bir oran sorunu."

Mevlüt Doğan gülümsedi.

"Suratını görür görmez anlamıştım: sen akıllı bir adamsın, Can aga, önerini düşüneceğim," dedi, sonra, dudaklarında tuhaf bir gülümseme, oldukça uzun bir süre süzdü konuğunu, "Ama isteklerimin hepsi bu değil," diye ekledi. "Bir de... bir de şu senin dostunun Maçka'daki yeni gökdelenlerinden birinde partim tarafından kullanılacak, ama tapuları eşimin kız kardeşinin üzerine çıkarılacak iki büyük daire istiyorum."

Can Tezcan rahatlayıverdi birden, işin içine pazarlık girince adalet aradan çekiliyormuş gibi.

"Temel bey bunu bir onur sayacaktır, sayın başbakanım," dedi hemen.

"Bir de, gene partim için, ama senetsiz sepetsiz, bir milyar dolar isterim."

Can Tezcan bu kez gözlerini tavana dikerek epey bir süre düşündü, sonra içini çekti.

"Bu çok yüksek bir rakam, sayın başbakanım," dedi: "Şu anda bu parayı bulabileceğimizi hiç sanmıyorum."

"Peki, yarım milyar diyelim, bunu da özelleştirme bedelinden düşelim," dedi.

"Yarım milyar da çok, efendim."

"Peki, iki yüz elli milyon dolar diyelim."

"O da çok, sayın başbakanım."

Başbakan hiç beklemediği bir yanıt verdi o zaman:

"Peki, yüz elli milyon dolar olsun," dedi.

Can Tezcan bir süre düşündü.

"Bu da özelleştirme bedelinden düşülecek mi, sayın başbakanım?" diye sordu.

Bu kez de Mevlüt Doğan düşündü.

"Yalnız yüzde ellisi," dedi, Can Tezcan'ın başını önüne eğmesi üzerine de derin bir soluk aldı, "Şimdi birer Türk kahvesi içelim ve çok yakında yeniden buluşmak üzere ayrılalım, tamam mı, Can kardeşim?" diye sordu.

"Tamam, sayın başbakanım."

"Bu arada, kahvelerimizi beklerken, senin benden istediğin şeyler varsa, çekinmeden söyleyebilirsin. Var mı bir istediğin?"

Can Tezcan derin bir soluk aldı.

"Kendim için hiçbir şey isteyecek değilim, efendim, ama Temel Diker beyin birtakım sorunları var," dedi.

"Söyle bakalım."

Önce Cihangir'deki bahçeli ev geldi Can Tezcan'ın usuna, ama bundan hiç söz etmemeyi yeğledi.

"Belediye çok sorun çıkarıyor kendisine, Cihangir'de, Taksim'de, Levent'te, Bebek'te, Fatih'te olmayacak nedenlerle yokuşa sürüyorlar adamı, kimi yolumu değiştirmem diyor, kimi ağaçlarımı kestirmem diye dayatıyor, işleri geciktiriyorlar, ya da işin astarı yüzünden pahalıya geliyor."

"Tamam, kısa açıklamalarla bir dosya içinde bizim Hasan beye gönder hepsini."

"Çok teşekkür ederim, sayın başbakanım. Temel arkadaşımızın bir de heykel sorunu var: tüm masraflarını kendi cebinden ödeyerek Sarayburnu'na tıpkı New York'taki gibi, ama ondan üç kat büyük bir *Özgürlük Anıtı* dikmek istiyor, İstanbul'umuzun ve Amerika sevgimizin simgesi olacak bir anıt. Bunun için Saray'ın bahçesinin azıcık kırpılması, denizin azıcık doldurulması, yolun bir bölümünün de tünele dönüştürülmesi gerekecek, ama Koruma Kurulu..."

"Anladım, Temel bey çok iyi düşünmüş; umarım, Amerikalı dostlarımız da bundan mutluluk duyarlar; bize gelince, dindarsak da güzel heykellere karşı değiliz."

"Ama Koruma Kurulu tasarıya kesinlikle karşı çıkıyor, efendim."

Başbakan zorlu bir kahkaha attı.

"Arkadaşım, benim adım Mevlüt Doğan," dedi, "Gerekirse, saniyesinde dağıtırım o Koruma Kurulu'nu, beş dakika sonra da yerine yenisini kurarım. *Özgürlük Anıtı*'nı da koy dosyaya!"

Bu sırada kahveler geldi. İçip ayağa kalktılar. Mevlüt Doğan Can Tezcan'ın elini kocaman avucunda sıktı. Tam ayrılacakları sırada, Can Tezcan Rıza Koç'tan dinlediklerini anımsadı.

"Sayın başbakanım, siz hiç yılkı adamları diye bir şey işittiniz mi?" diye sordu.

Başbakan bir kahkaha daha attı.

"Sen beni kim sandın, Can aga? Benim adım Mevlüt Doğan, bu ülkede sinek uçsa, saniyesinde duyarım," diye yanıtladı. "O dediklerini duymakla da kalmadım, gözlerimle gördüm: dağda taşta çakal sürüleri gibi dolaşıp duruyorlar. Oldukça eski bir olay bu, benim dönemimde başlamadı."

"Sayıları ne kadar, sayın başbakanım?"

"İki buçuk, üç milyon, bilemedin dört."

"İnsanın tüylerini ürpertiyor."

"Yok canım, o kadar da değil, Afrika'dakilerin sayısı çok daha fazla. Hatta oralarda sık sık kentlere indikleri ve ne bulurlarsa yağmaladıkları söyleniyor."

"Ama Türkiye'de hiç kimse bundan söz etmiyor, sayın başbakanım. Hiçbir gazete bunu yazmıyor, hiçbir televizyon göstermiyor."

"Evet, böyle bir anlaşma var, hem ulusal, hem uluslararası düzlemde, sessiz bir anlaşma: durumun açığa vurulması tehlikeli çünkü, ekonomiyi altüst edebilir."

"Peki, bu konuda herhangi bir çözüm düşünüyor musunuz, efendim?"

Başbakan bir süre düşündü.

"Benim adım Mevlüt Doğan dediysem, ben Tanrı'yım da demedim," diye yanıt verdi. "Ne çözümü düşüneyim istiyorsun ki? Olay benim dönemimde başlamadı, bayağı eski sayılır. Adamların sayısı da her gün artıyor. Evet, böyle. Ot, ağaç, börtü böcek, ayı, kurt, tilki, hepsi tükenme yolunda, onlar azaldıkça bunlar çoğalıyor. Çok sağlam bir türden oldukları belli, senin, benim türümden," dedi, bir kahkaha at-

115

tı, sonra Can Tezcan'ın öyle donmuş gibi dikildiğini gördü. "Ancak bizim dönemimizde durumlarının biraz daha iyi olduğu söylenebilir," diye ekledi. "Belediyelerimiz çöpleri onların sık uğradıkları yerlere boşaltıyor, eski giysileri toplatıp onların uğrak yerlerine bıraktıran belediyelerimiz bile var. Senin anlayacağın, hiç ilgilenmiyor değiliz."

Can Tezcan, ağzı açık, gözleri büyümüş, şaşkınlık içinde başbakana bakıyordu. Başbakan konuğunun şaşkınlığına güldü, elini omzuna koydu.

"Geçenlerde bir gece uykum kaçtı, bir tarih kitabı alıp karıştırmaya başladım, geçen yüzyılın ikinci yarısında, yani yüz yıldan bile az bir zaman önce, bir sağcı partimizin başlıca sloganının 'Yüz milyonluk Türkiye' olduğunu gördüm, bir gülmedir aldı beni. Yüz milyonluk Türkiye! Düşünebiliyor musun? Zamanla bayağı yaklaşmışlardı da bu rakama. Bizse, şu sırada ülke insan sayısını Cumhuriyet'in ilk yıllarındaki sayıya getirelim diye kıçımızı yırtıyoruz. Sen bu işe ne diyorsun, avukat bey?"

Can Tezcan daha da afallamış gibiydi.

"Bilemiyorum, sayın başbakanım," dedi. "Dedikleri gibi, her dönemin kendi ölçütleri, kendi ilkeleri, kendi ülküleri oluyor."

Başbakan bir kahkaha daha attı.

"Olabilir, ama ben Mevlüt Doğan olarak bu ülküyü gülünç buluyorum. Haksız mıyım?"

"Haklısınız, efendim, siz 2073 yılında yaşıyorsunuz."

Mevlüt Doğan yanıt vermedi.

Kapıya doğru yürüdüler. Köşkün küçük uçak parkında kırk yıllık dostlar gibi el sıkıştılar. Ama tam ayrılacakları sırada, başbakan durdu.

"Can aga, ben seni çok sevdim," dedi. "Arkadaşlar 'Komünistin biridir o, güvenilmez,' deyip duruyorlardı. Ama ben birkaç kez televizyonda dinledim seni, 'Bu herifte iş var,' dedim. Bugün de gördüm ki haklıymışım."

Öyle durup gülümsediler birbirlerine, sonra Mevlüt Doğan konuğunun kulağına doğru eğildi.

"Peki, sen komünist misin?" diye sordu.

Can Tezcan da Mevlüt Doğan'ın kulağına eğildi. "En az sizin kadar, sayın başbakanım," diye fısıldadı. Bu kez kahkahalarla güldüler. Mevlüt Doğan Can Tezcan'ı öptü. "Hadi, gene görüşmek üzere," dedi. Sonra birden gözlerini Can Tezcan'ın uçağına dikti, "Vay vay vay! Senin mekik benimkinden de kıyakmış. Hem de gerçek bir uçak yavrusu. Bu da gösteriyor ki adaleti benim değil, senin dağıtman daha uygun olacak," diye ekledi.

Can Tezcan uçağına binip pilotuna "Gidelim," dedikten sonra, "Çok tuhaf bir herif, pek yontulmamış, ama tümden boş bir herif de sayılmaz," diye düşündü. "Yalnız gözlemlerini sonuna dek götürmüyor ya da götürmek istemiyor. Yarım yüzyıldır hiçbir partinin iki dönem üst üste iktidara gelmediğini söylüyor, ama değişik adlar ve değişik adamlarla bir bakıma hep aynı partinin, yani aynı ilkelerin iktidarda kaldığını, bu yüzden her şeyin kötü gittiğini, yılkı adamlarını da bu yüz elli yıllık partinin yarattığını görmüyor." Kendisini pilot bölümünden ayıran cama doğru okkalı bir tükürük atmak geldi içinden, ama kendini tuttu. "Ben de böyle bir herifle işbirliği yapıyorum, gizli anlaşmalar imzalamaya hazırlanıyorum," diye söylendi.

Uçak yavrusu mekik otuz dakika sonra, B - 164 sayılı gökdelenin tepesine kırlangıç gibi inip kanatlarını topladığında, güneş batmıştı. Aşağıda insanlar, kimileri kaldırımlarda yaya, kimileri küçücük arabalarında, işlerinden dönüyor ya da işlerine gidiyorlardı. Güvenli, kuşkudan uzak, ağır ağır ilerlemekteydiler. Alabildiğine indirgenmiş, soyut ve değişmez bir düzenin her an, kolaylıkla değiştirilebilen, sıradan öğeleri olduklarının ayrımında bile değildi hiçbiri. "Peki, yukarıdakiler? Bu düzeni yürütenler, onlar çok mu bilinçli sanki?" dedi kendi kendine. Smerdiakof'u karşısında gördü birden, bıyıklı, saçları dümdüz taranmış, güvenli, mutlu mu mutlu, ötekinin hiç olmadığı kadar. "Onlar çok mu bilinçli sanki? Ben çok mu bilinçliyim? Bilinçli olsam da ne yazar ayrıca?" Nerdeyse tek bir tutkunun ardında, birbirlerinin aynı, hep böyle geçip gidiyorlardı, hep böyle kalabalık, hep böyle yalnız, yılkı adamları gibi. "Her birimiz birer yılkı adamıyız bu düzenin içinde, evet, her birimiz, hepimiz," diye yineledi. "Ben, Mevlüt Doğan, Niyorklu Temel, Cüneyt, Varol, hatta Rıza, hepimiz, hepimiz. Peki, Gül?" Gözleri kararır gibi oldu, başını ellerinin arasına aldı, var gücüyle sıktı. "Gül benden boşanmayı düşünmüyor mudur? Düşünmüyorsa, neden düşünmüyor? Düşünüyorsa, neden susuyor? Kapıdan girer girmez soracağım bunu ona!" diye söylendi.

Ama sormadı, önce uzun bir yolculuktan dönmüş ya da ikisinden biri korkunç bir kazadan kurtulmuş gibi sımsıkı sarılıp yanaklarını öptü karısının, sonra özlem gidermek istercesine, bir adım geriye çekilerek uzun uzun yüzüne baktı, onu hâlâ çok sevdiğini düşündü, derin bir soluk aldı.

"Söylesene, sevgilim, Smerdiakof bıyıklı mıydı, bıyıksız mıydı?" diye sordu.

Gül Tezcan eşinin tutkulu davranışları karşısında şaşırmıştı, sorusu karşısında büsbütün şaşırdı, gülümsemeye çalıştı.

"Smerdiakof da nerden çıktı şimdi?" diye sordu.

Can Tezcan derin bir soluk aldı.

"Adam, yani Mevlüt Doğan, tıpkı Smerdiakof," dedi.

Gül Tezcan gülümsemeye çalıştı.

"Onun bıyığı var," dedi.

"Smerdiakof'un bıyığı yok muydu?"

"Bilmiyorum, belki de vardı. Romanı yeniden okumàk gerek, ama, bilirsin, Dostoyevski insanların dışından çok içini betimler genellikle. Gene de romanı bir daha okumakta yarar var. Belki bizi gençliğimize götürür," dedi Gül Tezcan, kocasının karşısında, ayakta, öyle durdu bir süre. "O da tüm Rusya'dan nefret mi ediyor?" diye sordu.

"Hayır, daha doğrusu bilmiyorum, ama Türkiye'den nefret ettiği kesin."

"Kendi ülkesinden, kendisini doğuran topraktan, tıpkı Smerdiakof gibi," dedi Gül Tezcan, kocasının koluna girdi, koltuğuna kadar getirdi onu. "Otur da bir bardak su getireyim, iyi gelir," dedi. Gidip getirdi. İçmesini bekledi. Sonra karşısına oturdu, ellerini birbiri ardından avuçlarına alıp okşadı. "Sevgilim, bu senin ellerinin küçüklüğü hep şaşırtmıştır beni," dedi.

"Evet, ellerim küçüktür, Smerdiakof'un ellerine benzemez," dedi Can Tezcan.

Gül Tezcan eşinin yavaş yavaş kendine gelmeye başladığını düşündü, Mevlüt Doğan'la görüşmesine ilişkin birkaç soru sordu. Sonra Rıza Koç'un konuk odasında hâlâ uyumakta olduğunu söyledi, "Kulak verirsen, horlamasını buradan bile işitirsin," dedi. Can Tezcan da kulak verdi: dostunun kısa boyu ve çökük göğsüyle çelişen güçlü horultusunu o da işitti. Gül Tezcan hastalanmış olmasından kuşkulanıyordu.

"Ona Rıza Koç demişler, kolay kolay hastalanmaz, ama bunu hep yapar," dedi Can Tezcan: "kimi zaman kırk sekiz saat gözünü kırpmaz, kimi zaman da kırk sekiz saat boyunca böyle horul horul uyur, hem de deliksiz uyur."

Gül Tezcan şaşırdı.

"Yani bu adam yarın da hep böyle horlayacak mı?" diye sordu.

"Yok canım, şimdi gidip uyandırırım ben onu," dedi Can Tezcan, sonra kalktı, dediğini yapmak üzere konuk odasına yöneldi. Kapıyı açıp girdiğinde, Rıza Koç sırtında ceketi, ayaklarında botları, yatağın üstünde uyuyor, kolaylıkla uyanacağa da benzemiyordu. "Deli herif!" diye söylendi Can Tezcan. "Bir gün, bir sokak köşesinde ya da pis bir otel odasında böyle bulacaklar seni işte, sırtında kirli ceketin, ayaklarında çamurlu postallarınla." Yaklaştı, elini alnına bastırdı, sonra başını sallamaya başladı, "Uyan artık! Uyan artık, baba Rıza!" diye seslendi. "Sen bu yastığa baş koyalı koca bir gün geçti." Aynı anda, Rıza Koç'un gözlerini ovuşturduğunu, sonra bir çocuk arılığıyla gülümsediğini, sonra da doğrulup oturduğunu gördü. "Helal olsun sana," dedi.

"Peki, o iş nasıl gitti?" diye sordu Rıza Koç.

"Ne olacak, bağladım," dedi Can Tezcan, "Tüm işleri bağladığım gibi."

Rıza Koç şaşırdı ya da şaşırmış gibi görünmek istedi. "Hayır, olamaz!" diye homurdandı. "Bu saçmalığı da yapmış olamazsın, o dangalak bile yapmış olamaz."

"Ben bir şeyi kafaya koydum mu yaparım, arkadaş," dedi Can Tezcan. "Yaptım, o dangalağı da kendi dediğime getirdim."

Rıza Koç umutsuzca başını salladı.

"Bana kalırsa, korkunç bir şey," diye üsteledi, "Adaletin sonu sanki."

"Hayır, bu bir devrim," dedi Can Tezcan, arkadaşının yüzünü okşadı. "Kansız bir devrim, yirmi birinci yüzyıl adaletinin kendi özüne dönmesi..."

Rıza Koç doğrulup kalktı bir anda, dostuna düşmanca baktı.

"Ben kanlı bir devrimi senin bu paralı devrimine yeğ tutarım," diye gürledi. "Paralı devrime, bu en güçlünün adaletine..."

Can Tezcan kalktı, elini dostunun omzuna koydu.

"Bakıyorum, dün akşam söylediklerim bir kulağından girip öbüründen çıkmış," dedi. "Hadi, toparlan da sofraya oturalım, o zaman anımsarsın belki."

"Tamam, beş dakika sonra oradayım," dedi Rıza Koç.

On dakika sonra geldi, ama nerede bulunduğunun ayrımında değil gibiydi, elindeki fotoğrafa dikmişti gözlerini, hep bu fotoğrafa bakıyordu, bu fotoğraf dışında hiçbir şey görmez gibiydi. Masaya, Gül Tezcan'ın önüne bıraktı sonunda, ama gözleri hep üzerine dikiliydi gene.

"Bunu şu soldaki sehpanın üstünde buldum," diye başladı. "Elime alıp da bakar bakmaz donakaldım. 'Olamaz,' dedim, 'hayır, olamaz böyle bir şey! En azından, ben böylesini görmedim!' Haksız mıyım? Bu güzellik, bu arılık, bu uyum, bu bakış, bu gülümseme. La Joconde hiç kalır bu yüzün yanında, bence bu... bence bu yüz olsa olsa..."

"Evet," dedi Can Tezcan, "Evet, sence bu yüz..."

"Bence bu yüz olsa olsa Havva'nın yüzü olabilir diyordum. Evet, olsa olsa... Alıp odama gittim, önüme koydum, iki saat baktım belki. Sonra sızmışım."

Can Tezcan da bir tuhaf olmuştu, eşi de.

"Haklısın, gerçekten çok güzel," dedi Gül Tezcan.

"Peki, kim bu kadın?"

Gül Tezcan kocasına baktı, o da bir süre öyle durup gülümsedi, sonra, büyük bir giz verir gibi, dostunun kulağıma eğildi.

"Nokta Diker," diye fısıldadı. "Bizim Niyorklu'nun anası, öleli elli beş yıl olmuş."

Rıza Koç tüm bedeninden güçlü bir elektrik akımı geçmiş gibi titredi, sonra, gözle izlenebilecek kadar ağır bir biçimde, yüzünde tuhaf bir gülümseme biçimlendi.

"Yaşamın anlamsızlığının ve saçmanın egemenliğinin bundan daha somut bir göstergesi olamaz," dedi: "Böyle bir kadın Niyorklu Temel gibi bir herif doğursun! Saçma, her şey saçma, her şey, her şey, her şey..."

"Abartma, dostum," dedi Can Tezcan, elini omzuna koydu. "Temel bizim *Özgürlük Anıtı*'ndaki kadına bu yüzü verecek, anasının yüzünü."

Rıza Koç en yakın koltuğa bıraktı kendini.

"Olamaz!" diye söylendi. "Bu yüz o nesnenin üstüne nasıl konulur? Gebertmeli bu herifi! O herif tam bir dangalak!"

Can Tezcan bir kahkaha attı.

"Beğenemedin mi? Adam İstanbul'u yeniden kuruyor."

Rıza Koç yüzünü buruşturdu.

"Evet, kurar," dedi. "Birileri hep yeniden kurar bu zavallı İstanbul'u, kimi Aydın'dan gelir, kimi Trabzon'dan, kimi Urfa'dan, ülkenin en güzel kentini yeniden kurmaya soyunurlar. Bu ülkenin çelişkisi tükenmez."

"Sen, Türkiye'nin son komünisti, en güzel kadının Havva olduğunu söyledikten sonra," dedi Can Tezcan, kolundan tutup sofraya getirdi dostunu, ama Nokta hanım ve İstanbul *Özgürlük Anıtı* konusunu ancak üçüncü kadehin sonunda kapatabildi. Sonra, çekine çekine, Gül Tezcan'ın sabırsızlıkla beklediği görüşme konusuna geldi. Ancak, korktuğunun tersine, o başbakanla görüşmesinin ayrıntılarını, özellikle de adamın ikide bir Smerdiakof'a dönüşmesini anlatırken ya da "Benim adım Mevlüt Doğan" deyişine öykünürken, Gül Tezcan gibi Rıza Koç da kahkahalarla güldü. Bununla birlikte, her üçünün de içinde bir sıkıntı, bir kaygı, çok önemli bir şeyi yitirmişler ya da nicedir sürdürdükleri bir çaba başarısızlıkla sonuçlanmış gibi bir duygu vardı. Can Tezcan öyküsünü "İşte böyle, kim kimi kafese koydu, hangimiz kazançlı çıktık, bilmiyorum," diye bitirip de susunca, Rıza Koç "Son bir soru daha sorayım," dedi: "Bu senin Smerdiakof yılkı adamlarını biliyor mu?"

"Evet, biliyor."

"Bu konuda bir çözüm önerisi var mı acaba?"

"Evet, var: bilmezlikten gelmek, ama çöpleri ve eski giysileri onların sık geçtikleri yerlere attırtmak, partilerine bağlı belediyeler aracılığıyla."

"Ben kıyak başbakan diye buna derim işte; ama Smerdiakof'u yüz Mevlüt'e yeğ tutarım."

Gül Tezcan bir kocasına, bir konuğuna bakıyordu, sonra kocasında karar kıldı, "Tam yüz tane Mevlüt Doğan, aman Tanrım!" diye söylendi, arkasından da nerdeyse sert bir sesle "Benim düşüncemi sorarsan, sen bu adamlarla hiçbir biçimde ilişkiye girmemeliydin," dedi.

Can Tezcan omuz silkti.

"Ben bu işi uğraş gereği, büyük müşterim için, bir bakıma, onun adına yapıyorum," dedi.

"Smerdiakof'u da onun adına mı gördün?" diye sordu Rıza Koç.

Havayı yumuşatmaya mı çalışıyordu, yoksa alay mı ediyordu, belli değildi, ama buna ne Can Tezcan'ın aldırdığı vardı, ne eşinin.

"Bence senin en büyük yanlışın o adamın avukatı olman," dedi Gül Tezcan, gözlerini tavanda bir noktaya dikti, bir süre düşündü, "Sonra... sonra..." diye sürdürdü, "Sonra, ben bunu bilirim, bunu söylerim, küçücük bir ev için tüm bu özelleştirme çabaları gülünç mü gülünç."

Can Tezcan gözlerinin içine kadar kızardı nerdeyse.

"Saçmalama, ben avukatım, Temel Diker de en iyi müşterim," dedi. "Ayrıca, kaç kez anlattım sana, ben bu işin ülke için yararlı olacağına, adaleti bu heriflerin elinden kurtarmamızı sağlayacağına inanıyorum. Çabam da, bedeli ne olursa olsun, sonuçlarını şimdiden vermeye başladı: Varol on beş, yirmi gün sonra dışarıda. İkiniz de biliyorsunuz ki onun için yapmadığım kalmamıştı. Öte yandan..."

Rıza Koç sözünü kesti:

"Sen de çok iyi biliyorsun ki bunun gerçek adalet saygısıyla ilgisi yok," dedi. "Bu bir sapma, bir bencillik, ilişkiyi çıkar için kullanma..."

"Ne yapsaydım yani? Bıraksam da Varol yıllar yılı tekkede mi kalsaydı? Kendi kişisel çıkarım da, kendi kişisel onurum da söz konusu değil burada, öncelikle bir dostumun özgürlüğü söz konusu. Övünmek gibi olmasın, senin için de çok yaptım bunu."

"Doğru, benim için de çok uğraştın, ama şimdi yanlış yoldasın, tutumun kesinlikle öznel."

Can Tezcan eşinin Rıza Koç'u başıyla onayladığını gördü. "İkiniz de körsünüz!" diye gürledi. "Görmüyor musunuz, Varol gibi bir insanı hiçbir suçu yokken ve hiçbir gerekçe göstermeden iki yıldır içeride tutan, ormandan denize, ilkokuldan üniversiteye, varımızı yoğumuzu hepsi birbirinden düzenbaz yabancılara satan bir yönetimin elinden yargıyı kurtarmaya çalışıyorum. Dün akşam da söylemiştim, halkayı tamamlamak istiyorum, ama iyi tamamlamak istiyorum."

Rıza Koç gülümsemekle yetindi, yani pek de etkilenmiş gibi görünmedi, Gül Tezcan'dan yana döndü.

"Senin kocan bir tuhaf oldu," dedi. "Heriflerin korkunç eylemlerine bir yenisini daha ekletmek, yargıyı da özelleştirterek özelleştirmelerin en kötüsünü yaptırmak istiyor, bu amaçla heriflere rüşvet veriyor, sonra da kendisini alkışlamamızı istiyor bizden."

"Benim ona buna rüşvet dağıtacak kadar param yok."

"Senin yok belki, ama adamının var."

"Hangi adamımın?"

"Hangi adamının olacak, Niyorklu Temel'in, şu beş altı yıllık bir sürede İstanbul'u korkunç bir *phallus* ormanına dönüştüren Karadeniz uşağının."

Can Tezcan bu kez bayağı sinirlenmiş gibi göründü.

"Dostum, sen her şeye yanlış bir noktadan bakıyorsun, çünkü yaşadığın dönemi göz önüne almıyorsun," dedi. "Bu adam kendini İstanbul'a adamış, ona birliğini ve kimliğini vermeye çalışıyor, çağcıl birliğini ve çağcıl kimliğini."

Rıza Koç kahkahalarla güldü.

"Sevgili Can, sen bizimle dalga geçiyorsun!" dedi. "Adam İstanbul'un altını üstüne getiriyor, taş üstünde taş bırakmıyor nerdeyse, yıkıyor da yıkıyor, önüne ne çıkarsa yıkıyor. Kentin çevresinde kendinden de yüksek moloz dağları oluşuyor böylece, eski yapılar, eski eşyalar, eski kaldırımlar moloza dönüşüyor ve her şeyi kuruyor. Bunu görmemek için kör olmak gerek. Adamın elinden gelse, Ayasofya'yı da, Topkapı'yı da, Süleymaniye'yi de yıkacak. Bir gökdelendir tutturmuş, gökdelen de gökdelen, ama yalnız göğü değil, yeri de, tarihi de, geleceği de deliyor."

"Sen havadan konuşuyorsun, Rıza'cığım, Temel Diker tam tersini yapıyor bu dediklerinin, çirkin ve uyumsuz yapıları yıkıp yerlerinde kendi gökdelenlerini yükselterek düzen getiriyor bu kente, uyum, sağlık getiriyor, ama sen anlamak istemiyorsun," dedi Can Tezcan, sonra gizemli bir biçimde gülümsedi, "Anlamıyorsun, çünkü artsüremlilik ve eşsüremlilik kavramlarını bilmiyorsun," diye ekledi.

"Onlar da ne? Ben Marx'ta bu kavramlara hiç rastlamadım."

"Rastlamadın, çünkü Marx'ta yoktur," diye atıldı Can Tezcan, sonra, sesini alçaltarak artsüremlilikleri, yani tarihsel gelişimleri içinde görebildiğimiz kentler bulunduğunu, ama İstanbul'un bu özelliğini çoktan yitirdiğini, birkaç tarihsel kalıntı bir yana, son yüzyıl içinde açgözlü insanlarca altı üstüne getirilerek bir bayağılık, çirkinlik ve karmaşa çöplüğüne dönüştürüldüğünü, bu nedenle en doğru ve en kestirme çözümün onu eşsüremlilik içinde, yani bugünde, kendi içinde tutarlı bir kent olarak yeniden kurmak, yani bir baştan bir başa aynı nitelikte, aynı biçimde ve aynı boyutta yapılar, yollar ve sokaklarla, çağımızın yolları, sokakları ve yapılarıyla donatmak olduğunu anlattı. Derin bir soluk aldı, "Temel Diker'in yapmak istediği bu işte; belki isteğini sözcüklere gerektiği gibi dökemiyor her zaman, ama İstanbul'u bütüncül bir uzam olarak yeniden kurmayı amaçladığı, amacına ulaşmak için de hiçbir özveriden kaçınmadığı ortada," diye başladı.

Rıza Koç Gül Tezcan'a döndü.

"İşte senin kocan budur," dedi: "Ne zaman sıkışacak olsa, ayaküstü bir kuram üretir sana, ürettiği kurama da herkesten önce kendisi inanır."

Gül Tezcan güldü.

"Bilmez miyim? Üretir benim kocam, çok da güzel üretir; üstelik, her zaman tutarlı bir yanı da vardır kocamın kuramlarının," dedi.

Can Tezcan içini çekti.

"Düşüncemi bir türlü anlatamıyorum size," dedi. "En iyisi, kapatalım bu konuyu, ne gökdelenlerden söz edelim, ne yargıdan, ne başbakandan."

"Tamam, kapatalım," dedi Rıza Koç.

Gül Tezcan da başıyla onayladı. Devrim, yani gençlik anılarına daldılar bir kez daha. Sonra, çok geç bir saatte, Rıza Koç Can Tezcan'ı kolundan tutup durdurdu.

"Sormayı unuttum," dedi: "Dün, Kızılcahamam'a giderken ya da gelirken, mekiğini biraz alçaktan uçurtup dağlara baktın mı?"

"Hayır, bakmadım," dedi Can Tezcan, "Giderken yapacağım görüşmeyi düşünüyordum, gelirken de yaptığım anlaşmayı."

"Çok yazık! Bir dahaki sefer bak!" dedi Rıza Koç. "Çıplak dağların güzelliğine hayran kalacaksın, sanki dünya yeniden kendisi oluyormuş gibi gelecek sana, kendine ya da... ya da... Nokta hanımın yüzüne dönüşüyormuş gibi..."

VII

Can Tezcan "İşte tam böyle bir kızım olsun isterdim, böyle güzel, böyle güleç, böyle içten," diye düşünerek kendisine doğru gelirken, İnci onun usundan geçirdiklerini işitiyormuş gibi işaretparmağını dudaklarına götürdü, Temel Diker'in yarım saattir odasında kendisini beklediğini fısıldadı. "Hay Allah!" diye söylendi Can Tezcan, suratını buruşturdu, kapının önünde, gözleri İnci'nin gözlerinde, öyle durup bekledi bir süre, sonra hızla kapıyı açtı, daha tek sözcük konuşmadan, konuğunun keyfinin yerinde olduğunu anladı.

"Bakıyorum, keyifler gıcır, Temel bey," dedi. "Yeni bir gökdelen açılışı mı var?"

Temel Diker sağ elini göbeğine bastırarak güldü bir süre.

"Hiçbir şeyden haberin yok senin: artık tek gökdelen için açılış yapmıyoruz," diye yanıtladı. "Onarlık açılışlar yapacağız bundan böyle."

Can Tezcan şaşırdı.

"Ne oldu? Gene Avrupa'dan alıcılar mı geldi?" diye sordu.

Bu kez de Temel Diker şaşırdı.

"Sen benimle dalga mı geçiyorsun?" dedi.

"Ne diye dalga geçeyim ki seninle?"

"Olanlardan haberin yok mu senin?"

"Hayır. Ne olmuş ki?"

Temel Diker dizleri dizlerine değecek kadar Can Tezcan'ın koltuğuna yaklaştırdı koltuğunu.

"Sana da bildirdiler sanmıştım," dedi. "Dün öğleden sonra belediyeden aradılar: ne zamandır yapımına engel oldukları kırk iki gökdelen için izin çıkmış. *Özgürlük Anıtı* da tamam, yalnız yeni bir yazı istiyorlar."

"Yaşasın!" diye haykırdı Can Tezcan. "Patron, bunu ıslatmak gerekir, hem de hemen bu akşam! Düşünebiliyor musun: ayın 29'u daha bugün. Helal olsun, sözünün eriymiş bu senin Mevlüt: haftası dolmadan tuttu sözünü."

"Evet, tuttu," diye doğruladı Temel Diker, gene de yüzde yüz hoşnut değil gibiydi. "Peki, öteki iş ne oldu?" diye sordu.

Can Tezcan şaşırdı.

"Öteki iş mi?" dedi. "Öteki iş hangisi?"

"Hangisi olacak, Can bey?" diye homurdandı Temel Diker, nerdeyse kızmıştı. "Hangi iş olacak? İnatçı moruğun eviyle bahçesi. Demek unuttun gitti?"

"Hayır, unutur muyum hiç? Ama koskoca başbakana bu kadar ufak bir işten söz açamazdım ki!"

"Ufak bir iş mi diyorsun? Biliyorsun, benim için en önemli iş bu. Şu senin özelleştirme dalgasına da bunun için girişmemiş miydik!" dedi Temel Diker. "Kaç ay geçti aradan. Sana güvenip bekledim; yoksa ben çoktan bitirirdim bu işi."

Can Tezcan birden kalkıp odanın içinde tam dört kez bir duvardan bir duvara gidip geldi; sonra dönüp eski yerine oturdu.

"Sakın ha!" dedi. "Sakın ha, yasadışı işlere kalkışıp da bunca temiz gökdelene gölge düşürme. Biliyorsun, yakında tüm yargı elimizde olacak, o zaman bir yolunu bulacağız. Bu kadar büyütme şu küçük işi."

"Küçük iş olur mu, Can bey? Benim için en önemli iş bu!"

"Bekle biraz! İşte gördün: *Özgürlük Anıtı*'na izin çıktı, en kısa zamanda dikeceksin Sarayburnu'na. Bu kümes *Özgürlük Anıtı*'ndan daha mı önemli?"

"En az onun kadar önemli. Üstelik, *Özgürlük Anıtı*'na izin çıktıktan sonra daha da önem kazandı."

"Peki neden?"

"Biliyorsun, ne zamandır bir gökdelen dikmek istiyorum oraya. Kaç yıldır gözümün önüne gelip durur, düşündükçe ağlayacak gibi olurum. En az haftada bir kez, işe gi-

127

derken ya da işten dönerken yolumu değiştirip oraya gelirim, o küçük bahçenin önüne, aradan Sarayburnu'na bakarım. Bizim *Özgürlük Anıtı*'nın en iyi buradan, bu evle bu bahçenin üzerinden görüneceğini düşünerek içlenirim. Daha önce anlatmamış mıydım bunu sana?"

"Anlatmıştın, hem de kaç kez."

"Sonunda öldürecek beni bu ev. Kısmet olur da buraya bir gökdelen dikersem, hemen taşınacağım. Unutma, o gökdelenin en sıkı dairelerinden biri de senin!"

Can Tezcan bu kez Temel Diker'in kısacık saçlarını okşadı.

"Çok duygusal bir herifsin sen," dedi, "Ama bu kadar da takma kafanı. Göreceksin, çok yakında ona da sıra gelecek, sana erkek sözü."

"Sıranın en başında orası olmalıydı," dedi Temel Diker, içini çekti. "Ama sen yolların en uzununu seçtin: önce yargı özelleşsin dedin, başka bir şey demedin."

"Yalnız ben istemedim ki bunu. Düşünce benden çıktı, tamam, ama herkes katıldı önerime, kafası çalışan herkes katıldı, başta sen olmak üzere."

"Doğru, sen düşünerek başlattın, bizler de düşünmeden uyduk."

Can Tezcan sinirlendi birden.

"Dostum, sen ne demek istiyorsun? Sana kazık attığımı mı düşünüyorsun? Söyle de bilelim! Daha işin başındayız: istemiyorsan, hemen şimdi kapatabiliriz bu konuyu," dedi öfkeli bir sesle. "İstersen, başka bir avukat tutabilirsin. Kesinlikle karşı çıkmam, kızmam da."

Temel Diker gülümsemeye başladı o zaman.

"Neden saklamalı, adama her konuyu açıp da bu konuyu atlamana çok bozuldum, ama senin gibi bir avukatı bırakacak kadar salak değilim," dedi, durdu, derin bir soluk aldı. "Biz dostuz ayrıca, seni bu çıktığın yolda yalnız bırakacak kadar salak değilim," diye ekledi.

"O zaman?"

"O zaman düşündüm işte; içerideki dostundan söz ettiğin gibi bundan da söz edebilirdin, o yeri o herifin elinden

alıver de dünyanın en güzel gökdelenini oraya dikelim diye-
bilirdin, kesemizin ağzının ardına kadar açık olduğunu da
çıtlatabilirdin, ama aklına gelmemiş, ne yapalım."

"Olur mu, Temel bey? Adam beni belli bir konu için ça-
ğırmıştı, gene de birçok sorununu anlattım. Sonucunu da
gördük. Ama böyle küçücük bir işten..."

"Ama içerideki dostundan söz ettin..."

Can Tezcan gene sinirlendi.

"İçerideki dostum başka, bu iş başka; Varol benim en iyi
arkadaşım, onu küçük bir toprak parçasıyla bir tutamazsın."

Temel Diker "Boş versene!" demek istercesine elini sal-
ladı, ama daha ileri gitmeyi de göze alamadı.

"Tamam, Can bey, tamam," dedi. "Bari şu özelleştirme
dalgasını hızlandırabildiğin kadar hızlandır ki bu iş de hız-
lansın. Her zaman arkanda olduğumu da unutma."

Can Tezcan anlayışla gülümsedi.

"Hiç unutur muyum?" dedi. "Sen en büyük ortaksın,
ortak ne demek, patronsun. Konuştuğumuz gibi."

"Evet, patron, konuştuğumuz gibi," diye yineledi Temel
Diker, gitmek üzere kalktı, sonra, tam kapıya yönelmişken,
geri döndü, kendisini uğurlamak üzere ayağa kalkmış olan
Can Tezcan'ın elini tuttu, acıtıncaya kadar sıktı.

"Diyorum ki şu herifle bir de beni görüştürsen diyo-
rum," dedi. "Senin konuda değil, ben o işlere karışmam,
ama anası Karadenizli'ymiş, öyle diyorlar, bakarsın, şu ev
konusunda bir kıyak yapacağı tutar."

Can Tezcan gene anlayışla gülümsedi.

"Dur bakalım, nasıl olsa, bir yolunu bulacağız," dedi,
koluna girerek kurumun kapısına kadar götürdü onu, son-
ra, odasında, gözlerini karşı duvardaki aklı, karalı resme di-
kip öylece kaldı bir süre. "Budala! Yaşlı öğretmenin eviyle
Varol'u bir tutacak nerdeyse," diye geçirdi içinden. "O da
kendi açısından haklı: bu özelleştirme eylemine o ev için
başlar gibi yaptık, ama, o gün bu gün, hep atlıyorum bu ko-
nuyu, belki unutmaya çalışıyorum, belki hiçbir zaman iste-
medim o evin yıkılmasını, belki yargıyı özelleştirme girişi-
mim de bu yıkımı geciktirmek içindi, bilmiyorum, bilmiyo-

rum, bilmiyorum, kafam çok karışık." Bir süre daha baktı karşı duvardaki resme, "Çok tuhaf, adam insanları leyleğe dönüştürmüş, leylekleri de insana, birbirlerinden ya da bir başka şeylerden kaçmaya çalışıyorlar sanki," diye söylendi, birden kalkıp gitmeyi, ne denli tehlikeli olursa olsun, arabasına binip kent dışında saatlerce dolaşmayı, son komünist Rıza gibi bir süre yılkı adamlarıyla yaşamayı düşündü. Sonra birden önündeki düğmelerden birine bastı, "İnci'ciğim, Sabri beye söyle, zamanı varsa, bana bir uğrasın," dedi, kalkıp tuvalete gitti, uzun uzun işedi. Döndüğünde, Sabri Serin'i masasının önünde, ayakta bekler buldu, "İşte kafası çalışan bir adam," dedi içinden.

"Sabri'ciğim, sana iyi bir haberim var: dün akşam gene Veli Dökmeci aradı. Çok yakında, bilemedin altı ay sonra Türkiye'de yargı bizden sorulacağa benziyor. Hükümet bu konuda bayağı kararlı görünüyor. Güzel, değil mi?" dedi, sonra, yüzünde alaylı bir anlatım, yardımcısını süzmeye başladı.

Sabri Serin birkaç kez yutkundu, dilinin ucuna geleni söyleyip söylememe konusunda duraladı, ama kendini tutamadı.

"İçten düşüncemi biliyorsunuz, bence bu bir çılgınlık, efendim," dedi. "Daha önce de söyledim: bizim yaşamımızı da, ülkenin yaşamını da altüst edecek bu değişim. Bizim işimiz avukatlık, yani yargıya yardımcı olmak. Biz, özel bir kurum olarak, ne adına ve kimin yerine karar verebiliriz ki?"

Can Tezcan hep gülümsüyordu.

"Özel bir kurum olarak, yüce Türk ulusu adına. Bu ülkede nerdeyse herkes yüce Türk ulusu adına konuşuyor. Biz neden konuşmayalım ki?"

"Biz avukatız, efendim."

Can Tezcan gülümsedi, değişimin bunalımını yardımcısının sırtladığını gördükçe tuhaf bir esenlik duyuyordu.

"Sevgili Sabri, seninle ben kanat takıp Türkiye'nin tüm mahkemelerini dolaşarak kararları kendimiz verecek değiliz," dedi. "Örgütleneceğiz, adam gibi yargıçlar bulacağız, yetersiz olanları eğitecek ya da kovacağız, bu ülkede yargının düzeyini yükseltip yanlışlığı ve haksızlığı en aza indirmeye çalışacağız. Bir de şimdikileri düşün: kimi zaman hiç ayrımına varmadan, kimi zaman bile bile çok yanlış kararlar verdiklerine tanık olmuyor muyuz? Varol Korkmaz'ı neden içeride tutuyorlar? Haksızlığı önlemek için mi? Biz de kusursuz değiliz, biliyorum, ama bunlardan çok daha iyi, çok daha dürüst olacağımız kesin, bu ülkede hukukun üstünlüğünü biz sağlayacağız. Kararlarımızı da, söylediğim gibi, yüce Türk ulusu adına vereceğiz."

"Yargıyı parayla satın aldıktan sonra mı, efendim?"

Can Tezcan bir an bile duralamadı:

"Başkaları da üniversiteleri parayla satın aldılar, sonra da adlarının başına T.C. koydular, Türkiye'nin en büyük ve en eski üniversitesi bugün T.C. Şaban Yoğurtçu adını taşıyor," dedi. Derin bir soluk aldı, "Her şeyin bir bedeli ve bir mantığı vardır, dostum," diye sürdürdü. "Bugünün mantığıysa, senin de, benim de benimseyemediğimiz bir mantık: anamalın mantığı: bu toplumu anamalın, yani özel kesimin yönlendirdiğini benimsiyorsak, yargının da özel olmasını içimize sindirmemiz gerekir; ama, ister özel olsun, ister kamusal, yargıdan yargıya fark vardır. Biz de, halkını gerçekten seven yurttaşlar olarak, özelleştirilmiş yargıyı doğru dürüst işletebilmek için gerekli bedeli ödeyeceğiz."

Can Tezcan, sık sık yaptığı gibi, kendini söyleminin akışına kaptırmış gidiyordu, ama Sabri Serin "Bu söylediklerinize gerçekten inanıyor musunuz, efendim?" diye sorunca, öyle donup kaldı bir süre, gözlerini yardımcısının gözlerine dikti.

"Ne dedin? Ne dedin?" diye yineledi. "Bir daha söyler misin?"

Sabri Serin kızardı, ama sorusunu değiştirmedi.

"Bu söylediğinize, yani yargıyı kurtaracağınıza gerçekten inanıp inanmadığınızı sordum, efendim," dedi.

Can Tezcan bir süre düşündü.

"Evet, dostum, inanıyorum," diye yanıtladı; "Yani, daha içten konuşmak gerekirse, yarı yarıya inanıyorum."

"Yarı yarıya mı?"

"Evet, *fifty fifty!*"

"Yüzde elli inanca inanç denilebilir mi, efendim?"

"Denilebilir elbette. Hangi dönemde yaşıyoruz? Değil yüzde elli, yüzde beş inanç bile inançtır. Örneğin bizim Mevlüt bey Tanrı'ya kesinlikle inanır, ama ben inancının oranının yüzde beşi geçtiğini hiç sanmam. "

Sabri Serin gülümsemeye çalıştı.

"Ülkenin en büyük avukatının ağzından böyle sözler işitmek insanı şaşırtıyor, efendim," diye kekeledi. "Herhalde şaka ediyorsunuz."

Can Tezcan başını önüne eğip düşündü bir süre, sonra gözlerini yardımcısının gözlerine dikti gene.

"Sevgili dostum, belki biz sözcüğümüzü yanlış seçtik," dedi: "İnanmak, inanmamak, bunlar çoktan kapanmış bir dönemin kavramları: artık hiç kimse hiçbir şeye inanmıyor. Olaylara işine geldiği açıdan bakıyor, ama, aynı zamanda, mantık açısından baktığını sanıyor, böyle olunca da en uzlaşmaz tutumları kaynaştırmakta bir sakınca görmüyor."

"Peki, biz, efendim, biz de birbirine karşıt iki tutumu birleştirmiyor muyuz?" diye sordu Sabri Serin.

Can Tezcan duralamadı bile.

"Evet, birleştiriyoruz elbette," dedi. "Biliyorum, başlangıçta biraz Varol'u düşünerek, biraz da Niyorklu'yu oyalamak için, yani nerdeyse oyun olsun diye giriştik bu işe, ama şimdi, bunca gürültü patırtıdan sonra, bundan kurumumuz, dolayısıyla da kendimiz için kazanç ve onur beklediğimiz kesin. Ayrıca, mantık ve namusla, dolayısıyla hukukla çelişmeyen bir kazanç, bir çıkar söz konusu burada. Anımsarsın, daha önce de sık sık vurgulamıştım, her şeyin özelleştirilmiş olduğu bir toplumda devletçe yürütülen bir yargı açık bir çelişkidir. Hatta, bu mantığı sonuna dek götürürsen, devletin kendisi de çelişkidir. Soruna böyle baktığın zaman, yargının özelleştirilmesi bir zorunluluk olarak belirir. Ne olursa olsun, geçen hafta, Mevlüt Doğan'la konuştuktan sonra, buna iyice inandım: yargı bu adamların elinde bırakılamazdı."

"Ama sizin bu mantığınız sonuna kadar götürülemez, efendim," diye dayattı Sabri Serin. "Öyle ya, Montesquieu' nün saptaması doğruysa, yani yasaların yönetim biçimine uydurulması gerekiyorsa, dolayısıyla her yönetim ancak kendine uygun düşen yasaları getirecekse, yargı özelleşmiş ya da özelleşmemiş, hiçbir şey değişmez. Benim en büyük korkum bu adamların elinde oyuncak olmamız. Bu adamlar için çalışmanın erdem olduğunu söyleyemeyiz herhalde."

Can Tezcan bir anda gençlik yıllarının coşkulu havası içinde buldu kendini, kalktı, odanın içinde bir aşağı, bir yukarı dolaştı bir süre, sonra birden yardımcısının tam önünde duruverdi, gözlerini gözlerine dikti bir kez daha.

"Dostum, senin Montesquieu bu konuda yanılıyor, daha doğrusu, onun on sekizinci yüzyıl mantığı bizim yirmi birinci yüzyıl mantığımıza uymuyor," dedi. "Evet, belli bir açıdan, yasaların yönetim biçimine uygun olması, kırallığın onura, tiranlığın korkuya, cumhuriyetin erdeme dayandırılması bir tutarlılık gibi görünüyor; ama, hukuk diye bir şey varsa, yasalar her şeyden önce evrensel olmalı, her şey evrensel kurallara bağlanmalı, yoksa anamalcı bir düzende yasaların anamalcılığa uygun olmasını istemek tüzenin evrenselliğini, hatta kendisini yok saymaktan başka bir anlam taşımaz. Bence Marx proletarya devriminin sonunda devletin yok olacağını söylerken, bu yok oluşu en sonunda evrensel adaletin egemenliğinin başlaması olarak tasarlıyordu. Biz de bir anlamda bu amaç için çalışacağız."

Sabri Serin pek de inanmış gibi görünmüyordu.

"Kusura bakmayın, ama bu sorunu da döndürüp dolaştırıp Marx'a getirdiniz gene," dedi. "Ama Marx'ın ülküsünün Marx'ın tasarladığı toplum biçimine yüzde yüz karşıt bir toplumda, Marx'ın yıkılacağını söylediği bir toplumda geçerlik kazanması açık bir çelişki değil mi sizce, az önce söylediğiniz gibi, yargıyı özelleştirme savaşımını Marx'ın hiç onaylamayacağı bir amaçla, Temel beyin sorununu çözmek amacıyla başlatmış olmanız da bunu göstermiyor mu?"

Can Tezcan bir süre hiçbir şey söylemedi, Sabri Serin' in konumunun kendisininkinden daha sağlam olduğunu düşündü, ama gene de direndi.

"Evet, öyle, Sabri'ciğim, kuru mantık açısından yüzde

yüz sen haklısın," diye yanıtladı. "Ama, soruna somut koşullar açısından bakacak olursak, bizim Niyorklu'nun da haklı bir yanı yok mudur dersin? Kentin dört bir yanına gökdelenler dikiyordu adam, çokları apartmanlarının, evlerinin, bahçelerinin yerinde gökdelenler yükseltsin diye kapısında kuyruğa giriyor, araya adamlar koyuyorlardı. Daha ortada hiçbir şey yokken, güzelim bahçelerini ve evlerini buldozerlerle dümdüz edenler bile vardı. Tüm kentin yönelimi buydu nerdeyse, ama tek bir adam, bir yaşlı Don Kişot düzene uymuyor, evini ve bahçesini korumakta dayatıyordu, tam bir uyumsuzluk örneğiydi. Belki senin Montesquieu de egemen düzen adına onu değil, bizim Niyorklu'yu haklı çıkarırdı. Kısacası, her zaman söylediğim gibi, her şeyin özelleştirilmiş, her şeyin para babalarına bırakılmış olduğu bir ortamda yargı genel gidişin dışında kalamazdı. Sence kalır mıydı?"

Sabri Serin içini çekti.

"Bilemiyorum, efendim, belki de haklısınız," dedi, "Ama söylediğiniz gibi: *fifty fifty.*"

Can Tezcan mantığına çok güvendiği yardımcısının böylesine çabuk yumuşamasına nerdeyse üzüldü.

"Evet, Sabri'ciğim," dedi, "Öyle bir dönemde yaşıyoruz ki artık örneklerini yalnızca kitaplarda bulduğumuz bir dürüstlük biçimine bağlı kalmamıza olanak yok; dürüstlük söz konusu oldu mu elimiz kolumuz bağlanıveriyor, hangi yana yönelsek yolumuzu kesiyorlar: geçmek yasak! Öyleyse öncelikle ayakta kalmaya, ezilenlerden olmamaya çalışacaksın, başka seçeneğin yok, fazla fazla kötülüğü sonuna dek götürmemeye, başkasını nedensiz yere ezmemeye çalışabilirsin."

"Yani biz namuslu kişiler ne tümden dürüst olacağız, ne de tümden madrabaz."

"Evet, inanç konusunda olduğu gibi, en büyük iyimserlikle *fifty fifty.*"

Sabri Serin başını önüne eğdi.

"Sanırım, haklısınız, efendim," dedi.

Can Tezcan içini çekti, dalıp gitti bir süre, yardımcısının kendisini haklı çıkarmasına üzülmüş gibiydi.

"İşte bütün bunlar yüzünden kafam bozuk, Gül de her yaptığımı eleştirerek büsbütün bunaltıyor beni," diye yakındı. "Bu nedenle özelleştirmeye ilişkin yasa tasarısını senin hazırlamanı istiyorum. Gerekirse, ben de sana yardım ederim."

Sabri Serin şaşırdı.

"Yasa tasarısını biz mi hazırlayacağız, efendim?" diye sordu.

"Evet, bu konuda başbakana söz verdim, on beş gün içinde bitirmemiz isteniyor," dedi Can Tezcan. "Şöyle eli yüzü düzgün bir yasa, bu adamların hiçbir zaman beceremediği türden..."

Sabri Serin gene şaşırdı.

"Nisanın sonuna geldik, önümüzdeki yasama dönemine kalmayacak mı yani?" diye sordu.

Can Tezcan güldü.

"Belki kalır, ama başbakan bu döneme de yetiştirilebileceğini düşünüyor," dedi.

Tam bu anda İnci kapıyı vurmadan odaya daldı.

"Özür dilerim, efendim, şimdi Yıldız Korkmaz hanım aradı," dedi: "Varol beyi bırakmışlar, şu anda evdeymiş. Yıldız hanım..."

Can Tezcan gerisini dinlemedi artık, "Yaşasın!" diye haykırarak yerinden fırladı, İnci'ye sarılıp yanaklarını öptü, sonra Sabri Serin'e döndü, "Ben hemen çıkıyorum," dedi, "Bu işi yarın konuşuruz."

Yolda, arabasının kırmızı ışıkta durduğu her seferde "Bu yol hiç bitmeyecek mi?" diye homurdanıyor, ellerini ovuşturup duruyordu. İçinden arabadan atlayıp var hızıyla koşmak geliyor, sonra dostunun evinden hâlâ çok uzakta olduğunu düşünerek gülümsüyor, Yıldız hanımla çocuklarının sevincini gözlerinin önüne getirerek "İki yıl, tam iki yıl nerdeyse, dile kolay!" diye yineleyip duruyordu. "İki yıl! Elbette sevinir insan, hatta sevincinden çıldırabilir!" Ancak, dostunun dairesinin kapısından içeriye adımını atar atmaz büyük bir sevince ortak olacağını, dostuna bu büyük sevincin coşkusu içinde sarılacağını düşünürken, onu karşısında görememesi bir yana, Yıldız hanımı, kızını, hatta üç yaşındaki torununu ağlamaktan kıpkırmızı olmuş gözlerle, umutsuzca kendisine bakar buldu, donup kaldı.

"Bu haliniz ne böyle sizin? O nerede?" diye sordu, sonra, hiç kimseden yanıt gelmeyince, küçük oğlanınki de içinde olmak üzere, karşısındaki yüzleri tek tek sorgulayarak "Nerede o?" diye yineledi. "Nerede o? Yoksa bırakılmadı da bana yanlış mı aktardılar?"

Yıldız hanım hıçkırmaya başladı o zaman, hem eli, hem çenesiyle soldaki kapıyı gösterdi.

"Bıraktılar, on ikiyi çeyrek geçe evdeydi, ama ancak hapishanede verilen görüşme süresi kadar oturdu bizimle, sonra şu odaya girip kapıyı içeriden kilitledi," dedi. "Ötekiler de bırakılmadığı sürece bu odadan çıkmayacağını söylüyor; buraya, evet, buraya, bu salona bile gelmeyeceğini söylüyor," diye ekledi, gene hıçkırmaya başladı. "Ali'yle Zeynep bir saattir buradalar, onları bile, torununu bile görmek istemedi, açmadı kapıyı. Yalnız biz ortalıkta değilken çıkacakmış, öyle söylüyor."

"Peki, neden?"

"Suçsuzmuş, ama ötekiler de suçsuzmuş, onlar içerideyken kendisini bırakmaları haksızlıkmış, herkes gibi yaşayacak, yani ortalıkta elini kolunu sallayarak dolaşacak olursa, kendisi de haksızlar arasına katılırmış, bu haksızlığa boyun eğmemeye karar vermiş, hep bunu söylüyor."

Can Tezcan öyle donup kaldı bir süre.

"Delirmiş bu adam," dedi sonunda. "Bunun haksızlıkla ne ilgisi var? İyiden iyiye delirmiş."

Yıldız hanım gözlerini kuruladı.

"Bu işin senin başının altından çıktığını duymuş; sözümona, başbakanı araya sokmuşsun; sana çok kızıyor," dedi.

"Delirmiş bu herif, tümden delirmiş!" diye yineledi Can Tezcan; elleri, bacakları, dudakları, her yanı titriyordu şimdi. Geldi geleli ayaktaydı, Yıldız hanım da, Zeynep de oturmasını söylediler kaç kez, ama o işitmedi sanki. "Ben onu oradan çıkarmasını bilirim, evet, bilirim," diye mırıldandı, kararlı adımlarla Varol Korkmaz'ın içerden kilitlediği kapıya gitti, birkaç kez tıklattı, "Varol, aç şu kapıyı!" diye bağırdı her seferinde. İçeriden ses gelmedi. Kapıyı yumruklamaya, gene açılmayınca tekmelemeye başladı. Bir yandan da, kendinden geçmişçesine, "Aç artık şu kapıyı!" diye bağırıyor, "Yetti artık, aç şu kapıyı!" diye yineleyip duruyordu. Küçük oğlan ağlıyor, ötekilerse, öyle donup kalmışlar, nerdeyse korkuyla kendisine bakıyorlardı. Bir kez daha, var gücüyle, "Varol, aç artık şu kapıyı!" diye bağırdı, sesi artık kendi sesi değildi sanki. "Aç, yoksa kıracağım kapıyı!" Geri geri gitti, sonra hızla geri dönerek bedeninin tüm gücüyle bir omuz vurdu kapıya, "Kıracağım, evet, kıracağım!" dedi dişlerinin arasından, gene geriledi, gene tüm gücüyle bir omuz vurdu.

Birkaç saniye sonra, kapı usulca açıldı. Can Tezcan bir süre olduğu yere yığılacakmış gibi sallandı: korkunç bir oyuna getirilmiş, kapı aralığında, karşısında gördüğü adam arkadaşı Varol Korkmaz değilmiş gibi bir duyguya kapıldı: biliyordu, birkaç hafta önce de görmüştü, bu iş bedence de yıkmıştı dostunu, ama şimdi gerçekten korkunç görünüyordu: bir deri bir kemikti, yüzü kara-sarı bir renk almış, gözleri derin bir çukurun dibinden bakar olmuştu. Bir sesi kendisinindi, o da tuhaf bir biçimde titriyordu. En yakın koltuğa çöküverdi.

"Yalnız beni çıkardılar, daha on üç arkadaşım içeride," dedi, parmağıyla torununu gösterdi. "Hepsi de bunun gibi suçsuz, ya da benim gibi," diye ekledi, birkaç saniye sokulandı. "Bir arkadaş, Selim abi, altmış sekiz yaşında, karaciğer kanserinden ölmek üzere, sancıları bildiğin gibi değil, ama aspirinden başka ilaç vermiyorlar. Sen olsan, onları bırakıp çıkmayı yedirir miydin kendine? Çıkmaktan utanç duymaz mıydın?"

"Ama sen evindesin artık," diye atıldı Can Tezcan. "Evinde, sevdiklerinin arasındasın, özgürsün, tüm suçsuzlar gibi özgürsün."

"Ben artık tüm suçsuzlar gibi olamam, hele on üç suçsuz arkadaşım içerdeyken."

"Ama kaçmadın, yargıç kararıyla çıktın, bu arada hiçbir arkadaşını da suçlamadın, bırakılmak için hiç kimseye yalvarmadın."

"Yargıç kararıyla, hileli kararlar arasında hileli bir kararla. Sen benim yerimde olsan, böyle serbest bırakılmaktan utanç duymaz mıydın?"

Can Tezcan bir süre düşündü.

"Utanç duyması gerekenler biz değiliz, Varol'cuğum, gerçek suçlular suçsuz olduğunuzu bile bile seni ve arkadaşlarını iki yıldır içeriye kapatıp birer korkuluğa döndürenler," dedi. "Dürüstlüğün bu kadarı saçma bence, hele şu yaşadığımız dönemde."

Varol Korkmaz gözlerini dostunun gözlerine dikti.

"Dönem mönem bilmem ben, kararımı çoktan verdim," dedi, sonra, birdenbire, çok doğal bir şey yapar gibi, dostunu göğsünden iterek kapıyı suratına kapatıverdi.

Can Tezcan kilidin içinde anahtarın varla yok arası sesini dinledi, bu sesi hep işitmekteymiş gibi kapalı kapının önünde öyle dikilip kaldı bir süre, sonra geriye döndü, Yıldız hanımı gördü: kucağında küçük bir televizyon, öylece duruyordu karşısında. Şaşırdı.

"Bu ne?" diye sordu.

Yıldız hanım gene hıçkırmaya başladı.

"'Şu küçük televizyonu al bari odana,' dedik. 'Orada televizyon yok,' diye tersledi bizi. Belki seni dinler de alır demiştik," dedi, gene hıçkırmaya başladı.

Can Tezcan yanıt vermedi, bir düşte ilerler gibi, ağır ağır kapıya doğru yürüdü.

VIII

Gözlerini açtı açalı beyninin içinde Yıldız hanım durup dinlenmeden aynı tümceyi yinelemekteydi: "Şu küçük televizyonu al bari odana dedik, orada televizyon yok dedi." Gül Tezcan'la karşı karşıya kahvaltı ederken de, evinin kapısından çıkarken de, en üst katta mekiğine binerken de, Tezcan Avukatlık Kurumu AŞ'nin kapısından girerken de Yıldız hanım sürekli yineliyordu aynı sözcükleri: "Şu küçük televizyonu al bari odana dedik, orada televizyon yok dedi." İnci'nin yüzüne bakmadan, bir "Günaydın" bile demeden yürüyüp odasına girdi. Kendini koltuğuna bıraktı, gözlerini karşı duvarın yukarılarında bir noktaya dikip öylece kaldı. Yıldız hanım gene o değişmez sözcüklerini yineleyip duruyordu beyninin içinde, bu sözcükler varlığının, bedeninin ve tininin ayrılmaz bir öğesi olmuştu nerdeyse. "Ben ne yapabilirim ki? Ne söyleyebilirim ki?" diye mırıldandı. Kapıdan gülümseyerek giren Sabri Serin'e daha önce hiç görmediği birine bakar gibi baktı, herhangi bir şey de söylemedi. Sabri Serin konuşmakla konuşmamak, kalmakla çıkıp gitmek arasında duraladı bir süre, sonra, tam geri dönüp kapıya yönelmek üzereyken, Can Tezcan'ın eliyle her zaman oturduğu koltuğu gösterdiğini gördü, "Teşekkür ederim, efendim," diyerek gelip oturdu, gözlerini gözlerine dikti.

"Efendim, rahatsız mısınız?" diye sordu.

Bir dakika, iki dakika, üç dakika baktı öyle, Can Tezcan' dan herhangi bir yanıt gelmedi, yüzünde de, bedeninde de en ufak bir devini göremedi, birden kaygılanmaya başladı, sonra, kaygısı bir bunalıma dönüşürken, nerdeyse bir korku oyununu izler gibi, yerinden doğruluşunu, gelip karşısına dikilişini, bir süre gözlerini kendisine dikip öylece durduktan sonra, yüzünde korkunç bir acı anlatımı, "Sen benim girişimime her zaman kuşkuyla baktın, zaman zaman beni de kuşkuya düşürdün, ama dün senden ayrıldıktan sonra kesinlikle anladım ki hiçbir yargı bu adamlarınkinden daha kötü olamaz!" deyişini izledi. Hemen arkasından, kendisi daha da beklenmedik bir söz ya da edim beklerken, onun sağ yandaki yuvarlak masaya doğru ilerlediğini, bu masada birlikte çalıştıkları her seferde oturmayı yeğlediği koltuğu çekip oturduğunu, sonra, dingin mi dingin bir sesle, hem de her zamanki gibi gülümseyerek "Hadi, ne duruyoruz, dün başlamadan bıraktığımız çalışmaya girişmenin tam zamanı!" deyişini şaşkınlıkla izledi, "Bu adamı hiçbir zaman tam olarak anlayamayacağım, sanki birkaç kişi birden barındırıyor içinde," diye düşündü. Hemen gelip karşısına oturduktan sonra da gözleminin yüzde yüz doğru olduğu kanısına vardı: daha dün, akşamüzeri, ünlü yasa tasarısını kendisinin hazırlamasını istemişken, şimdi, aralarında hiç böyle bir konuşma geçmemiş gibi, önündeki bir yazıdan okurcasına, çok açık ve çok tutarlı bir biçimde, tasarının temel ilkelerini sıralıyordu.

"Bir dakika, efendim, bir dakika, kalem kâğıt alayım, alıcı ve yazıcıyı da açayım," dedi.

Can Tezcan durup bekledi, yardımcısı elinde bir deste kâğıt ve birkaç tükenmezle karşısına oturunca, incecikten gülümsedi.

"Sabri'ciğim, şu ilkokul alışkanlığını bir türlü bırakamadın," dedi. "Alıcı konuşmamızı olduğu gibi aldığına, yazıcı da yazıya çevirdiğine göre, bunca kâğıt kaleme ne gerek var? Sen söyleyeceklerimi dinle, aykırı bulduğun bir şey olunca da saniyesinde belirt bana, tartışmadan geçmeyelim," dedi.

Sonra, baştan başlayarak, hiç duralamadan sıralamaya başladı tasarının ana çizgilerini. Sabri Serin bir an bile kaleme, kâğıda elini sürmedi, savcılıkların neden özelleştirme dışı bırakıldığına ilişkin sorusu bir yana bırakılacak olursa, sözünü kesmeye de yeltenmedi. Yalnız, Can Tezcan açıklamalarını bitirdiği zaman, konuşan o değil de kendisiymiş gibi derin bir soluk aldı, "Çok güzel, efendim," dedi, "Bir tasarı ancak bu kadar kusursuz olabilir."

"Sen gene de şöyle dikkatle bir gözden geçir, eleştirilerini de esirgeme," dedi Can Tezcan.

"Peki, efendim," dedi Sabri Serin, sesi bayağı titriyordu. İki saat sonra, başkanının sıraladığı ilkeleri kendi bilgisayarında birkaç kez okuyup döndüğü zaman da aynı biçimde titremekteydi sesi.

"Efendim, olur şey değil, her şeyi öyle bir saptamış, öyle bir açıklamış ve öyle bir düzenleyip sıralamışsınız ki ancak bu kadar olur, tek sözcüğüne dokunsak, bozulur," dedi.

Can Tezcan gülümsedi.

"Abartma," dedi.

Sabri Serin nerdeyse sinirlendi.

"Abartmıyorum, efendim," dedi. "Ayrıca abartmadan hoşlanmadığımı da, size karşı çıkmaktan çekinmediğimi de bilirsiniz."

Can Tezcan gene gülümsedi.

"Sen bir kez de yarın oku, kusursuzluk çok da tekin değildir, kimi zaman aşırılığa götürür insanı, kimi zaman durup dururken düşman kazandırır, çünkü sıradan kişileri fazla sinirlendirir," dedi.

Sabri Serin başını önüne eğdi.

"Bir kez daha görüyorum ki sizi hiçbir zaman anlayamayacağım, efendim," diye yanıtladı.

Daha sonra, tam bir hafta süresince, birkaç yardımcısıyla birlikte, "ancak bu kadar olur" diye nitelediği temel ilkelerden yola çıkarak otuz beş sayfalık bir yasa tasarısı hazırladı. Tasarı, nerdeyse kusursuz olmasına karşın, adalet bakanı ve yardımcılarının da onayını aldı, 16 mayıs 2073'te hükümet tasarısı olarak Büyük Millet Meclisi'ne sunuldu, 24 mayıs 2073'te, kimi muhalefet milletvekillerinin de iktidar milletvekillerine katılmasıyla % 76 oy çokluğuyla ve alkışlar arasında yasalaştı, 26 mayıs 2073'te cumhurbaşkanınca onaylandı, 27 mayıs 2073'te de *Resmi Gazete*'de yayımlanarak yürürlüğe girdi.

Az satışlı iki İstanbul gazetesi bir yana bırakılacak olursa, ülke basını Büyük Millet Meclisi'nde "Türkiye'nin gerçek bir ilke imza atması" olarak nitelenen bu ilginç yasayı büyük bir coşkuyla karşıladı. Açıkça Mevlüt Doğan iktidarını destekleyen gazete ve televizyonlar gibi görünüşte bağımsızlık savında olan gazete ve televizyonlar da yasayı büyük bir devrim olarak nitelerken, başbakan Mevlüt Doğan'la adalet bakanı Veli Dökmeci'yi devrimin büyük öncüleri sayıyor, Can Tezcan ve Cüneyt Ender'i de büyük devrimin baş mimarları olarak niteliyorlardı. Öyle görünüyordu ki en az yüz elli yıldan beri bu ülkede hiçbir zaman böylesine büyük bir devrim gerçekleştirilmemiş, devrim sözcüğü de hiçbir zaman böylesine sık kullanılmamış, böylesine olumlu, böylesine büyülü bir anlam kazanmamıştı. Bu arada, birçok köşe yazarı her büyük özelleştirme sonunda kesinlediğini bir kez daha yineliyor, yani, bir bakıma gerçeği tersine çevirerek, halkın olanın devletten alınıp halka geri verildiğini yazıyordu. Avrupa Birliği'nin Türkiye'yi otuzuncu ve sonuncu üye olarak bağrına basamadan dağılmış olmasının acısını unutamayanlar arasında bile, Türkiye'nin bu devrimi gerçekleştirmekle, belki de tarihinde ilk kez, Avrupa ülkelerine çok anlamlı ve çok önemli bir küreselleşme dersi verdiğini ileri sürenlere rastlanmaktaydı. Daha ağırbaşlı yazarlar ve televizyon konuşmacılarıysa, bu devrimsel özelleştirme yasasının ancak bir başlangıç olduğunu, yasanın başarısının yargıyı üstlenecek özel kuruluşun seçimiyle yakından ilgili bulunduğunu belirtip böyle bir kuruluşun başlıca özelliklerinin neler olması gerektiğini açıklıyor, böylece, açık ya da üstü kapalı bir biçimde, büyük hukukçu Can Tezcan'ın kurumunun özelliklerini sayıyor, günün kahramanlarından Cüneyt Ender'se, hiç eveleyip gevelemeden, "bu kutsal görev"i üstlenecek tek kuruluşun yirmi birinci yüzyılın büyük hukuk devrimcisi Can Tezcan ve arkadaşlarının kurmak üzere oldukları ve artık adını tüm yurttaşların ezberlemesi gereken TTHO, yani Türkiye Temel Hukuk Ortaklığı AŞ olduğunu kesinliyordu.

Can Tezcan'sa, kimilerinin nerdeyse kesintisiz bir şenlik dönemi olarak gördüğü bu coşku günlerinde gazeteci ve televizyonculardan elden geldiğince uzak durmaya çalışıyor, onlardan kaçınamadığı durumlarda da önlemciliği elden bırakmadan "Biz hazırız, yüklenmeyi umduğumuz kutsal görevin üstesinden gelebileceğimize inanmaktayız, ama bizim kadar istekli ve bizim kadar güçlü başka kuruluşlar da var, sonucu hükümetimiz belirleyecektir," diyor, habercilerin tüm üstelemelerine karşın, ağzından bu kısa yanıt dışında tek sözcük çıkmıyordu. Yargının birkaç ay içinde kendi eline geçeceğinden kuşku duyduğu için mi? Hayır. Daha işin başında Mevlüt Doğan'la kesin olarak anlaşmış, Temel Diker de üç ayrı gökdelende üç büyük daireyi bayan Doğan ve kız kardeşinin iyeliğine geçirecek tapu işlemlerini imza aşamasına getirtmişti, şimdi tek sorunu yüz elli milyon doları "nakit olarak" bir araya getirmekti. Ama Türkiye Temel Hukuk Ortaklığı AŞ görevi üstlenmeye nerdeyse hazır durumdaydı. Üstelik, ortaklığın ana ilkeleri belirlendikten sonra, Sabri Serin'in "Bu bizim yumuşak karnımız olur, bence vazgeçelim," diye çırpınıp durmasına karşın, ülkenin önde gelen tecim ve sanayi kuruluşlarıyla görüşülerek onların da katılımları sağlanmak istenmiş, bu kuruluşların başındaki kişiler de kendi uğraş alanlarıyla fazla bir ilişkisi bulunmayan, fazla bir kazanç sağlayacağa da benzemeyen bir alana yatırım yapmayı pek mantıklı bulmamalarına karşın, düşünmeleri için verilen on günlük süre içinde, öneriyi geri çevirmeleri durumunda çok yakın bir gelecekte tüm yargıyı ele geçirecek olan bu güçlü kuruluşla aralarında ister istemez bir soğukluk doğacağını, bunun da gelecekte yargıya işleri düştüğünde kendileri için olumsuz sonuçlar doğurabileceğini, ortaklığı benimsemeleri durumundaysa, yargıyla ilgili sorunlarını kolaylıkla çözüme kavuşturacaklarını düşünerek "Tamam" dediler. Daha da güzeli, hiçbir holding ötekilerden geri kalmak istemediğinden, hepsi de katılım payını yüksek tuttu. Tüm bunlara kurucu üye Temel Diker'in dudak uçuklatan katkısı da eklenince, Türkiye Temel Hukuk Ortaklığı AŞ, daha yaygın söylenişiyle TTHO, Türkiye Cumhuriyeti'nin en güçlü kuruluşlarından biri olarak çıktı ortaya. Yasanın ilk hazırlıklarının yapıldığı dönemde, büyük bir İngiliz - Amerikan kuruluşu geniş yapısı içinde bir de hukuk dalı oluşturup bir iki Amerikan ve İngiliz üniversitesinin işbirliğini de sağlayarak Türkiye Cumhuriyeti'nde tüm yargıyı tekeline almaya yeltenmişse de bir yandan başbakanın bu işi Can Tezcan - Temel Diker ikilisine bırakacağı konusunda "alınan duyumlar", bir yandan da türkçe bilen, dolayısıyla Türkiye Cumhuriyeti yurttaşı olan çok sayıda "nitelikli insan" çalıştırma zorunluluğu nedeniyle son adımı atmaktan vazgeçmiş görünüyordu. Genellikle birtakım zengin avukatlarla zengin "müvekkiller"inin oluşturduğu üç dört yerli kuruluşsa, tüm umutlarını son anda Mevlüt Doğan'la Can Tezcan arasında çıkacak bir uzlaşmazlığa bağlamış görünüyorlardı. Öte yandan, Mevlüt Doğan'ın son anda Amerika Birleşik Devletleri başkanı ya da İngiltere başbakanından gelecek bir öneriye boyun eğmesi de, gene son anda kendisine çok büyük bir çıkar sağlayacak yerli ya da yabancı bir kuruluşa "He" demesi de olanaksız değildi. Can Tezcan, başbakanın bu noktadan sonra sözünden dönebileceğini hiç sanmamakla birlikte, her şeyi önceden kotarmış gibi bir izlenim uyandırmak istemiyor, neden bu denli suskun kaldığını soran gazetecilerin sorularını "Yargı çok ciddi bir iştir," diye yanıtlamakla yetiniyordu.

Açıkartırma tarihi belli olur olmaz, öteki üç kuruluşla birlikte, o da başvurusunu yaptı.

24 haziran 2073 günü saat 15.30'da, Adalet Bakanlığı'nın giriş katındaki geniş salonda, çiçeği burnunda dört hukuk kuruluşunun önde gelenleri kurumlarının özellik ve olanaklarını sergilemeye hazırlanırken, başbakan Mevlüt Doğan'la Türkiye Temel Hukuk Ortaklığı AŞ'nin kurucu başkanı Can Tezcan yirmi birinci katta özel olarak hazırlanmış bir odada, bir yuvarlak masanın başında, kırk yıllık dostlar gibi söyleşiyor, birbirlerine fıkralar anlatıp gülüyor, arada bir de karşı duvarın önüne yerleştirilmiş dev ekrandan büyük salonda yapılmakta olan görüşmeleri izliyorlardı.

Mevlüt Doğan'ın saptamasına göre, bu görüşmeler tam üç saat sekiz dakika sürdü. Bu süre sonunda, ülkedeki tüm yargı kuruluşlarının TTHO'nun sorumluluğuna bırakılmasına karar verildi, hemen arkasından da Türkiye Cumhuriyeti'nde yargıyı özel kesimin sorumluluğuna bırakan sözleşmeyi hükümet adına adalet bakanı Veli Dökmeci'yle TTHO adına genel yazman Sabri Serin'in imzalamaları izlendi. Bir dakika sonra, yirmi birinci kattaki özel odaya gümüş bir tepside bir şampanya şişesi ve iki kadehle özel kılıklı bir görevli girdi. Ancak başbakan Mevlüt Doğan kapıda durdurdu adamı, "Şimdi git, on beş dakika sonra gel," dedi. Adam çıktıktan sonra da yanında duran çantadan birer sayfalık iki belge çıkarıp Can Tezcan'ın önüne koydu. O da koltuğuna yaslanıp birbiri ardından okudu belgeleri, Kızılcahamam'da kararlaştırdıklarına yüzde yüz uygun olduğunu söyledi. Başbakan onda kalacak olanı imzaladı o zaman, o da başbakanda kalacak olanı. Tüm bu işlemler başbakanın öngördüğü gibi tam on beş dakikalarını aldı. On altıncı dakikada şampanya geldi ve kadeh tokuşturuldu. Başbakan, eski bir alışkanlıkla, koltuğun dirsekliğine oturup elini başına koyarak içti ilk yudumunu, Can Tezcan da, gene eski bir alışkanlıkla, önce kadehin içindekini şöyle bir kokladıktan sonra. Aradan on dakika bile geçmeden, başbakan belgesini çantasına koyup ayağa kalktı, elini Can Tezcan'ın omzuna bastırdı, "Hadi, Can baba, seni çok sevdim, gerçekten sıkı adamsın, ne zaman başın sıkışırsa, bana gel, şu bir kadeh şampanyayı da unut gitsin. Sana başarılar dilerim," dedi.

İki dost, hatta iki kardeş gibi kucaklaştılar.

Ertesi gün, bu belge alışverişi, bu kadeh tokuşturma ve bu coşkulu kucaklaşmadan tek bir gazete, tek bir radyo, tek bir televizyon bile söz etmedi. Buna karşılık, Veli Dökmeci'yle Sabri Serin'in imzalarıyla yürürlüğe giren özelleştirme olayını tüm basın benzerine az rastlanır bir ayrıntı zenginliği ve görülmedik bir coşkuyla yansıttı. En büyük gazetelerimizden *Küre* büyük olayı "Biz başlattık, Meclis bitirdi" *Evren*'se, "İki imza ve bir ilk" başlığıyla veriyor, *Resimli Gündem* "İlklerin en büyüğüne Türkiye imza attı" diyerek "büyük olay"ı tüm ülkeye mal ediyor, *Yarın* "Tarihin en büyük ve en zorunlu özelleştirmesi" başlığını kullanarak olayın birkaç yönünü birden öne çıkarıyor, *İman* konuyu Türkiye/Avrupa karşıtlığına getirerek Avrupa'ya bir kez daha çok anlamlı bir hukuk dersi verdiğimizi kesinliyor, *Anayurt* gazetesi de "Kendi cezanı kendin ver" gibi tuhaf bir başlık kullanarak Can Tezcan'a verilmiş olanı tek tek her yurttaşa verilmiş bir ayrıcalık olarak gösteriyordu. Yorumlara gelince, yargımızın büyük bir Fransız, Alman ya da İtalyan kuruluşuna verilmemiş olmasının tarihin çok yakın bir gelecekte birtakım ulusçu önyargılar yüzünden pisi pisine kaçırılmış bir büyük fırsat olduğunu yazacağını belirten çok ünlü ve çok saygın bir köşe yazarımızın görüşü bir yana bırakılacak olursa, yüzde yüz olumlu sayılırdı: zaman zaman eski solcu kimliklerini anımsatmaktan kendilerini alamayan yaşlı köşe yazarlarımız bile Türk yargısının yazgısını Can Tezcan gibi çok büyük bir hukukçunun yönetimi altındaki özel bir kuruluşun eline bırakmakla Adalet Bakanlığı'nın en doğru seçimi yaptığını kesinledikten sonra, savcılık kurumunun özelleştirme dışında bırakılmasını anlamanın zor olduğunu yazıyor, kimi köşe yazarlarıysa, konunun özüne pek dokunmadan, "Türk yargısının yeni patronu" Can Tezcan'ın kocaman ve renkli fotoğraflarının altında, kendisine övgüler düzüyor, onun ne denli büyük bir hukukçu, ne denli seçkin bir ekin ve düşün adamı olduğunu anlatıyorlardı. Bu arada, örneğin *Anayurt* yazarlarından Talip Tahir Uçar gibi ünlü yasanın oylandığı tarih olan 25 mayıs ya da yargının özel kesime bırakıldığı 24 haziranın bundan böyle ulusal bayram günü olarak kutlanmasını önerenler bile vardı. Kısacası, Türk basınının ortak kanısı 24. 6. 2073'ten sonraki Türkiye'nin 24. 6. 2073'ten önceki Türkiye olmadığı, çünkü bu "yepyeni" Türkiye'nin artık "iyiden iyiye küreselleşmiş olan dünyamızda" demokratikleşme yolunda son adımını da atarak "ipi göğüsleyen" ilk ülke olduğuydu. Alay mı ettiği, yoksa gerçek düşüncesini mi dile getirdiği, olayın yanında mı, yoksa karşısında mı yer aldığı pek anlaşılmayan ünlü yazar Şarman Altan'sa *Evren*'deki köşesinde bu "büyük adım"ın sonuçtan çok başlangıç olduğunu, çünkü "sözü geçen büyük adım"ın esini sonucu çok yakın bir gelecekte yargının uluslararası bir nitelik kazanmasının bir "sürpriz" olmayacağını belirtiyor, öngörüsünün bir çelişki olduğunu düşünebilecek olanlara da yanıtını şimdiden vermiş olmak istiyordu: bizim de üzerinde yaşamakta olduğumuz şu yeryüzünde Amerika Birleşik Devletleri'nin konumu bir çelişki olarak nitelenmiş olmadığı sürece bu öngörü de bir çelişki olmayacaktı. Bu "mutlu sonuca" ulaşılabilmesi için aylardır büyük bir savaşım vermiş olan Cüneyt Ender'se, tüm tepkileri gördükten sonra yazdığı *At last* başlıklı yazıda, bu sonuca gelinmesi yolunda harcanan büyük çabaların "küçük bir dökümünü" yaptıktan sonra, yargının da en sonunda sınır tanımayan uluslararası anamalın bir parçası durumuna gelmesinin çağın yönelimleriyle yüzde yüz örtüşen doğal bir sonuç olduğunu vurguluyor, Türkiye' de yargının tümüyle ya da belirli bir oranda yabancı bir kuruluşa verilmemiş olmasından yakınan yazarlarımızın üzüntülerini yersiz bulduğunu, çünkü Türkiye Temel Hukuk Ortaklığı AŞ'nin paydaşı olan yerli kuruluşlarımızın nerdeyse hepsinin önde gelen ortaklarının çok büyük ve çok saygın Amerikan, İngiliz, Fransız, İtalyan, Alman, İsveç şirketlerinin Türkiye'deki ortaklarının oluşturduğunu belirttikten sonra, yazısını "Kurumun paydaşlarından biri olarak konuşuyor ve sizlere 'İçiniz rahat, bayramınız kutlu olsun,' diyorum, sevgili okurlarım, TTHO her şeyi önceden düşünmüştür," diye de bitiriyordu.

Tüm bu olumlu tepkilere karşın, içi pek de rahat olmayan biri varsa, o da "TTHO"yu kurmuş olan adamdı: başta Sabri Serin olmak üzere, kimi uzmanların karamsar öngörülerini dinledikçe, belki de altından kalkamayacağı bir işe soyunduğunu, bunca çabaya değmeyecek bir girişim uğruna ününü ve servetini tehlikeye atmış olabileceğini düşünmeye başlıyordu. Yaklaşık üç ay sonra, yasanın öngördüğü biçimde, koca ülkenin tüm mahkemeleri TTHO'ya bağlanınca, daha doğrusu, TTHO ülkenin tüm mahkemelerini yeniden kurunca, işler daha ilk haftada sarpa sarabilirdi. Doğru, on binlerce görevlinin ücretlerini ödemek, binlerce yapının bakımını yaptırtmak, işlerin yürütülmesi açısından zorunlu olan araç ve gereci sağlamak gibi bir sürü yükümlülükten kurtulmak bile olağanüstü bir kazanç olduğundan, hükümet özelleştirme ücretini simgesel bir düzeyde tutmuş, ödemeyi de beş yıllık bir süreye yaymıştı, bu açıdan fazla kaygılandığı yoktu. Ama hükümetin sırtından attığı

147

ağır yükü TTHO nasıl taşıyacaktı? Daha doğrusu, taşıyabilecek miydi? Önceden verilmiş sözlere uygun olarak, yargıç ve öteki çalışanların yaşam düzeyi yükseltilebilecek miydi? Danışmanlar genellikle iyimser konuşuyorlardı ya karamsar mı karamsar uzmanlar da yok değildi: "İşimiz zor!" diyorlardı. Doğru, paydaşların kuruluşa yatırdıkları katılım payları bayağı yüksek bir rakama ulaşmaktaydı, ama hesap oradaysa, arşın buradaydı: fazla fazla yargıç ve ötekilerin bir iki yıllık ücretini karşılardı bu para. Hiç kuşkusuz, yeni açılacak her dava TTHO'nun kasasına girecek bir para demekti. Üstelik, istenince artırılabilecek bir paraydı bu, son yıllarda, şu ya da bu gerekçeyle, şu ya da bu biçimde, ama sık sık başvurulmuştu bu yola, kendileri de başvurabilirlerdi, kimseden izin almaları da gerekmezdi. Ne var ki, tam da bu sürekli zamlar yüzünden, ülkede yargıya başvurma oranı her geçen gün biraz daha düşmekteydi. Kuruluşun genç uzmanlarından birinin bu konuya ilişkin sözleri bir türlü usundan çıkmıyordu Can Tezcan'ın, en olmadık zamanlarda, birdenbire, genç adamın sesini işitir gibi oluyordu: "Ben küçük bir inceleme yaptım, efendim: bugün, Türkiye'de, bir milyon dolarlık bir alacak davası açabilmek için işin başında mahkemenin kasasına yüz elli bin dolar yatırmak gerekiyor, bir hakaret davası açabilmek için de orta halli bir araba parası. Bu durumda insanlar ya haksızlığı sineye çekmeyi seçiyorlar, ya haklarını başka yoldan aramayı. Diyeceğim, bize başvuracakların sayısı her geçen gün biraz daha düşebilir."

Can Tezcan aynı günün akşamı Gül Tezcan'a birkaç kez anlattı bu konuşmayı. O da iyi bir günündeydi, her seferinde de anlayışla dinledi kendisini. Ancak, yatmadan önce, son anlatışında kendini tutamadı.

"Peki, sen ne dedin?" diye sordu.

"İyi de ben bunu neden bilmiyorum diye sordum," dedi Can Tezcan.

"Peki, o ne dedi?" diye sordu Gül Tezcan.

"Siz çok büyük bir kurumun başkanısınız, efendim; bu tür küçük sorunlarla ilgilenmeniz gerekmez dedi," dedi Can Tezcan, gözlerini yere dikti.

Gül Tezcan, bir çocuğun saçlarını okşar gibi, kocasının saçlarını okşadı.

"Çocuk doğru söylemiş, ama gene de bilmen gerekirdi: Sabri Serin seni sürekli uyarıyordu, ama sen dinlemedin adamı," dedi. "Hadi, yat artık, sevgilim, unutmaya ve uyumaya çalış."

Can Tezcan yatağa girdi, gözlüğünü çıkarıp sehpanın üstüne bıraktı. Canı bir sigara istedi, olmayan bir dumanın kokusunu duyar gibi oldu, "Gene başlasam mı yoksa?" diye düşündü, arkasından "Keşke şu Niyorklu'nun mafyaya gitmesine engel olmasaydım, nasıl olsa artık herkes doğal karşılıyor böyle işleri," diye geçirdi içinden. Bu sırada, Gül Tezcan geceliğini giyip gelmiş, yatağın ucuna oturmuştu. Onu kendine doğru çekti; "Bereket, Sabri kaç gündür Ankara' da," dedi. "Burada olsa da ikide bir 'Ben size söylemiştim, efendim!' deyip dursaydı, kendimi gökdelenin tepesinden aşağıya atabilirdim."

Ertesi sabah, bir buçuk saatlik bir gecikmeyle odasına girip de Sabri Serin'i karşısında bulunca, bir an gözleri karardı, bacaklarının titrediğini duydu. Sağ elini masasına dayadı, öylece dikilip kaldı bir süre. Sonra koltuğuna oturdu, İnci'nin getirdiği suyu sonuna kadar içti. Sabri Serin herhangi bir rahatsızlığı olup olmadığını sordu. O da "Hayır, hiçbir şeyim yok," diye yanıtladı. Arkasından, kurum uzmanlarının birbirinden karamsar öngörülerini anlatmaya girişti. Ancak, aradan çeyrek saat geçmeden, Sabri Serin'in gülmeye başladığını gördü, tepeden tırnağa titredi.

"Sabri, kuzum, ne oluyor sana böyle, bana mı gülüyorsun?" diye sordu.

"Ben size hiç güler miyim, efendim? Bunu nasıl düşünebilirsiniz?" dedi Sabri Serin. "Ayrıca gülünecek hiçbir şey yok bütün bunlarda."

"Ağlanacak durumda olduğumuzu mu söylemek istiyorsun?"

"Bunu nereden çıkarıyorsunuz, efendim?"

"Durumu anlattım ya sana."

"Anlattınız, ama anlatırken en önemli şeyi, ana çizgilerini kendi elinizle belirlediğiniz yasayı göz önüne almayı unuttunuz, efendim, arkadaşlarımız da unutmuşlar anlaşılan: biz eski düzeni olduğu gibi sürdürmek zorunda değiliz, sürdürmeyeceğiz de. Yeni bir düzen kuruyoruz ve bu yeni düzen içinde her şeyi birbiriyle bağıntılı bir biçimde yürüteceğiz."

"Evet, ama nereye kadar? Sen çocukların karamsarlığını paylaşmıyor musun?"

"Hayır, paylaşmıyorum, efendim."

Can Tezcan uzun uzun süzdü yardımcısını.

"Sen son güne kadar hep karşı çıkmıştın tasarıya, şimdi en iyimserimiz oluverdin," dedi.

Sabri Serin gülümsedi.

"Benim karşı çıktığım bu tasarının özüydü, yani yargının özel bir kurum durumuna getirilmesiydi, efendim; kuram başka, hesap başka, kafanızı hiç bu küçük sorunlara takmayın siz," diye yanıtladı. Hemen arkasından da şu sırada yapılması gereken en ivedi işin ortaklarla bir genel kurul toplantısı yapmak olduğunu, Türkiye'de üretimi ve tecimi ellerinde tutan kişiler TTHO'nun ortakları arasında bulunduğuna göre, hem üyelerin görüşlerinin bu başlangıç döneminde kendilerine ışık tutacağını, hem de sorumluluklarını azaltacağını söyledi.

"Hay Allah, ben bunu nasıl düşünmedim!" dedi Can Tezcan.

Sabri Serin gülümsedi.

"Çoktan düşünmüşdünüz, efendim: hazırladığınız yasanın gereğiydi bu; daha dün bir, bugün iki, efendim. Ayrıca, hepimiz çok yorulduk. Kolay değil, büyük ve zor bir görev yüklenmek üzereyiz. Hele biz genel kurul toplantımızın tarihini saptayalım," dedi.

5 temmuz 2073 günü, saat 16'da, Can Tezcan, bir hafta önce Temel Diker'in TTHO'ya armağan ettiği görkemli toplantı salonunda, genel kurulun açılış konuşmasını yapmak üzere kürsüye doğru yürürken, korkudan titriyor, çocukluk günlerinde babasının sık sık yinelediği gibi, ayağı ileri giderken topuğu geri geliyordu. Ancak, kürsüye adımını atmasıyla tüm salonda coşkulu bir alkış kopması bir oldu,

uzun süre de dinmedi. Önce öyle donup kaldı, sonra gülümsedi, ortaklara el salladı, hatta kürsünün üstünde duran kocaman bir vazodaki gülleri birbiri ardından alıp salondakilere attı. En az beş dakika sonra başlayabildiği konuşması da sık sık alkışlarla kesildi. Öyle anlaşılıyordu ki paydaşlar kendisinden çok daha iyimserdi. Daha sonra söz alan üyelerin konuşmaları da açıkça göstermekteydi bunu.

Can Tezcan'ın coşkulu alkışlar arasında yerine oturmasından sonra, Caymaz süpermarketler zincirinin ünlü ve atak patronu Tolga Caymaz, kocaman göbeğinin ardından kürsüye çıktı, bir türkücü rahatlığıyla paydaşlara el sallayıp alkışların durmasını bekledikten sonra, artık Kayseri'de bile tarihe karışmış olan, ama kendisinin hiçbir zaman, hiçbir koşulda bırakmadığı Kayserili ağzıyla konuşmasına başladı: önce Can Tezcan adında çok akıllı bir adamın kişiliğinde aramıza bir yarı-peygamber gönderdiği ve bu yarı-peygamber aracılığıyla adaletin en sonunda "gerçek sahibi"ne, yani "Türk halkı"na kavuşmasını sağladığı için Tanrı'ya "en içten teşekkürlerini" sundu, hemen arkasından da dünya kuruldu kurulalı insan için "her şeyin, ama her şeyin" bir mal, dolayısıyla bir alışveriş nesnesi olduğunu, dolayısıyla "adına adalet dediğimiz hukuk"un da evrensel kuralın dışında kalamayacağını ve kalmadığını, biz ne dersek diyelim doğasının değişmeyeceğini ve değiştirilemeyeceğini belirtti ve, artık özelleştirilmiş bulunduğuna göre, bu özelliğinin iyice ortaya konulmasının ve "bu özellik doğrultusunda" kullanılmasının kaçınılmaz olduğunu, öyleyse kuruluşuna katkıda bulunmaktan tüm TTHO paydaşlarının onur duydukları özel hukukun da tecimin evrensel yasasına uyarak ister istemez eskisinden, yani devletin elindekinden daha üstün bir "hukuk, yani adalet" olacağını, bu nedenle de "nesnenin doğasına uygun olarak" fiyatının yüksek tutulmasının ve paydaşların bu işten kazanç sağlamalarının doğal olduğunu ve doğal sayılması gerektiğini vurguladıktan ve daha nice karışık örnek ve yorum sıraladıktan, davalı gibi davacının da yargı karşısında birer "müşteri", yargıç ve savcıların birer "tezgâhtar" olduklarının "altını çizdikten" sonra, TTHO için başarının biricik yolunun yurttaşlarda yargıya başvurma alışkanlığını artırıp her fırsatta mahkemeye koşmayı bir içgüdüye dönüştürmekten geçtiğini, bunun için mahkemeyi yurttaşın ayağına götürmek, bir başka deyişle sayılarını olabildiğince artırmak gerektiğini belirtti, "Bir kez daha söylüyorum, sevgili arkadaşlarım, mahkeme bir süpermarkettir ve bize hizmet etmek için vardır, bunu hiçbir zaman usumuzdan çıkarmayalım!" diye de bitirdi. Can Tezcan solunda oturmakta olan Sabri Serin'e doğru eğildi, "Yandık!" diye fısıldadı, ama, bir saniye sonra, sağ yanında, büyük destekçisi Temel Diker'in avuçlarını patlatmak istercesine süpermarketler kralını alkışlamakta olduğunu gördü, "Herhalde alay olsun diye alkışlamıyor," diye düşündü.

Tolga Caymaz'ın ardından, iş dünyasının büyük patronlarından biri, Türkiye'de toplu hava ulaşımının yüzde seksenini elinde tutan, uçak "montaj" ve satışında Avrupa ve Amerika'nın "bir numaralı taşeronu" olarak bilinen Ergin Çıpa kürsüye geldi. Kocaman göbeği, berber elinden yeni çıkmış, ama omuzlarına kadar inen ak ve dalgalı saçları, açık yakası, çok killi göğsü ve tok sesiyle hemen bir içli dışlılık havası yarattığı, dolayısıyla karşısındakileri görkemiyle ezmekten çok, rahatlattığı bilinirdi, bu kez de öyle oldu. Ayrıca, yaptığı ilginç konuşmayla Can Tezcan'ın birtakım kaygılarını da büyük ölçüde giderdi. "Arkadaşlar, bakıyorum, hepiniz çok gerginsiniz, bugünden sonra Türkiye'de adaletin tek sorumlusu olduğunuzu, omuzlarınıza altından kalkılması zor bir yük aldığınızı sanıyorsunuz. Hayır, bana inanın ve o kadar da gözünüzde büyütmeyin bu işi: hayır, ülke adaleti bugüne kadar devletin sırtında olmadığı gibi bugünden sonra da sizin sırtınıza yüklenmeyecek. Hangi dönemde yaşıyoruz, arkadaşlar? Tekelcilik ekonomiyi bile egemenliği altına alamazken, şu ülkede, örneğin hava ulaşımı, uçak yapımı ve uçak satışında benimle yarışmaya kalkanlar bile varken, adaletin tüm yükünü bizim sırtlamamıza, bu alanda başkalarına en ufak bir alan bırakılmamasına olanak var mı? Hayır, dün olduğu gibi bugün de olanak yok. Ancak, biz nasıl ekonominin kaymağıysak, adaletin de kaymağı olacağız ve bunun sonucu olarak adaletin kaymağını uygulayacağız, doğal olarak da kaymağını yiyeceğiz," diye başladı damdan düşer gibi, sonra dinleyicilerini şöyle bir süzdü. "Bakıyorum, kimi arkadaşlarım, özellikle de hukukçu kardeşlerim, sözlerime şaşmış görünüyorlar," diye sürdürdü. "Hemen söyleyeyim, sözlerimin şaşılacak bir yanı yok, sevgili arkadaşlarım. Doğru, devletin adaleti yeterince pahalıydı, çağdaş ekonominin altın kuralı gereği, özelleştirilmesinin ardından daha çok pahalanması da doğal. Ama şunu hiçbir zaman unutmamak gerekir: şu 2073 yılında bile her yurttaşın kendi özel uçağı yok, hatta herkesin uçakla yolculuk edemediği ve bu yüzden büyük tehlikelerle karşılaştığı da bir gerçek. Öyleyse, her yurttaşın adaleti en yüksek düzeyinde, yani yargıda araması gerekmiyor, hiçbir zaman da gerekmemiştir: kimi kendi eliyle çözer sorununu, kimi polis karakolunda, kimi hepimizin çok iyi bildiği birtakım özel kuruluşlar aracılığıyla, kimi de zorunlu koşulları yerine getirdikten sonra, Türk Temel Hukuk Ortaklığı'nın güvenli kollarında." Bir an durup izleyicilere gülümsedi. Gülümsemesi de sözleri gibi coşkuyla alkışlandı. Arka sıralardan gür sesli bir paydaş "Sen çok yaşa, sayın Çıpa!" diye bağırdı. Ergin Çıpa "Elbette yaşayacağım, ama sizlerle birlikte!" diye yanıtlayarak topluluğu daha bir coşturdu. Sonra, oldukça ayrıntılı bir biçimde, bir zamanların devletçi sapkınlığının yargıya başvurmayı alabildiğine ucuzlatıp mahkeme sayısını artırdıkça artırarak nerdeyse her mahalleye bir adliye sarayı diktiğini, bu da yetmemiş gibi parasız yurttaşlara bedava avukat sağladığını, bunun da ister istemez yurttaşlar arasında düşmanlıkları körükleyip adamların sürekli kavgaya tutuşmalarına ve soluğu mahkemede almalarına yol açarak yargının yükünü alabildiğine artırırken saygınlığını sıfıra indirdiğini anlattı. "Oysa, hepimiz biliyoruz ki yargı saygın, hatta kutsal bir kuruluştur, arkadaşlar, her zaman böyle olmuştur ve her zaman da böyle olacaktır," diye sürdürdü. "Öyleyse, yargı gerçekten kutsal bir kurumsa, değeri ve saygınlığıyla orantılı olarak, ancak belli bir düzeyde ve ancak belli sorunların doğru çözüme kavuşturulduğu bir alan olmalıdır. Özelleştirilmesinin temel nedeni de budur bence. Öyleyse, bu gerçeğin zorunlu ve kaçınılmaz sonucu olarak, yasanın kuruluşumuza tanıdığı yetkileri kullanarak ülkedeki adliye sayısını en kısa sürede onda, yirmide, hatta otuzda bire indirmek, kalanların da niteliklerini yükselterek tüm sorunları kapitalist düzenin isterleri doğrultusunda ve doğru bir biçimde çözecek duruma getirmek gerekmektedir," deyip bir yudum su içtikten sonra, hukukçuların bile kavramakta zorlandıkları ayrıntılara girdi. Öyle ki, uzun mu uzun konuşmasını "Uzun sözün kısası, yargı küçük sorunlar içinde boğulmaktan kurtarılarak ülke ekonomisinin düzeyine çıkarılmalıdır," diye noktaladığında, dinleyenlerin bir bölümü coşkuyla alkışlarken, bir başka bölümü öfkesini nasıl dile getireceğini bilememenin bunalımını yaşıyordu. Gül Tezcan da bu birkaç kişi arasındaydı, "Bu herif bir faşist, tam bir faşist," diye söyleniyordu, "Tüm yargı patronların, anamalın buyruğuna verilsin, yalnız kendilerine çalışsın istiyor."

Ergin Çıpa coşkulu alkışlar ve "Yaşa! Var ol!" sesleri arasında yerine dönerken, o tam önünde oturan Can Tezcan'ın kulağına eğildi, "Bu herif patronlar dışında herkesi yılkı adamı gibi görüyor," diye fısıldadı. Ama Can Tezcan ya anlamadı ya da kafası kendi tasarısıyla doluydu, yüzünde mutlu bir gülümsemeyle geriye döndü, "Çok tuhaf! Ben böyle bir çözümü hiç düşünmemiştim. Şimdi iyice anlıyorum ki başaracağız," dedi. Gül Tezcan hiçbir şey anlamadı, boş boş bakmakla yetindi. Ama tepkisinde tümden yalnız değildi. Sol yanında oturan genç ve yakışıklı bir işadamı gülümseyerek kendisine doğru eğildi. "Bu Ergin bey hep böyledir, efendim: toplumbilim, tinbilim, dilbilim, hukuk, tarih, her konunun uzmanı sanır kendini, hep böyle saçma sapan konuşarak bıktırır insanları," dedi. Ama Gül Tezcan'ın yanıt vermesine zaman kalmadı: üçüncü konuşmacı kürsüye çıkmıştı bile.

Üçüncü konuşmacı Göktürk Tekbayrak bir zamanlar politikaya da bulaşmış, ama sesinin gereğinden fazla ince, bedeninin gereğinden fazla devingen olması nedeniyle alan değiştirmek zorunda kalmış bir kumaş üreticisi ve dünyanın tüm ünlü markalarını bulundurmasıyla ünlü *The Flag* lüks giyim mağazaları zincirinin patronuydu. Konuşmasını yeni yasanın TTHO'ya tanıdığı güvenlik birimleri oluşturma yetkisi konusunda yoğunlaştırdı. Böyle yepyeni bir güvenlik biriminin yargının "vermek zorunda olduğu güç ve kararlılık izlenimi ve kötü niyetliler üzerinde yaratacağı caydırıcılık etkisinin önemi" üzerinde durdu. "Bu önemin gereği olarak" söz konusu birimlerin yaşları otuz ikiden yukarı, boyları bir seksenden aşağı olmayan savaş oyunları uzmanı erkeklerden oluşturulmasını önerdi, yasada böyle bir koşul bulunmamasına karşın, tüm Türkiye'de hepsinin aynı biçimde giydirilip aynı silahlarla donatılmasının zorunlu olması gerektiğini vurguladıktan sonra, kendi atölyelerinde, kendi tasarımcılarına hazırlattığı bir üniforma örnekçesini giymiş üç canlı modeli paydaşların toplantı sonunda, "bu kürsünün önünde" bulacaklarını muştuladı, arkasından da bu üniformaları çok ucuz bir ücret karşılığında ve çok kısa bir sürede TTHO' nun "hizmetine sunabileceğini" bildirerek topluluğu saygıyla selamladı. O da öyle bir coşkuyla alkışlandı ki "bu küçük dileğinin yerine getirileceği konusunda" yönetimden söz istedi. Başkanının da görüşünü aldıktan sonra, TTHO genel yazmanı Sabri Serin alkışlar arasında kürsüye gelerek "Söz konusu görevliler en kısa sürede seçilecekler ve değerli arkadaşımızın önerdiği üniformaları giyerek bir ilke imza atacaklardır; bundan hiç kimsenin kuşkusu olmasın! Ancak, biz yüzde on oranında da bayan güvenlik görevlisi alacağımızı kararlaştırmış ve onlarda boy alt sınırını bir yetmiş olarak belirlemiş bulunuyoruz," dedi, ötekiler kadar coşkulu bir biçimde olmasa bile, o da uzun uzun alkışlandı.

Sabri Serin'den sonra on iki konuşmacı daha çıktı kürsüye; ancak, benzer toplantılarda sık sık görüldüğü gibi, hem büyük çoğunluğu daha önce yapılmış üç konuşmanın çevresinde döndüğü, hem de paydaşlar sıkılmaya başladığı için, hiçbiri ilk dört konuşmanın yarattığı ilgiyi yaratmadı. Bu arada, gene sık sık görüldüğü gibi, TTHO'nun yolunu aydınlatacak nitelikte bir iki ilginç görüş de güme gitti.

Sonunda Can Tezcan bir kez daha kürsüye gelerek paydaşlara teşekkür etti, "birer emir" saydığı isteklerini gecikmeden yerine getirebilmek için elinden geleni yapacağını, bu arada, özellikle Ergin Çipa'nın önerisini "yaşama geçirmek" için tüm gerekli çalışmaları en kısa sürede yapacaklarını söyledi, konuşmasının sonunda da üyelerden yasa gereği bu ilk genel kurulda kurucu yönetim kuruluna katılması öngörülmüş dört yönetim kurulu üyesi seçimi için aday göstermelerini istedi. Elliye yakın aday gösterilmesine bakılınca, çoğu genel kurul üyelerinin oylarını kendilerinden yana kullanmış oldukları düşünülebilirdi. Ama sonuçta seçimi Ergin Çıpa, Tolga Caymaz ve emekli Yargıtay üyesi Hasan Sayar kazandı. Genel yazman Sabri Serin, sonucu bildirdikten sonra, tüm sayın paydaşları yan salonda "bir şeyler almaya" çağırdı. Can Tezcan, sağında eşi, solunda genel yazmanıyla, yan salona geçmek üzereyken, sertçe bir el dokundu omzuna, irkilerek geriye döndü, Niyorklu'nun öfkeden parlayan gözlerini gördü, gülümsemeye çalıştı, ama adamın kızgın sesi gülümsemesini de, kendisini de donduruverdi: bir kişinin bile kendi sorunundan söz açmamasından yakınıyor, o uğursuz eve gene dokunulmayacaksa, tüm bu özelleştirme oyunlarına neden girişildiğini soruyor, "Ben bu işin sonuçlandırılması bir yana, ele alınacağından bile kuşku duymaya başlıyorum. Oysa, benim bildiğim kadarıyla, tüm bu girişimler o kümes için başlamıştı. Yalan mı?" diyordu.

Can Tezcan öyle dikilip kaldı bir süre: TTHO'nun en büyük paydaşı herkesin önünde başkanına "posta koyuyor", hatta, bunca yakınlıklarına karşın, kavgaya hazır görünüyordu. Bir an bu güldürüye son vermeyi düşündü, ama hemen değiştirdi düşüncesini, koluna girerek kalabalıktan uzak bir yere doğru sürükledi onu, sonra elini omzuna koydu, gülümsedi.

"Evet, dostum, şu geldiğimiz noktadan bakılınca, oransızlık şaşırtıyor insanı, dağ fare doğurmuş gibi görünüyor, ya da fare dağ doğurmuş gibi," dedi, sonra sesini alçalttı, "Bu da çok iyi," diye ekledi. "Çünkü, amacın büyüklüğünü düşünürsek, o küçük ev ve el kadar bahçesiyle bitmez senin işin, arkanda bu kurul gibi bir güvence bulunması gerekiyordu, bu da oldu."

Temel Diker'in kaşları hep çatıktı.

"Sen bana şu uğursuz kümesin ne zaman yıkılacağını söyle," dedi.

O zaman Can Tezcan da çattı kaşlarını, sonra yanında dikilen Gül Tezcan'a döndü.

"Adama bak, nerdeyse kavga edecek benimle," dedi. "Kümes de kümes! Yargı bizim elimize geçmiş olsa, anlayacağım. Ama en az üç ay var o işe. Elime kazmayı alıp ben mi yıkacağım Hikmet hocanın evini?" Önce karısına, sonra Temel Diker'e baktı, sonra, tam bağırmaya başlaması beklenirken, gülümsemeye başladı. "Biliyorum, büsbütün haksız değilsin, dolambaçlı bir yol seçtik, seni çok beklettik, çok da masrafa soktuk, ama bundan başka bir yol göremiyordum önümde. Yargı bizim elimize geçince nasıl olsa bir yasal yol bulacağımızı düşünüyordum. Ayrıca, büyük bir devrim gerçekleştirdik seninle, tarihe geçecek bir devrime imza attık, bence en az yüz gökdelene değecek bir devrim. Bu kadar bekledin, azıcık daha bekle, sevgili dostum, bizim yargıyla işimizin Hikmet hocanın eviyle başlayıp bittiğini de sanma. Dediğim gibi, azıcık daha bekle," diye bitirdi.

"Azıcık dediğin ne kadar?"

"Çok bir zaman değil. Bir seksenlik kolluk güçlerinin atanmasına ve Göktürk Tekbayrak'ın yandan çarklı üniformaları hazırlanmasına yetecek kadar bir zaman."

Temel Diker bir çocuk gibi boynunu büktü.

"Peki, bekleyelim bakalım," dedi, başka bir şey söylemeden, Can Tezcan'la karısının elini bile sıkmadan çıkış kapısına doğru yürüdü.

"Hey, patron, nereye böyle? Kolluk güçlerinin üniformalarını görmeyecek misin?" diye seslendi Can Tezcan.

Temel Diker "Boş ver!" dercesine elini sallamakla yetindi.

Ama yan salonda büyük çoğunluk geleceğin üç güvenlik görevlisinin çevresinde toplanmıştı, ellerinde kadehleri, bir heykel sergisindeymiş gibi, hayranlık içinde, bu şapkaları, yakaları ve kol uçları sırmalı dev adamlara bakarak içkilerini yudumluyor, kimileri de, gerçekliklerinden kuşku duyduklarından mıdır, nedir, sergilenen adamların ellerine, kollarına, hatta çenelerine dokunmaktan kendilerini alamıyorlardı. Gül Tezcan gülümsedi, "Çocuk millet," diye söylendi.

Can Tezcan garsonun kendisine doğru uzattığı tepsiden bir viski aldı.

"Bizim Niyorklu görmeliydi bunları, asıl çocuk o," dedi. Gül Tezcan birden kaşlarını çattı.

"Olabilir, ama sen de çocuk gibi oyalıyorsun adamı, durmamacasına erteliyorsun istediğini yapmayı," dedi, sonra gözlerini gözlerine dikti, "Sanki hiç mi hiç yapmak istemiyorsun bu işi," diye ekledi.

Can Tezcan suçüstü yakalanmış bir çocuk gibi kızardı.

"Evet, sana tuhaf gelecek, ama gerçekten istemiyorum o evin yıkılmasını, en azından içindeki yaşlı adam yaşadığı sürece," dedi.

"Peki, neden?"

"Bilmiyorum, sevgilim, gerçekten bilmiyorum. Bu adamı hiç görmedim, direnmesi, önerilen servetleri horgörüyle geri çevirmesi gözlerimi yaşartıyor."

"Ama bunca yapılanlar, Temel beye verdiğin sözler, adamın bunca masrafları..."

"Biliyorum, tüm bu yapılanların kaynağında o ev vardı, ama benim temel sorunum hiçbir zaman o ev değildi."

"Neydi peki?"

"Bilmiyorum, gerçekten bilmiyorum, belki bir güç istemiydi, belki ülkenin çarpık düzenine bir tutarlılık vermekti, belki Varol'la Rıza'nın ve tüm onlar gibilerin özgürlüklerini güvence altına almaktı, belki meydan okuma, belki hukuksal tutarlılık, belki yalnızca bir oyundu, belki de... belki de o evi kurtarmaktı..."

Gül Tezcan bir süre konuşamadı, öyle durup şaşkın şaşkın baktı kocasına, sonra birden gülümsemeye başladı.

"Sevgili Can, öyle anlar oluyor ki seni tanıyamıyorum," dedi, sonra, bu kez her şeye karşın tanımaya çalışıyormuş gibi gözlerini gözlerine dikti. "Şu anda söyleyebileceğim bir şey varsa, o da seni çok sevdiğim," diye ekledi.

Can da yanıtını orada arar gibi Gül Tezcan'ın yüzüne bakıyordu.

"Sana ne söyleyeyim, bilemiyorum, sevgilim," dedi sonunda. "Şu son günlerde bazı bazı ben de tanıyamıyorum kendimi. Neden? Bilemiyorum. Değişiyoruz da ondan belki. Her dakika değişiyoruz, yaşam sürekli bir değişim."

"Ya da sonsuz bir tekdüzelik: ben yaşamın ya da insanın o denli değişken olabileceğini sanmıyorum," diye yanıtladı Gül Tezcan. "Seninki gerçek bir değişim mi, onu da bilemiyorum. Evet, bir gün içinde beş ayrı kişiliğe bürünüyorsun belki, bunu görüyorum, ama sonunda hep o devrimci çocuk, o komiserin belinden tabancasını kapıp kendisine doğrultan delikanlı olarak dönüyorsun yanıma. Ben de seni böyle seviyorum. Şu yargıyı özelleştirme çaban da başka bir şey değil belki, komiserin belindeki tabancayı kapıp kendisine doğrultmak, evet, aynı şey."

Can Tezcan eşini belinden kavrayarak kendine doğru çekti.

"O kadar da büyütme, sevgilim, gerçekte yılkı adamları gibi yaşamın dışına savrulmuşuz da bilmiyoruz, tam olarak ne yapıyoruz, ne istiyoruz, bilmiyoruz," dedi. "İşte gördün, ben bu işin altından nasıl kalkacağım diye kıvranırken, salağın teki çözüverdi sorunu. Neden? Nasıl? Yaşamlarından düşü çıkarmışlar da ondan belki, gerçeğin tam içindeler, bizim gibi kuramlarla uğraşmıyorlar, ekonomi biliyorlar."

Gül Tezcan kocasına biraz daha sokuldu.

"Peki, Marx?" diye sordu. "Marx ekonomi bilmiyor muydu?"

"Biliyordu elbette," dedi Can Tezcan, gözlerini yere dikip düşündü bir süre. "Biliyordu, hem de herkesten çok daha iyi biliyordu, ama ekonomiyi salt ekonomi olarak düşünmüyordu o, hep başka şeylere, öncelikle de insanlara bağlıyordu."

Gül hanım içini çekti.

"Evet, haklısın, sevgilim," dedi. "O başkaydı, anamalın kişisel bir güç değil, toplumsal bir güç olduğunu söylüyordu. Ama kapatalım bu konuyu: kafam çok karışık, yeni bir kuram daha dinlemek istemiyorum."

IX

TTHO'nun genel kurul toplantısı basına kapalıydı. Ama ülkede demokrasi vardı, toplantıda yapılan konuşmaları ve alınan kararları televizyonlar ve gazeteler tüm ayrıntılarıyla açıkladı. Ayrıca, sonraki günlerde, gerek başkan Can Tezcan, gerek genel yazman Sabri Serin, birbirini izleyen demeçlerinde, kararların nasıl uygulanacağı, yaklaşık üç ay sonra, ülkenin Anayasa Mahkemesi ve Danıştay dışındaki tüm yargı kurumları kendi ellerine, yani TTHO'ya geçtiğinde, işlerin hiçbir aksaklık, hiçbir karışıklık olmadan nasıl sürdürüleceği konusunda olabildiğince ayrıntılı bilgiler verdiler. Ancak, kamuoyunun, dolayısıyla basının en çok ilgilendiği konu ünlü işadamı Ergin Çipa'nın oybirliğiyle benimsenen önerisinin nasıl uygulanacağı, yani mahkeme, bunun sonucu olarak da yargıç, memur ve hizmetli sayısının nasıl azaltılacağıydı. Sabri Serin "Akıl için yol birdir, yönetim kurulumuz da değerli başkanımızın önerisiyle bu tek yolu, 'bölge mahkemeleri'ni seçti," diyor, hemen arkasından da ayrıntılara geçiyordu: İstanbul ve Ankara'da ilçe mahkemeleri kapatılarak yalnızca il mahkemeleri bırakılacak, ülke bağlamındaysa, en az yirmi, en çok yirmi beş bölge mahkemesi kurulacak, Kayseri, Erzincan, Van gibi birtakım büyük illerin bile kendi mahkemeleri bulunmayacak, örneğin Çukurova Bölge Mahkemesi Adana iliyle birlikte Mersin, Gaziantep, Hatay ve Kahramanmaraş illerinde oturan yurttaşların da davalarına bakacak, Balıkesir'den Muğla'ya tüm batı illerinin yargı görevlerini İzmir Bölge Mahkemesi üstlenecek, ancak her ilde ve kimi büyük ilçelerde yargı konularında yurttaşları yönlendirmek ve gereğinde dosyalarını düzenlemekle görevli birer yargıç bulundurulacak, bunun sonucu olarak ülkede yargıç ve öteki yargı görevlilerinin sayısı büyük ölçüde azalırken, görevde kalanların ücret düzeyleri yükselecekti. Genel yazman Sabri Serin zaman zaman bu konuda yaklaşık rakamlar da veriyor, rakamlar karşısında şaşkına dönen gazeteciler "Peki, buna neden gerek görüldü?" ya da "Bu durumda yargı görevi nasıl yürütülecek? İnsanlarımızın ömrü bir davayı bitirmeye yetecek mi? Sonra, önemsiz bir tanıklık için bir yurttaşın Muğla'dan İzmir'e ya da Elbistan'dan Adana'ya yolculuk etmek zorunda bırakılması sizce onaylanacak bir şey mi?" türünden sorular yağdırmaya başladıkları zaman da bıyık altından gülüyor, "Hemen açıklayayım, arkadaşlar," diyordu: "Özel girişimin her alanda olduğu gibi bu alanda da çok hızlı ve çok etkin olacağını hiçbir zaman unutmayalım, bu bir; bugün, yargıyı özel kesimin sorumluluğuna bırakan yasamızın da kanıtladığı gibi, Türk toplumu dünyanın en uygar toplumlarından biri durumuna gelmiş bulunmaktadır, bu durum, bizim de katkılarımızla, yurttaşlar arasındaki davaların büyük ölçüde azalmasını sağlayacaktır, bu iki; günümüzde kentler arası yolculuklar çok kolaylaşmış bulunmakta ve uçakla yapılmaktadır, böylece bu yeni koşullar aynı zamanda hem ülke turizmine katkı sağlayacak, hem yurttaşın bilgi ve görgüsünü artıracaktır, bu da üç."

Bu düzenin en belirgin üstünlüğüyse, her şey kararlaştırıldıktan sonra ortaya çıkan, ancak kamuoyuyla paylaşılmayan bir üstünlüktü: TTHO birdenbire ülkenin büyüklü küçüklü tüm kentlerinde ve hemen her zaman en iyi yerlerinde bulunan yüzlerce adliye binasının iyesi durumuna geliyor ve, kaşla göz arasında, çok büyük bir servete konmuş oluyordu. Kuruluşun kullanım dışında kalacak bu çağcıl ya da tarihsel yapıları satarak ya da kiraya vererek baş döndürücü kazançlar sağlayacağı açıktı. Öte yandan, kurumun en büyük paydaşı Temel Diker'in de söylediği gibi, İstanbul, Ankara, İzmir, Adana ve başka birkaç büyük kentte bulunan Adalet Sarayı ve eklentilerinin yerinde yükseltilecek gökdelenler bir yandan kuruluşun gereksinimlerini sağlarken, bir yandan da ona büyük kazançlar sağlayabilecekti. Böylece, yalnız kuruluşun çok önemli parasal sorunlarına katkıda bulunulmuş olmayacak, kentlerimizin gelişip güzelleşmesine de katkı sağlanacaktı. Son günlerde yönetim kurulunun en çok konuşan üyesi durumuna gelen Ergin Çipa bir kazanç kapısı daha gösteriyordu arkadaşlarına: hem yargının daha rahat işlemesi, hem de önemsiz davalarla zaman yitirmemesi için yurttaşlardan alınacak yargı masraflarının en az iki katına çıkarılması. "Nasıl olur? Ya bu parayı ödeyemeyen yurttaşlar ne yapar o zaman?" diye soranlara da yanıtı hazırdı: bu ülkede ömrünün yarısını mahkeme kapısında geçiren hastalar vardı, her fırsatta, ellerinde bir dilekçe, soluğu savcılıkta alırlardı. Ona göre, önüne gelen mahkemeye dalmamalı, dalmak isteyince de önünde caydırıcı engeller bulmalıydı. Yargının saygınlığı biraz da buna bağlıydı. Sabri Serin'in söz alarak polisin yargı önüne getirdiği birtakım öldürme, yaralama, devlet güçlerine karşı koyma gibi bireysel ya da toplumsal suçlara ve yakınmalara bakmakla da yükümlü bulunduğunu, böyle durumlarda da çoğu kez beş parasız kişiler söz konusu olduğunu anlattıktan sonra, "O zaman bu adamları geri mi yollayacağız?" diye sorması da geriletmedi Ergin Çipa'yı: kendine özgü gülümsemesiyle gülümseyerek "Hayır," dedi. "Onlardan para almayız gerekirse, bu da, özel bir kuruluş olarak, saygınlığımızın bir başka göstergesi olur."

Birkaç kişi alkışladı, başkan Can Tezcan da bayağı yüksek sesle "Öyle görünüyor ki hukuk bizim Ergin bey için bir iççağrı olup çıktı: ülkemize böyle bir hukukçu kazandırdığı için TTHO ne kadar övünse az," dedi.

Tüm üyelerle birlikte Ergin Çipa da güldü.

Onlar böyle gülerken, ülkenin tüm yargıçları kara kara düşünüyorlardı. En çok üzerinde durdukları, en çok tartıştıkları sorunsa, sayılarının büyük oranda azaltılacak olması, yani birçok yargıcın çok yakın bir gelecekte işsiz kalmaya yargılı bulunmasıydı. Bu nedenle, ülkenin yargıçlarının çok önemli bir bölümü, yaşam düzeylerinin fazlasıyla yükseleceği konusunda yaratılan uzak umuda bel bağlayıp beklemektense, şimdiden başlarının çaresine bakmayı seçtiler. Yargıtay üyelerinin yaklaşık onda dokuzu emekliliğini istedi; öteki yargıçlar arasında da büyük çoğunluk onları izledi. Emeklilik yaşı gelmemiş yargıç ve savcıların önemli bir bölümü de görevi bırakıp avukatlar arasına katılmayı yeğledi. Böyle bir ortam içinde, TTHO başkanı Can Tezcan'ın, odasında beş on dakika yalnız kaldığı bir sırada, Temel Diker' le evini yıktırtmamak konusunda direnen öğretmen arasındaki davaya bakmakta olan Halis beye telefon edip çok eski bir dost gibi hatırını sorması, bu arada da kendisinden birbiri ardından görevden ayrılmayı sürdüren yargıç ve savcıların yaptığını yapmaktan geri durmasını rica etmesi, başka herhangi bir şey söylemesine gerek kalmadan, Niyorklu Temel'in bir buçuk yıldır beklemekte olduğu sonucun gerçekleşme yoluna girmesine yetti. Halis bey kılı kırk yarmasıyla ünlü bir yargıçtı, ancak her şeyin bir sınırı vardı, Temel Diker'in saçma davasını ülkenin en ünlü avukatı Can Tezcan açtığı için geri çevirmemişti, yargıyı özelleştirme tasarısının bu davayla ilişkili olduğu söylentisi de kaç kez kulağına gelmişti, bir iki ay içinde Türkiye'de tüm yargının başı olacak adamın kendisini arayıp görevi bırakmamasını rica etmesinin anlamını saniyesinde kavradı: büyük adam Temel Diker'in işinin daha yargı tam anlamıyla kendisine bağlanmadan, yani, en azından görünüşte, bu işi kendi elini kirletmeden sonuçlandırmak istiyordu. Ülkede yargıçların yüzde seksen beşinin açıkta kalmak üzere olduğu, yargının alabildiğine pahalılaştırılması sonucu, avukatlıkla geçinmenin de nerdeyse olanaksız duruma geleceği bir dönemde, üstelik, bildiği kadarıyla, yirmi dokuz yıllık yargıçlık yaşamında ilk kez bile bile yanlış bir karar vermenin, ülke koşulları, eşi ve çocukları da göz önüne alınınca, kolaylıkla bağışlanabilecek bir kusur olduğu sonucuna vardı.

"Sayın başkanım, Temel Diker beyin sorununu nasıl çözebilirim diye epey bir süredir kafa patlatıp duruyordum; sanırım, geçen gün çözümü buldum, artık o işi olumlu biçimde sonuçlanmış sayabilirsiniz," dedi.

Can Tezcan telefonu tutan elinin titremeye başladığını, sonra da tüm bedenine yayıldığını ayrımsadı. Halis beye bulduğu çözümün ne olduğunu sormak istedi, birkaç kez

163

yutkundu, ama soruyu oluşturacak sözcükler dilinin ucuna gelmedi bir türlü.

"Teşekkür ederim, Halis bey, çok teşekkür ederim," diyebildi yalnızca. "Doğrusunu isterseniz, ben bir türlü bulamamıştım o çözümü. Size başarılar dilerim. Gene görüşmek üzere."

Telefonu yerine mi bırakmıştı, yoksa elinden mi düşürmüştü, ayrımında değildi. Elinin ve bedeninin titremesi bir türlü geçmiyor, kafasının içinde birçok şey anlam değiştirmeye, daha da kötüsü, az önce göründüklerinin tam tersiymiş gibi görünmeye başlıyordu. Bu telefon konuşmasına kadar her şey beklediğinden de iyi geçmişti. Şimdi Halis bey daha kendisinin açık bir istekte bulunmasına bile gerek kalmadan tüm bu olup bitenlerin kaynağında yer alan sorunu çözdüğünü ya da çözmek üzere olduğunu bildiriyordu. Ama o, beklenmedik bir dönüşümle, yaptığının doğruluğundan kuşku duymaya başlıyordu.

Bu sırada, yüzünde mutlu bir gülümseme, elinde kitap büyüklüğünde bir bilgisayar, Sabri Serin kapıda belirince, birden rahatlayıverdi, kendisi de gülümsemeye başladı, Sabri Serin "Çok mutlu görünüyorsunuz, efendim: iyi bir haber mi aldınız?" deyince de çeyrek saat önce yargıç Halis beyle yaptığı telefon görüşmesini anlattı.

"Sen bu işe ne diyorsun?" diye sordu.

"Bu çok güzel bir haber, efendim, bizi büyük bir dertten kurtarıyor, Temel bey bu işle yatıp şu işle kalkıyordu," diye yanıtladı Sabri Serin, telefona uzandı, "Temel beye muştuyu verelim hemen, verelim de bayram etsin," dedi.

Can Tezcan gene titremeye başladı.

"Hele dur bakalım, biraz daha bekleyelim; ne olur, ne olmaz, yanlış bir şey yapmayalım, Temel bey bir süre daha bilmesin bu işi," dedi. "Burası Türkiye, ne olur, ne olmaz."

Sabri Serin şaşırdı.

"Peki, siz bilirsiniz, efendim," dedi, telefonu gönülsüzce yerine bıraktı, saklanmaya çalışılan bir gizi okumak istercesine gözlerini başkanının gözlerine dikti.

O da bunu sezmiş gibi gülümsedi.

"Yahu, Sabri, şu son günlerde bende bir tuhaflık var, inceden inceye düşünerek kotardığımız işler bile bir acayip görünüyor gözüme," diye başladı. "Arkadaşlarımızın şu her şeye zam üstüne zam yapma önerileri karşısında ne düşüneceğimi bilemiyorum. Sayı kısıtlamasının bu kadar yüksek tutulmasını, yargının bu kadar pahalı duruma getirilmesini de anlamıyorum. Sen ne diyorsun tüm bunlara?"

"Daha önce de konuşmuştuk, efendim, bence bunun şaşılacak bir yanı yok," dedi Sabri Serin. "Adamlar bize ortak oldular ve, alışkanlıkları gereği, yargıyı yeni bir iş alanı olarak görmeye başladılar, her iş gibi bu işten de para kazanmak istemeleri doğal."

"Ama dün bir, bugün iki; daha geçiş dönemindeyiz."

"Daha iyi ya, efendim: burası Türkiye, bizim toplumumuzda en bağlayıcı kararlar geçiş dönemlerinde verilir, en köklü değişiklikler geçiş dönemlerinde yapılır."

Can Tezcan içini çekti.

"Ama ben bu işe daha az yorulup daha çok para kazanmak için girişmedim," dedi. "Girişimimde bir çıkar payı, bir bencillik yok değildi, tamam, ama, kaç kez tartıştık seninle, ilkeler de söz konusuydu."

"Siz benden iyi bilirsiniz, efendim: her işin birtakım ilkeleri vardır, ama her ilkenin soylu olması da, değişmez kalması da gerekmez."

"İyi de yargı neden bu kadar pahalı olsun ki? Bunu yeni çıkardılar."

"Siz çoktandır kuruluşun ufak işleriyle uğraşmadığınız, rakamlarla fazla ilgilenmediğiniz için böyle sanıyorsunuz, efendim: yargının pahalılığı yeni bir şey değil, son yıllarda gerçekten el yakmaktaydı."

"Peki, neden?"

"Bunları siz benden çok daha iyi bilirsiniz, efendim: yargının artık kodamanlar, yani en büyükler, en zenginler arasındaki uzlaşmazlıkları çözmekte yoğunlaşması istendiği, büyük uzlaşmazlıkları çözmenin ücreti de yüksek olduğu için. Biz şu son yıllarda neden böylesine büyüdük, neden böylesine çok kazandık ki?"

"İşimizi iyi yaptığımız için."

"Biz işimizi her zaman iyi yaptık, efendim; daha doğrusu siz. Ama para sizin için her zaman ikincil bir konu olarak kaldı. Bu konu üzerinde hiçbir zaman fazla oyalanmadınız, bizlere bıraktınız bu ufak işleri. Yargının pahalılığının ayrımına ancak şimdi varmanız doğal."

"Peki, amaç, bir özel kuruluş olarak, olabildiğince çok kazanmaksa, Ergin Çipa'nın büyük bir coşkuyla benimsenen önerisi ne oluyor? Bir yandan yargıyı alabildiğine pahalandırırken bir yandan da mahkeme sayısını alabildiğine azaltmak bir çelişki değil mi sence? Bırakınız, yapsınlar; bırakınız geçsinler ilkesi nerede kalıyor?"

Sabri Serin bir süre başını önüne eğip düşündü öyle; ama çok geçmeden gülümsemeye başladı.

"Vincent de Gournay'in o ünlü ilkesi: 'bırakınız yapsınlar, bırakınız geçsinler' gününü doldurdu artık, belki hiçbir zaman da tam bir geçerlilik kazanmamıştı; çünkü, sizin de sık sık söylediğiniz gibi, anamalcılık her şeyden önce tekelciliktir, öyle her önüne gelene geçit vermez; biz de, bu temel ilkeye uygun olarak, yargının tekelini aldık, tekel bizim elimizde bulunduğuna göre, fazla dağılmamıza gerek yok," dedi. "O gün de söylemiştim size: bu kadar mahkeme gerçekten fazlaydı. Hükümetler, ülke nüfusu hızla düşerken, mahkeme sayısını yüzyıl başındakinden daha aşağıya düşürmemekte dayattılar, işsiz yargıçlara tıkır tıkır aylık ödediler yıllarca. Oysa, Genel Kurul'da çoğu paydaşlarımızın vurguladığı gibi, yargıya başvuran yurttaş sayısı çok düştü, son yıllarda nerdeyse tek bir sınıf başvuruyor yargıya: kodamanlar."

"Peki, neden?"

"Neden olacak? Yüzyıl başındaki öngörülerin tersine, ülke nüfusu hızla azalmaya başladı, yargı gittikçe pahalanırken, insanların geliri hızla düştü; bu yüzden, sıradan insanlar sorunlarını başka yollardan çözümlemeyi yeğler oldular."

"Hangi yollardan?"

"Size anlatmıştım, efendim: yasadışı yollardan."

"Evet, anlatmıştın. Bu durumda, yargı olarak bizim işimiz azalıyor, azalınca da..."

"Yalnız azalmakla kalsa, her şey yolunda gidebilirdi, efendim; ama azalmakla kalmıyor: başka bir şey var, yasa tasarısını hazırladığımız sırada göremediğimiz, düşünemediğimiz bir şey: kimileri on, kimileri yirmi, kimileri kırk yıl öncesinden, hatta yirminci yüzyıldan kalma, binlerce, on binlerce dava var ülke mahkemelerinde, bunlara da bizim bakmamız gerekiyor, hem de fazla bir ücret almadan. Bunu gözden kaçırdık işte."

Can Tezcan'ın tüyleri diken diken oldu birden.

"Yani boyumuzu aşan işlere giriştik, öyle mi?" dedi. "O zaman... o zaman... o zaman nasıl kalkacağız bu işin altından? Bir de tuttuk, mahkeme sayısını otuzda bire indirmeye karar verdik. Sen o zaman ayrımında değil miydin bu durumun?"

Sabri Serin gülümsedi.

"Ayrımındaydım, efendim," diye yanıtladı. "Yasa hazırlanırken düşünememiştim, ama biraz geç de olsa düşündüm."

"Peki, o zaman... o zaman mahkeme sayısının otuzda bire indirilmesine neden karşı çıkmadın?"

"Karşı çıkmak bir yana, böyle bir öneride bulunmasını Ergin beyden ben rica ettim, efendim."

"Neden?"

"Tek kurtuluş yolumuz buydu da ondan, efendim."

"Peki, nasıl?"

"Sabah akşam bu eski davalarla uğraşmayacağız böylece, bunlara ancak sınırlı olanaklarımız ölçüsünde zaman ayıracağız, efendim. Hiç kuşkusuz, daha da uzayacak bu davalar, bu eski davalar yani, ama bizim masraflarımızda pek bir artış olmayacak. Ne yapalım, hâlâ sürdürmek isteyenler kaldıysa, yirminci yüzyılda başlayıp yirmi birinci yüzyıl sonlarında da süren bir dava yirmi ikinci yüzyıla da sarkabilir."

Can Tezcan hiçbir şey söylemeden genel yazmanını süzdü bir süre.

"Hep söylerim, gerçek bir filozofsun sen," dedi, bir süre düşündü. "Yalnızca filozof da değilsin, Şeytan'ın tekisin sen bence," diye ekledi.

Sabri Serin güldü.

"Böyle üstün bir sanı hak ettiğimi hiç sanmıyorum, efendim," dedi. "Ben yalnızca patronunun çıkarını kollamaya çalışan bir emekçiyim."

Can Tezcan önce hiçbir şey söylemedi, gözlerini tavana dikti, öyle dalıp gitti bir süre, sonra birden yardımcısına döndü.

"Peki, tüm bu eski davalar böyle sürüp gidecek mi sence?" diye sordu.

"Hayır, sürmeyecek, efendim: yavaş yavaş kendileri bırakacaklar, hem de önce davacılar bırakacak," dedi Sabri Serin. "Ülkenin gidişi de, dünyanın gidişi de bunun böyle olacağını göstermekte."

"Nasıl yani?"

"Bunu sizin herkesten daha iyi bilmeniz gerekir, efendim."

"Hayır, bilmiyorum. Neden?"

"Marx'ı çok iyi bilen biri olarak..."

"Bunun Marx'la ilgisi ne?"

Sabri Serin hiçbir şey söylemeden, uzun uzun baktı başkanına, sonra, çekine çekine, "Siz yılkı adamları diye bir şey duymuş muydunuz, efendim?" diye sordu.

"Evet, duydum, hem de kaç kez! Başbakandan da dinledim. Bizim çılgın Rıza bunlar üzerine bir kitapçık bile yazmış. Bir de resimlisini yayımlayacak. Ama, ben tam olarak inanamıyorum buna, daha doğrusu, önce inanıyorum, sonra 'Hayır, bu kadar da olamaz, fazla abartıyorlar!' diyorum, geçen yüzyılın uçan daireleri, ufoları gibi bir şey bu, yani koca bir palavra."

"Hayır, yılkı adamları gerçek, efendim. Yılkı adamlarının varlığını benimserseniz, sizin için de her şey daha bir açıklık kazanır."

"Anlıyorum, daha doğrusu, anladığımı sanıyorum," diye yanıtladı Can Tezcan. "Ama bir de senin açıklamanı dinlemek isterim."

"Bence açıklanacak fazla bir şey yok, efendim," dedi Sabri Serin. "Yılkı adamları... Yılkı adamları diyoruz ya bence tek bir yılkı adamı türü yok, en azından yılkı adamlığının belli düzeylerinden, belli basamaklarından söz etmek gerekir. Oysa kimileri bundan yalnızca kentlerin, kasabaların dışında, yarı aç, yarı tok, yarı çıplak insanları, bir zamanların yılkı atları gibi yaşayanları anlıyorlar. Oysa, çok iyi bilindiği gibi, bugün ülkemizde okuryazar oranı yirminci yüzyılın ortalarındakinden daha düşük, nerdeyse yarısı. Neden derseniz, bugün Türkiye'de ilkokulda bir çocuk okutmak bile yurttaşların büyük çoğunluğu için olanaksız bir şey, iyi bir işçinin kazancının iki buçuk katı para gerektiriyor, çünkü tüm okullar özel, özel okulların patronları da tüm patronlar gibi en az çabayla en çok parayı kazanmak istiyorlar, işçi çocuğunun karnını iyi kötü doyurabiliyorsa da okula yollayamıyor onu. Duymuşsunuzdur kuşkusuz, kimileri kendi aralarında örgütlenmişler, çocukları okul dışında eğitmeye çalışıyorlar, okuma yazma, toplama çıkarma öğretiyorlar onlara. Bu kadarı da bu dönemde iş bulmaya yetmiyor, en küçük, en sıradan işler bile hatırı sayılır bir bilgi birikimi istiyor; üstüne üstlük, en ufak işler için bile diploma istiyorlar. Böylece ortada kalıyor insanlar, bir şeyler yapmak, yapamayınca da başka yerlere gitmek istiyorlar. Bu durumda bir de eski davalarla mı uğraşacaklar?"

Can Tezcan şimdi yarı hayranlık, yarı ürpertiyle bakıyordu yardımcısına.

"Başka yerlere mi diyorsun?" dedi. "Yani burada bulamadıkları işi Avrupa'da bulacaklarını mı sanıyorlar?"

"Şimdi göç yönleri tersine döndü, efendim; yoksul insanlar artık Batı'ya değil, Doğu'ya, Afganistan'a, Pakistan'a, Rusya'ya gidiyorlar. Öyle anlaşılıyor ki oralarda iş olmasa da ot bulmak daha kolay. Aramızda yaşamayı sürdürenler de var kuşkusuz, ama toplum yaşamının dışında kalan insanlar bunlar."

Can Tezcan aykırı bir düş öyküsü dinler gibi, inanmadan, şaşkın şaşkın dinliyordu yardımcısını.

"Nasıl yani?" diye sordu.

"Nasılını siz benden daha iyi bilirsiniz, efendim," diye sürdürdü Sabri Serin. "Öteki yoksulların, yani hâlâ iyi kötü bir işi ya da ufak bir emekli aylığı bulunanların, yani ananın, babanın, kardeşin sırtından."

"Bence biraz abartıyorsun, Sabri'ciğim. Gazeteler, televizyonlar bu tür durumların varlığından bile söz etmiyor."

"Evet, doğru, yönetimi ellerinde tutanlar böyle sorunlardan hoşlanmıyor, bilmezlikten gelmeyi yeğliyorlar. Gazeteler de artık sizin gençlik döneminizin gazeteleri değil, efendim."

"Ama, göründüğü kadarıyla, çevremizde herkes bolluk içinde yaşamakta, her gün tanık oluyoruz buna. Gökyüzünde mekikten geçilmiyor, bizim Temel New York'takileri bile sollayan gökdelenler dikiyor her yana, alıcısı da aramadığın kadar, kapısında kuyruğa giriyorlar."

"Çok doğru, efendim, ama bir yanda da ötekiler var, yani işsiz güçsüz dolaşanlar, bunların en büyük bölümü gün ışığında kentte sokağa bile çıkamıyor."

"İyi de bu zenginlik ortamında neden bir iş bulamasınlar ki?"

Sabri Serin içini çekti.

"Eski bir marksçı olarak beni şaşırtıyorsunuz, efendim," dedi. "Her işe uygun makineler aramadığınız kadar, bu yüzden adam gereksinimi her geçen gün biraz daha azalıyor. Makineler geliştikçe, tepelerinde fazla adam istemez oldular; öte yandan, bu çok gelişmiş makinelere göre adam bulmak her geçen gün zorlaşıyor, öyle söylüyorlar."

"İyi de neden?"

"Söylemiştim, efendim: en sıradan temizlik aygıtı belli bir bilgi birikimi gerektiriyor, en sıradan işi yaparken bile birkaç elektronik aygıt kullanmak gerekiyor. Kapıcısından çaycısına, bizim kuruluşta çalışan emekçilerin hepsinin yüksek okul diploması var. Örneğin şu kolluk güçleri için aldığımız adamların bir bölümü hukukçu, bir bölümü mühendis, büyük çoğunluğu da Özel Korumacılık Yüksek Okulu'ndan diplomalı."

"Diplomasızlar da doğaya sığınıyor, öyle mi?"

Sabri Serin bir dakika soluklandı.

"Diplomalıları da çok, efendim; ama, en kötüsü, doğa

kuruyor, üzerindeki canlıları beslemesi her geçen yıl biraz daha zorlaşıyor," dedi. "Neden derseniz, bugünün insanı her şeyden çok çöp üretiyor. Son yıllarda bir de moloz dağları eklendi bunlara, kentin içinde Temel beyin gökdelenleri yükselmekte, dışında da onlara yer açmak için oluşturduğu moloz dağları. Biliyorsunuz, şimdi moloz dağlarımız gerçek dağlarımıza yukarıdan bakmakta."

Can Tezcan hiç gülmedi.

"Sen ozan olmalıymışsın," dedi. "Peki, bu gidiş nasıl durdurulur sence? Bir çözüm görüyor musun?"

Sabri Serin'in yüzünde alaycı bir anlatım belirdi.

"Evet, bir çözüm var, efendim," dedi, "Eninde sonunda kaçınılmaz olacak bir çözüm: mahkemeler için yapılanı yapmak."

"Yani?"

"Yani sayıyı azaltmak, efendim."

"Ne demek istiyorsun sen? Doğumlar daha sıkı mı denetlenecek?"

"İnsanları denetleyemeyenler doğumlarını nasıl denetlesin? Hayır, o iş çok zaman ister, hem de, bir bakıma, doğmuş olana dokunmamak gibi bir varsayım içerir, oysa günümüz toplumları ivedi sonuçlar istiyor. Kestirmeden gitmek gerekiyor. Amerika Birleşik Devletleri'nin doğal kaynakları bizimkilerden kat kat fazla; ancak orada bile gizliden gizliye birtakım işlemlere başlandığını, yani Vietnam'da, Irak' ta, İran'da, Suriye ve Libya'da yaptığını şimdi de kendi kıtasında yaptığı söyleniyor, ama saydığım ülkelerdeki gibi açıktan açığa değil. Belki onlar daha kolay yapar bunu, deneyimleri çok fazla, Kızılderililerle başlıyor. Ben geçen gün bir İngiliz gazetesinde Güney Amerika'nın kimi ülkelerinde bu sorunu halkın kendi eliyle çözmeye giriştiğini okudum."

"Nasıl yani?"

"Nasıl olacak? En ufak bir suç işleyeni, örneğin bir ekmek çalmaya kalkanı dakikasında linç ederek."

"Sabri, oğlum, sen benimle dalga mı geçiyorsun? Nereden çıkarıyorsun bütün bunları? Ben neden bilmiyorum peki? Gül hanım neden bilmiyor? Temel Diker neden bilmiyor?"

"Siz ve Gül hanım daha çok roman okuyorsunuz, efendim. Temel bey de gökdelenlerinden ve yaşlı düşmanından başka bir şey düşünmüyor."

"Ama Gül de, ben de her gün televizyon izliyoruz, gazete okuyoruz. Arada yabancı televizyonları da izliyoruz."

"Televizyonlar bu konulara hiç dokunmuyor, efendim; gazeteler de dokunmuyor, az önce de söylemiştim: dokunmalarına izin verilmiyor. Ama böyle bir sorun bulunduğu kesin, hem de günümüzün en büyük sorunu; bir biçimde çözülmesi gerekiyor."

"Korkunç bir şey bu senin söylediğin, böyle bir çözüm düşünebilmen daha da korkunç."

"Benim bunda bir günahım yok, efendim. Elimden gelse, engel olurdum. Ama, öyle anlaşılıyor ki güçlülerin gönlünde yatan bu, kendi yaşamlarını sürdürebilmek için bunu zorunlu görüyorlar."

"İyi de doğa ne oluyor, dostum, anamız diye bildiğimiz doğa? Çözümü onda, onun yeniden canlandırılmasında aramak gerekmez mi?"

"Doğa çok fazla kurudu, efendim; üzerinde fazla kalın bir çöp tabakası oluştu, yeniden canlandırılmasının çok zor olduğunda herkes birleşiyor."

"Ama bilim hiçbir zaman bu denli ilerlememişti, bence doğayı yeniden canlandırmanın bir yolu bulunabilir."

"Söylediklerine göre, o iş bitmiş, efendim, artık çok geç. Dün babam bir zamanlar insanların denizde yüzdüklerini anlatıyordu, yeğenim bizimle dalga geçtiğini sandı."

"Haklısın, bizim gençliğimizde de denizde yüzmek dedelerin konuşmalarında geçerdi yalnızca. Gene de şaşırıp kalıyor insan, bütün bunlar nasıl oldu? Binlerce yüzyılın dünyası tek bir yüzyıldan da kısa bir sürede nasıl kurudu?"

"Anamalcılar çok fazla ileri gittiler, efendim: ağırlığı doğanın en amansız düşmanlarına: makinelere verdiler. Doğadan ve insanlığın geri yanından soyutladılar kendilerini."

"Bu yanını bilmezdim senin: tıpkı bizim çılgın Rıza gibi konuşuyorsun."

"Rıza bey hep Marx'tan yola çıkar, efendim; siz dönüp dolaşıp Marx'a gelmek istersiniz, ben durduğum yerden çevreme bakıyorum yalnızca. Ama hepsi aynı kapıya çıkıyor: hiçbirimiz bu çöküşün önünde duramıyoruz; tam tersine, hepimiz bu korkunç gidişe katkıda bulunuyoruz."

"Nasıl?"

"Size tek bir örnek vereyim, efendim: doğanın kurumasından yakınıyoruz hep, ama Temel beyi desteklemekten de geri durmuyoruz."

"Orada dur, Sabri'ciğim, Temel beyi ötekilerle karıştırma, o uyum, tutarlılık, birlik, eşbiçimlilik ister, Temel bey her şeyden önce bir düzen tutkunudur."

"Biliyorum, efendim, kendine özgü bir düzen tutkusu var, dünyanın gidişiyle yüzde yüz uyumlu bir düzen tutkusu. Bu yüzden doğaya katlanamıyor, koca kentte tek ağaç, tek çiçek istemiyor."

"Yani onu olumlu bir kişi olarak görmüyor musun?"

"Göremiyorum, efendim; kitaplar geçtiğimiz yüzyılda hemşerilerinin İstanbul'u tanınmaz duruma getirdiklerini yazıyor, ama ben geçen yüzyılda İstanbul'un canına okumuş olanları kendisine yeğ tutarım. Onların yaptıkları hiç değilse zaman içinde bir çöküşe, bir bozulmaya tanıklık etmekle kalıyordu, her şeyi yerle bir etmiyordu."

Can Tezcan güldü.

"Bu konuda haklısın, bizimki kalfa atalarına benzemez," dedi. "Bizim Niyorklu'nun defterinde ne geçmiş var, ne gelecek, bir sonsuz şimdiki zamandır onunki, insana bir ölümsüzlük, en azından bir değişmezlik duygusu verecek bir şimdiki zaman, bir duruş. Ama bunca bozulmanın, bunca yozlaşmanın ardından en sonunda durabilmek de güzel."

"Bence bunlar sizin düşünceleriniz, efendim."

"Hayır, onun düşünceleri, ama Temel bey düşüncelerini sözle değil, eylemle dile getiren bir filozoftur, hep söylerim bunu."

"New York'a hayran olduğunu söylüyorlar, kendisi de söylüyor. Ama New York da görece eski bir kenttir, efendim, şu bizim yaşadığımız kentten çok daha eskidir bence. Neden derseniz, New York bile belli bir artsüremliliği yansıtırken..."

"New York bizim Niyorklu için yalnızca bir çıkış noktası olmuştur, Sabri'ciğim; o şimdi kesinlikle eşsüremlilikte demirlemiş bir İstanbul istiyor."

"Tüyler ürpertici bir eşsüremlilik, ortada ne ağaç bırakıyor, ne ot, ne çiçek..."

"Ama mikrop ve virüs de bırakmıyor. Kendisi de sık sık söyler, bilirsin, 'Eski yapılar hemen ortadan kaldırılır da kent yalnızca gökdelenlerden oluşursa, çevrede seralar için geniş alanlar açılır, kitle daha sağlıklı bir yaşama kavuşur,' der. Ona göre, her şeyin ölümcül mikroplar taşıdığı bu ortamda yer düzeyinden ne kadar uzaklaşırsak, yani ne kadar yukarı çıkarsak, o kadar güvende oluruz. Bence doğru bir çözüm bu," dedi Can Tezcan, Sabri Serin'den herhangi bir yanıt gelmeyince de dalıp gitti bir süre, sonra gülümsemeye başladı, "Görüş sorunu," diye söylendi, gözlerini yardımcısına dikti, "Peki, ben?" diye sordu. "Sanırım, benim hakkımda da çok iyi şeyler düşünmüyorsun, öyle değil mi, Sabri'ciğim? Bugün özel bir gün oldu. Hadi, söyle, hiç çekinme: benim hakkımda ne düşünüyorsun?"

"Sizin hakkınızda mı, efendim?" diye kekeledi Sabri Serin, gözlerini başkanının gözlerinden gizlemeye çalışmadan, öyle durup düşündü bir süre. "Kendi hakkımda düşündüğümün daha kötüsünü düşünmüyorum sizin hakkınızda," dedi.

"Peki, Temel Diker'i savunan birinin yanında çalışmayı alçaltıcı bulmuyor musun?"

"Bulmuyorum, efendim, kesinlikle bulmuyorum."

"Neden?"

"Birincisi, sizin geçmişinizi ve gerçek düşüncenizi biliyorum; ikincisi, şu yaşadığımız dönemde herhangi bir iş bulabilmişsek, ona sımsıkı sarılmamız gerekiyor. Sizin beni işten çıkarmanız durumunda, yılkı adamlarına katılmam bile olanaklı. Kimse bana iş vermeyebilir. İş aslan ağzında, hele bizim meslekten olanlar için. Şu bizim özelleştirme sonunda, kim bilir kaç yargıç bu yazgıya katlanmak zorunda kalacak."

"Ama doğruluk?"

"Öyle sanıyorum ki her çağın doğruları kendine göre oluyor, efendim. Bizim çağımızın doğrusu da saltık bencillik."

"Bir kitap da sen yazmalıydın bence."

"Çağımızın bir gerçeği de temel gerçeklerin söylenmemesi, efendim. Yoksa canına okurlar adamın. Bu durumda her birimiz kendi canımızı kurtarmaya çalışıyoruz. Kimi yılkı topluluklarının ölülerini gömmedikleri söyleniyor. Eskilerin dediği gibi her koyun..."

"Bence o noktaya gelmedik daha. Ayrıca, ben insanların bu kadar yozlaşabileceklerini de düşünmüyorum. İnsanlığın bunca birikimi varken, bu dünyadan Sokrates, Marx ve Dostoyevski geçmişken, her şey o kadar da kötü olamaz," dedi Can Tezcan, ama söylediklerinin doğruluğundan kendisi de kuşku duyar gibi görünüyordu.

"Bana kalırsa, yozlaşma değil, başkalaşım söz konusu, efendim, ikisi arasında büyük fark var," dedi Sabri Serin, sonra bir söyleyeceği daha varmış da söylemeyi göze alamıyormuş gibi patronuna baktı, "Efendim, taşradan gelen başvurulara bir göz atmaya zamanınız olacak mı?" diye sordu.

Can Tezcan şaşırdı, kurumun işlerini tümden unutmuştu o sırada.

"Taşradan gelen başvurular mı dedin? Ne başvuruları?" diye sordu.

Sabri Serin şaşırdı.

"Bölge mahkemeleri kurma konusundaki başvurular," dedi.

Can Tezcan yüzünün kızardığını sezinliyordu.

"Şaşırtıcı gözlemlerinle beni her şeyden öylesine uzaklaştırdın ki başımıza aldığımız belayı bile unutturdun vallahi," dedi. "Tamam, hemen gözden geçirelim."

Sabri Serin kalkıp odasına gitti, iki dakika sonra, koltuğunun altında oldukça kalın bir dosyayla geri döndü, kendilerine gelen başvurulara ve içerdikleri önerilere ilişkin saptamalarını her dosyanın başına iliştirilmiş kısa yazılardan okumaya girişti. Ülkenin değişik bölgelerinden gelen başvuruları yapan kişi ve kuruluşların hemen hepsi bölgelerinde yargı görevini en iyi ve en yansız biçimde kendilerinin yapabileceklerini, Türkiye Temel Hukuk Ortaklığı AŞ'ye en büyük kazancı da gene kendilerinin sağlayacaklarını kesinliyor, bu arada, önemli bir ön ödeme yapmaya da hazır ol-

175

duklarını bildiriyorlardı. Kimileri rakam da belirtmişti. Ama işin en ilginç yanı başvuruların büyük bir bölümünün aynı elden çıkmış izlenimini uyandırmasıydı.

Can Tezcan önce şaşırdı, sonra sinirlendi, sonra da sıkıldı. "Tamam, başım döndü, bugün bu kadarı yeter," dedi, sanki tüm bu işleri başlatıp sonuçlandıran kendisi değildi. "Sabri'ciğim, senin başkanlığında üç dört kişilik bir kurul oluşturalım da iyice inceletelim bunları. Öyle anlaşılıyor ki bu adamlar aralarında örgütlenmişler, hepsi de yargıyı bir tecim nesnesi olarak görüyor. Bence çok yanlış bir şey bu."

"Artık her şey bir tecim nesnesi, efendim, ama burada tecimi de aşan bir şeyler var," dedi Sabri Serin. "Nasıl bir kurul istiyorsunuz?"

"Nasıl bir kurul olacak? Bu önerileri özenle inceleyerek başvuranların içtenliğine, dürüstlüğüne ve yeterliliğine karar verecek bir kurul, bizim avukat arkadaşlardan."

"Sizce yeterli mi, efendim?" ·

"Sence değil mi?"

"Bence başvuruda bulunan kişi ve kuruluşları bir de yerlerinde incelemek gerekir, efendim. Bana öyle geliyor ki kimilerinin bu denli yüksek rakamlar önermeleri bölgelerinde yargının patronu olarak yıllanmış düşmanlık ve uzlaşmazlıkları kendi çıkarları doğrultusunda sonuçlandırma ya da yargıyı kendi ellerinde tutarak bölgede herkesi baskı altına alma isteklerinden kaynaklanmakta, kendi küçük hesaplarını sırtlarını bize dayayarak görecekler. Yoksa bu kadar açmazlardı kesenin ağzını."

Can Tezcan bir kahkaha attı.

"Sabri'ciğim, her zaman uyanıktın, ama şu son dönemlerde uyanıklığın doruğundasın: özel yargı sana ilaç gibi geldi," dedi. "Neler de düşünüyorsun!"

Sabri Serin'in yüzünde en ufak bir değişim olmadı.

"Kuruluşun genel yazmanıyım, efendim, bunun için para alıyorum," demekle yetindi.

Can Tezcan bir kahkaha daha attı.

"Herkes açıkartırmacıya dönüştü şu sıralarda, senin aylığını da artırmak, iki katına çıkarmak gerek, Sabri'ciğim," dedi. Sonra birden yüzü değişiverdi. "Yoksa bu işe hiç bulaşmamalı mıydık? Bugün de başlangıçtaki gibi mi düşünüyorsun? Ne dersin, gerçekten kötü mü ettik?" diye sordu.

"Olan oldu artık, efendim," dedi Sabri Serin, sonra güldü, "En azından çok aykırı bir şey yapmadık. Fazla fazla yargıçları avukata, avukatları yargıca dönüştürüyoruz, buna küçük bir devrim diyebiliriz."

"Tasarının dolaylı sonucu bu, özellikle istemedik. Yanlış mı oldu diyorsun?"

Sabri Serin güldü.

"Hayır, efendim, olsa olsa birtakım küçük sakıncaları olur bu işin," diye yanıtladı. "Örneğin, alışkanlık sonucu, yeni yargıç ille de bir yanı tutmak, yeni avukat yansız davranmak isteyebilir. Bu da bir yenilik sayılır."

Can Tezcan gene bir kahkaha attı.

"Bakarsın, bundan da güzel sonuçlar doğar," dedi. Sonra birden başbakanın özel kalem müdürüyle konuşurken önemli kişilerin yardımcılarının kendilerinden çok daha üstün olduklarını düşündüğünü anımsadı, gözlemin kendisi ve Sabri Serin için de geçerli olması gerektiğini düşündü, bir ağırlık, bir yorgunluk duydu. "Birlikte çözmemiz gereken başka bir şey var mıydı?" diye sordu.

Sabri Serin bir an düşündü.

"Pek bir şey yok, efendim," dedi. "Yalnız şu özel güvenlik sorunumuz var; boyu bir seksenden aşağı, yaşı otuz ikiden yukarı olmayan elli altmış adam ve yaşı otuz ikiden yukarı, boyu bir yetmişten aşağı olmayan on iki hanım alıyoruz. Ücret konusunu arkadaşlarla kararlaştıracağız, ama olabildiğince düşük tutmak istiyoruz."

"Tamam, ama çok da cimri davranmayalım," dedi Can Tezcan, ancak bu güvenlik sözcüğü üzerine çöken ağırlığı daha bir artırdı. İçini çekti, "Bir zamanlar güvenlik güçleriyle çatışıp dururduk, şimdi öncelikle kendi güvenlik güçlerimizi kuruyoruz," diye ekledi.

Sabri Serin güldü.

"Yaşam böyle, efendim," dedi. "Sizin o dönemlerinizi çok insandan dinledim; herhalde çok güzel günlerdi."

Can Tezcan başını önüne eğdi.

"Öyleydi," dedi. "O zamanlar gençtik."

"Ha, bir de Avrupa ve Anadolu yakalarındaki yapılarımızın denetimi var, efendim."

"Bunun için de bir kurul oluştur, Sabri'ciğim. Temel beyden de görüş al. Sonra sonuçları görüşürüz."

"Peki, efendim, size iyi günler dilerim."

"İyi günler, Sabri'ciğim."

Can Tezcan genel yazmanının çıktığı kapıya baktı bir süre, "Nelerle uğraşıyorum!" diye söylendi.

Akşam, Sabri Serin'le konuşmalarını eşine de anlatmaktan kendini alamadı. Gül Tezcan onu böylesine yorgun ve yılgın görünce üzüldü, üzüntüsünü gizlemeye de çalışmadı, ama o bu özelleştirme girişimini ta başından beri benimseyememişti, zaman zaman kimi savlarını yerinde bulsa bile, inadına sinirlenmekten kendini alamıyordu. Bütün bunlar karşısında içini rahatlatacak bir kuram üretip üretmediğini sormaktan da alamadı kendini.

Can Tezcan içini çekti.

"Ben kuramlarımı hep halka dayandırırdım, bu nedenle hepsi aynı kapıya çıkardı, ama, bizim Sabri'ye bakılırsa, şimdi artık anamalcılar, kodamanlar var yalnızca, adamlar temel öğeyi, halkı çıkarmışlar aradan, halk elenmiş ya da dönüştürülmüş. Öyle ya, ölülerini bile gömmeyen yılkı adamlarına halk diyemeyiz herhalde. İçinde halk olmayan, sonunda halka varmayan bir kuram da benim kuramım olamaz."

"Halksız kuramlar Sabri beyin uzmanlık alanına mı giriyor?" diye sordu Gül hanım.

Can Tezcan gene içini çekti.

"Sabri kuram üretmiyor, bizim ayrımsayamadığımız durumları gözler önüne seriyor yalnızca; anlaşılan, kuramların da suyunu çektiği noktaya geldik, sevgilim," dedi. "Ne olursa olsun, ben çok yorgunum, kafamın içi de karmakarışık," diye ekledi.

Gül hanım gülümsedi.

"Belki de kuram üretemediğin için," dedi.

"Olabilir, ama gerçekten çok yorgunum," dedi Can Tezcan. "Çok tuhaf bir yorgunluk bu benimki, bir isteksizlik. Bu işe büyük bir coşkuyla girişmiştim, şimdi beni korkutuyor, kafamın içi boşalmış gibi. Öyle sanıyorum ki şu yılkı adamlarının varlığını öğrenmemden sonra başladı bu, o gün bu gün bilmediğim bir gezegene, bir başka dünyaya düşmüş gibiyim, hatta bir başka insan olmuş gibi. Bizim sakallı filozof çocukların kanının anamala dönüştürülmesinden yakınıyordu, bugün bunu bile yapmıyorlar, onları dışlıyorlar yalnızca, gereksinim fazlası olarak..."

"Benim varlığım, yüzüm, sözlerim de dağıtmıyor mu bu düşünceni? Karın hep aynı kadınken sen kendini nasıl bir başka insan gibi görebilirsin ki?"

"Bilmiyorum, bilemiyorum, sevgilim, ama, evet, sen de başkası oluyorsun ister istemez; işin kötüsü, eskiden nasıl bir insan olduğumun, dünyaya ve insanlara nasıl baktığımın ayrımındayım; en kötüsü de bu ikilik ya da karşıtlık."

Gül Tezcan kocasının açıklamasını saçma, daha da kötüsü, abartmalı ve yapmacık buldu birden.

"Ama en azından Niyorklu Temel'in sorununu çözdün herhalde," dedi. "Arsasına kavuştu mu bari?"

Can Tezcan güçlü bir akıma tutulmuş gibi titredi.

"Hayır, yargıçla konuşmamdan bile söz etmedim ona," dedi.

"Unuttun mu?"

"Hayır, unutmadım. Ama bir türlü söyleyemiyorum bunu ona. Sıkıntımın bir nedeni de bu belki: Niyorklu'nun bu isteğini yerine getirmek tüm uğraş yaşamımı yadsımak olacakmış gibime geliyor."

"Sen yargıç değilsin, avukatsın; bir an önce bitir şu işi, bitir de rahatla."

Can Tezcan yerinden doğruluverdi birden, gözlerini eşinin gözlerine dikti.

"Bunu sen mi söylüyorsun?" dedi, sonra başını önüne eğdi, "Yapamıyorum," diye söylendi. "Belki de artık avukat olmadığım için. Elim kolum bağlı sanki. Bereket, Sabri var."

"O bu özelleştirme tasarısına karşı değil miydi?"

"Başlangıçta kesinlikle karşıydı. Ama öyle bir dönemde

179

yaşıyoruz ki bir tasarıya karşı olmak onu desteklemeye engel değil. Bu işe canla başla sarılan o şimdi. Bu işe inanmasa da işe inanıyor, işle düşünceyi birbirine karıştırmıyor."

"Peki, sen?"

"Sanırım, ben karıştırıyorum, hele şu yargıçla konuştuğum günden beri. Bereket, Sabri her işe yetişiyor," diye yanıtladı Can Tezcan, gene gözlerini yere dikti.

Gül Tezcan her işe yetişen Sabri'yi neden bu işle de görevlendirmediğini soracaktı, ama kocasını daha fazla sıkıştırmaya yüreği elvermedi: başarının doruğunda, alabildiğine yıkılmış, yenilmiş görünüyordu, birden eski günlerdekini andıran bir sevgi dalgası yükseldi içinde, kolunu omzuna attı, yanağını yanağına yapıştırdı.

"Artık geri dönemezsin, sevgilim," dedi, "Öyle ya da böyle sürdüreceksin, seninki geçici bir zayıflık, bir duralama; bu arada bir doktora görünsen, çok iyi edersin bence."

Sonraki günler de Gül Tezcan'ı haklı çıkarır gibiydi: emekli öğretmenin evi bir saplantı olup çıkmıştı Can Tezcan için, Yıldız hanımın bir telefonu da Varol Korkmaz'ı ekledi bu bunalımına: nerdeyse her çeyrek saatte bir ikisinden biri kafasına takılıyor, birinin ardından öteki geliyordu. Ne birincisini odasından çıkarmayı başarabilmişti, ne ikincisini evinden çıkarmayı. Yargıç Halis beyle yaptığı telefon görüşmesini de hâlâ Temel Diker'e açmış değildi. Ancak, 17 ağustos 2073 saat 9.45'te "Bugün akşama kadar şu ev konusunda bir şeyler yapmazsam, tabansızın tekiyim," dedi. Varol'a ilişkin bir karar vermesine zaman kalmadan, yüzünde tuhaf bir gülümseme, Sabri Serin odasına girdiğinde, nerdeyse inanmıştı buna. "Buyur, Sabri'ciğim, gel, otur şöyle," diyerek yer gösterdi.

Ama Sabri Serin oturmadı.

"Sizi bir yere götüreceğim, efendim; korkmayın, gidip gelmemiz en fazla yarım saatinizi alır," dedi.

"Nereye götüreceksin peki beni?"

"İzin verin de söylemeyeyim, efendim: bu bir şaşırtı."

Son günlerde bayağı artan içli dışlılıklarının da etkisiyle, Can Tezcan hiç direnmeden kalktı. Birlikte asansöre bindiler. Asansör spor salonlarının bulunduğu katta durup da Sabri Serin kapıyı açarak "Buyurun, efendim," deyince, biraz şaşırdı.

"Burada ne işimiz var? Spor mu yapacağız?" diye sordu. Sabri Serin gülümsemedi bile.

"Şimdi göreceksiniz, efendim," diye yanıtladı, hemen arkasından da Salon G'nin kapısını açıp "Buyurun!" dedi.

Can Tezcan kapıdan içeri girer girmez çok gür ve çok sert bir ses duyuldu: "Dikkat!" Sonra, ortada bilimkurgu filmlerini düşündürten lacivert üniformaları mor yakalı, parlak sarı düğmeli, belleri tabancalı ve kendileri çok uzun boylu on, on beş kadınla elli, altmış adamın üçlü bir sıra oluşturmuş durumda öylece dikildiklerini gördü. Gene bu adamlar gibi giyinmiş ve bu adamlar gibi uzun bir adam topuklarını birbirine vurup tam bir asker selamı vererek "Temel Hukuk Güvenlik Birliği görüşlerinize hazırdır, başkanım!" diye haykırdı. Can Tezcan Sabri Serin'in şaşırtısının ne olduğunu ancak o zaman anladı. "Olur şey değil, bu kadar kısa bir sürede!" dedi içinden. Aynı anda, askerlik günlerini anımsadı, elinde olmadan gülümsedi, hazırolda bekleyen adamlara doğru ilerledi, askerce durdu, "Merhaba, arkadaşlar!" dedi yüksek sesle. Güvenlik görevlileri var güçleriyle "Sağ ol!" diye haykırdılar.

"Nasılsınız?"

"Sağ ol!"

"Siz de sağ olun. Rahat!"

Güvenlik güçlerinin başının elini sıktı, bir kez daha, öncü diye bilinen kişilerin yardımcılarının kendilerinden daha akıllı ve daha becerikli olduğunu düşündü, iki adım gerisinde kendisini bekleyen Sabri Serin'in yanına geldi.

"Olur şey değil!" dedi. "Bu işi bu kadar sürede nasıl becerdin?"

"Bundan kolay bir şey olamaz, efendim: tek bir ilan yetti. İstesek, sayılarını birkaç bine de çıkarabilirdik," dedi Sabri Serin, birlik ve görevlilere ilişkin bir isteği ya da sorusu bulunup bulunmadığını sordu. Bulunmadığını öğrenince, gidebileceklerini belirtti. Komutan adamlarını hazırola geçirdi o zaman, sonra başkanı bir kez daha selamlayarak uygun adımlarla kapıya doğru yürüttü. Sabri Serin arkalarından bakarak gülümsüyordu, "Yirmi bir mühendis, on altı hukukçu, dört hekim, üç toplumbilimci, üç felsefeci var içlerinde, hepsi de aynı zamanda Özel Koruma Yüksek Okulu diplomalı," dedi.

Can Tezcan havaya iyi uymuştu, gene de şaşkınlık içindeydi. Birden Cüneyt Ender'in ilk özelleştirme yazısındaki bir tümceyi anımsayarak gülümsedi: "Özelleştirilmiş yargı sivil yargıdır." Ancak gülümseme nedenini genel yazmanına açıklamadı.

"Çok iyi, çok güzel, üniforma ve silahlar da bayağı etkileyici," dedi, "Görenler ülkede adaletin sağlam ellerde olduğunu düşünecekler, ama bu güvenlik görevlileri neden bu kadar uzun?"

"Unuttunuz mu, efendim? Genel Kurul böyle karar almıştı," dedi Sabri Serin.

Can Tezcan elini Sabri Serin'in omzuna koydu.

"Evet, böyle karar almıştı," diye doğruladı. "Ama bizim korsan gösterilerimizde arkamıza uzun boylu bir polis düştü mü içimiz rahatlayıverirdi: yakalanmayacağımızı bilirdik artık. Uzunun kısayı yakalayamaması doğaya aykırı gibi görünür, ama aykırı olan tersidir."

"Bunu bilmiyordum, efendim," dedi Sabri Serin.

Can Tezcan yardımcısının sırtını okşadı.

"Öğrendin işte," dedi, sonra birden gülmeye başladı. "Her neyse, önce koruma birliğimizi kurarak iyi bir başlangıç yaptık, bu arada adalet anlayışımızın bir göstergesini sunduk," dedi.

Kafasında gençlik günlerinin anılarıyla odasına döndü. Bu anıların etkisiyle olacak, nicedir yapmadığı bir şey yaptı: İnci'nin yanaklarını öptü. Sonra, sağ elinin işaretparmağının ucunu İnci'nin sol göğsünün dışarıdan da belli olan ucuna bastırdı.

"Bana Temel Diker'i bul," dedi.

X

Temel Diker, telefonu kapattıktan sonra, gözlerini masasının üstündeki takvime dikip öylece kaldı bir süre, "17 ağustos 2073, 17 ağustos 2073, 17 ağustos 2073," diye yineledi; sonra, aradığını bulamamış gibi, derin derin içini çekti, çenesini yumruklarına dayayıp gözlerini yumdu, hiç yerinden kımıldamadan, en azından yarım saat kaldı öyle. Ancak, gözleri hep kapalı kalmakla birlikte, düşünceler dönüp duruyordu beyninin içinde, hele biri, az önce Can Tezcan'la konuştuğu şu emekli öğretmen Hikmet beyle doğrudan, baş başa görüşme konusu, bitmeyen bir şarkının nakaratı gibi, durmamacasına geri geliyor, her geri gelişinde de ağırlığını daha güçlü bir biçimde duyuruyordu. "Her şeyi çok iyi beceriyor şu bizim Can, hukuk dendi mi kimsecikler eline su dökemiyor, ama şu inatçı moruğun eviyle bahçesi söz konusu oldu mu başlıyor kıvırtmaya, ipe un seriyor, sanki işi uzatmaya, hatta kapatmaya çalışıyor, sanki benim değil de onun avukatı! Şimdi de gidip o inatçı morukla doğrudan benim görüşmemi istiyor. Sen hiç çekinmeden yap önerilerini, evini neden bu kadar çok istediğini güzelce anlat adama, şu işi tatlıya bağlayalım artık. Tutulabilecek yolların en iyisi, en kestirmesi bu, gözlerinle göreceksin diyor. Üstelik hemşeri sayılırmışız. Sanki 2073 yılında memlekette hemşerilik diye bir şey kalmış gibi. Peki, en iyisi buydu da bunca zamandır neden başvurmadık bu yola? Bir bildiği var herhalde. Ama ne? Bana söylese kıyamet mi kopardı sanki!" diye söylenerek gözlerini açtı. "Ben ne konuşacağım ki o Nemrut'la? Evet, ne diyeceğim ki?" Tam bu soruyu sorduğu anda telefon çaldı: sekreter aradığı numaraya en sonunda ulaştığını ve konuşmak istediği kişinin telefonda olduğunu bildirdi. Birden doğruldu o zaman, "Alo, Hikmet bey, alo, siz misiniz?" dedi. Gelen yanıtı dinledikten sonra, derin bir soluk aldı. "Ben Temel Diker'im, efendim, şu sana dava açan adamım, kiminin Gökdelen Baba, kiminin Niyorklu dediği adam; diyordum ki seninle bir yerde bir yarım saatçik otursak da biraz konuşsak diyordum, ya da, bir sakıncası yoksa, şimdi kalkıp sana gelebilir miyim diyecektim; senin oraya oldukça yakın bir yerdeyim," dedi, en fazla bir dakika sonra da "Tamam, tamam, bunu geldiğimde konuşuruz. Ben hemen çıkıyorum, hocam, hadi, görüşmek üzere," diyerek kapattı telefonu.

Yaşlı adamın telefonu yüzüne kapatmasını beklerken, çok yumuşak bir sesle konuşmasına, hele yüz yüze görüşme önerisini hiç duralamadan benimseyivermesine şaştı, ama hemen buluverdi açıklamasını: bu görüşme onunla Can Tezcan arasında önceden kararlaştırılmış, belki de uzlaşmazlığa son vermesi karşılığında alacağı para bile belirlenmişti. "Ne isterse istesin, yeter ki inadı bıraksın moruk," dedi kendi kendine. Burası Türkiye'ydi, işlerini hızla yoluna koyabilmek için her şeye değerinin birkaç katı para ödemeye, hatta, karşısındakilerin ağırlığına göre, görkemli gökdelen daireleri armağan etmeye bile alışmıştı, bunu fazla önemsediği yoktu, aşırı cömertliğini eleştiren dostlara verilecek yanıtı da çoktan hazırdı: "Benim bir tek amacım var, o da İstanbul kentini yeniden kurmak, para ve mal umurumda değil!" deyip kapatıyordu konuyu. O gün de özellikle dingin, özellikle sevinçliydi, en büyük sorununun çözümüne hiçbir zaman bu denli yaklaşmadığını düşünmekteydi. En azından, Cihangir'e girdikten sonra, yolların bozukluğu dışında hiçbir engelle karşılaşmadan ilerliyordu arabası: ne yollarda tek bir arabaya rastlanıyordu, ne kaldırımlarda tek bir insana: Hikmet beyin bahçeli evi dışında, tüm evleri ve tüm apartmanları satın alıp boşalttırmış, büyük bir bölümünü de yıktırmış olduğundan, Cihangir nerdeyse bir yıldır ölü bir semtti, görüntüsü de çürümeye başlamış bir insan cesedinin görüntüsü kadar ürperticiydi. Buralara sık sık uğramasına karşın, Temel Diker'in kendisi bile göğsünün üstüne korkunç bir ağırlık çöktüğünü duyuyor, ölü semti görmemek için gözlerini yere dikmeyi yeğliyordu. Ama bu kez Hikmet bey bahçe kapısını gülümseyerek açıp da "Buyurun, Temel bey, buyurun, hoş geldiniz," deyince, göğsünün üstündeki ağırlık kendiliğinden uçup gitti. Bu kadarla da kalmadı: tıpkı çocukluğunda kendi evine girerken yaptığı gibi ayakkabılarını çıkardıktan sonra girdiği küçücük oturma odasında, duvarda asılı ayı postunu, küçük tahta çerçevelerin camları ardındaki sararmış aile fotoğraflarını, karşısındaki belki yüzyıllık divanın üzerine yayılmış kara velenseyi, üzerine eski kitaplar yığılmış emektar masayı, yerdeki iyice eprimiş halıyı görünce, buna bir de nicedir unuttuğu eski ev kokusu eklenince, birden çok eski bir zamana ve çok eski bir ortama, çocukluk günlerinin dost evlerinden birine gelmiş gibi bir duyguya kapıldı, tüm niyorkluluğuna karşın, mutluluğa benzer bir şeyler duydu, karşısında kendisine gülümseyen ufak tefek, ak saçlı, ak bıyıklı adama da çok eski bir tanıdığa bakar gibi baktı, dinginlikle gülümsedi.

"Sanırım, siz de bizim oralardan bir yerdensiniz, Hikmet bey," dedi.

Hikmet bey bu gülümsemeden ve bu saptamadan etkilenmiş gibi görünmedi.

"Sizin oralar neresi?" diye sordu.

"Bizim oralar, yani Trabzon, Giresun, Sürmene, Rize, Çayeli," dedi Niyorklu Temel.

"O zaman doğru bildin, ama bunu bilmek çok da zor bir şey değil: bu bizim burunlar hiç yalan söylemez," diye yanıtladı Hikmet bey, duvardaki fotoğraflardan birini gösterdi: oldukça genç sayılabilecek bir kadın tahta bir iskemleye oturmuş, karşıda bir noktaya bakıyor, arkasında da iki delikanlı dikiliyordu, sağdaki delikanlı sol elini, soldaki delikanlı sağ elini kadının omzuna koymuştu. İkisi de gülümsüyordu. Niyorklu Temel önce onlara baktı, "Evet, bunlar da bizden," dedi. Sonra kadına baktı, bir yerlerinden bir elektrik akımı geçmiş gibi titredi, "Ama... ama bu çok tuhaf, benim anama benziyor," diye kekeledi.

185

Hikmet bey gülümsedi.

"Oğlanların da sana benzediği gibi," dedi.

Ama Temel Diker işitmedi sanki.

"Çok benziyor, gerçekten çok benziyor," diye üsteledi.

"Ama benim anam daha güzel."

Hikmet bey bu sözden de pek etkilenmedi.

"Orası gözüne göre değişir, hemşerim," dedi.

Niyorklu Temel cüzdanından Nokta hanımın fotoğrafını çıkarıp Hikmet beye uzattı. O da aldı, uzun uzun baktı, geri verirken eli bayağı titriyordu.

"Evet, haklıymışsın, senin anan çok daha güzel, olmayacak gibi güzel, olmayacak gibi güzelmiş yani," dedi.

Öyle karşı karşıya dikilip gülümseyerek birbirlerine baktılar bir süre, sonra Hikmet bey elini konuğunun omzuna koydu.

"Oturmadan sorayım," dedi: "Ne içersin? Kahve, çay, soğuk bir şeyler?"

"Teşekkür ederim, hiçbir şey istemem," dedi Niyorklu Temel, hemen sonra, bu geri çevirmenin yanlış anlaşılabileceğini düşündü, "Belki bir bardak su, evet, bir bardak su," diye ekledi. "Bir de, izniniz olursa, şu ceketimi..."

Sözünü bitiremeden havaya sıçradı birden, sonra, yüzü sapsarı, bir iskemlenin altından kendisine bakmakta olan tekir kediyi gösterdi.

"Kedi... bir kedi..." diye kekeledi. "Evinizde bir kedi var."

Hikmet bey gülümseyerek kendisine bakıyordu.

"Evet, iyi bildin," dedi. "Bir de değil, dokuz kedi var bu evde."

"Ama... ama... ama..." diye kekeledi Niyorklu Temel, "Ama ben Türkiye'mizde kedilerin kökünün çoktan kurutulduğunu sanıyordum."

"Bu evde kurutulmadı, yalnız şu son zamanlarda sayıları çok azaldı, üç yılda on yediden dokuza düştük," dedi Hikmet bey.

Temel Diker işitmedi sanki.

"Bu kadar kedi!" diye söylendi, sonra birden Hikmet beye dikti gözlerini, "Peki, korkmuyor musunuz?" diye sordu.

Hikmet bey güldü.

"Bunca yıl yakayı ele vermemeyi başardık," dedi. "Bundan sonra yakalanırsak da ne yapalım, cezamızı çekeriz. Bu yasağı koyan hergeleler tam dokuz cana kıymanın bunalımına katlanabilirlerse..."

"Ben onu söylemiyorum," diye sözünü kesti Niyorklu Temel: "Kedilerin getireceği ya da üreteceği ölümcül mikroplardan korkup korkmadığınızı soruyorum."

Hikmet bey gene güldü.

"Hayır, benim kedilerim değme insanlardan daha temizdir, hem de acı patlıcanı kırağı çalmaz," dedi, sonra birkaç saniye duraladı, "Ama sen korkuyorsan, odalarına alabilirim," diye ekledi.

"Vallahi, ben korkarım, hocam, bir yerlere kapatırsanız, sevinirim," dedi Niyorklu Temel. "Bir de burası çok sıcak, ceketimi çıkarırsam saygısızlık sayılır mı?"

"O da ne demek!" diye yanıtladı Hikmet bey. "Burası senin evin: rahatına bak, ben bir iki dakika içinde dönerim," deyip odanın kapısını açtı, "Pisi, pisi, pisi!" diye seslendi.

Temel Diker önce "Burası senin evin!" tümcesini algıladı Hikmet beyin yanıtında, "Tamam, bu iş oldu artık," diye düşündü. Sonra birden yaşlı adamın çevresinin kedilerle sarıldığını, dört tekir, üç sarman, iki ak kedinin başlarını ona doğru kaldırdıklarını gördü, olağandışı ve korkunç bir dünyaya düşmüş gibi, tepeden tırnağa titredi. Sonra, Hikmet bey önde, onlar arkada, kapıya yönelip ağır ağır çıkmalarını izledi. Son kedi de gözden silinince, derin bir soluk aldı, "Fareli köyün kavalcısı!" diye söylenerek gülümsedi. Ama yüreğinin hızlı hızlı çarptığını nerdeyse kulaklarıyla da duyuyordu. Bu evin bahçe kapısından girdi gireli gerçek dünyadan kopmuştu sanki. Daha sonra, Hikmet beyin önerisi üzerine çıktıkları bahçede, önündeki sehpanın üstünde yeşil ve kırmızı nakışlı bir plastik tepsi, tepsinin üstünde iki su bardağıyla bir küçük sürahi, karşısında yaşlı hemşerisi, öyle otururken, yalnızca kedileri ve taşıyabilecekleri korkunç hastalıkları değil, buraya neden geldiğini de unutmuştu sanki, yüksek duvarların dibinde renk renk açmış hercaimenekşelere, gölgesinde oturduğu çam ağacına, en çok da onun tam karşısına düşen fındık ağacıyla onun solundaki nar ağacına bakıyor, tüm varlığını benzersiz bir esenlik havasının sardığını ve bundan hiç mi hiç rahatsız olmadığını duyuyordu.

"Haklıymışsınız, bahçe bayağı serin, hocam," dedi.

"Evet, benim bahçem yazın en sıcak günlerinde bile serindir," diye yanıtladı Hikmet bey.

Sonra bir sessizliktir çöktü iki hemşerinin üzerine. Fındık ağacının üst dallarının üstünde en azından birinin gürültülü bir çiftleşme girişimiyle ortalığı cıvıltıya boğan bir çift serçe olmasa, uyuyup giderlerdi belki. İki serçe nerdeyse birbirine yapışmış olarak havalanınca da Hikmet bey konuğunun nar ağacındaki bayağı büyük bir nara bakmakta olduğunu ayrımsadı.

"Koca oğlan vere vere tek bir nar verdi bu yıl," dedi. "Geçmiş yıllarda üç, beş, hatta sekiz nar verdiği olmuştu. Ama bu yıl birde kalmış görünüyor, o da mı yaşlandı, nedir?"

"Hayır, sanmam, çünkü hiç de yaşlı bir ağaca benzemiyor," dedi Temel Diker.

"Yaşlandı, yaşlandı," diye yanıtladı Hikmet bey. "Mayısta otuz altısına basacak. Ama narı çok tatlıdır."

Temel Diker önce başı, sonra ağzıyla onayladı.

"Ağacından belli," dedi.

Ama Hikmet beyin "Belki de olmuştur. Yer misin?" diye sorup yerinden kalkması üzerine yüzü allak bullak oldu.

"Neyi?" diye sordu, ortada yenilebilecek bir şey göremiyor, o narın yenilmek üzere dalından koparılabileceğini de düşünmek bile istemiyordu. Bu nedenle, "Neyi olacak? Şu karşımızdaki narı!" yanıtını alınca, güçlü bir akıma kapılmış gibi titredi. "Hayır, hayır, olur mu öyle şey? Oturun, lütfen oturun, hocam," diye üsteledi, sanki adam bu narı kendisine zorla yedirecekmiş gibi titriyordu.

Hikmet bey ister istemez oturdu.

Gene sustular. Hem de en az beş dakika sürdü sessizlikleri. Sonra fındık ağacına birbiri ardından biri dişi, biri erkek iki serçe kondu, ama bunlar sessizdi. "Az öncekiler mi acaba? İşlerini bitirdiler mi?" diye geçirdi Hikmet bey içinden, bir karara varamadı. Bir süre devinimlerini izledi, "Hepsi birbirine benziyor kerataların," diye düşündü. Sonra konuğunu unuttuğunu, en azından böyle bir izlenim uyandırmış olabileceğini, onun da, belki aynı şeyi düşünerek, kendisine bakmakta olduğunu ayrımsadı. Gülümsemeye çalıştı.

"Şu gördüğün fındık ağacı tam on dokuz yaşında," dedi, "Tam on dokuz yaşında ya dikildi dikileli tek fındık vermedi. Yerini sevemedi bir türlü."

Niyorklu Temel buraya neden geldiğini anımsadı birden. Gözlerini yaşlı adama dikti, hiçbir şey söylemeden, nerdeyse soluk bile almadan, onun apak ve sarkık bıyıklarına baktı, en sonunda derin bir soluk aldı.

"Hikmet amca, bak, sana ne diyeceğim," dedi, ama ne diyeceğini kendisi de bilmiyormuş da bulmaya çalışıyormuş gibi durdu bir süre, "Bak, sana ne diyeceğim, Hikmet amca," diye yineledi. "Sana Giresun'un en güzel, en büyük fındık bahçesini alayım, ortasına da istersen saray gibi, istersen şu oturduğunun tıpkısı bir ev yaptırayım, istersen bu evi buradan alıp oraya dikeyim."

Hikmet bey gülümsedi.

"İyi de neden?" diye sordu. "Seninle daha bugün tanıştık."

Niyorklu Temel Hikmet beyin elini tuttu.

"Nedenini iyi biliyorsun, Hikmet amca," dedi.

"Evet, biliyorum, bu evi ve bu ağaçları yıkmak için yapacaksın bunları."

"Evet, böyle, bu senin yer bana çok gerekli, Hikmet amca. Biliyorsun herhalde, çevrendeki tüm apartmanları, tüm arsaları, tüm yolları aldım, bir burası kaldı. Sen burayı bana vermezsen ya da ben burayı senden alamazsam, her şey olduğu gibi kalacak, ama verirsen, İstanbul'un en değerli gökdeleni buraya, senin evinin ve bahçenin yerine dikilecek, Cihangir'in yüzü de değişecek o zaman, İstanbul'un en güzel semti olacak. Bu senin ev benim tasarılarımın en değerli ve en önemli parçası, Hikmet amca."

Hikmet bey konuğunun yüzüne ilk kez görüyormuş gibi baktı, içini çekti.

"Kusura bakma, Temel bey," dedi. "Sen gökdelen üstüne gökdelen dikiyorsun İstanbul'a, ama bu ev şu dünyada benim yaptırabildiğim tek ev; babamın evini sattım, kardeşimin yıkılan evinin yerine bu evi yaptım, sıra pencerelerle çatıya gelince param bitti, anamdan kalan iki tarlayı da sattım; iki oğlum bu evde doğdu, karım bu evde öldü, bu yaştan sonra başka yerde yaşayamam, burada anılarım, eski eşyalarım ve benim gibi yaşlı ağaçlarımla mutluyum, burada da öleceğim, yaşadığım sürece yıktırtmam evimi, Cihangir'in yüzünü değiştirmek de bana iyi bir düşünce gibi görünmüyor. Yüzü müzü de kalmadı ayrıca zavallının."

Temel Diker Hikmet beyin iki elini birden avuçlarının içine aldı, var gücüyle sıktı, sonra gözlerini gözlerine dikti.

"Bak, Hikmet amca, en fazla bir yıl, hadi bilemedin, bir buçuk yıl sonra, sana gene noktası noktasına, santimi santimine burada, dairelerimin en güzelini veririm. Hesaplarız, noktası noktasına, santimi santimine bu evin ve bu bahçenin üstüne gelen yere evinin aynını yaparım, evet, şaka etmiyorum, tıpkısının aynısını, en üst katta, göğün altında; istersen, ağaçlarını ve çiçeklerini de taşırım oraya; onları orada yaşatmak için de ne gerekiyorsa yaparım, sözüm söz. Bir düşünsene, Hikmet amca, senin ev ve bahçe kalkmış yerinden, beş yüz elli metre yukarıya konmuş, hem de gençleşmiş olarak. Kedilerin de yüzde yüz güvende olur orada. Tamam mı?" dedi, derin bir soluk aldı, "Aşağıda asansörün düğmesine bastın mı otuz saniyede evinde olursun, dünyaya yukarıdan bakarsın. İnan bana, ben düzen severim, senden başka hiç kimse için yapmazdım böyle bir şeyi. Para konusuna gelince, ne kadar istersen, veririm, evet, ne kadar istersen," diye ekledi.

Hikmet bey şaşkınlık içinde konuğuna bakıyor, aklının başında olmadığını düşünüyor, nerdeyse korkmaya başlıyordu, birden, hiç beklenmedik bir anda, ellerini Niyorklu'nun ellerinden kurtardı.

"İyi de neden gireceksin ki bunca masrafa?" diye sordu. "İstanbul gökdelen dikilecek yerlerle dolu. Başka yer mi kalmadı ki bunca parayı..."

"Burada dur, Hikmet amca!" diye atıldı Niyorklu Temel, sonra kendisi de durdu, beş yüz elli metre yukarıya yürüyerek çıkmış gibi soludu, sonra da "Bak, Hikmet amca, para benim umurumda değil," diye sürdürdü. "Ben yeni bir kent kuruyorum, tamam mı, tek başıma koca bir kent kuruyorum, kurmaya çalışıyorum yani, tek derdim bu: hepsi aynı biçimde, aynı yükseklikte gökdelenlerden oluşan bir kent, gökdelenlerin tek farkı numaraları olacak, bir de renkleri. Bir düşün, her yer tıpkısının aynı, her yer eşit, evet, eşit, dolayısıyla sokaklar da. Böylesi Amerika'da bile yok. İstanbul New York'u geçecek böylece, çağının kenti olacak. Nasıl olsa olacak bu, er geç olacak, ama ben çabuk olsun istiyorum, çünkü dünya gözüyle görmek istiyorum."

Alnında boncuk boncuk terler vardı, iyice coşmuştu, duracak gibi değildi.

"Dur bakalım, dur bir dakika," dedi Hikmet bey: "Her yer eşit, her yer birbirinin aynı olacaksa, ne diye benim eve takıyorsun ki kafanı? Sen hele öteki gökdelenlerini, öteki sokaklarını bitir."

Niyorklu Temel'in yüzünde korkunç bir acı anlatımı belirdi, derin bir soluk aldı.

"Her yer eşit bir bakıma, her yer birbirinin aynı, ama burası başka, Hikmet amca, burası başka," dedi. "Heykel en iyi buradan görünecek, Nokta hanımı en iyi buradan göreceğiz."

Hikmet bey bu kez büsbütün ürperdi, hem şaşkınlık, hem korkuyla bakmaya başladı hemşerisine, bir büyük kent kurucudan çok, bir deli karşısında bulunduğunu düşündü. Ama deliyle deli olmasını da bilirdi, çabucak yendi korkusunu.

"Ne heykeli? Hangi heykel, Temel bey?" diye sordu, korkmaya başlıyordu.

"Hangi heykel olacak, Hikmet amca?" dedi Temel Diker. "Hangi heykel olacak? İstanbul'un *Özgürlük Anıtı,* dünyadaki tüm anıtların en büyüğü."

Hikmet bey böyle bir tasarıdan gazetelerde söz edildiğini anımsadı.

"Seni çok iyi anlıyorum, Temel bey, çok da sevdim," dedi en tatlı sesiyle, "Ama sen de beni anla: ben burada, bu evde ölmek istiyorum, burada, toprağın beş yüz elli metre yukarısında değil, tam üstünde. Ayrıca, bu senin tasarladığın İstanbul'u beğenebileceğimi de sanmam," dedi, bir soluk aldı, "Senin için bu evin yerinin başka olduğunu söylüyorsun, tamam, ama benim için çok daha başka, benim tek yerim burası," diye ekledi.

"Son sözün bu mu, Hikmet amca?" diye sordu Niyorklu Temel.

"Evet, Temel bey, ben yaşadığım sürece yıkılmayacak bu ev; ben öldükten sonra ne olur, orasını bilemem," dedi Hikmet bey, derin derin içini çekti. "Oğlum neye karar verir, orasını bilemem."

Niyorklu Temel yaşlı öğretmenin sabukladığını düşündü.

"İki oğlun olduğunu söylemiştin," dedi.

"Evet, öyleydi, ama biri çoktan öldü."

"Ya öteki?"

"Öteki de onun gibi bir şey: Amerika'ya yerleşti, adını bile değiştirdi. On yıl var ki yüzünü görmedim."

Temel Diker kendi kendine konuşur gibi "Demek öyle!" dedi, sonra, belki üç, belki beş dakika süresince, tek sözcük söylemeden, öyle oturup yaşlı adama baktı. Kızmak istiyor, kızamıyor, tek sözcük söylemeden kalkıp gitmek istiyor, gidemiyordu. Nerdeyse bağlanmıştı yaşlı adama, nerdeyse işlerini bozan bir adam değil de yıllardır tanıdığı ve hep saygı duyduğu biriydi. "O da benim gibi bir tutkulu," diye geçiriyordu içinden, "O da şu ufacık toprak parçasına takmış kafayı. Çok tuhaf! Her şeyi olduğu gibi, hiç mi hiç yenilemeden, öylece saklamanın da bir tutku olabileceği hiç usuma gelmezdi."

Birden ayağa kalktı.

"Ben artık gideyim, Hikmet amca," dedi.

Hikmet bey de yaşından beklenmeyecek bir çeviklikle doğrulup kalktı. Konuğunun elini sıkarken, neye karar verdiğini sordu.

Temel Diker gülümsedi, sağ elini yaşlı adamın omzuna bastırdı.

"Bilemiyorum, Hikmet amca, şu anda gerçekten bilemiyorum," dedi. "Ama ben de en az senin kadar deliyim. Seni çok sevdim, bu kesin; ama büyük tasarımı bir an önce gerçekleştirmek için her şeyi yapabileceğim de kesin. İşte söyledim, benden günah gitti."

Hikmet bey şaşırmış gibi görünmedi, yalnız kaşlarını çattı.

"Adam da öldürebilir misin?" diye sordu.

Temel Diker hiç duralamadı.

"Sanırım," dedi hemen. "Sanırım, öldürebilirim, Hikmet amca. Evet, senden farkım da bu belki: öldürebilirim."

Hikmet bey konuğunun yeniden uzattığı eli dostça sıktı.

"Birbirimizden çok da farklı değiliz," dedi, "Sanırım, ben de öldürebilirim."

"Anladım, Hikmet amca: hemen kaçıyorum," diye yanıtladı Temel Diker, hızla dönüp bahçe kapısına doğru yürüdü.

Arabasına yerleşip de şoförüne "Hadi, gidelim," dediği sırada burnundan solumaktaydı, zaman zaman gözleri kararır gibi oluyor, bir de, nerdeyse kendiliklerinden, yumrukları sıkılıyordu. En az on dakika sıktı böyle yumruklarını, sonra, birdenbire, durumuna tanı koydu: "Çok sinirliyim, gerçekten çok sinirliyim, çok kızıyorum," dedi. "Ama kime?" Araştırmaya başladı: Hikmet bey değildi kızdığı, başka biri de, örneğin Can Tezcan ya da Sabri Serin de değildi. Kızıyordu yalnızca, nedensiz yere kızıyordu, ya da rastlantıya, rastlantının karşısına böyle bir ev, böyle bir bahçe, hepsinden önemlisi de böyle bir adam, sevimli olduğu kadar da inatçı bir Karadenizli çıkarmış olmasına kızıyordu. Ama İnci'nin haber vermesini bile beklemeden, ter içinde, alı al, moru mor, odasına daldığını görünce, Can Tezcan kendisine kızdığından, kendisiyle kavga etmeye geldiğinden bir an bile kuşku duymadı. Bu nedenle, kendini koltuğa bırakışını, hiçbir şey söylemeden yüzünü ellerinin arasına alıp oturuşunu biraz şaşkınlık, biraz da korkuyla izledi.

"Ne oldu, anlatsana!" dedi en sonunda. "Morukla kavga mı ettin, elinden bir kaza çıkmadı ya?"

Temel Diker, gözleri hep ellerinde, susmakla konuşmak arasında duraladı bir süre, sonunda susmayı seçti.

Can Tezcan kalkıp yanına geldi o zaman, elini omzuna koydu.

"Konuşsana: görüşme nasıl geçti? İhtiyar ne diyor?" diye üsteledi.

Temel Diker işittiklerinden hiç hoşlanmamış gibi yüzünü buruşturdu.

"Olmuyor, bu iş olmuyor," diye söylendi.

O sert mi sert, o nerdeyse dört köşe yüzünde öyle bir acı ve umutsuzluk anlatımı vardı ki Can Tezcan nerdeyse ürperdi, karşısına oturdu.

"Sen hiç sıkma canını, azıcık dişini sık yalnız: göreceksin, bu iş daha yargı bize geçmeden bitecek," dedi. "Bak, bir daha söylüyorum: daha yargı bize geçmeden bitecek bu iş, hem de kazasız belasız."

Temel Diker geldi geleli ilk kez avukatının yüzüne baktı.

"Peki, ne zaman olacak bu iş?" diye sordu. "Gazeteler her şeyi tartışıyor daha, erteleme olasılığından söz edenler de az değil."

Can Tezcan omuz silkti.

"Yasanın koyduğu süre belli; gazetelere bakma sen, her şeyi tartışıyorlar; sanki iş kendi işleriymiş gibi," dedi.

Her şeyi tartışıyordu gazeteler. Örneğin her türlü yeniliğe karşı çıkmasıyla ünlü *Yarın* gazetesi ve aynı adı taşıyan televizyon kanalı yönetim merkezi sorununu kaşıyıp durmaktaydı: Türkiye Cumhuriyeti'nde yargı başkent Ankara'dan mı yönetilecekti, yoksa Türkiye Cumhuriyeti'nin yüz on beş ilinden biri olan İstanbul ilinden mi? İstanbul'dan yönetilecekse, bunun gerekçesi ne olabilirdi? Para babalarının daha çok bu kentte yaşamaları mı? Öyle ya da böyle, bugün ülke yönetimini ellerinde tutanlar böyle bir durumu içlerine sindirebilecekler miydi? Yönetimi ellerinde bulunduranlar bu konuda genellikle sessiz kalırken, çok izlenen televizyon ve çok satışlı gazeteler, özellikle de *Küre* yazarları ağırlıklarını kesinlikle İstanbul'dan yana koyuyorlardı. TTHO artık önemi ve işlevi tartışılamayacak bir büyük kurumdu, özel kesimin en büyüklerinin desteğini sağlamış bulunuyordu, ülkenin vazgeçilmez ve tartışılmaz bir gerçeğiydi, onun yönetim yeri neresiyse, ortaklarının büyük çoğunluğu nerede oturuyorsa, kurumun merkez yönetimi ve bu arada Yargıtay elbette İstanbul'da olacaktı, işlerin sağlıklı yürümesi buna bağlıydı. *Küre*'nin ünlü köşe yazarlarından biri, Şarman Pekman, daha da ileri gidiyor, yargı da içinde olmak üzere, her şeyin "büyük sermayenin güvenli ellerine geçtiği bu mutlu dönemde", Ankara'nın başkent niteliğinin tartışılması gerekirken, TTHO'nun Ankara'ya taşınmasını istemenin fazlasıyla gülünç olduğunu yazıyordu. Sonunda TTHO'nun tutarlı demeçleri ve güleç görüntüsüyle her geçen gün biraz daha ünlenen genç genel yazmanı Sabri Serin "Biz bu kutsal görevi en büyük kentimiz İstanbul'da etkinlik gösteren bir kuruluş olarak üstlendik, merkezimizi bir başka kente taşımaya zorlanacak olursak, emaneti geri vermekten çekinmeyiz" biçiminde bir kısa demeçle tartışmalara son noktayı koydu. Ayrıca, hazırlıklarını bitirmek üzere olan kuruluşun genel merkezinin açılışını yapmak üzere başbakan Mevlüt Doğan'ın 1 eylül 2073 tarihinde İstanbul'da olacağının bildirilmesi de bu konudaki kuşkulara son verdi.

Açılışı daha üç hafta önce yapılmış olan ve ilk on katı Temel Diker'ce TTHO AŞ'nin kullanımına verildikten sonra ingilizce tutkunu gazetecilerimizce Justice Tower diye anılmaya başlayan B - 214 sayılı gökdelenin yüz yirmi dördüncü katında bulunan büyük salonda, "Bayrak New Fashion" atölyelerinde yaratılmış üç renkli cüppeleri ve başlarının sağ yanından sarkan yeşil püsküllü kara başlıklarıyla on beş, yirmi kişilik bir yargıç topluluğu hemen dikkati çekmekte, kapıdan giren insanlar birbirinden şık hanımlardan, birbirinden ünlü patron, bakan ve yazarlardan önce bunları görmekte, ve daha yakından görebilmek için bunlara doğru ilerlemekteydi. Ama hepsi de çok uzun boylu görevliler törenin başlamak üzere olduğunu söyleyerek yerlerine oturtuyorlardı onları. Adamların dediği gibi oldu. Ulusal marşımızın çalınmasıyla başladı tören, hemen arkasından, başkan Can Tezcan "kısa ve özlü" konuşmayla "günün anlam ve önemini" vurguladı. Onun ardından, "Hukuk Fakültesi'nden diplomalı başbakanımız olarak" Mevlüt Doğan başında yargıç başlığı, sırtında yargıç cüppesiyle çok hızlı ve çok güvenli adımlarla alkışlar arasında kürsüye geldi ve nerdeyse her tümcesi coşkulu alkışlarla kesildi. Bu yüzden olacak, konuşmayı uzattıkça uzatarak ipin ucunu kaçırdı: başka yerlerde de sık sık yaptığı gibi toplantının konusuyla hemen hiç ilgisi bulunmayan yorumlara dalarak sorunları sildi, özelleştirmenin her alanda olduğu gibi yargı alanında da "çok güzel bir güzelleştirme" olduğunu "aziz ve asil milletimiz"in çoktan anlamış bulunduğunu söyleyip "Can Tezcan ve takımına" kendisi, hükümeti ve büyük Türk ulusu adına teşekkür edip alkışlar arasında kürsüden inerken, Gül Tezcan kocasına doğru eğilerek "Haklıymışsın, Smerdiakof'un ta kendisi! Demek ki Smerdiakof da bir başbakan olabilirmiş," diye fısıldadı. Ama Can Tezcan işitmedi, işittiyse de anlamadı, "Hadi bakalım, başbakanımızı kurda kuşa bırakmayalım!" diyerek ayağa fırladı, herkes gibi kokteyl salonuna yöneldi.

Ancak kokteyl salonuna girer girmez donakaldı.

Mevlüt Doğan, korumalarının çok başarılı bir ayırma edimiyle, çevresini sarmaya çalışan kalabalıktan yalıtlandıktan sonra, Temel Diker'in yanına geliyor, nerdeyse iki büklüm olarak eğilip yanaklarını öpüyor, elini omzuna koyup gülerek bir şeyler anlatıyordu. Can Tezcan'ın başı döndü birden, Gül Tezcan'a tutundu, "Olamaz, hayır, olamaz! Daha önce görüşmüş bunlar, evet, baksana şunlara, kesinlikle görüşmüşler. Hem bir kez, iki kez de değil. Görüşmüşler, ama benden gizlemişler, her ikisi de!" diye fısıldadı. Aynı anda, Gül Tezcan kolundan çekerek bir şeyler söylemeye çalıştı, ama o gene anlamadı. Mevlüt Doğan'ın, Temel Diker'le bir kez daha öpüştükten sonra, yüzünde yapıştırılmış izlenimi uyandıran bir gülümseme, çevresinde bedeninin doğal uzantıları gibi görünen korumaları, çıkış kapısına doğru ilerlediğini gördü. Hemen koşup kendisine teras katına kadar eşlik etmesi, uçağı havalanıncaya kadar bekleyip el sallaması gerektiğini düşündü. Ama bu gücü bulamadı bir türlü, başta Gül Tezcan olmak üzere, hiç kimse de kendisini uyarmadı bu konuda. "Ayıp oldu, herif bunun acısını çıkarmaya kalkmaz inşallah!" diye fısıldadı Gül Tezcan'ın kulağına. Tam bu sırada, sırtında üç renkli cüppesi, elinde başlığı ve sağında tombul eşiyle yargıç Halis Yurdatapan yanına geldi, önce eşini tanıttı, sonra saygı ve teşekkürlerini sundu. Can Tezcan gözleriyle Temel Diker'i aradı: yaklaşık iki metre ötesinde cüppeli yargıçlarla söyleşiyor, günümüzde gökdelenlerin, uygun bir tasarıma göre yapılmış olmaları koşuluyla, kent ve birey yaşamını ne denli kolaylaştırıp zenginleştireceklerini anlatıyordu, tümcesini bitirir bitirmez yanına geldi, elini omzuna koydu, "Bak, seni kimle tanıştıracağım: İstanbul'un en gözde yargıçlarından Halis Yurdatapan," deyip yargıç Halis Yurdatapan'a döndü, "Halis bey, İstanbul'u yeni baştan yaratmaya çalışan büyük mimarımızı tanıyorsunuz kuşkusuz," diye ekledi. Temel Diker bu adı nerden anımsadığını düşünürken, Halis bey, mutlu mu mutlu, "Temel Diker beyi kim tanımaz ki, efendim!" diyerek elini uzattı, bir süre de bırakmadı bu kocaman eli, sonra, dudaklarında şeytansı bir gülümseme, "Temel bey, kulağıma geldiğine göre, her sabah işe giderken Hikmet öğretmenin evinin önünden geçerek hâlâ yerinde durup durmadığına bakıyormuşsunuz, öyle mi?" diye sordu.

Temel Diker o zaman anladı bu adamın adını nerden anımsadığını.

"Evet, her sabah olmasa da sık sık geçerim, orası çok sevdiğim bir yerdir," diye yanıtladı.

"Beni dinlerseniz, bakmayı birkaç gün daha sürdürün," dedi Halis bey, "Çünkü, Can bey size söylemiştir, umarım, yakın bir tarihte, diyelim ki on beş gün içinde, oradan geçtiğinizde güzel evi yerinde bulamayabilirsiniz."

Birden, yalnız gözleri değil, yüzü de ışıldayıverdi Temel Diker'in, sanki varlığının derinliklerinden yüzüne güçlü bir ışık vurdu birdenbire, ancak hemen sonra zayıflamaya başladı.

"İyi de nasıl olacak bu iş?" diye sordu. "Can bey bana bu işin çok zor olduğunu söylüyordu."

Halis Yurdatapan güldü.

"Başlangıçta sorunu yargı yoluyla çözmeyi düşünüyorduk da ondan," dedi. "Başkanımız çok iyi bilirler: yargının çözemeyeceği sorunlar da vardır."

"Peki, bir yargıç olarak, yargı yoluyla çözmüyor musunuz sorunu?" diye sordu Temel Diker.

"Yargının bunda hiç etkisi yok diyemem doğrusu," dedi Halis Yurdatapan, "Ama başka şeyler de giriyor işin içine, yani dolaylı bir çözüm oluyor."

Can Tezcan araya girmek istedi.

"Dostum, çok gizemli konuşuyorsunuz; biz bizeyiz, bence buna hiç gerek yok," dedi.

Ama Halis Yurdatapan söyleşiyi daha çok Temel Diker'le sürdürmek ister gibiydi, yanıt vermedi.

"Peki, Hikmet amcayı bu işe razı edebildiniz mi?" diye sordu Temel Diker.

Halis Yurdatapan güldü.

"Denemedim değil, ama dünyayı dolaşsanız, onun kadar inatçı bir adam bulamazsınız, efendim," dedi.

"Peki, ne yaptınız?"

Halis Yurdatapan üç renkli cüppesinin eteğini toplayarak kalabalıktan biraz uzağa çekildi, Temel Diker, Can Tezcan ve Gül hanım da onu izlediler.

"Beyoğlu belediye başkanının oğlunun bende bir davası vardı: karışık mı karışık bir dava, kazanılması da kuşkulu," diye anlatmaya başladı. "Ben de ona elini güçlendirecek tek şeyin Hikmet Şirin'in evini ve bahçesini kamulaştırıp yıkması, sonra da üzerine o güzel gökdelenlerinden birini dikmesi koşuluyla sayın Temel Diker'e satması olduğunu söyledim ve önerim uygun bulundu," diye bitirerek gizemli bir biçimde gülümsedi.

Can Tezcan "Bunca yılın yargıcı!" dedi içinden, tiksinmiş gibi yüzünü buruşturdu. "Bir kez sınırı geçtin mi hemen giriveriyorsun havaya, bir başkası olup çıkıyorsun, olur şey değil!" Niyorklu Temel'e baktı: ağzı kulaklarına varıyordu.

"Bunu ben de düşünmüştüm, Can'a on kez söyledim belki, ama hiç oralı olmamıştı," dedi, içinden oynak bir Karadeniz havası söylemek geliyordu.

Can Tezcan ağırlığını daha güçlü bir biçimde duyurma isteğiyle Temel Diker'in kolunu sıktı.

"Ama bizim elimizde başkanın oğlunun davası yoktu," dedi.

Gene de, günün en önemli adamı olarak görülmesi gereken bu gecede ikinci kez ikincil duruma düşürüldü: sözüne ne Temel Diker yanıt verdi, ne Halis Yurdatapan.

Niyorklu Temel ağzını yargıcın kulağına yaklaştırdı.

"Peki, başkan Hikmet amcayı buna razı edebildi mi?" diye sordu.

"Beyefendi, adamınızı bilmez misiniz?" dedi Halis Yurdatapan. "Öfkeyle geri çevirdi."

"O zaman?"

"O zaman evin belediyece kamulaştırılıp yıkılmasına, Hikmet öğretmen gene direnince de güvenlik güçlerince boşaltılmasına karar verildi. Yazı gitti kendisine. Verilen süre de dolmak üzere."

Can Tezcan biraz isteksiz bir biçimde de olsa yargıcının sırtını sıvazladı.

"Kutlarım, gerçekten çok iyi bir iş çıkardınız," dedi, sonra Temel Diker'e döndü, tuhaf bir biçimde gülümsedi, "Ben başarılı yargıç diye böylesine derim işte," diye ekledi: "Tek bir tümceyle iki davayı birden bağlamış."

Ama Temel Diker şimdi kaygıyla yargıca bakmaktaydı.

"Peki, Hikmet amcanın eline ne geçecek bundan?" diye sordu. "Hakkını alabilecek mi? Sonra, söz aramızda, kedileri, kuşları, eşyaları, fındık ağacı..."

Halis Yurdatapan şaşırdı, gözleri Temel Diker'de, öyle dikilip kaldı,

"Evet, bütün bunlar bir karara bağlandı mı? Hikmet amcaya kalacak bir yer bulundu mu?" diye üsteledi Temel Diker.

Halis Yurdatapan gülümsemeye çalıştı.

"Orasını ben bilemem, efendim, bu iş benden çıktı artık, ama her şeyin tam zamanında ve yasaya uygun biçimde yürütüleceğinden hiç kuşkunuz olmasın," dedi, sonra Can Tezcan'a baktı, "Hele bu akşamdan sonra," diye ekledi.

Can Tezcan birden elini Halis Yurdatapan'a uzattı, nerdeyse zorla tutup sıktı elini.

"Size çok teşekkür ederiz, Halis bey, kusursuz bir biçimde çözdünüz sorunumuzu. Böylece biz de yeni döneme pürüzlü bir iş bırakmamış olduk, sağ olun, var olun," dedi. Halis Yurdatapan, mutlu mu mutlu, yalnızca görevini yaptığını, yeni dönemde verilecek her türlü görevi de en iyi biçimde yerine getirmeye çalışacağını söyledi, ama Can Tezcan bir kez daha teşekkür edip bir kez daha elini uzatarak "Size iyi akşamlar, gene görüşmek üzere," deyince, neye uğradığını bilemedi, bir an, yüzü sapsarı, öyle donup kaldı, "Sağ olun, sayın başkanım, sağ olun, size de iyi akşamlar," diye kekeledi, Gül Tezcan'la Temel Diker'in ellerini de sıkıp hızla kapıya yöneldi.

Gül Tezcan salonun kapısından çıkmasına kadar gözleriyle izledi adamı, sonra kocasına döndü.

"Adamı nerdeyse kovdun!" dedi. "Neden yaptın ki bunu?"

"Evet, nerdeyse kovdun," diye doğruladı Temel Diker. "Sanki sorunu çözmüş olmasına kızmış gibiydin."

Can Tezcan omuz silkti.

"Neden kızacakmışım ki? Ben onu bu işi bitirsin diye görevde bıraktım," dedi. "Ama böyle havalara girmesine bozulmadım diyemem."

"Peki, neden bana bunca zaman hiçbir şey söylemedin bu konuda?" diye sordu Temel Diker.

Can Tezcan gene omuz silkti.

"Neden olacak? İşi böyle sonuçlandıracağından kuşkuluydum, seni düş kırıklığına uğratmaktan korkuyordum," diye yanıtladı, birden kızarmıştı, sözcüklerini bulmakta zorlanır gibiydi. Sonra, birden, konuyu değiştirmeye karar verdi, "Mevlüt Doğan'la ne konuşuyordunuz öyle?" diye sordu.

Bu kez Temel Diker kızardı, ama çabuk toparladı kendini.

"Ben insanlarla ne konuşurum ki?" dedi. "Gökdelenleri konuşuyordum. İşler çok ağır gidiyor. İstanbul çağcıl bir kent olacaksa, elimizi çabuk tutmamız gerek, ona bunu anlatmaya çalıştım."

"Peki, daha nasıl hızlandıracaksın ki?" diye sordu Gül Tezcan.

"Sen de, Can da çok iyi biliyorsunuz ki İstanbullulara daire yetiştirmekte zorlanıyoruz. İnsanlar çağın gidişini anlamışlar, yakın bir gelecekte bu kentte Diker gökdelen daireleri dışında hiçbir konutta oturulamayacağını anlamışlar, ellerinde ne varsa satıp savarak bir gökdelen dairesi edinmeye bakıyorlar. Bu konuda sorunumuz yok şimdilik, önümüzdeki en büyük engel şu iğrenç gökdelen müsvetteleri."

"Yani?"

"Yani, Can bey anlatmıştır size, geçen yüzyılın sonlarında ve bizim yüzyılın başlarında dikilmiş, daha doğrusu kentin tepesine paslı çiviler gibi çakılmış şu yüz, iki yüz metrelik gökdelen müsvetteleri, kimi yüksek, kimi alçak, kimi kalın, kimi ince, kimi köşeli, kimi yuvarlak, kimi basbayağı eğri, hiçbir uyum yok aralarında, hem bize, hem birbirlerine küfreder gibi bakıp duruyorlar öyle, gene de birtakım taşeron parçaları, büyüklük havaları atan şu küçük adamlar bu pislikleri yıktırmamakta direniyorlar, parasını verip yıkalım, yerlerine yenilerini dikelim, siz de kazanın, biz de diyoruz, kimileri 'Olmaz!' diye dayatıyor. Ama Mevlüt bey söz verdi, çok yakında bir zayıf yanlarını bulup binecek tepelerine, gerekirse yasa çıkaracak, eninde sonunda benimle anlaşmak zorunda kalacaklar. O zaman, işte o zaman..."

Gül Tezcan şaşkınlıkla dinliyordu, ama Can Tezcan belki yüzüncü kez dinlediği bu değişmez konudan sıkıldı.

"Bunları Mevlüt Doğan'la ilk kez bugün, burada konuşmadın herhalde, onunla daha önce de görüştünüz, öyle değil mi?" diye sordu.

Temel Diker duralamadı bile.

"Evet, görüştük," dedi.

"Kaç kez?"

"Bilmem, saymadım, dördü, beşi bulmuştur."

"Nerede?"

"Nerede mi? Başbakanlıkta değil herhalde: birileri telefon edip buluşacağın yerlemlerini veriyor, sen de uçağına atlayıp gidiyorsun."

Can Tezcan'ın dudakları titremeye başladı, ama belli etmemeye çalıştı.

"Uzun sözün kısası, onunla önceden kararlaştırarak görüştünüz."

"Evet, öyle, ama önce o istedi benimle görüşmeyi ve benden bu buluşmaları herkesten, özellikle de senden gizlememi istedi."

"Sen de gizledin."

"Evet, gizledim. Elim kolum bağlıydı, bu kenti yeniden kurmak istiyorsam, onunla uzlaşmak, ne istiyorsa vermek zorundaydım."

"O bundan ne kazanıyordu peki?"

"Çok az bir şey: yaklaşık olarak iki yüzde bir pay, yuvarlak hesapla gökdelen başına bir daire."

"İyi bulmuş yolunu: her köşede bir gökdelen dairesi olacak."

"Ama sonunda hepsini geri verip karşılığında Maçka'da bir gökdelen almak düşüncesinde."

Gül Tezcan, şaşkın mı şaşkın, bir Temel Diker'e bakıyordu, bir kocasına.

"Amma da hırslı herifmiş, zengin olmanın kolay yolunu bulmuş," dedi.

Temel Diker omuz silkti.

"Adam üç yıldır başbakan, benden daha zengin, ama orası beni hiç mi hiç ilgilendirmez; ben gökdelenlerimi dikmeye ve satmaya bakarım, bunun için de ne gerekirse yaparım," dedi, sonra Can Tezcan'dan yana döndü, bir süre süzdü onu. "Arkandan dümen çevirdim sanma," diye ekledi. "Sen benim dostumsun, Can'cığım, önce dostumsun, sonra avukatım."

"Teşekkür ederim," dedi Can Tezcan, ama arkasını getirmedi.

Temel Diker de sustu bir süre, şöyle bir çevresine baktı, şimdi salonda kalanların sayısı on, on beşi geçmiyordu. Can Tezcan'a biraz daha yaklaştı.

"Ona bir isteğimi daha benimsettim," dedi, "Belki senin hiç hoşuna gitmeyecek bir isteğimi."

"Peki, neydi bu isteğin?"

Temel Diker mutlulukla gülümsedi, biraz daha yaklaştı dostuna.

"Sokak adları yerine numara kullanılması," dedi.

Can Tezcan yüzünü buruşturdu.

"Demek böyle," dedi.

"Evet, böyle, ama kendi gökdeleninin sokağının numarasının 10 olması koşuluyla," dedi Temel Diker, bir kahkaha attı, sonra avukatının suratının iyice asılmış olduğunu gördü, "Hay Allah! Kızdın mı bu işe, yoksa sen mi istiyordun 10 numarayı?" dedi, bir kahkaha daha attı, gene güldüremedi avukatını. "Her neyse, ben gideyim artık," dedi. Tam kapıdan çıkacakken, birden durup geriye döndü, "Yarın sabah ilk işim gidip Hikmet amcayı görmek olacak, ortada kalmasın adamcağız," dedi.

Gül Tezcan şaşırdı.

"Çok da yufka yüreklisiniz," dedi. "Hem her yolu deneyerek adamın evini yıktırtıp arsasını elinden alıyorsunuz, hem de bu zor durumunda yardımına koşmaktan söz ediyorsunuz."

Temel Diker, eli kapının tokmağında, gülümsemeye başladı.

"Hikmet baba çok iyi bir adam, hem de hemşeri sayılırız," dedi, sonra gözlerini Gül Tezcan'ın gözlerine dikti, "Sizce hiç yardım etmesem daha mı iyi?" diye sordu, öyle durup bekledi bir süre, yanıt gelmeyince, hiçbir şey söylemeden yürüyüp gitti.

Gül Tezcan kocasına döndü.

"Sen bu tutuma ne diyorsun?" diye sordu.

"Ne diyeyim istiyorsun ki?" dedi Can Tezcan. "Ondaki tutku bende olsa, bu kenti kendi pisliğine gömmek, irili ufaklı gökdelenlerini de, Hikmet babanınki de içinde olmak üzere, tüm evlerini ve tüm apartmanlarını da dümdüz etmek, hiçbir iz kalmayacak biçimde üstünden buldozer geçirtmek isterdim. Yazık ki ondaki tutku bende yok."

"İyi ki yok!" dedi Gül Tezcan. "Ama bir bakıma o da bir başka türlü yok ediyor kenti."

"Doğru, aynı şeyi yapıyor, ama çiğneyip gitmiyor, yeni baştan kurmaya çalışıyor, kuracağına da inanmış bir kez, bu saçma amaç için her şeyini verebilir."

"Bu arada, o yaşlı adama... Neydi adı?"

"Hikmet."

"Hikmet babaya nasıl bir yardımda bulunur dersin? Ona bir gökdelen dairesi verir mi?"

Can Tezcan bir an bile duralamadı.

"Verir," dedi, "Koca bir gökdelen bile verir."

Temel Diker gerçekten koca bir gökdelen de verebilirdi Hikmet babaya, aynı akşam, evine varır varmaz da telefon etti, hatırını sordu, herhangi bir yardıma gereksinimi olup olmadığını öğrenmeye çalıştı. O da dinginlikle teşekkür etti, herhangi bir yardıma gereksinimi bulunmadığını söyledi. Temel Diker mahkeme kararından söz etti, birkaç gün içinde evini boşaltmak ve yeni bir ev bulup taşınmak zorunda kalacağını anımsattı, ama o hep aynı dinginlik ve kararlılıkla yanıt verdi: kafasının çalıştığı, gözünün gördüğü, eli, ayağı tuttuğu sürece evinde kalmak düşüncesinde olduğunu ve dünyada hiçbir gücün kendisini bu kararından döndüremeyeceğini söyledi, "Siz bunları dert etmeyin, ben başımın çaresine bakarım, Temel bey," dedi, bir kez daha teşekkür ederek kapattı telefonu. Sesinde en ufak bir titreme, en ufak bir kızgınlık ya da kırgınlık yoktu. Temel Diker kaygılıydı gene de, gözlerini yumarak Hikmet babanın kendi başının çaresine nasıl bakabileceğini düşündü, ama kafasının içi renkleri ve numaraları dışında hepsi birbirinin aynı gökdelenlerle doluydu, bir de Hikmet babanın evinin beş yüz elli metre yukarısından bakınca, Nokta hanımın alabildiğine büyütülmüş, ama hep aynı ölçüde güzel yüzünü görür gibiydi, sorusunun yanıtını bulamadı, "Bir bildiği vardır herhalde," dedi.

Bir bildiği vardı Hikmet babanın, bildiğini de yaptı: 3 eylül 2073 günü, saat onu on üç geçe, kimi resmi, kimi sivil giyinmiş yedi devlet görevlisine bahçe kapısını hiç direnmeden açtı, bir "Merhaba" bile demeden eve girmek istediklerinde de direnmedi. Ancak, ortalığı karıştırmaya başladıkları zaman, bu işin sonunun kötüye varabileceğini söyleyerek uyardı onları: iki oğlunun doğup büyüdüğü ve karısının son soluğunu verdiği evi bırakıp gitmek düşüncesinde değildi, kurulu düzenini sonuna kadar korumakta kararlıydı. Gene de bekledi, adamlar değerli eşyalarını toplamayı kendisine bıraktıklarını söyleyerek minderleri ve örtüleri bir köşeye atıp masayı ve iskemleleri bahçeye çıkarmaya başladıkları zaman da sıktı dişini, bunların yeri doldurulabilirdi, ama çatık kaşlı ve çok esmer bir adam ölmüş oğlunun fotoğrafını duvardan alarak yerdeki minderlere doğru fırlatıp da ölmüş karısının fotoğrafına yönelince "Sakın dokunma!" diye bağırdı. Adam uyarıyı dinlemeyip elini fotoğrafa doğru uzatınca da hırkasının altında gizlediği dededen kalma Sürmene yapımı altıpatlarını çıkarmasıyla tetiğe basması bir oldu. Adam fotoğrafa dokunamadan yere yıkılırken, ötekiler kaçışmaya başladılar. O zaman, "Bir pislik yapmaya kalkarsanız, hepinizi gebertirim!" diye bağırdı arkalarından, "Arkadaşınızı alın, sonra da siktirip gidin!" Adamlar ister istemez durdular, sağ eli kıpkırmızı ve biçimsiz bir nesneye dönüşmüş çatık kaşlı ve çok esmer arkadaşlarını kucaklayıp götürdüler.

Hikmet baba, altıpatları elinde, bir süre dikildi öyle, sonra, bir düşte yürürcesine, ağır ağır, Emine hanımın fotoğrafına doğru ilerledi, çivisinden çıkardı, mendiliyle camının ve çerçevesinin tozunu silip yerine astı, ölmüş oğlunun fotoğrafını da incitmekten korkarcasına, usulca minderin üstünden aldı, özenle tozunu sildi ve gene özenle eski yerine yerleştirdi, sonra alt kata indi, giriş kapısını kilitledi, gene üst kata, oturma odasına döndü, bir basık iskemle aldı, bahçe kapısına bakan pencerenin biraz gerisine oturdu, "Gene gelecek bu pezevenkler, hem de silahlı gelecekler," diye söylendi. Altıpatları hep elinde, pencerenin sol yanına çekilerek beklemeye başladı. Adamlar da yalancı çıkarmadılar kendisini: bilemedin, iki saat sonra, hem de makinelilerle geldiler. Hikmet baba gene ölçülü davrandı, adamların kapıyı kırıp bahçesine girmelerine ses çıkarmadı. Ama bir kez bile zile basmadan evinin kapısı da kırmaya girişmeleri tepesini attırdı, içeriye ilk gireni sağ ayağından, ikinci gireni sol ayağından vurdu saniyesinde. Ancak, bir an sonra, adamların baş döndürücü bir hızla çoğaldıklarını, ellerinde makinelilerle dört bir yana dağıldıklarını görünce, altıpatları elinde, bahçe kapısına bakan pencerenin önünde dimdik durdu, tabancasında kalan üç merminin birini bile yakamadı.

Bir dakika sonra, Hikmet babanın Hikmet baba olduğu ancak kimyasal incelemeler sonunda kanıtlanabilirdi. Ne var ki polisin, yargının, belediyenin ve Temel Diker'in kimyasal çözümlemelerle yitirilecek zamanı yoktu: sorun çevredeki hâlâ yıkılmamış dört beş apartmanı bekleyen üç eski kapıcının tanıklığıyla çözümlendi. Gerisini kâğıt üzerinde küçük memurlar, alan üzerinde de Diker AŞ'nin dev makineleri çözümledi: 5 eylül 2073 akşamı, ev de, bahçe de dümdüz bir alana dönüşmüştü ve, öteki alanların tersine, buram buram toprak kokuyordu.

XI

Temel Diker belki yüz kez düşündü bunu, her seferinde de aynı sonuca vardı: düşlerinin arsasını nerdeyse yok pahasına ele geçirmesini Hikmet babanın böyle korkunç bir biçimde öldürülmesine borçlu olacağını önceden söyleselerdi, büyük olasılıkla karşı çıkardı. Korkunç olayı izleyen günlerdeki tutumuyla da kanıtladı bunu: Hikmet babanın hiçbir yakını ortaya çıkmayınca, kendi adamlarını görevlendirdi, İstanbul'un küçük, ama güzel bir mezarlığında, Boğaz'a bakan bir yer satın aldı ona, görkemli bir cenaze töreni düzenletti ve, yüzünde yürek parçalayıcı bir acı anlatımı, rahmetlinin namazının kılınmasından toprağa verilmesine kadar törenin her evresinde bulundu. Bu arada, daha birkaç gün öncesine kadar, küçük evin yerinde yükselecek gökdelen için görkemli bir temel atma töreni düzenlemeyi düşünmüşken, hem törenden vazgeçti, hem de temel atmayı tam bir hafta erteledi. Uzun sözün kısası, Hikmet babanın ölümü, kısa bir süre için de olsa, her şeye biraz uzaktan, biraz soğuk bakmasına neden oldu.

Ancak, tüm İstanbul yeni biçimini ve yeni kimliğini üstlenmek için Hikmet babanın öldürülüp evinin yerle bir edilmesini bekliyormuş gibi, en gözdeleri başta olmak üzere, hiçbir semt, hiçbir cadde, hiçbir sokak, hiçbir yapı Niyorklu'nun dört bir yana yayılarak ortalığı toza ve gürültüye boğan dev makineleri karşısında direnemez oldu. Önce bir zamanların çok görkemli ve çok pahalı yapıları kulakları sağır eden bir gümbürtü ve yoğun bir toz bulutu içinde anlamsız bir yığına dönüşüyor, sonra, önceden uygun yerlere yerleştirilmiş makineler ileriye fırlayarak iç içe geçmiş demir ve beton parçalarından oluşan bu yığını hızla kemirip yutmaya girişiyorlar, bunların işlerini bitirmesiyle üçüncü bir dev makine dizisinin her türlü insan izinden arınmış olan alanı oymaya başlaması bir oluyordu. Arabalar ve insanlar şöyle bir duraladıktan sonra hızla uzaklaşıyorlardı oradan. Niyorklu'nun gökdelenlerinin kentin hemen her semtinde yükselmeye başlamasından sonra, kent içinde bile gidecekleri yerlere kişisel uçaklarıyla gitmeyi sınıflarının vazgeçilmez bir göstergesi saymaya başlamış olan büyük patronlar ve gözde ceo'ları şimdi her gün dört bir yanı sarmış toz bulutları içinde yollarını şaşırmak, daha da kötüsü, başka bir uçağa çarpmak korkusuyla bu alışkanlıklarından bir süre için vazgeçip sıradan insanlar gibi yer düzeyinde gidip gelmeye boyun eğiyorlardı. Niyorklu işlerinin en sonunda hız kazanmış olmasından mutluluk duyuyor, toz ve gürültüden yakınanlara da tüm bunları "artık eşiğine gelmiş bulunduğumuz" esenlik ve dinginlik çağının muştusu olarak değerlendirmelerini ve iki üç yıl daha dişlerini sıkmalarını salık veriyordu.

Bu tür açıklamalarda bulunmasına gerek de yoktu doğrusu: kentin dört bir yanını yıkım ve yapım gürültüleri sardıktan sonra, kentliler de yavaş yavaş onun büyük amacını paylaşmaya, onun istediği gibi davranmaya başlıyorlardı. Görsel ve yazılı basının bu konuda en ufak bir anıştırma ya da yakıştırma yapmamış olmasına karşın, hemen herkes Niyoklu'nun kentte gökdelen yapımını baş döndürücü bir biçimde hızlandırmış olmasıyla yargının özelleştirilmesi arasında nerdeyse dolaysız bir bağıntı kuruyor, yargının hâlâ kamu kesiminin elinde bulunmasına karşın, güçsüzün güçlü karşısında hiçbir zaman haklı görülmeyeceği ilkesinden yola çıkarak TTHO'nun en büyük paydaşı Temel Diker'in bundan böyle hep haklı çıkarılmaya "yargılı" olduğuna inanıyor, bunun kaçınılmaz sonucu olarak da onun yanında yer almaya yöneliyorlardı. Ancak, öncelikle İstanbul' un büyüklü küçüklü yüklenicileri kapıldı eğilime. Özellikle yüzyılın başlarında yapılmış ve o dönemde sahiplerinin ve mimarlarının övünç kaynağı olmuş elli, altmış katlı gökdelenlerin birbiri ardından yıkıldığını gördükten sonra, Temel

Diker ve değişmez örnekçesi karşısında direnmenin olanaksız olduğunu anladılar, bedeli neyse ödemek koşuluyla, aynı örnekçeyi aynı biçimde uygulamak için izin ve yardım istediler ondan, Temel Diker de hiç duralamadan verdi bu izni, adamların böyle bir dilekte bulunmamış olmalarına karşın, kendi makinelerinden ve kendi uzmanlarından da yararlanabileceklerini, hatta sıkıştıklarında kendisinden borç bile isteyebileceklerini söyledi onlara, "Çalışmalarınız bizim denetimimize açık olsun, gökdelenlerimiz arasında bir farklılık bulunmasın, yeter," dedi. Bu cömertlik karşısında şaşkınlıklarını ya da hayranlıklarını dile getirmeye çalışanlara da "Benim tek derdim bu kenti yeniden kurmak; amacımı gerçekleştirdikten sonra, hiç kimseden hiçbir şey beklemeden, ellerim ceplerimde, bir an bile arkama bakmadan çekip gidebilirim," demekle yetindi. Ne olursa olsun, üç ay gibi kısa bir süre içinde İstanbul uçsuz bucaksız bir inşaat alanına dönüşürken, herhangi bir köşesinde onun tek örnekçesi dışında bir yapı dikme olanağı kalmadı.

Yüklenicileri önce kentin, sonra tüm ülkenin yüksek gelirli insanları izledi.

Bu kişiler, sayıları her ay, hatta her hafta biraz daha artan, kamu kuruluşlarının elinde bulunan kimi yapılar dışında, kendilerine benzemeyen her yapıyı ezip geçerek hızla kendi sokaklarına doğru ilerleyen dev yapıların yanında kendi konutlarını her geçen gün biraz daha küçük, biraz daha zavallı, biraz daha çirkin görmeye başladılar, kimi insanlar bilemedin bir yıl öncesine kadar içinde mutlu oldukları, yeterince rahat, yeterince geniş buldukları, yerine, biçimine, eşyalarına ilişkin en ufak bir eleştiriye katlanamadıkları, hatta başka hiçbir konutla değişmeyeceklerini söyledikleri sevgili evlerinden "kümes" ya da "kulübe" diye söz etmeye başlamışlar, onları yok pahasına yüklenicilere bırakarak herhangi bir Diker gökdeleninde herhangi bir daireye yerleşmekten başka bir şey düşünmez olmuşlardı. Büyük düşünü bir an önce gerçekleştirmek isteyen Temel Diker de bu konuda her türlü kolaylığı gösterdi onlara. Gerek kendi kuruluşunun sorumlularına, gerek kendi tasarımını uygulayan yüklenicilere de bu iyi insanlara olanakların elverdiği ölçüde yardımcı olmalarını söyledi. Böylece, kimi istekliler büyük indirimlerden yararlandırıldı, kimilerine bıraktıkları konut karşılığında diledikleri gökdelende daire verildi, kimilerinin sorunu çok elverişli taksitlerle çözüldü. Öte yandan, İstanbullu kenterler "Fırsat bu fırsat, bir daha ele geçmez!" diyerek varlarını yoklarını gökdelen dairelerine yatırırken, Bursa'nın, İzmir'in, Ankara'nın, Adana'nın, Kayseri'nin, Eskişehir'in, Manisa'nın kodamanları için İstanbul'da büyük bir gökdelen dairesi aldıktan sonra, her hafta sonu mekiğiyle kendi gökdeleninin damındaki alana inip hafta sonunu dönemin beğenisi uyarınca döşenmiş dairesinde geçirmek ülküsel bir "yaşam biçimi", bir zenginlik ve üstünlük göstergesi olup çıktı.

Uzun sözün kısası, olanağı bulunan tüm kenterler gökdelenlere yerleşiyor, yerleştikleri katların yüksekliği oranında aşağıları ve aşağıdakileri küçük görüyor, yollarda oraya buraya seğirten insanları birer karınca olarak niteleyecekleri geliyordu; ancak, günler geçtikçe, aşağılara indikleri ve dünyaya herkesle aynı düzeyden baktıkları zamanlarda da benzerlerini gene karınca gibi görmeye başlıyor, sonra, yavaş yavaş, eşleri, çocukları, hatta kendileri de küçülmüş, birer karıncaya, hem de yuvasını yitirmiş, alabildiğine yalnız birer karıncaya dönüşmüş gibi bir duyguya kapılıyor, bir an önce yukarılara, gökdelenlerine dönmek istiyorlardı. Aynı biçimde, yukarıda ya da aşağıda, hiçbir engelle karşılaşmadan, hızla ilerledikleri bir sırada, bir yandan artık yolların çok geniş ve çok açık olduğunu, uzun süre aynı noktada beklemelerin çok gerilerde kaldığını düşünerek şöyle derin bir oh çekmek üzereyken, tüm varlıklarının buz gibi bir yalnızlıkla kuşatıldığını duyarak ürperiyor, ortamlarını oluşturan yükseklik ve genişlik bunalımdan sıyrılmanın olanaksızlığını somutlaştırır gibi oluyordu. Öte yandan, hemen her yerde aynı yükseklik, aynı genişlik, aynı yapılar ve aynı kaldırımlarla karşılaştıklarından, ne kadar yürürlerse yürüsünler, zırhlı arabalarını ne kadar hızlı sürerlerse sürsünler, mekikleriyle ne kadar yükselebilirlerse yükselsinler, hep yerlerinde sayıyorlarmış gibi bir duyguya kapılıyor, kolay kolay da bu duygudan sıyrılamıyorlardı. Bir inişten aşağıya inmek ya da bir yokuştan yukarıya çıkmak bile bir düş olup çıkmıştı nerdeyse. Temel Diker engebeden tiksindiğinden, bunun sonucu olarak da düzlem farklılıklarını olabildiğince indirgemeye çalıştığından, gökdelenler yalnızca birbirlerini, yani, bir bakıma, kendi kendilerini görüyorlardı. Yıkma izni alınamadığından hâlâ yerlerinde kalmış birkaç tarihsel yapıysa, bu aynılıkta anlamlarını ve güzelliklerini tümden yitiriyor, birer aykırılık izlenimi uyandırıyordu.

Veysel Çakır *Resimli Gündem*'deki köşesinde sık sık değiniyordu bu gidişe, her seferinde de dalgasını geçiyor, Niyorklu'nun gökdelenlerinin ülkeye olmasa da kente eşitliği getirdiğini ve eski düzenin tüm kalıntılarını, mahalleyi, komşuluğu ortadan kaldırmaya, bu arada, böyle bir ortamda, yoksullara yer olamayacağına göre, yoksulluğa son verildiğini söyledikten sonra, İstanbul'un beş yüz elli metrelik gökdelenleriyle Tanrı'ya en yakın kenti olduğunu kesinliyordu. Ama 17 eylül 2073'te yayımlanan "Büyük utku" başlıklı yazısını "Bu düzeye ancak yirmi birinci yüzyılın son çeyreğine doğru ulaşabilmiş olmamıza bakılırsa, insanlık gerçekten çok yavaş geriliyor," diye noktalayınca, köşesi bir daha açılmamasıya kapatıldı ve, kapatanların edimini ödüllendirmek için olacak, Çakır'ın yazılarından boşalan yerde sürekli olarak gökdelen tanıtımları yayımlanır oldu.

Ancak bu beklenen değişiklik Temel Diker'den çok adamlarının işiydi, çünkü o zamanının büyük bölümünü *Özgürlük Anıtı*'nın ve Hikmet babanın evinin yerinde yükselecek gökdelenin yapım çalışmalarını izlemekle, çalışanları bu iki yapıtı olabildiğince erken bitirmeye zorlamakla geçiriyordu. Özellikle de Hikmet babanın evinin yerinde yükselecek gökdeleni yapanları sıkıştırıyor, "Elinizi çabuk tutun, çocuklar, bir an önce yerleşmek istiyorum buraya," diyordu. İşin tuhafı, Hikmet babanın acıklı ölümünün etkisinden hâlâ kurtulamamıştı: bir türlü unutamıyordu onu. Unutmak şöyle dursun, çok daha kolay ve çok daha kestirme yollar varken, Hikmet babanın evini elinden alabilmek için yargıyı özelleştirmek gibi fazlasıyla dolambaçlı ve sonu belirsiz bir yol seçerek bu korkunç ölüme neden oldu diye zaman zaman Can Tezcan'a kızıyor, "Ben bu işi mafyayla çok daha kolay çözerdim, hem bu kadar gecikmezdik, hem de şimdi Hikmet baba yaşıyor olurdu," diye söyleniyordu.

21 eylül 2073 günü, saat on sekize doğru, TTHO'nun yönetim kurulu toplantısının başlamasına çeyrek saat kala, Can Tezcan'a da açık açık söyledi bunu: "Biz bu işi yanlış yaptık, arkadaşım: hem arsanın bize geçmesini fazlasıyla geciktirdik, hem Hikmet babayı yitirdik. Şimdi de bu senin kokmaz bulaşmaz yönetim kurulunda saçma sapan konularla zaman öldürüyoruz," diye yakındı.

Can Tezcan kıpkırmızı kesildi birden.

"Dur bakalım, daha her şey bitmedi," dedi sert bir sesle.

Temel Diker güldü.

"Yani sen Hikmet baba bugün yarın mezardan çıkıp aramıza mı dönecek diyorsun?" diye sordu.

Can Tezcan daha da sertleştirdi sesini.

"Ben bunu bilirim, bunu söylerim: daha her şey bitmedi," diye yineledi. "Tam tersine, her şey yeni başlıyor. Hele şu toplantımızı yapalım: gündemimiz bayağı yüklü!"

Yönetim Kurulu'nun gündemi yüklüydü, tartışılan konuların da önemli olduğu anlaşılıyordu, ama, en azından başlangıçta, Temel Diker hiçbiriyle ilgilenmedi, "Daha her şey bitmemiş, şu lafa bak, daha her şey bitmemiş!" diye yineleyip durdu içinden; en az on kez bir daha dönmemek üzere çıkıp gitmeyi ve "bu saçma ortaklık"tan ayrılmayı düşündü. Sonra, birdenbire, kurulda en çok sinirlendiği adam, süpermarketler kralı Tolga Caymaz söz alınca, onu dinleyeceği tuttu: İstanbul'daki adliye yapılarının nasıl kullanılacağı konuşuluyor, o da hem hukuk okumuş "bir arkadaşınız" hem eski bir İstanbullu olarak, duvardaki kocaman kent planında söz konusu yapıları bir bir gösterip tarihsel ve sanatsal özelliklerini belirterek her biri için bir öneride bulunuyor ve, ilke olarak, Adalet Bakanlığı'ndan TTHO'ya "intikal etmiş bulunan" yapıların hiçbirinin kullanım dışı bırakılmamasını istiyordu. Temel Diker ortağının son sözünü bir kez daha yineledi içinden, sonra masaya zorlu bir yumruk indirdi.

"Söz istiyorum! Yöntem konusunda söz istiyorum, hemen!" dedi.

Söz verildi, o da beş dakika içinde açıkladı düşüncesini: yargının özelleştirilmesiyle yepyeni bir düzen kurulmaktaydı ülkede, bu yeni düzeni geçmişin köhne ve bodur yapılarında sürdürmeye kalkmak büyük bir çelişki olur, kentin yeni yeni belirginleşmeye başlayan uyum ve bütünlüğünü de bozardı; öyleyse Caymaz beyin önerdiği yanlıştan uzak durmak ve tıpkı yargının kendisi gibi yenilenmekte olan güzel İstanbul'umuzun gökdelenlerinden birinde sürdürmesini sağlamak gerekirdi. Yönetim kurulunun bunu masraflı bulması durumunda, kendisi, "Temel Diker olarak", şu anda yapımı bitmek üzere olan gökdelenlerinden birini TTHO'ya armağan etmeye hazırdı. Konuşma alkışlarla karşılandı. Hemen sonra da genel yazman Sabri Serin söz alarak öneriyi gönülden desteklediğini, başkanın da kendisiyle aynı görüşte olduğundan kuşku duymadığını, ancak bugün TTHO'nun hiç kimsenin bağışına gereksinimi bulunmadığını, bir başka deyişle, yerleşeceği gökdelenin ücretini hemen ödeyebilecek güçte olduğunu, ayrıca, adaletin saygınlığı gereği, taşrada kurulacak bölge mahkemelerinin de benzer nitelikte gökdelenlerde etkinlik göstermesinde yarar bulunduğunu söyledi.

Temel Diker, bu tür durumlarda sık sık yaptığı gibi, çenesini sol yumruğuna dayayarak bir dakika süresince düşündü, sonra gülümseyerek ayağa kalktı.

"Bir kez daha söyleyeyim, ben TTHO'dan para istemiyorum: kullanmayacağımız eski yapıları bana bırakın, yeter," dedi; bir süre düşündü, gene gülümsedi, "Kullanmak üzere değil, yıkmak üzere," diye ekledi, "Yıkmak ve yerlerine gökdelenler dikmek üzere."

İki saat sonra, aynı gökdelenin bir başka bölümünde, Can Tezcan ve Sabri Serin'le son karar onuruna kadeh tokuştururken, toplantı öncesindeki çıkışından dolayı nasıl özür dileyeceğini bilemiyor, kendi kendini yiyordu, sonunda Can Tezcan'a sarılıp yanaklarını öptü.

"Senin gibi akıllı adam zor bulunur," dedi: "Her şey ye-

213

ni başlıyor dedin; ben de bir şey anlamayıp kızdım; ama aradan iki saat geçmeden haklı çıktın. Bu işin böyle olacağını düşünmüştün, değil mi?"

Can Tezcan hiçbir şey anlamadan baktı.

"Hangi işin?" diye sordu.

"Hangi işin olacak? Kentin en değerli yerlerini kapatan adliye yapılarının!"

Can Tezcan anlamlı bir biçimde gülümsedi.

"Hayır, düşünmemiştim," dedi, "Ama bu işe girmemin tek amacı Hikmet babanın arsası değildi, bu işin bizim elimizi her bakımdan güçlendireceğini biliyordum."

Temel Diker gözlerini yere dikti, sonra bir Can Tezcan'a, bir Sabri Serin'e baktı, gizemli bir biçimde gülümsedi.

"Hadi, kalkın, gidiyoruz: size bir sürprizim var," dedi.

"Bu saatte mi? Ne sürprizi bu böyle?" dedi Can Tezcan.

"Gül evde beni bekliyor: bensiz sofraya oturmaz."

"Telefon et, birkaç saat gecikeceğini söyle."

Can Tezcan Sabri Serin'e baktı, Sabri Serin gülümsedi.

"Patron bir kez koymuş kafaya, direnmek boşuna," dedi.

Can Tezcan yeniden Temel Diker'e döndü o zaman.

"İyi de nereye götüreceksin bizi?" diye sordu.

Temel Diker gizemli bir biçimde güldü.

"Şu İstanbul'da herkesin gitmeye can atıp da gidemediği yere: *Özgürlük Anıtı*'na," dedi.

Can Tezcan birden heyecanlanıverdi.

"Bak, bu öneriyi geri çeviremem işte," dedi. "Ben de herkes gibi çok merak ediyorum: bu anıtı Temel Diker yapmıyor, görünmez Amerikalılar ya da Şeytanlar yapıyor diyorlar."

"Tamam," dedi Temel Diker, sonra Sabri Serin'e döndü, "Sen de geliyorsun elbette," diye ekledi.

Sabri Serin boynunu büktü.

"Yazık ki hayır," diye yanıtladı, "O dikey gökkuşağının içinden geçmeyi ben de çok isterdim, ama olanak yok: Anadolu gezisinden dönen arkadaşlarla bu akşam son toplantımızı yapacağız. Yarın sabah başkanıma sonuçları sunmam gerekiyor."

"Toplantını bir gün erteleyemez misin?"

"Olanak yok, çünkü Adalet bakanı sıkıştırıp duruyor bizi."

"O zaman ben başkanı alıp giderim. Sen de başka bir gün gelirsin. Hadi, sayın başkanım, gidiyoruz."

Sayın başkan ortağıyla birlikte asansöre girerken de, çatıda, ortağının Amerikan yapımı uçağına binerken de, uçak havalanırken de, uçağın havalanmasından dört dakika sonra, İstanbulluların adını Dikey Gökkuşağı koydukları dev ışık silindirine yaklaşırken de dingin mi dingindi. Ama, birdenbire, kendini bu silindirin içinde bulunca, soluğu kesilir gibi oldu, elini içgüdüyle yüreğinin üstüne bastırdı, hemen arkasından, ama gene içgüdüyle, gözlerini yumdu, kendisine çok uzun gibi gelen bir süre, uçak bu ışık çemberinin içinde döne döne düşmekteymiş gibi bir duyguya kapıldı. En sonunda, arkadaşının elini elinin üstünde duyup da gözlerini açtığı zaman, uçağın nerdeyse uçsuz bucaksız bir alanda durmuş olduğunu gördü, "Nereye geldik? Burası neresi, Tanrı aşkına?" diye sordu.

"Neresi olacak? Anıtın ayaklığındayız," dedi Temel Diker.

Ama sanki o değil de bir başkası konuşmuş gibi geldi Can Tezcan'a.

Bir dakika sonra, uçaktan indiklerinde, nereden geldiğini anlayamadığı, ufak tefek sürücüsünü bizim gibi insanlara benzetmekte zorlandığı üstü açık bir arabada ilerlerken de gördüklerinin gerçekliğinden kuşku duydu. Araba bir asansör kapısının önünde durdu. Sürücü saniyesinde yere atlayıp asker gibi selam durdu. Onun arkasından Temel Diker de indi, sonra, gülümseyerek, kendisine de elini uzattı, "Hadi, yukarıları görelim," dedi. Can Tezcan yüreği çarpa çarpa indi arabadan, gene yüreği çarpa çarpa, sürücünün açtığı kapıdan, koca bir oda büyüklüğünde bir asansöre girip gözlerini göstergelere dikti, Temel Diker bir şeyler söyledi. Ama o gözlerini göstergeden ayıramıyordu: bu yeşil rakama bakılırsa, yedinci kattaydılar, şaşkınlıkla bu yeşil 7 rakamını gösterdi Temel Diker'e, o da gördüğü çok doğal bir şeymiş gibi gülümsedi, "Evet, yedinci kattayız, yer düzeyinde," dedi. Bir kat, iki kat, üç kat, dört kat daha çıktılar. Asansörün duvarları camdı, ama ne bir insan, ne bir araç, ne bir aygıt, hiçbir şey görünmüyordu ortalıkta, insanın tüylerini ürperten apak bir aydınlık, tüm gördüğü buydu. "Buralar nereleri? İnsanlar nerede çalışıyor? Yoksa artık çalışmalar bitti mi? Yoksa her şey kendi kendine mi yürüyor?" diye sordu.

Temel Diker güldü.

"Sen ille de adam görmek istiyorsun, gel öyleyse!" diyerek asansörü yirmi yedinci katta durdurdu, sonra koluna girdi, sol yanda, cam bir kapıdan geçirerek ak bir ışıkla aydınlanan büyük bir odaya getirdi onu. Burada, her biri bir bilgisayarın başında oturan altı kişi, arkalarına yaslanmış durumda, önlerindeki ekranın üzerinde devinen birtakım renkli, ama hiçbir somut nesneyi çağrıştırmayan görüntüleri izliyor, arada bir, birbirlerinden bağımsız olarak, bir iki tuşa dokunuyor, sonra gene arkalarına yaslanıyorlardı.

Can Tezcan, en az beş dakika süresince, hiçbir şey anlamadan izledi onları, sonra arkadaşına doğru eğildi.

"Neyse, az da olsa birkaç kişi varmış," dedi.

Temel Diker gene güldü.

"Daha ne olsun? Senin gibi üç koca gökdelen katını bir sürü adamla dolduracak değildim herhalde," diye yanıtladı.

Can Tezcan, şaşkınlık içinde, biraz daha yaklaştı arkadaşına.

"Hepsi bunlar mı?" diye sordu.

Temel Diker gene koluna girdi, kapıya doğru yöneltti onu.

"Daha ne olsun?" diye yineledi, odadan çıktıkları zaman da "Ama bunlar kol bacak yalnızca, bir de beyin var, o iki kat yukarıda," dedi.

Can Tezcan birden durdu.

"Başka?" diye sordu.

Temel Diker bir kahkaha attı.

"Daha ne olsun? Yapım evresi çoktan başladı," dedi, gene koluna girerek asansöre doğru götürdü onu.

Can Tezcan yürümüyor da arkadaşının zorlamasıyla sürükleniyordu sanki, bir de tüm varlığında anlatılmaz bir ürperti duyuyordu. Ortalıkta, dünyanın sonuymuş gibi, kimsecikler yoktu, yalnız yürüdükleri yerin altından, tavanın ve çevrelerindeki duvarların içinden sürekli olarak bir şeyler akıyormuş gibi bir izlenim uyanıyordu insanda. Birden, Rıza Koç'un işçilerin elenişine ilişkin sözlerini anımsadı, "Olacak şey değil," diye düşündü. "Bu herif yıllardır toplumun dışında yaşıyor, ama onun yönelimlerini benden çok daha iyi kavrıyor." Bu sırada, asansörün kapısı açıldı, yumuşak bir ışıkla aydınlanan çok geniş bir kapalı alana çıktılar gene. Temel Diker'in koluna girdi, bir heykel ayaklığının koca bir gökdelene denk olabileceğinin, hatta bir gökdelene yukarıdan bakabilmesinin göz görmedikçe tasarlanamayacak bir şey olduğunu söyledi. Temel Diker başıyla onayladı söylediğini, hemen arkasından da üzerinde kocaman kırmızı harflerle "Girilmez" yazan bir camlı kapıyı açarak "Buyur, sana sözünü ettiğim beyin burada: ustalar ustası Perihan Söylemezoğlu!" dedi. Aynı anda, koca kafalı, ufak tefek, çok kambur ve çok esmer bir orta yaşlı hanım yerinden fırlayarak önlerine dikildi, "Hoş geldiniz, efendim, onur verdiniz," dedi. O Can Tezcan'la el sıkışırken, Temel Diker ünlü dostunu anıtın yapımı konusunda bilgilendirmek için getirdiğini söyleyince de yeniden koltuğuna oturdu hemen, bilgisayarında bir iki tuşa basarak karşı duvarda dev bir ekran oluşturdu, arkasından, bu ekran üzerinde, New York'taki ilk örnekçeyi ve boyutlarını, onun arkasından şimdi yapılmakta olan anıtın o andaki görünüşünü, onun arkasından ilk örnekçenin üç katına ulaşacak yeni anıtın bittiğinde çevre içinde sunacağı görünümü, onun arkasından da görüntüyü yavaş yavaş yaklaştırarak Signora Bartholdi'nin tuttuğu meşalenin tıpkısını tıpkı Signora Bartholdi gibi tutan, ama meşaleyi tutan kolu, Signora Bartholdi'ninkinin tersine, tümüyle kapalı olan Nokta hanımı gösterdi. Sonra, çok kambur ve çok esmer kadın başka ayrıntılara geçerken, Can Tezcan, titreyen bir sesle, "Peki, sanatçı, sanatçı, yani heykeltıraş nerede?" diye sordu.

Çok kambur ve çok esmer hanım gülümsedi.

"Öyle biri yok, efendim," dedi, sonra, kısa bir duralamanın ardından, önündeki bilgisayarı gösterdi, "Ya da, isterseniz, şu küçük aygıt," diye ekledi: "Ona Nokta hanımın ve bayan Bartholdi'nin fotoğraflarını verdik, o da gerisini isteklerimiz doğrultusunda tamamladı."

Can Tezcan, şaşkınlık içinde, bir bilgisayara, bir bu küçük kadına baktı.

"Peki, ayaklığın dev taşları, heykelin madeni, daha ne bileyim, tüm bu gereçler nereden bulunuyor ve ortalıkta işçi mişçi görünmezken, anıtın yapımı nasıl böyle hızla ilerliyor?" diye sordu.

Kadın güldü.

"Aşağıda arkadaşlarımız, bilgisayarlarının başında, taşı, madeni ve camı oluşturacak öğeleri yönlendirip biçimlendiriyorlar," dedi.

Can Tezcan büsbütün şaşırdı.

"Umarım, benimle dalga geçmiyorsunuz," dedi.

Bu kez de küçük kadın şaşırdı.

"Siz Temel beyin gökdelenlerinin nasıl yapıldığını da mı görmediniz?" diye sordu. "Diker Konut AŞ bu alanda tüm dünyada bir numaradır."

Can Tezcan şaşkınlık içinde Temel Diker'e döndü.

"Bu kadarını bilmiyordum, sen de hiç anlatmadın," dedi.

Temel Diker çok kambur ve çok esmer kadının başını okşadı.

"Bir numara olan şu gördüğün küçükhanımdır, burada gökdelen yapımında uyguladığımızdan da ileri bir teknik uyguluyor," dedi.

Can Tezcan hiçbir şey söylemedi. Küçük kadınla Temel Diker de şaşkınlığını göz önüne alarak uygulamalar konusunda ayrıntılara girmemeyi yeğlediler. Buna karşılık, istemeleri durumunda, bu anıtı iki hafta içinde bitirebileceklerini, ancak, hem uyguladıkları ileri yöntemin çalınmasından korktukları, hem de Cihangir'de yapımı sürmekte olan ayrıcalıklı gökdelenle aynı zamanda bitirmek istedikleri için işi ağırdan aldıklarını söylediler. Sonunda, Temel Diker "Biz de gidelim artık, Gül hanım daha fazla beklemesin," dedi. Tam kapıdan çıkacakları sırada geri döndü, Perihan hanıma doğru eğildi, bir şeyler söyledi, sonunda da "Konuştuğumuz numarayı unutmadın herhalde?" diye fısıldadı. Can Tezcan yalnızca "numara" sözcüğünü seçebildi. Ama şu kırk elli dakika içinde o kadar şaşırtıcı şeyle karşılaşmıştı ki "numara" sözcüğü hiçbir yankı uyandırmadı kafasında. "Perihan Söylemezoğlu! Adı kendinden uzun!" diye geçirdi içinden, başını arkalığa yaslayarak gözlerini yumdu. Ancak, uçaklarının havalanmasından en çok bir dakika sonra, Temel Diker'in "Sağına baksana! Ne var orada öyle?" demesi üzerine, gözlerini açıp da bilemedin on metre ötesinde, tunçtan bir Nokta hanımın, belki her zamankinden de güzel, uçağa eşlik ettiğini gördü, "Nokta hanım! Nokta hanım!" diye söylendi. Ama, ortadan silinmek için adının söylenmesini bekliyormuş gibi, Nokta hanım aynı anda gözden siliniverdi.

Ne var ki yolda da, evde de bir türlü gözlerinin önünden silinmedi Nokta hanımın görüntüsü, yalnız silinmemekle de kalmıyor, insanı başka bir insana dönüştürüyordu. O Nokta hanımın benzersiz görüntüsünü anlatmaya çalıştığı her seferde, Gül Tezcan gülümsüyor, "Sen bir tuhafsın bu akşam," diye söyleniyordu. O da içini çekiyor, "O görüntüyü görseydin, böyle konuşmazdın," diyordu.

Ertesi sabah, on buçukta, Sabri Serin koltuğunun altında kalın bir dosyayla kapıdan içeri girdiğinde de hâlâ bir düşte gibiydi. Ona da düşünü anlatmak, dün akşam kendisiyle gelmemekle büyük bir fırsat kaçırdığını söylemek istedi. Ancak, Sabri Serin *Özgürlük Anıtı*'na ve Nokta hanıma ilişkin ayrıntıları dinlemek konusunda hiç de istekli görünmedi. "Umarım, tüm sorunları çözmüşsündür: yeni yargı bir, bir buçuk ay içinde tüm Türkiye'de tıkır tıkır işleyemeye başlayacaktır, öyle değil mi?" diye sorunca da getirdiği dosyayı önündeki sehpaya bıraktı, sonra derin bir soluk aldı.

"Hiçbir şeyi çözmüş değilim, efendim," dedi.

Can Tezcan genel yazmanına derin bir uykudan uyanmış gibi, şaşkın şaşkın bakmaya başladı o zaman.

"Sen benimle dalga mı geçiyorsun?" diye sordu.

"Hayır, efendim, şakanın yerini ve zamanını bilirim," dedi Sabri Serin. Can Tezcan'ın gösterdiği koltuğa oturdu.

Bir an susup söyleyeceklerini toparladı. "Bize başvurmuş olan tüm aday kuruluşların durumunu inceledik: parasal açıdan bakılınca, hepsinin de fazlası var, eksiği yok; kimileri birkaç bölgeyi bile örgütleyebilir; ama hepsi, evet, hepsi bir tür mafya, efendim; hepsine açılmış onlarca dava var; hepsi de bir iki uluslararası kuruluşun taşeronu."

"Örneğin hangilerinin?"

Sabri Serin Amerikalı, Alman, Fransız, İtalyan bir sürü yabancı kuruluş adı saydı,[1] bir kez daha soluklandı.

"Yalnızca yabancı kuruluş taşeronu olsalar, gene neyse, efendim," diye sürdürdü. "Bölgelerinde her türlü kirli iş bunların elinde; üstelik, gördüğümüz kadarıyla, açık açık yapıyorlar tüm bunları. Ben ülkenin bu durumlara geldiğini bilmiyordum doğrusu."

"Özetlersek?"

"Özetlersek, bu adamlar olsa olsa suçsuzları yargılarlar, efendim. Size söylemiştim: biz bu işe girmemeliydik."

"Ama girdik bir kez. Şimdi ne yapabiliriz?"

"Yapabileceğimiz bir tek şey var, efendim: tüm bu başvuruları geri çevirmek, örgütümüzü her yerde kendimiz kurmak ve güvenliğimizi de güçlü tutmak."

"Zor iş."

"Biliyorum, ama ben başka çıkar yol göremiyorum, efendim."

Can Tezcan tutarlı bir yanıt bulmaya çalışırken, İnci odaya girdi.

"Efendim, özür dilerim, bakan bey arıyor. Bağlayayım mı?" diye sordu.

Can Tezcan'ın yüzü sararır gibi oldu.

"Bağla," dedi, sonra da daha ilk çınlamasında kulağına götürdü telefonu; nerdeyse her yarım dakikada bir "Evet," "Oldu", "Tamam", "Anlıyorum" sözcüklerinden birini yineledi. Sonunda "Peki, olur, evet, zor, ama çalışalım; peki, oldu, bir saat içinde yanıt verelim size, tamam, size de iyi günler, sayın bakanım," deyip kapattı telefonu. Sözcüklerinden

---

[1] Bu kuruluşlar bugün de etkinliklerini sürdürmekte olduklarından ve arkamızda herhangi bir mafya bulunmadığından, adlarını veremiyoruz.

ve devinilerinden bir şeyler çıkarmaya çalışarak kaygıyla kendisini izleyen Sabri Serin'e döndü. "Hadi, gözün aydın: yeni bir seçenek çıktı," dedi. "Veli Dökmeci başbakanın listesini yolluyor."

"Ne listesini, efendim?"

"Bize güvenle salık verebilecekleri kişi ve kuruluşların listesini."

Bu kez de Sabri Serin sarardı.

"Bu da nerden çıktı şimdi?" diye söylendi.

Aynı anda İnci hanım gene odaya girdi, Can Tezcan'ın önüne bir kâğıt bıraktı. Ama Can Tezcan'dan önce Sabri Serin aldı kâğıdı, dosyasının ilk sayfasıyla karşılaştırdı, sonra, merak ve kaygıyla, herhangi bir açıklama da yapmadan, karşılaştırmayı sürdürdü. Başını kaldırdığında yüzü sapsarıydı.

"Çok tuhaf, efendim, gerçekten çok tuhaf: aynı adlar, evet, aynı adlar!" dedi şaşkınlık içinde: "Bize başvurmuş olan kuruluşların adları, yalnız biri eksik."

"Yani senin mafya dediklerin mi?"

"Evet, efendim, benim mafya dediklerim."

"Biliyorsun, adalet bakanı faksladı."

"Biliyorum, efendim," dedi Sabri Serin, gözlerini Can Tezcan'ın gözlerine dikti, öyle baktı bir süre. "Peki, bölgelerin yargısını bu adamlara bırakmaya boyun eğecek miyiz?" diye sordu.

Can Tezcan da genel yazmanını süzdü bir süre.

"Önce senin dosyayı inceleyeceğim: adamların senin dediğin gibi oldukları kanısına varırsam, konuyu yönetim kuruluna götüreceğim. Gerekirse, genel kurulu da toplayabiliriz," dedi. Bir süre öyle durup düşündü. "Doğrusu da bu değil mi?" diye sordu.

Sabri Serin ürpertici bir görüntü karşısındaymış gibi yüzünü buruşturdu.

"Hayır, değil, efendim!" dedi. "Bence siz kendi başkanlık yetkinizi kullanmalısınız. Kurallara ters de düşse, böyle yapmak zorundasınız. Yönetim kurulu, hele genel kurul rahatlıkla kucak açabilir bu adamlara. Sonra, bana öyle geliyor ki bu faks yalnız size çekilmedi, efendim. Belki de hepsinin elinde şimdi, sizden iki üç gün önce almış olmaları da olanaklı."

Can Tezcan genel yazmanına gittikçe artan bir şaşkınlıkla bakıyordu.

"Bunu da nerden çıkarıyorsun?" diye sordu.

"Adamların bizimle görüşürken girdikleri havalardan çıkarıyorum, efendim," dedi Sabri Serin. "Başvurularının hiç tartışılmadan benimseneceğine inanmış gibiydiler."

Can Tezcan bir kez daha yardımcısının gözlerine dikti gözlerini.

"Yani sence bu ülkenin tek dürüst kişileri biz ikimiz miyiz?" diye sordu.

Sabri Serin gülümsedi.

"Biz de daha kararımızı vermiş değiliz, efendim," dedi.

Can Tezcan yanıt vermedi. Genel yazmanının getirdiği dosyayı aldı, sayfalarını karıştırmaya başladı, orasından burasından okudu, sonra başvuru yazılarının kişi, kurum ve kent adları dışında birbirinin aynı olduğunu fark etti, ama saptamasını yardımcısına aktaramayacak kadar güçsüz buldu kendi, gözlerini tavana dikerek dalıp gitti. En az beş dakika sürdü sessizliği. Sonra İnci'nin tüm güzelliğiyle kapıda dikildiğini gördü.

"Ne var?" diye sordu.

"Bakan bey telefonda, efendim," dedi İnci.

Bakan bey, telefonda, aday kuruluşların onay alıp almadıklarını sormaktaydı. Can Tezcan önce yapay bir kahkahayla yanıt verdi soruya, sonra bu başvurular üzerinde incelemelerine daha kırk beş dakika, bilemedin, bir saat önce başladığını, ayrıca, genel yazman ve arkadaşlarının tüm bölgeleri dolaşarak yaptıkları araştırmaların sonuçlarını incelemeleri gerektiğini, böyle bir çalışmanın da en az bir hafta alacağını, olumlu ya da olumsuz, yanıtlarını ancak bundan sonra verebileceğini söyledi. Bakanın önce tok tok öksürdüğünü, sonra, uzunca bir kahkahanın ardından, "Sayın başkan, olumlu ya da olumsuz bir yanıt ne demek? Biz, yani sayın başbakanım ve ben, olumlu yanıt istiyoruz sizden; diyeceğim, seçenek tek olunca, bize yanıt vermek için dosyalar üzerinde incelemelere girişmeniz gereksiz; böylesi boşuna zaman harcamak olur. Bilmem, anlatabildim mi?" dedi. O zaman, yani tam bu "Bilmem, anlatabildim mi?" sorusunu işittiği anda, Can Tezcan polis komiserinin belindeki tabancayı kapıp namlusunu kendisine doğrulttuğu çok aydınlık mayıs gününde buldu kendini. "Öyleyse sizi bekletmeyelim, sayın bakanım: yanıtım hayır," dedi. Bakan şaka edip etmediğini sorunca da iyice yükseltti sesini, "Hayır, şaka etmiyorum, sayın bakan, Türkiye Cumhuriyeti'nin adalet bakanı sayın Veli Dökmeci'yle konuştuğumun bilincindeyim," dedi, bakanın herhangi bir yanıt vermesine zaman bırakmadan kapattı telefonu.

Sabri Serin, yarı mutlu, yarı üzgün, başkanına bakıyordu.

"Sanırım, bu serüvene noktayı koyduk, efendim, ya da koymak üzereyiz," dedi.

Can Tezcan "Aldırma!" demek istercesine elini salladı.

"Evet, dostum, belki de noktayı koymak üzereyiz, ama, daha koymadığımıza göre, şu en baştaki dosyadan, Adana'dan başlayalım: bana altını çizdiğin satırları oku ki, gene arayacak olurlarsa, söyleyecek sözüm olsun," dedi.

"Peki, sayın başkanım," dedi Sabri Serin.

Ama, tam dosyayı açtığı sırada, İnci hanım kapıyı bir kez daha araladı.

"Başbakan telefonda," dedi.

Can Tezcan elleri titreyerek açtı telefonu, ama, beklediğinin tersine, başbakan bakanı gibi konuşmuyordu: önce sağlığını, eşini, işlerinin durumunu sordu, en az üç dakika sonra geldi konuya, geldikten sonra da sesini yükseltmeye kalkmadı, "Bizim Veli agayı fena terslemişsin, ama herhalde bunu hak etmiştir, çünkü patavatsız bir adamdır, durup dururken kabalaşacağı tutar; kusuruna bakmamak gerekir," dedi. Arkasından da tepkisini anladığını, bunca çabadan, bunca yorgunluktan, bunca masraftan sonra yetkisine el uzatılmasına kızmasını doğal bulduğunu söyledi, sonra güldü, "Benim adım Mevlüt Doğan, pek öyle göstermem ya insanların, hele senin gibilerin duygularına saygı duyarım. Bu nedenle isteklerimde büyük bir indirim yaptım: sana bu başkanlığı kazandıran başbakanın olarak yalnız üç bölgeyi: İzmir'i, Konya'yı ve Diyarbakır'ı istiyorum. Şimdi oldu mu?" dedi.

Daha sonra kendisinin de açıkça söylediği gibi, Sabri Serin olsa benimserdi bu öneriyi, başka bir gününde olsa, Can Tezcan da benimserdi belki, ama o sabah, orada, gözünü yumsa Che Guevara'yı karşısında bulacak gibiydi.

"Sayın başbakanım, şunu hiç unutmamanız gerekir: Türk yargısı artık özel ve özerk bir kuruluşun elinde, yetkisini hiç kimseyle paylaşamaz," diye yanıtladı.

Mevlüt Doğan'ın önce kahkahası, sonra yanıtı geldi.

"Can bey, kardeşim, sen hangi ülkede yaşadığını sanıyorsun?" diyordu. "Başta üniversitelerimiz olmak üzere, Türkiye özel ve özerk kurumlarla dolu, ama, ben bu koltukta oturduğum sürece, hepsi de ağzımdan çıkan her sözü buyruk sayar. Bir düşün, hiç de fazla bir şey istemedim senden, on altı bölgeden yalnızca üçünü bırakıyorsun bana. Şimdi oldu mu?"

Can Tezcan genel yazmanına göz kırptı.

"Hayır, sayın başbakanım, olmadı," dedi. "Tek bir bölge de isteseniz, yanıtım 'Hayır' olacaktır. Bu seçimi yapmak bizim işimiz. Ayrıca, yasa ortada, hiç seçmememiz de olanaklı. Gerekirse, oralarda şimdiden kendi mahkemelerimizi kurup kendi yargıçlarımızı atayabiliriz."

Mevlüt Doğan'dan bir süre ses gelmedi, sonra öksürdü.

"Ama seninle özel bir sözleşme yapmıştık," dedi.

Can Tezcan gene gerilemedi.

"Evet, yapmıştık, sayın başbakanım, sözleşmemizde böyle bir yetki paylaşımı yok," diye yanıtladı.

Mevlüt Doğan gene öksürdü.

"Hayır, olması gerek, Can aga," dedi. "Benim adım Mevlüt Doğan, böyle konularda hiçbir zaman yanılmadım: var diyorsam, vardır; inanmıyorsan, sözleşmeyi aç da bak, hadi, eyvallah," deyip kapattı telefonu.

Can Tezcan, elinde telefon, öyle donup kaldı bir süre.

"Efendim, size ne oldu böyle?" diye atıldı Sabri Serin. "Yüzünüz kâğıt gibi. Sizi tehdit mi etti? Su ister misiniz?"

"Hayır, hiçbir şey istemem," dedi Can Tezcan, soluğu

kesildi kesilecek gibiydi. "Bu herif aramızdaki özel sözleş-
mede bir yetki paylaşımı koşulu bulunduğunu söylüyor,
ama yok, kesinlikle biliyorum ki yok." Çekmecesinden bir
deste anahtar aldı, önce arkasındaki dolabı, sonra dolabın
içindeki kasayı açtı, kasadan meşin kaplı bir dosya çıkardı.
"Sözleşme burada işte, gel, birlikte bakalım," diyerek açtı
dosyayı, sonra, elinde dosya, taş gibi donup kaldı.

Sabri Serin fırlayıp yanına geldi hemen: "Sözleşme" de-
diği kâğıda baktı: ne bir yazı, ne bir imza, ne bir damga, ne
bir tarih, en ufak bir leke bile yoktu üzerinde: Can Tezcan
elinde boş bir kâğıt tutuyordu yalnızca, boş kâğıdı masanın
üstüne bıraktı.

"Bir örneği de onda," dedi, "Koşullar, tarihler, imzalar,
hepsi aynıydı."

Sabri Serin okkalı bir küfür savurdu içinden.

"Onunki duruyordur, ama değiştirilmiş olarak. Bunu
yapan pezevenk her şeyi yapabilir," diye söylendi. Gözleri
elinde titreyen boş sözleşmede, öylece dikilip sustu bir sü-
re, sonra içini çekti, "Evet, duruyordur," dedi, boş kâğıt hep
elinde, pencerenin önüne gitti, bir esin ararcasına bulutlara
baktı, sonra gene Can Tezcan'ın yanına geldi, ama sanki var-
lığının ayrımında bile değildi, "Böyle bir numaraya yaşa-
mımda ilk kez tanık oluyorum; anlaşılan bilim de alan de-
ğiştiriyor artık," diye mırıldandı. Bir koltuğa çöktü, başını
ellerinin arasına alıp düşündü bir süre, "Sanırım, bu serüve-
nin sonuna yaklaştık, efendim; çok da çabuk yaklaştık.
Bundan böyle atacağımız her adıma, ağzımızdan çıkacak
her söze dikkat etmemiz, adamların isteklerinin en azından
bir bölümüne de boyun eğmemiz gerekecek. Gerçekten ber-
bat bir durum!" diye ekledi.

Can Tezcan hep öyle donmuş gibiydi, ama komiserin
belinden çekip aldığı tabanca hâlâ elindeydi sanki. Tuhaf
bir biçimde gülümsedi.

"Hele dur bakalım, o kadar da çabuk pes etmeyelim:
hukuk bizden yana, hem de bizim elimizde," dedi.

Sabri Serin boş kâğıdı en sonunda masanın üstüne bı-
raktı.

"Konumumuza fazla güvenmeyelim, efendim, her şey olabilir, her an her şey değişebilir," diye yanıtladı. "Bir kez, yıllar önce, 'Türkiye'de özgür insanın durumu salgın hastalık karşısında sağlam insanın durumuna benzer, her an bir hastane odasında uyanabilir,' demiştiniz. Biz önlemlerimizi alalım, yani ödünlerimizi verelim bence."

Can Tezcan fazla etkilenmiş gibi görünmedi.

"O kadar da korkak olmayalım, Sabri'ciğim, kendi gücümüzü de küçümsemeyelim: yasa bizden yana, tüm büyük patronlar da ortağımız," dedi, ancak şu son günlerde Sabri Serin'in olayları ve insanları kendisinden daha iyi izlediğini ve daha iyi değerlendirdiğini görüyor, ikide bir onun kendisinden daha becerikli, daha dikkatli olduğunu düşünüyordu. "En azından, direnebileceğimiz kadar direnelim," diye ekledi.

Sabri Serin gözlerini başkanına dikerek düşündü bir süre.

"Evet, direnebildiğimiz kadar direnelim, efendim, ama bu adamları daha fazla kışkırtmayalım," dedi.

Can Tezcan bir an dalmıştı, birden doğruldu.

"Ne demek istiyorsun?" diye sordu.

"Ne demek istediğim açık, efendim: dostlarınıza çok bağlı olduğunuzu, onlar için her şeyi yapabileceğinizi biliyorum, çok güzel bir şey bu, ama, şu geldiğimiz noktada, Varol beyi odasından, Rıza beyi hücresinden çıkarmaya, İzmir'i, Diyarbakır'ı ve Konya'yı da elinizde tutmaya kalkarsanız, sonumuzu hızlandırırsınız diye korkuyorum," dedi Sabri Serin, kasaya sözleşme olarak girip bomboş bir kâğıt olarak çıkan nesneyi gösterdi. "Bu adam her şeyi yapabilir, dostunuzdan boşalacak hücreye sizi ya da beni yerleştirebilir," diye ekledi.

Can Tezcan yerinden fırladı birden.

"Sen Rıza'nın hücrede olduğunu nerden çıkarıyorsun?" dedi.

Sabri Serin başkanının şaşkınlığı karşısında hiç şaşırmadı.

"Bildiğinizi sanıyordum, efendim: son yapıtı *Açıkartır*-

ma, şu bizi de, yönetimi de yerden yere vuran kitap, en az on gündür tüm Türkiye'de yok satıyor," dedi dinginlikle.

"Böyle bir kitaptan sonra onu bulup içeri atmamış olmaları olanaksız."

"Bu konuda bir bildiğin mi var? Gerçekten yakalandı mı dersin? Yakalandıysa, nerede?"

"Kesin bir bilgim yok, efendim; ama böyle bir kitaptan sonra onu ne yapıp yapıp bulmuş olmaları gerekir diyorum," dedi Sabri Serin, sonra gözlerini patronunun gözlerine dikti, "Peki, siz, siz hâlâ okumadınız mı dostunuzun son kitabını?" diye sordu.

"Hayır, ilk kez senden duyuyorum."

Sabri Serin patronuna önce kuşkuyla baktı, sonra gülümsedi.

"Anlıyorum: şu son günlerde hep mekikle gidip geliyorsunuz," dedi, "İnsan zırhlı arabayla bile olsa sokaklardan geçmeyince..."

"Güvenlik açısından böylesinin daha doğru olacağını söylediler," dedi Can Tezcan.

Sabri Serin kendisine savaşım arkadaşının son etkinlikleri konusunda bildiklerini anlatmaya girişti: *Açıkartırma* da Rıza Koç'un tüm yapıtları gibi kısa bir kitaptı, topu topu altmış dört sayfaydı, ama, el altından dağıtılmasına karşın, son yılların en çok satılan ve en çok okunan kitabı olacağa benziyordu. Her gün, sabahtan akşama kadar, kentin en az yüz ayrı köşesinde, birtakım çocuklar, delikanlılar ve genç kızlar önlerine yığdıkları *Açıkartırma*'ları bağıra bağıra satıyor, uzaktan bir polis görünce ya da biri polisin yaklaşmakta olduğunu haber verince de kitaplarını sırtlayıp kirişi kırıyorlardı. Polisin kitaplara sık sık el koyması, her gün dört beş kişiyi yakalayıp dayak eşliğinde sorgulaması, hatta kimi kaynaklara ulaşması durumu değiştirmiyordu. Öyle anlaşılıyordu ki bir değil, birkaç kaynak söz konusuydu, yani kitap en az dört ayrı basımevinde basılmakta, en az on ayrı yerden dağıtılmaktaydı. Bunun sonucu olarak, kentin değişik köşelerinde *Açıkartırma* satan çocuklar, işsiz güçsüz delikanlılar, genç kızlar, hatta yaşlı adamlar ve hanımlar her geçen gün biraz daha çoğalıyor, bu arada, son "başyapıt"ın yanında, daha öncekiler de boy göstermeye başlıyordu. Üstelik, söylenenlere bakılırsa, aynı görüntüler İzmir'de, Bursa'da, Ankara'da, Konya'da, Antalya'da, Kayseri'de, Diyarbakır'da, Trabzon'da da çıkıyordu ortaya. Özellikle *Yılkı adamları*'nın yayımlanmasından sonra, Rıza Koç adı beylik deyimle bir tür "marka", daha da iyisi, sessiz kalabalıkların sesi olmuş, ülkede ne zaman olumsuz bir şeyler olsa, insanlar "Bakalım, Rıza Koç ne söyleyecek bu konuda?" demeye başlamışlar, yani kendi seslerini yükseltecek yapıtı hep ondan bekler olmuşlardı. Kısacası, Rıza Koç çok ünlü bir kişiydi artık, ülkenin en çok okunan yazarıydı, yapıtları öteki yazarlarınki gibi alışılmış koşullar içinde yayımlanıp dağıtılmış olsa, ülkenin en zengin yazarı olması işten değildi. Adını anmadan bile olsa, artık kimi gazeteler de söz etmeye başlıyorlardı Rıza Koç'un başarısından: kimileri güvenlik güçlerinin başarısızlığına, kimileri ülke yönetiminde görülen "birtakım önemsiz aksaklıklar"a, kimileri de kitlenin beğeni düzeyinin düşüklüğüne bağlıyordu bunu. Ama, Sabri Serin'e bakılırsa, Rıza Koç da, her türlü tehlikeyi göze alarak onun yapıtlarını basıp dağıtanlar da insanca bir geleceğin son umudunu yaşatan yılkı adamlarıydı. Ne olursa olsun, kentle ilişkilerini hâlâ sürdürmekte olan birtakım "okumuş" yılkı adamlarının arasında da gizlense, böyle bir kitaptan sonra er geç yakalarlardı onu.

Can Tezcan hiç sesini çıkarmadan dinlemişti.

"Peki, sen gördün mü? Bu *Açıkartırma* neden söz ediyor?" diye sordu.

Sabri Serin yanıt vermekle vermemek arasında duraladı bir süre, sonra başını önüne eğdi.

"Yargının özelleştirilmesinden söz ediyor, efendim," dedi.

"Demek öyle?"

"Evet, böyle, efendim."

Can Tezcan gözlerini yere dikti, dakikalar süresince, hiçbir şey söylemeden oturdu öyle, sonra içini çekti, "Bu çocuğun her dediği doğru çıktığına göre, bu olayın da doğru olması gerekir," diye düşündü. Sonra gene dalıp gitti. "Direnebileceğimiz kadar direnelim," derken, usunda ne Varol Korkmaz vardı, ne Rıza Koç, ama, Sabri Serin adlarını andıktan sonra, yargı kendi ellerine geçer geçmez yapılacak ilk işin Varol Korkmaz'la arkadaşlarının ve Rıza Koç'un özgürlüklerinin güvenceye alınması olacağını düşündü.

"Dostum, sonuç ne olursa olsun, her şeyden önce gözümüzün önündeki haksızlıkları düzeltmemiz gerekir; ama dostlarımıza öncelik vermemiz başka haksızlıkları düzeltmeyeceğimiz anlamına gelmez," dedi.

Sabri Serin elinde olmadan gülümsedi, "Hâlâ ayılmadı bizimki," diye düşündü.

"Doğru söylüyorsunuz, efendim," dedi. "Haksızlığa karşı çıkmak güzel bir şey. Ama bana öyle geliyor ki şu geldiğimiz noktada Temel bey de, Cüneyt bey de bize destek olmaz artık."

"Bunu da nerden çıkardın?" dedi Can Tezcan, ama, aynı anda, korkunç bir sıkıntı çöktü içine, sorusunun yanıtını bile beklemeden, "Her neyse, bu konuyu kapatalım," diye ekledi.

Doğru dürüst düşünmesini bile önleyen bir bunalım içinde mekiğine atlayıp eve döndü.

Burada da Gül Tezcan şaşkına döndürdü onu: her zaman, kapıdan girer girmez boynuna atılıp yanaklarını öperken, gün boyunca neler yaptığı konusunda soru üstüne soru sorarken, bu kez şöyle bir "Hoş geldin!" diyerek koşarcasına dönüp koltuğuna oturdu, sehpanın üstüne açık olarak bırakılmış bir küçük kitabı alıp okumaya başladı. Can Tezcan tepesine dikildi, hiçbir şey söylemeden okuyuşunu izledi bir süre, bir iki kez öksürdü.

Gül Tezcan kitaptan dünyaya dönecek gibi görünmüyordu.

"Senin böylesine okumaya daldığını çoktandır görmemiştim. Ne okuyorsun böyle? Yeni bir Dostoyevski ya da Kafka mı buldun?" dedi sonunda. Gül Tezcan'dan gene yanıt gelmeyince çekip aldı kitabı elinden. Önce kapağın üstündeki yazıları okudu: Rıza Koç, *Açıkartırma,* Kaçak Yayınlar, No 42. Sonra renkli fotoğrafa baktı: bellerinde tabancaları ve coplarıyla pırıl pırıl üniformaları içinde TTHO AŞ' nin korumaları. Küçük kitabı hiçbir şey düşünmeden en yakın pencereye doğru fırlattı. Sanki kitabın varlığını ilk kez öğreniyormuş gibi "Olamaz, hayır, olamaz! Benim paramla bana saldırmadığı kalmıştı! Bunu da yaptı hergele!" diye homurdandı.

Aynı anda, Gül Tezcan'ın kitabı yerden aldığını gördü. "Nereden buldun bu pisliği?" diye sordu.

Gül Tezcan küçük kitabı göğsüne bastırdı.

"Okumadan karar verme öyle," dedi. "Arada şöyle bir vuruyor ya seni kolladığı belli: ne yaptığını bilmeyen, ya da yaptığının sonucunu önceden düşünemeyen saf bir adam, çok bilgili, çok yetenekli, ama her türlü etkiye açık bir maymun iştahlı olarak niteliyor seni, Cüneyt Ender'le Mevlüt Doğan' ın tuzağına düştüğünü, açıkçası, kandırıldığını söylüyor."

"Bundan kötü saldırı mı olur?" diye atıldı Can Tezcan. "Bunca yıllık arkadaşa yapılacak şey mi bu?"

Gül Tezcan uzun uzun güldü.

"Sen bir de Mevlüt Doğan için yazdıklarını göreceksin," dedi. "Bıyığından sesine, kılığından yürüyüşüne, sözcüklerinden kafasının içine, her şeyiyle öyle bir dalga geçmiş ki gülmekten kırılıyorsun. Oku da bak, bu kitap önceki kitaplarının hiçbirine benzemiyor, bir gülmece anıtı, başyapıtını yazması için en yakın arkadaşının da yaşamının başyapıtını gerçekleştirmesini bekliyormuş!"

"En yakın arkadaşının başyapıtı neymiş peki?"

"Bir hukuk devrimi: yargının özelleştirilmesi."

Can Tezcan yüzünü buruşturdu.

"Bravo, çok güzel bir buluş!" dedi, sonra, çenesiyle, karısının hâlâ göğsüne bastırdığı küçük kitabı gösterdi, "Peki, nereden buldun bu pisliği?" diye sordu. "Bugün çıkmayacağını söylemiştin."

"Çıkmadım; bu sabah hizmetçi kılıklı bir genç kadın getirdi. İkimiz için imzalanmış olarak."

"Ne büyük incelik!" dedi Can Tezcan, sonra bir koltuğa bıraktı kendini, başını ellerinin arasına alıp öylece kaldı.

"Kadın çok yorgun görünüyordu, oturup azıcık soluklanmasını, bir şeyler içmesini söyledim, ama istemedi, bir şeylerden korkuyormuş gibi sıvışıverdi hemen," diye sürdürdü Gül Tezcan. "Ben de oturup okumaya daldım, hem de öyle bir daldım ki yemek bile yemedim. Dörde doğru bitirdim, ama bitirir bitirmez baştan başladım."

"Bu denli sürükleyici demek?"

"Evet, bu denli sürükleyici; ama yalnızca sürükleyici değil, çok da ilginç. Seninki bir de öngörüde bulunuyor: yargının başına geçmenden en fazla üç hafta sonra şapkanı alıp gideceğini söylüyor."

"Benim mi?"

"Evet, senin. Ama böyle de olsa emeklerin boşa gitmeyecek bence: bir başyapıtın doğmasına öncülük etmiş olacaksın."

Can Tezcan yüzünü buruşturdu.

"Aman ne güzel!" dedi, sonra birden Sabri Serin'le konuştuklarını anımsadı, başı döner gibi oldu, "Bu herifin öngörüleri bitmez, ama bu kez haklı olabilir," diye söylendi. "Belki de hiç bulaşmamalıydım bu işe."

"Sen bulaşmadın ki! Başkalarını bulaştırdın, çünkü sen çıkardın tüm bunları, sen kaynaktaki adamsın," diye atıldı Gül Tezcan, ama, hemen arkasından, fazla ileri gittiğini düşündü, gözlerini kocasının gözlerine dikerek gülümsedi, sonra gene kitabına daldı. En sonunda kitabını kapatıp da ondan yana döndüğü zaman, gözleri boşlukta, yıkılmış, ezilmiş, umutsuz, öylece oturduğunu gördü, içi burkuldu, şu son günlerde onunla yeterince ilgilenmediğini, üstelik her sözüne karşı çıkarak sinirini bozduğunu düşündü, birden yerinden fırlayıp geldi, yanına sokuldu, yanağını yanağına yapıştırdı. "Galiba sen gereğinden de fazla önemsedin bu kitabı. O kadar da kötü değil. Al, bir de sen oku. Çok kolay okunuyor," dedi.

Can Tezcan yüzünü buruşturdu.

"Hayır, okumayacağım," dedi, "Hiçbir zaman okumayacağım o hergelenin kitabını."

"O zaman, ben okuyayım sana, hepsini değil, yalnızca çok beğendiğim yerlerini," dedi Gül Tezcan, kocasının herhangi bir yanıt vermesine zaman bırakmadan okumaya girişti hemen. Can Tezcan, yüzü ellerinin arasında, gözleri yerde, yorgun, bitkin, suskun, en ufak bir tepki göstermeden dinledi. Kapının zili uzun uzun çalmaya başladığı zaman da Gül Tezcan okuyor, o hiç sesini çıkarmadan dinliyordu. İkisi de, yüzlerinde bir ürperti, önce birbirlerine, sonra saate baktılar. İkisi de, nerdeyse aynı anda, "Kim olabilir ki?" dediler. Zil kısa bir duruştan sonra gene çınlamaya başladı. Can Tezcan konuşma düğmesine bastı, "Kim o?" diye sordu, sonra kalktı, yüzünde hep aynı ürperti anlatımı, girişte bir yeşil düğmeye bastı, Gül Tezcan'a döndü, "Rıza," dedi, "Bizim Rıza, bir sorunu olmalı. Ama nasıl sokağa çıkar ki bu saatte? Aklını mı kaçırdı?" Gül Tezcan şaşkın şaşkın baktı yalnızca, yanıt vermedi. Can Tezcan da yarım dakika sonra güleç ve dingin bir yüzle içeriye girip yanaklarını öpen Rıza Koç'a sordu soruyu: "Sen aklını mı kaçırdın? Bu saatte nasıl çıktın sokağa? Gene yakalanıp içeri atılmak için mi? Her yanda seni aradıklarını biliyorsun herhalde!"

Rıza Koç arkadaşının çenesini okşadı.

"Sevgili Can, ülkenin en ünlü ve en önemli kişilerinden oldun, ama ülken ve kentin konusunda bilgisizliğin tüyler ürpertici," dedi.

Can Tezcan kaşlarını çattı.

"Ne demek istiyorsun?" diye sordu.

"Ne demek isteyeceğim ki? Gerçeği, yalnız gerçeği, Johnny'lerin mahkemede söyledikleri gibi," diye yanıtladı Rıza Koç. "Ben sana gelmek için en güvenli saati beklemişim, sense 'Gene yakalanıp içeri atılmak mı istiyorsun?' diyorsun bana."

"Saatten haberin var mı?"

"Evet, var: ben kapıyı çalarken on ikiyi çeyrek geçiyordu."

"Öyleyse?"

"Öyleyse benim için tehlikeli saatler bayağı geride kalmıştı."

"Dalga geçme!"

"Sen bu kenti gerçekten bilmiyorsun, sevgili Can: kaç yıl var ki İstanbul'un sokaklarında polis molis olmuyor bu saatlerde."

"Peki, neden? Zaman zaman pencereden aşağılara baktığım oluyor, seslerini işitmesem de gelip geçen, köşelerde durup konuşan bir sürü insan görüyorum."

"Evet, senin buralar çok işlek yerler, çok insan dolaşır geceleri, kadınlar, kızlar, delikanlılar, kuşkulu kişiler; ama gecenin bu geç saatlerinde tek polis göremezsin sokaklarda."

"Neden?"

"Polisler yalnızca sırtı kalın kenterleri korur, sırtı kalın kenterler de bu saatlerde sokaklarda dolaşmaz: ortalıkta kenter yoksa, polis de yoktur."

"Hiç mi?"

"Evet, nerdeyse hiç; çünkü sırtı kalın kenterler mekikleriyle yukarılarda dolaşırlar; indikleri zaman da yüksek yerlere, gökdelen tepelerine iner, gökdelenlerin tepesindeki barlarda eğlenirler."

Gül Tezcan bir koltuğa oturmuş, onları izlemekteydi.

"Hepsi gökdelende oturmuyor, hepsinin özel uçağı da yok," dedi.

"Ama her kenterin bir kurşun geçirmez arabası vardır," dedi Rıza Koç. "Arada bir geç saatte sokağa çıkmaları gerekti mi hızla geçip giderler caddelerden, önlerine çıkanı ezip geçerler."

"Ama çok yavaş gidenleri, hatta kaldırımda dikilen insanların önünde duranları daha çok; ben aşağılara bakarken sık sık görüyorum böylelerini," dedi Gül Tezcan.

Rıza Koç kahkahalarla güldü.

"Her zaman söylemişimdir: sen kocandan çok daha uyanıksın, Gül'cüğüm," diye yanıtladı. "Evet, doğru, yavaşladıkları, hatta kaldırımda bekleyen kızların ya da oğlanların önünde durup arabadan inerek onlarla pazarlığa girişikleri olur. Ama bunlar müşteridir, böyle müşteriler için de fazla tehlike yoktur, çünkü onlardan sayılırlar."

"Nasıl yani?"

Rıza Koç gene güldü.

"Sevgili Gül, senin önünde böyle şeyler konuşmak pek de hoşuma gitmiyor, ama iyi bir dürbünle bakacak olursan, kendin de görebilirsin," dedi: "Hiçbir yasal işi bulunmamasına karşın, kentte kalmayı sürdürüp geceleri dolaşanlardır bunlar, her tür kirli işi yaparlar, soygun yaparlar, adam öldürürler, ama başlıca işleri kadın ve oğlan pazarlamaktır, adamlar arabalarını yavaşlatır, sonra gözlerine kestirdikleri kadın ya da oğlan konusunda patronla pazarlığa girişir, oğlanı ya da kadını alıp giderler, kadın dediysem, sözün gelişi, ortalama yaş on ikilere, on birlere kadar inmiş görünüyor. Bu da korkunç bir şey: kısa sürede posası çıkar çocukların, sonra yılkı adamlarına katılırlar."

Can Tezcan arkadaşını dinlerken dişlerini sıkıyor, sözünü kesmemek için kendini zor tutuyordu. Sonunda dayanamadı.

"Peki, sen bu yasadışı insanların arasında nasıl dolaşabiliyorsun?" diye sordu.

"Onlar beni damdan tanırlar," dedi Rıza Koç. "Tanırlar ve severler, kimileri de şu son günlerde benim kitapların satışından bayağı para kazanır oldu. Ayrıca, hepsinin en tehlikelisi benim, en azından savcıların gözünde. Bunu bilmiyor muydun? Onlarla fazla uğraşmazlar, ama benim peşimi bırakmazlar. Şimdi kapı çalacak olursa, bilin ki polistir, ama saat biri de geçtiğine göre, çok uzak bir olasılık bu."

Can Tezcan "Hadi canım!" dercesine elini salladı.

"Artık seni aramayacakları bir yer varsa, o da benim evim," dedi. "Yazdığın o zırva kitaptan sonra... Hem beni, hem yaşamımın en büyük tasarısını gülünç etmişsin..."

Rıza Koç bir kahkaha daha attı.

"Demek kızdın?" dedi. "Peki, beni kovmayacak mısın?"

"Sen benim yerimde olsan, kızmaz mıydın? Baskı parasını benden al, sonra beni yerden yere vur..."

"Benim yerimde sen olsan, yani sen de benim gibi gençlik düşüncelerine hep bağlı kalsan, aynı şeyi yapmaz mıydın? Bir zamanlar marksçıların en ateşlisiydin, sonra tuttun, yargıyı bile patronların eline bırakmaya kalktın."

"Peki, bunca zamandır kaç kez yargıç karşısına çıktın, kaç kez içeri atıldın, bu arada devletimizin elinde yargının nasıl işlediğini görmedin mi? Varol'un başına gelenleri de mi düşünmedin?"

"Varol içeriye patronlarla, yani uşaklık ettiği kişilerle girdi."

"Sen şu 2073 yılında yargıçlar arasında bile patronlara uşaklık etmeyen adam gördün mü? Varol'u içeride tutan yargıçlar kime çalışıyordu dersin?"

"Onlar da patronlara çalışıyorlardı. Ama benim görevim eleştirmek, eleştiri olduğu sürece umut da var demektir."

Can Tezcan yüzünü buruşturdu.

"Saçma," dedi.

Rıza Koç ayakkabılarının ucuna baktı bir süre, sonra başını kaldırdı, gözlerini dostunun gözlerine dikti.

"Peki, beni kovmayacak mısın?" diye sordu.

Can Tezcan gülümsedi o zaman.

"Bana kalsa, kovardım, ama Gül'ü üzmek istemem; kitabını çok beğenmiş," dedi.

Rıza Koç ağır ağır doğruldu.

"Öyleyse izin verin de ben yatayım: çok, ama çok yorgunum," dedi.

XII

Can Tezcan'ın işi başından aşkındı, birbiri ardından gelen bir yığın yeni sorun da kafasını allak bullak etmişti, artık ne herhangi bir soruna katlanabilecek durumdaydı, ne de herhangi bir insan yüzüne. Hiç kimseyle, hatta sağ kolu Sabri Serin'le bile görüşmeden çalışmaya karar vermiş olarak girdi başkanlık bölümüne, ama İnci yolunu kesti.

"Efendim, Cahit Güven bey dünden beri belki on kez sizi aradı," dedi. "Sonunda bağlamıyorum diye bana kızmaya başladı."

Can Tezcan bir süre düşündü, böyle bir ad anımsıyordu, ama belli bir yüze bağlayamıyordu bir türlü.

"Cahit Güven bey kim?" diye sordu.

"Varol beyin davasına bakan olağanüstü mahkemenin başkanı."

"Ha, öyle ya! Benimle ne işi olabilir ki o herifin?"

"Sizden özür dileyecekmiş, efendim. Size çok haksızlık ettiğini, yüz yüze gelip sizden özür dilemedikçe içinin rahat etmeyeceğini söyledi. Bugün gene arayacak. Bağlayayım mı?"

"Hayır, bağlama, kendisiyle görüşmek istemediğimi söyle," dedi Can Tezcan, hızla odasına girdi.

Odasında, masasının başında, öyle dikilip kaldı, Cahit Güven'in, sırtında cüppesi, sanıklar ve tanıklarla yüzlerine tükürür gibi konuşması geldi gözlerinin önüne, kendisini dışarıya attırtabileceğini söylemesi geldi, görüşme isteğini geri çevirmeyecek de ne yapacaktı? "İnsan böyle bir alçalış karşısında kendisinin de alçaldığını duyuyor," diye söylendi.

Yarım saat sonra, Sabri Serin'e de söyledi bunu.

"Haklısınız, efendim," dedi Sabri Serin. "Dün, sizinle

görüşmesini sağlamam için aradığında ben de aynı duyguya kapıldım. Bu arada, benim de kendimden tiksineceğim geldi."

"Peki, bunca zaman sonra özür dilemek ne oluyor?"

Sabri Serin güldü.

"Emekliliğine bir buçuk yıl varmış daha," dedi.

Kalktı, başkanını selamlayarak çıktı. Ama, üç dakika sonra, yüzünde tuhaf bir gülümsemeyle geri döndü, dışarıda, yüz yapısı ve devinileriyle tam bir Karadenizli'yi andıran, türkçeyi çok düzgün bir biçimde, ama tam bir Amerikalı gibi konuşan ve adının John Smith, mesleğinin hukuk profesörlüğü olduğunu söyleyen, orta yaşlı bir adamın kendisiyle görüşmek istediğini ve görüşmeden gitmemekte kararlı göründüğünü söyledi, "Bence görüşseniz iyi olur, efendim: insan böyle bir adamın sizden ne isteyebileceğini merak ediyor," diye ekledi.

Can Tezcan bir süre "Defet gitsin!"le "Bırak gelsin!" arasında duraladıktan sonra ikinci seçeneği yeğledi: üzerindeki korkunç sıkıntıyı bu tuhaf adam biraz olsun dağıtırdı belki, "Peki, gelsin!" dedi. Bir dakika sonra, adam hızlı adımlarla yaklaşıp elini uzattığı zaman, tüm kanı buz kesilmiş gibi, öyle donup kaldı olduğu yerde. Konuğu da, sağ eli kendisine uzanmış durumda, tıpkı onun gibi dikilip kaldı bir süre, ama Can Tezcan'dan daha çabuk toparlandı.

"Ben John Smith, Hikmet Şirin'in oğluyum, Tufan Şirin'in de küçük kardeşi," dedi.

Can Tezcan tepeden tırnağa, gözle de görülebilecek bir biçimde titredi: yıllar önce yitirilmiş gençlik arkadaşı önce bir Amerikalı kimliğiyle yeniden karşısına çıkıyor, hemen arkasından onun kardeşi konumuna geçiyor, evini savunurken delik deşik edilen Hikmet amca da hem unutulmaz arkadaşının, hem bu Amerikalı'nın babası oluveriyordu, "Hayır, olamaz! Hayır, saçma bütün bunlar! Herhalde düş görüyorum," diye geçirdi içinden.

John Smith iyice yaklaştı, elini avcuna alıp sıktı.

"Tufan Şirin'i anımsarsınız, değil mi, efendim?" diye sordu, bir kez daha, bir kez daha yineledi sorusunu.

Can Tezcan derin bir soluk aldı en sonunda, sapsarı yüzü bu kez de kızarmaya başladı, gene derin bir soluk aldı. "Anımsamaz olur muyum?" dedi. "Yediğimiz içtiğimiz ayrı gitmezdi bir zamanlar, kimi şiirlerini ezbere bilirdim."

"Bir zamanlar durmadan sizi anlatırdı bana, her konuda sizi örnek alırdı," dedi John Smith, "Kavgada, aşkta, her şeyde. Şiirleri... Kaç şiirinde sizi anlatmıştır."

"Biliyorum, biliyorum," diye kekeledi Can Tezcan, kurumuş gözlerinin yaşarmaya başladığını duymaktaydı. İçini çekti. "Ama o öldü, ben yaşadım," diye sürdürdü. "Babamın zoruyla yurtdışına kaçmıştım o günlerde, cenazesinde bile bulunamadım, vurulduğunu da çok geç öğrendim."

"Ama bir kez polislerin elinden kurtarmıştınız onu, komiserin tabancasını kaparak..."

Can Tezcan gözlerini uzaklarda bir noktaya dikti.

"Evet, o çılgınlık günlerimizde; ama faşistlerin elinden kurtaramadım," dedi, gözleri hep uzaklarda, uzunca bir süre sustu, sonra gülümser gibi oldu, "Tufan'a çok benziyorsunuz, sizi görünce o sandım," diye ekledi.

"Bilenler ona çok benzediğimi söylerler, ama o öldürüldüğünde ben daha sekizinci sınıftaydım," dedi John Smith, sonra yüzü birden sertleşiverdi, "Peki, babamın adı size hiçbir şey anımsatmamış mıydı?" diye sordu.

Can Tezcan bir süre düşündü. "Biz o yıllarda anadan babadan pek söz etmezdik birbirimize, bir devrim vardı, bir de aşklarımız. Ben Tufan'ın bana sizden söz ettiğini de anımsamıyorum, yani bir kardeşi olduğunu da şimdi sizden öğreniyorum."

John Smith birden ayağa kalktı, gelip karşısına dikildi.

"Ama Hikmet Şirin'i gene de anımsamanız gerekir: ona dava açtınız, sonra da çevrenizdeki adamlar..."

Can Tezcan'ın yüzü altüst oldu birden, elleri titremeye başladı, gözlerini konuğunun gözlerine dikti.

"Bu iş hep ters gelmişti bana, hep geciktirmeye, zaman kazanmaya, işi tatlıya bağlamanın bir yolunu bulmaya çalışmıştım, ama, inanın bana, siz Tufan Şirin'in kardeşi, Hikmet Şirin'in oğlu olduğunuzu söylediğiniz zaman bile arada bir bağ kurmakta zorlandım, sizin o Hikmet Şirin'in oğlu olabileceğinize inanmakta da," diye yanıtladı.

John Smith inanmış gibi görünmedi, tam tersine, ellerini masaya dayayarak Can Tezcan'a doğru eğildi.

"Bu arada, sizin adamlarınız onu öldürttüler," dedi, "Hem de öyle bir öldürttüler ki..."

Can Tezcan kaşlarını çattı.

"Hayır, ilgisi yok, benim adamlarım karışmadı o işe, hiçbir zaman öyle adamlarım olmadı ayrıca. O adamlar da bizim açtığımız dava nedeniyle gitmediler oraya. Ona saçma bir dava açtık, ama sözünü ettiğiniz adamlar benim adamlarım değildi; o konuda hiç kimse de benim düşüncemi sormadı," dedi. "Hiç kimse istemezdi böyle bir şeyi. Bir yanlışlıktır olmuş işte, ben sonradan öğrendim."

John Smith güldü.

"Evet, küçük bir yanlışlık," dedi. "Ama küçük bir yanlışlık için bunca hazırlık, bunca asker, bunca silah, bunca mermi biraz fazla gibi geliyor bana. Sizce de öyle değil mi?"

Can Tezcan gözlerini tavana dikip düşündü bir süre.

"Evet, öyle," diye yanıtladı. "Ama benim haberim yoktu bu işten. Güvenlik güçleriyle çatışmaya girdiğini de her şey olup bittikten sonra öğrendim."

John Smith etkilenmiş gibi görünmedi.

"İşin burası beni pek de ilgilendirmiyor, ama varsayalım ki doğru söylüyorsunuz," dedi alay eder gibi. "Yalnız şu soruma yanıt verin: şimdi ben yargıya başvuracak olursam, onlardan yana mı çıkarsınız, Tufan Şirin'in babasından yana mı?" diye sordu.

Korkunç bir acı anlatımı belirdi Can Tezcan'ın yüzünde, gözlerini yere dikti.

"Bana böyle bir soru sormanız bile bir aşağılama, hem de haksız bir aşağılama," dedi kızgın bir sesle. "Ayrıca, ben artık avukat değilim. Ben şimdi..."

"Biliyorum, çok yakında tüm yargının başına geçiyormuşsunuz," diye atıldı John Smith. "O zaman?..."

"O zaman hakkınızı alma olasılığının daha yüksek olacağını düşünebilirsiniz."

"Ama benim hak olarak istediğim para değil," dedi John Smith. "Hayır, kesinlikle; ben babamı öldürenlerin cezalandırılmalarını istiyorum."

"Ben de size babanızın ölümünü paraya çevirmek istediğinizi söylemedim. Haklısınız, yasalar çerçevesinde her şeyi deneyebilirsiniz."

"Peki, sizin tutumunuz?"

Can Tezcan, gözleri tavanda, bir süre düşündü.

"Önüme gelecek dosyaları yasalar çerçevesinde değerlendiririm," dedi güvenli bir sesle. "Önüme gelirse elbette."

"Gelmeyebilir mi?"

"Evet, gelmeyebilir, burası Türkiye."

John Smith öyle durup büyük kardeşinin kavga arkadaşına baktı uzun uzun, sonra birden ayağa kalktı, elini uzattı.

"Böylesine acı koşullar içinde bile olsa, sizi tanıdığıma sevindim, dostluğunuzdan ve dürüstlüğünüzden kuşku duyduğum için de üzgünüm, allahaısmarladık," dedi, Can Tezcan'ın herhangi bir yanıt vermesine zaman bırakmadan çıkıp gitti.

Can Tezcan, dakikalar süresince, ilk kez gördüğü bir nesneye bakar gibi, John Smith'in çıktığı kapıya baktı, "Olur şey değil!" diye söylendi. En az bir saat sonra, toparlanır gibi olunca, Sabri Serin'i çağırdı, beklenmedik görüşmeyi anlattı.

"Ne dersin, onun için bir şeyler yapabilir miyiz?" diye sordu.

Sabri Serin gözlerini tavana dikip düşündü bir süre.

"Başımızdaki sorunlar yeter de artar bile, biz bu işe hiç bulaşmayalım, efendim, bindiğimiz dalı kesmeyelim," dedi, ama hemen sonra, gözlerinde anlatılmaz bir parıltı, "Efendim, şu özelleştirme işine girmemiş olsak, siz bu davayı öyle bir savunurdunuz, öyle bir savunurdunuz ki dillere destan olurdu," diye ekledi.

"Öyle mi diyorsun?" diye sordu Can Tezcan.

"Evet, böyle diyorum, efendim," dedi Sabri Serin, yüzü ışıl ışıldı, tüm varlığında bu yapılmamış ve yapılmayacak olan savunmanın tadını duyuyordu sanki.

Can Tezcan başını önüne eğdi.

"Ama, senin direnmene karşın, Hikmet Şirin'e ilk davayı açan da benim," diye yanıtladı, gözlerinde birden beliriveren yaşları yardımcısından gizlemeye çalışmadı. "Haksızlık kanımıza işlemiş," diye söylendi.

"Şimdi de kendinize haksızlık etmeyin, efendim," dedi Sabri Serin, sonra da usulca çıktı.

Aynı günün akşamı, mekiğinin yosun yeşili gökdelenin çatısına inmek üzere alçalmaya başladığı sırada, Can Tezcan Amerikalı hukuk profesörü John Smith'le karşılaşmasını eşine nasıl anlatacağını düşünmeye başladı birden, düşünmeye başlamasıyla da Mevlüt Doğan'la son telefon konuşmasında bile, profesör John Smith'in unutulmaz savaşım arkadaşı Tufan Şirin'in küçük kardeşi olduğunu öğrendiği anda bile duymadığı bir ürpertiyle sarsıldı, sonra o korkunç ağırlık gene çöktü üzerine, hâlâ yaşayıp yaşamadığını anlamak istercesine elini yüreğinin üstüne bastırdı. Sonra yapabildiği tek şey pilotundan bir süre daha dolaşmasını istemek oldu. Mekik kentin üzerinde dolaşırken, o, kulaklarında "Küçük bir yanlışlık için bunca hazırlık, bunca asker, bunca silah, bunca mermi..." sözcükleri, gözlerinin önünde ya da içinde Tufan Şirin'in babası yaşındaki küçük kardeşinin görüntüsü, üzerinde hep o korkunç ağırlık, bir taş gibi oturdu öyle. Bu görüntüden başka bir şey görmüyor, bu sözcüklerden başka bir şey işitmiyor, işitse de anlamıyordu. Ancak, evinin kapısından girdiğinde, Gül Tezcan "Sevgilim, ne oldu böyle sana, hasta mısın, bir kaza mı geçirdin?" diye haykırmasından sonra toparlanır gibi oldu. Söylediğine kendisi de inanmadan "Bir şeyim yok," diye kekeledi. Hemen arkasından, küçük salonda, Rıza Koç'un, elinde bir viski kadehi, kendisine gülümsediğini gördü, birazcık toparlanır gibi oldu, "Bir içki de ben istiyorum," dedi. Ne var ki, aradan en az çeyrek saat geçtikten sonra bile, elinde kadeh, gözleri hep aynı noktaya dikili, hiç konuşmadan, neden hiç konuşmadığını da açıklamadan, öylece oturuyor, arada bir, viskisinden küçük bir yudum alıyordu. En sonunda, Gül Tezcan bir hekim çağırmaktan söz etmeye başlayınca açıldı

dili, "Hayır, hayır, hiçbir   ,im yok," dedi, sonra gene sessiz-
liğe gömüldü.

Ancak üçüncü kadehten sonra açılmaya başladı dili: bö-
lük pörçük bir biçimde de olsa, Tufan'ın Amerika'da yaşa-
yan ve bayağı yaşlı bir küçük kardeşi bulunduğunu ve her
ikisinin de Hikmet hocanın çocukları olduğunu öğrendiğini
anlattı, Gül Tezcan bunları nerden öğrendiğini sorunca da
"Kendisi geldi," diye yanıtladı, "Kendisi, yani John Smith,
yani o, Amerikalı hukuk profesörü," diye kekeledi, Gül Tez-
can "Sen iyice saçmalamaya başladın: John Smith kim?
Tufan'la, Hikmet beyle ne ilgisi olabilir bu adamın?" deyin-
ce de anlatmak istediğini bir türlü anlatamayan bir çocuk
gibi hıçkırmaya başladı. Gül Tezcan da ağladı ağlayacaktı,
"Anlayamıyorum, hiçbir şey anlayamıyorum," diye söylen-
di, "Bu adama bir şeyler oldu." Sonra geldi, önüne diz çök-
tü, ellerini avuçlarına aldı, "Soruma yanıt vermedin: John
Smith de kim?" diye sordu.

"Kim olacak? Tufan'ın kardeşi işte, Hikmet babanın kü-
çük oğlu," diye yanıtladı Can Tezcan. Rıza Koç'tan yana dön-
dü, oldukça uzun bir süre, hiçbir şey söylemeden baktı öyle,
sonra derin derin içini çekti, "Hikmet babanın Tufan'ın baba-
sı olduğunu bilmiyordum, hiçbir zaman da görmedim kendi-
sini, ama Temel'in karşısında direnmesi hoşuma gidiyordu,
hep geciktirmeye, hatta engellemeye çalıştım evinin yıkılma-
sını, alttan alta olsa bile direndim, sonra Halis beye telefon et-
tim, ama yaptığını yapmasını ben söylemedim. Bu adamın
ölümü beni yıktı," diye ekledi, hıçkırdı hıçkıracaktı gene.

Gül Tezcan da, Rıza Koç da nerdeyse soluk bile alma-
dan ona bakıyorlardı. Sonra Rıza Koç elini omzuna koydu.

"Sen bu işi fazla büyütmüşsün, olguları çerçevelerinden taşırmamalı," dedi. "Bir düşün: ne zamandır biliyordun
adamcağızın delik deşik edildiğini, yapılanın korkunç bir
şey olduğunu da biliyordun, ama çok da sarsılmamıştın, bu-
gün, Tufan'ın babası olduğunu öğrendikten sonra, dünyan
kararıveriyor, acıdan kıvranmaya başlıyorsun. Oysa olay
hep aynı olay. Bir çelişki değil mi bu?"

Can Tezcan, acı içinde, arkadaşına bakıyordu.

"Şimdi Hikmet babadan çok kendime üzülüyorum belki de," dedi. "Hep yapmak istediklerimin tersi oluyor şu son günlerde. Her şeyi yönlendirebileceğimi, kendi istediğime getireceğimi sanmıştım, ama hep tersi oluyor. Yargının başına geçip en sonunda bu ülkede hukuku egemen kılacağımı sanmıştım, ama elime geçirmek üzereyken, geldiği yere geri dönecek gibi görünüyor. Bir şeyler ters gidiyor hep, edimlerimin öznesi olamıyorum."

"Orada dur, dostum, orada dur!" diye atıldı Rıza Koç. "Yaşadığımız dönemin getirdiği bir şey bu, senin hiçbir suçun yok: hiçbirimiz özne değiliz gerçekte, hiç kimse özne değil, bu yüzden de edimlerimiz amaçladığımız sonuçlara götürmüyor kolay kolay. İkimiz de düşüncelerimizin, daha doğrusu birbirini tutmayan birtakım düşünce kırıntılarının tutsağıyız, onların ardından koşuyoruz, sen her yerde anamalın borusunun öttüğü bir ortamda yargıda adaleti egemen kılmaya çalışıyorsun, ben bu korkunç düzeni değiştirmek umuduyla özgürlüğümü tehlikeye atarak o yasak kitapçıkları yazıyorum. Ama hiçbir şey olmuyor, hiçbir şey olacağı yok. Tek avuntumuz boyun eğenlerden olmamak. Bunun da bir anlamı yok gerçekte: doğa da, toplum da son günlerini yaşıyor. Bir Fransız *Gelecek uzun sürer* diye bir kitap yazmıştı bir zamanlar, ama artık geleceğin de geleceği yok."

Tam bu sırada kapının zili çalmaya başladı. Gül Tezcan saatine baktı.

"İkiye çeyrek var," dedi. "Bu saatte olsa olsa gelecek çalabilir kapımızı."

Rıza Koç güldü.

"Belki de geçmiştir," dedi. "Hikmet baba bir kaçamak yapıp duyarlığından dolayı Can'a teşekkür etmeye gelmiş olabilir."

"Hikmet baba bu kadar patırtı yapmazdı," dedi Gül Tezcan. "Bu gelen kimse sürekli zile basmakla yetinmiyor, bir de kapıyı yumrukluyor."

Can Tezcan kapıya doğru yürüdü, tam açmak üzereyken Gül Tezcan "Dur, açma!" diye seslendi arkasından, o da elini düğmeden çekti hemen, "Kim o?" diye seslendi.

Kapının öbür yanından hiç beklemediği bir yanıt geldi:
"Polis! Açın kapıyı!"

Can Tezcan görüntüleyicinin düğmesine bastı, kapının önünde en az bir düzine polis vardı.

"Sanırım, yanlış kapı çalıyorsunuz, çünkü benim polisle bir işim olamaz! Ayrıca, dokunulmazlığım var benim," dedi.

"Size de, evinize de dokunacak değiliz, efendim," dedi öndeki orta yaşlı ve çok iri polis. "Evinizde bulunduğunu öğrendiğimiz bir kaçağı: Rıza Koç'u almaya geldik biz."

Can Tezcan öksürdü, sesini kalınlaştırmaya çalıştı.

"Bu evin dokunulmazlığı var dedim size!" diye bağırdı öfkeyle. "Ayrıca, polis olduğunuzu da sanmıyorum. Bir dakika bekleyin de gökdelenin güvenlik görevlisini arayayım."

Aynı anda güvenlik görevlisinin sesi geldi: polislerin ellerinde savcılığın arama emriyle geldiklerini, direnilmesi durumunda kapıyı kırma yetkileri de bulunduğunu söyledi.

"Evet, efendim, savcılığın yazısı tam böyle," dedi az önceki ses. "Size sonsuz saygımız var, ama bizler emir kuluyuz. Açmamanız durumunda, kapıyı kırmamız isteniyor; bu sanığı ne pahasına olursa olsun, alıp götürmek zorundayız."

Tam o anda, Can Tezcan'ın da, polislerin de beklemediği bir şey oldu: Rıza Koç arkadan usulca gelip birden açıverdi kapıyı, elleri yukarıda, hızla polislerin arasına daldı. Can Tezcan, korkunç bir düşteymiş gibi, belki on beş, belki yirmi polis arasında arkadaşını görmeye çalıştı, bir an sonra, iki polis Rıza Koç'un ellerini arkadan kelepçelerken, bir üçüncüsünün elini ensesine bastırdığını, hemen arkasından da aralarına alıp asansöre yöneldiklerini gördü, tepeden tırnağa titredi. Tüm gücünü toplayarak "Korkma, Rıza, çok yakında kurtaracağım seni!" diye seslendi. Rıza Koç geriye döndü birden, "Sakın ha!" dedi, "Sakın ha! Burnunu sokma işime!" Polisler arkasından iterek asansöre soktular Rıza Koç'u. Can Tezcan da, Gül Tezcan da öyle dikilip kaldılar oldukları yerde, sanki dostları polisleri uğurlayıp dönecekmiş gibi asansörün kapalı kapısına bakıp durdular. Neden sonra, tek sözcük söylemeden, dairelerine girip kapıyı sürgülediler.

Birbirlerine söyleyecek tek sözcük bulamadılar, aramadılar da: her şeyi birlikte görmüşlerdi. Yalnız, yatakta, uykunun eşiğinde, Gül Tezcan kocasının sol elini avcunda tuttu bir süre, "Bana öyle geliyor ki bu iş burada bitti, sevgilim, bunu böyle bil ve uyu, saat üç," dedi. Can Tezcan en geç sekiz buçukta kalkmak istediğini söyleyince de "Hayır, efendim, ben kocamı sokakta bulmadım, on buçuktan önce uyandıramam seni!" diye kesip attı. Ama, ertesi sabah, tam sekiz buçukta, günün gazetelerini alıp da ilk sayfalarındaki fotoğrafları ve başlıkları görür görmez yatak odasına koştu, önce yavaş yavaş, sonra sert ve hızlı bir biçimde sarsmaya başladı kocasını, "Kalk sevgilim, kalk da şu alçaklığa bir bak!" diye seslendi. Can Tezcan doğrulup oturdu hemen, hiçbir şey söylemeden, bir "Günaydın!" bile demeden, gazetelerden birkaçını kendi önüne çekip birbiri ardından gözden geçirdi. Hepsi aynı fotoğrafları, aynı iki fotoğrafı basmıştı: biri elleri kelepçeli olarak polisler arasında B - 164 sayılı gökdelenin kapısından çıkan Rıza Koç'u, öbürü dairesinin kapısında polislerle tartışan Can Tezcan'ı gösteriyordu. Birtakım önemsiz farklılıklar bir yana bırakılacak olursa, yazılar da biçimleri, içerikleri, hatta sözcükleriyle birbirinin aynıydı nerdeyse, aynı elden çıkmış gibi bir izlenim uyandırıyorlardı. Bir başlıklar farklı görünüyordu, ama, "Sanığına kucak açan yargı", "Sanık yargı el ele", "Suçluyu bağrına basan yargıç", "Yargı ve suç kucak kucağa", "Kaçağa yargı kıyağı" gibi karşıtların yakınlığı izleğine bağlanan örneklerin sezdirdiği üzere, bunların da gene aynı elden çıktıkları anlaşılmaktaydı. Gecenin bayağı ilerlemiş bir saatinde gerçekleşen bir olayın nerdeyse tüm gazetelerin birincil haberini oluşturabilmesi de olsa olsa tek bir yönlendiricinin varlığını kanıtlardı. Zaman zaman en önemli toplantılarda bile uyuklamasıyla ünlü adalet bakanı Veli Dökmeci'nin sabahın ikisinde gazetecilerin Can Tezcan'ın dokunulmazlığına ilişkin sorularını "Biz Can beye dokunmadık, ama bileğine kelepçeyi takabilmek için konuğuna dokunmak zorundaydık," diye yanıtlamış gibi gösterilmesi de doğrulamaktaydı bunu.

"Her şey apaçık ortada: bu adamlar seni bitirmeye karar vermişler," diye söylendi Gül Tezcan, kucağındaki gazeteleri yere atarak doğruldu, kocasının yanı başına gelerek saçlarını okşadı, daha doğrusu karıştırdı, sonra çenesini yukarıya doğru kaldırarak kendisine bakmaya zorladı onu, "Üzme tatlı canını," dedi, "Nasıl olsa fazla uzun sürmeyecekti bu serüven, başlamadan bitmiş olması daha iyi."

Can Tezcan elindeki gazeteyi bırakarak gözlerini eşinin gözlerine dikti bir süre, hâlâ çok güzel, hâlâ çok çekici olduğunu düşündü.

"Olabilir, ama kesinlikle bitmediği sürece görevimi sürdüreceğim, Rıza'yı da en kısa zamanda alacağım o heriflerin ellerinden!" dedi kararlı bir sesle, kararlı bir biçimde giyinmeye başladı.

Otuz beş dakika sonra, başkanlık bölümünün kapısından içeriye girdi. İnci elindeki gazeteyi yere atarak ayağa fırladı. Bir şeylerden korkmuş gibi görünüyordu, ama patronunun gülümsediğini görünce kendisi de gülümsedi.

"Günaydın, efendim," dedi.

Can Tezcan gazetelerde yazılanları umursamadığını göstermek istedi ona, yapay bir biçimde kaşlarını çattı.

"Günaydın, İnci'ciğim, Sabri beyi bir arar mısın? İşi yoksa hemen bana gelsin," dedi.

İki dakika sonra, Sabri Serin'in gülümsemeyle somurtma arasında bocalayan bir yüzle kapıdan girdiğini görünce, kendisi de gülümsemeye çalıştı, ama yardımcısı elini uzatırken öyle bir havaya bürünmüştü ki o da elinde olmadan kederli bir havaya büründü.

"Sabri'ciğim, olanlara ne diyorsun?" diye sordu.

Sabri Serin "Önlemsizlik," demeyi düşündüyse de saniyesinde vazgeçti.

"İşler gittikçe kötüye gidiyor, efendim, kolay kolay duracağa da benzemiyor, ok yaydan çıkmış bir kez," dedi titreyen bir sesle. "Adamlar evinizi basmayı bile göze aldıktan sonra..."

Can Tezcan içini çekti.

"İşin kötüsü, benim yüzümden Rıza da yandı," dedi.

"Hayır, Rıza bey sizin yüzünüzden yanmadı, efendim," diye atıldı Sabri Serin, "Siz onun yüzünden yandınız."

Can Tezcan gözlemin üzerinde durmadı.

"Peki, onun için yapabileceğimiz bir şey yok mu sence?" diye sordu.

"Yok, efendim, siz benden çok daha iyi bilirsiniz: savcılık onların elinde, üstüne üstlük yargı bize geçmedi daha," dedi Sabri Serin, içini çekti; sonra birden başkanına doğru eğildi, "Doğrusunu isterseniz, bir çözüm var, efendim, ama sizin bu çözüme yanaşacağınızı hiç sanmıyorum," diye ekledi.

Can Tezcan daha söylerken anladı yardımcısının ne demek istediğini. Gene de ona söyletmek istedi.

"O çözüm ne peki?" diye sordu.

"Bunu siz de çok iyi biliyorsunuz, efendim," dedi Sabri Serin: "Mevlüt beyin isteklerine tartışmasız boyun eğmek."

"Yani bindiğimiz dalı kesmek."

"Öyle de denilebilir, efendim."

Tam bu anda İnci kapıyı bile vurmadan odaya daldı.

"Başbakan telefonda, efendim, Ankara'dan arıyor," dedi soluk soluğa.

Başbakan, telefonda hatırını sorduktan sonra, "Bugün sesin bir tuhaf çıkıyor, bu da, tüm içtenliğimle söylüyorum, beni çok üzüyor," dedi. "Biliyorsun, daha ilk karşılaşmamızda seni sevdiğimi söylemiştim; benim adım Mevlüt Doğan, 'Sevdim' dedim mi severim. Bu nedenle sana son bir öneri getireceğim. Yalnız mısın, yanında birileri mi var?"

"Genel yazmanım var, sayın başbakanım; ama ondan hiçbir şeyi saklamam, benim bildiğim her şeyi o da bilir," dedi Can Tezcan.

Mevlüt Doğan'ın yanıtından önce kahkahası geldi.

"Sana Rıza Koç kadar yakın yani!" dedi sonra, bir kahkaha daha attı. "Peki oldu, sen bu adamın konuştuklarımızı duymasında bir sakınca görmüyorsan, ben de görmem, Can aga," diye sürdürdü. "Sana son bir önerim olacak. Bunu da geri çevirecek olursan, ikimiz de dilediğimizi yapmakta özgür olacağız. Tamam mı?"

"Tamam, sayın başbakanım, bugüne değin de böyleydik," diye yanıtladı Can Tezcan.

"Öyleyse iyi dinle, Can aga," dedi başbakan. "Önerim şu: belli yerlerde görevlerinde bırakılmasını istediğim elli altmış yargıcın adlarını vereceğim sana, onları yerlerinde bırakacaksın."

Can Tezcan bir an duralar gibi oldu, ama fazla geciktirmedi yanıtını.

"Bu konuda yasa açık, sayın başbakanım," dedi, "Kurumumuz bağımsızdır, istediği yargıcı seçmekte özgürdür."

Başbakan sesini sertleştiriverdi o zaman.

"Bunu ben de biliyorum, Can aga, ama biz yasalardan söz etmiyoruz, özel bir uzlaşmadan söz ediyoruz," dedi. "Ayrıca ben yarım günde değiştirtiveririm o yasayı."

Can Tezcan bu kez hiç duralamadı.

"Ben hukukçuyum, sayın başbakanım, yürürlükteki yasaya bakarım," dedi.

Bir süre başbakandan ses gelmedi. Sonra gene kahkahası duyuldu.

"Bu işi fazla büyüttün," diye homurdandı, sonra gene güldü, "Bu arada, bir de küçük armağanımız olacak, anlaştığımız dakikada, senin Koç'un ipini de koyvereceğiz, şimdi oldu mu?" diye ekledi.

"Sağ olun, sayın başbakanım," diye yanıtladı Can Tezcan. "Arkadaşımı kurtarmak için her şeyi yapardım, ama bunu yapmam olanaksız."

"Peki, neden?"

"Aldığım büyük sorumluluk elimi kolumu bağlıyor, sayın başbakanım."

Telefonun öbür ucundan ses gelmedi bir süre, sonra Can Tezcan başbakanın "Çok tuhaf, gerçekten çok tuhaf," diye söylendiğini işitti. "İlk iki görüşmemizde nelere evet dediğini anımsamaya çalış biraz!"

Can Tezcan içini çekti.

"Unutmadım ki anımsayayım, sayın başbakanım," diye yanıtladı.

"Öyleyse?"

"O zaman bu büyük sorumluluğu almamıştım üzerime."

"Kararın kesin mi yani?"

"Evet, kesin, sayın başbakanım: savcılar sizin, yargıçlar bizim," dedi Can Tezcan.

Mevlüt Doğan'ın önce kahkahası geldi, sonra, "Ne yapalım, bu konuda anlaşamadık seninle, ama gene de dostuz, Can aga; hadi, hoşçakal," dediğini işitti, bir yanıt aradı, ama hiçbir yanıt gelmedi usuna, sonra Mevlüt Doğan'ın telefonu kapattığını işitti, "Kapattı," dedi. Gözlerini yere dikti, öylece kaldı, bir dakika, iki dakika, üç dakika kaldı öyle, ne bir şey söyledi, ne kımıldadı, sonra, birdenbire, masaya bir yumruk indirdi, "Evet! Evet! Evet!" dedi yüksek sesle.

Sabri Serin şaşırdı, korkuyla bakmaya başladı başkanına, ama onun kendisini gördüğü bile yoktu.

"Evet, evet, şimdi daha iyi anlıyorum," diyordu. "Ben yüzüyle, bedeniyle, sesiyle benzediğini sanmıştım, yanılmışım, evet, yanılmışım, herif kişiliğiyle benziyor Smerdiakof'a, kişiliğiyle, kafasının ve yüreğinin içiyle benziyor."

Soluğu kesilmiş gibi sustu, dalıp gitti bir süre. Sonra birden gözlerini Sabri Serin'e dikti, gülümsedi.

"İvan Karamazof çok güzel tanımlamıştı herifi," dedi: "Bana öyle geliyor ki sen hem sıkı bir budala, hem dört dörtlük bir üç kâğıtçısın... Evet, böyle, bunun gibi bir şey işte..."

Sabri Serin gülümsedi.

"Bana öyle geliyor ki artık ender rastlanır bir özellik değil bu, efendim," dedi: "Başımızı biraz yukarı kaldırıp bakmamız yeter, ortalık böyleleriyle dolu, partiler, dernekler, odalar, üniversiteler, dergiler, gazeteler, her yer, her yer üç kâğıtçı budalalarla dolup taşmakta. Gitar çalan, ama şiirden tiksinen kişilerle."

XIII

Sabri Serin elindeki kâğıtları usulca masanın üstüne bıraktı, hiçbir şey söylemeden oturdu, gözlerini Can Tezcan'a dikti. O da kâğıtları okuduğu sürece hep kendisine bakmış, yüzünden, gözlerinden, devinilerinden tepkisini çıkarmaya çalışmıştı. Buna gereksinimi yoktu gerçekte: böyle bir durumda, kendisininkinden farklı bir tepki göstermeyeceğini bilirdi. Gene de kendi ağzından duymak istedi.

"Ne diyorsun, Sabri'ciğim?" diye sordu.

Sabri Serin, yüzünde korkunç bir yıkılmışlık anlatımı, sorusunu anlamamış gibi, şaşkın şaşkın baktı başkanına.

Can Tezcan gülümsemeye çalıştı.

"Evet, Sabri'ciğim, ne diyorsun?" diye üsteledi.

Sabri Serin konuşacak gücü kalmamış ya da verilecek yanıtı yokmuş gibi bakıyordu hep. En sonunda derin bir soluk aldı.

"En kolay yolu bulmuşlar," dedi.

"En kolay mı dedin?" diye atıldı Can Tezcan. "En kolay olur mu? Bu denli dolambaçlı, bu denli dolaştırmalı bir iş..."

"Neden dolambaçlı olsun ki, efendim?"

"Bunca adamdan imza toplamak kolay mı sence? Bunca kişiyle görüşüp onları kendi dediğine getirmek kolay mı? Hele bu adamların daha 17 temmuzda beni oybirliğiyle başkan seçtikleri düşünülünce. Haksız mıyım?"

"Haklısınız, efendim, en azından tutarlılık açısından."

"Bir sayar mısın şunları: bakalım, kaç kişi imzalamış?"

Sabri Serin az önce okuduğu belgeyi alıp altındaki imzaları saydı.

"Tam altmış yedi imza, efendim," dedi.

Can Tezcan kısa bir süre düşündü, sonra içini çekti.

"Evet, altmış yedi," diye onayladı. "Altmış yedi, yani ben de içinde olmak üzere tüm paydaşların yaklaşık yüzde doksanı. Bu kadar adamın bu kadar çabuk pes etmesini beklemezdim doğrusu."

Sabri Serin yumruklarını sıktı.

"Bana kalırsa, burada pes etmek söz konusu olmamıştır, efendim," dedi. "Bunun çok kolay olacağından kuşkusu yoktu adamların. Bizim ortakların Mevlüt Doğan'ın ya da herhangi bir başbakanın istemi karşısında direnemeyeceklerini deneyimleriyle biliyorlardı. Sanırım, paydaşlarımız düşünmeye bile gereksinim duymadan, daha söylenir söylenmez bastılar imzayı. Ben, daha işin başında, bu adamlar bizim yumuşak karnımız olacak dememiş miydim?"

"Evet, demiştin, ben de para babalarından hiçbir zaman iyi şeyler beklemedim, ama bu kadar çabuk boyun eğeceklerini de sanmazdım doğrusu, içlerinden birçoğunun avukatlığını yapmıştım, beni tanımaları gerekirdi," dedi Can Tezcan, başını önüne eğdi.

Sabri Serin gülümsemeye çalıştı.

"Belki de avukatlığınızdan daha çok yararlanacaklarını düşündüler, efendim," dedi.

"Geç bakalım dalganı!" diye yanıtladı Can Tezcan. "Belki en doğrusu böyle büyük işlere kalkışmaktansa, onların avukatlığını yapmayı sürdürmekti, para babalarını savunarak cebimizi doldurmaya bakmaktı yani. Ne yaparsın, toplum böyle, çelişkiden çelişkiye sürüklüyor insanı."

Sabri Serin ağladı ağlayacaktı.

"Bağışlayın, efendim: istemeden soğuk bir şaka yaptım, sizi iğnelemek usumun ucundan bile geçmez, hele böyle bir durumda," dedi.

Can Tezcan gülümsemeye çalıştı.

"Aldırma, takma kafanı, Sabri'ciğim, dalga da geçsen, haksız sayılmazsın. Yenildik işte, bunca yanlış arasında doğruculuğumuz tuttuğu ve ödün vermediğimiz için yenildik," diye yanıtladı. "Yenildik, bu arada zavallı Rıza'nın da yeniden tekkeye düşmesine neden olduk. İstersen, bir daha okuyalım, adamlar çok güzel özetlemişler olayı: 'Can Tezcan'ın güvenlik güçlerince aranmakta olan toplum düşmanı bir sanığı günlerce evinde saklamış olması, yalnızca genel başkan Can Tezcan'ın kendisini değil, Türkiye Temel Hukuk Ortaklığı AŞ'yi de kamuoyu önünde kuşkulu bir duruma düşürmüş bulunmaktadır. Bu nedenle en kısa sürede olağanüstü bir genel kurul toplantısı düzenlenip seçim de içinde olmak üzere her türlü yasal yol denenerek kurumun saygınlık ve güvenilirliğine yeniden kavuşturulmasını dileriz.' Şimdi tüm sorun bu. Böyle bir ortamda hiç kimse kalkıp da 'O suçlu kim? O mu doğruyu söylüyor, yoksa onun saldırdığı düzen mi? Gerçekten bir saklama mı söz konusu, yoksa bir rastlantı ya da bir tuzak mı?' diye sormaz."

"Ama Rıza beye yüklenen suçların başında sizi ve sizin öncülük ettiğiniz yeni yargı düzenini aşağılamak var, efendim."

"Olabilir, bugüne dek uygulandığı biçimiyle adalet böyle işliyor. Bir başka bağlamda sanık sandalyesine Rıza'yı suçlayanlar oturtulabilirdi."

Sabri Serin dişlerini sıkıyor, ellerini ovuşturup duruyordu.

"Ama ortam bu ortam, bağlam bu bağlam, efendim, ve bunca emek boşa gitti," dedi, sonra, gözleri yerde, "Sanırım, olacağı da buydu," diye ekledi.

"Peki, neden?"

"Siz hiç mi hiç güvenilmeyecek, üstelik size olmasa da dünya görüşünüze yüzde yüz karşıt, hatta düşman bir çevrenin ağır toplarıyla işbirliği yaparak daha iyi bir yargı düzeni kurmaya kalktınız."

"Evet, şu geldiğimiz noktadan bakılınca, yorumun yüzde yüz doğru. Sen haklısın, başından beri de haklıydın, Sabri'ciğim. Yanlışımız inançlarımızın doğruluğunu bir kez daha kanıtladı böylece."

"Ne olursa olsun, bir işe girişip de istediği gibi bitirememek korkunç bir şey, efendim."

Can Tezcan gözlerini tavana dikerek düşüncelere daldı bir süre, sonra birden yardımcısına döndü.

"Haklısın, bir işe girişip de bitirememek hoş bir şey değil, Sabri'ciğim," dedi. "Ama neyin ne zaman, nerede, nasıl biteceğini önceden bilemeyiz, önemli olan sürdürmek, yani gidebileceğimiz yere kadar gitmek, biz de öyle yapacağız."

Sabri Serin şaşırdı.

"Gidebileceğimiz yer... Bundan böyle gidebileceğimiz yer neresi olabilir ki, efendim?" diye kekeledi. "İmza sayısı ortada olduğuna göre..."

"Olabilir, ama ben gidebildiğim yere kadar giderim," dedi Can Tezcan, sesi birden güçlü ve kararlı bir insanın sesi oluvermişti. Tam o anda Sabri Serin'in kendisine şaşkınlıkla baktığını gördü, elinde olmadan gülümsedi. "Evet, dostum, ben gidebileceğim yere kadar giderim," diye yineledi.

"Yargının bizim yönetimimize geçmesine on üç gün var daha, genel kurulu da en geç yirmi bir gün sonra toplamak zorundayız," diye yanıtladı Sabri Serin. "Yani biz atamalarımızı en erken 3 ekimde yapacağız, 11 ekimde de genel kurul toplanacak.

"İyi ya, biz de elimizi çabuk tutalım, bir gün bile geciktirmeden oluşturalım mahkemelerimizi," dedi Can Tezcan, kararlı mı kararlıydı sesi.

Sabri Serin önüne bakıyordu, yanıt vermedi. Can Tezcan, yüzünde tuhaf bir gülümseme, parmağıyla masayı tıkırdattı.

"Neden sustun, Sabri'ciğim? Böylesi yanlış mı olur?" diye sordu.

"Bir an atayacağımız yargıçların sonunu düşündüm de ondan sustum, efendim," dedi Sabri Serin, içini çekti. "Biz atadık diye en kısa sürede hesabını görürler adamların."

Can Tezcan başını önüne eğerek düşündü bir süre, sonra gözlerini yardımcısının gözlerine dikti.

"Biz gene de hiçbir şey olmayacakmış gibi yapalım işimizi," dedi kararlı bir sesle, sonra tuhaf bir biçimde gülümsemeye başladı. "Bizim atamayı düşündüğümüz yargıçlar aç kalacaktır diyorsan, tersini yapalım o zaman: onlara yakın bilinen adamları atayalım, bizim yerimizi alacak olanlar da onları, yani Mevlüt'ün adamlarını sepetlesinler."

Sabri Serin patronunun birdenbire en iyi savunmalarını yaptığı dakikalardaki havasına büründüğünü düşündü, içinde bir yerler sızladı. Gene de kararından caydırmaya çalıştı onu.

"Efendim, biliyorsunuz, on bir kişilik yönetim kurulumuzdan beşinin genel kurul ve yeni seçim önerisinde imzası var. Sizinle beni saymazsak dört kişi kalıyor geriye. Bu dört kişiden biri onlara katıldı mı tüm çabalarımız boşa gidecek demektir," dedi, sonra gözlerini tavana dikti, "Ayrıca, dördünün de onların yanına geçmesi büyük olasılık: değer mi bunca yorgunluğa?" diye ekledi.

Can Tezcan'ın yüzünde acı bir gülümseme belirdi.

"Görevde kaldığımız sürece gerektiği gibi yapalım işimizi, bize böylesi yakışır," dedi.

"Peki, efendim, nasıl isterseniz," dedi Sabri Serin, başını önüne eğdi.

"Arkadaşlar geceyi gündüze katıp çalışsınlar, en azından İstanbul, Ankara, İzmir mahkemelerinin kuruluşu üç aşağı beş yukarı imzaya hazır duruma getirilsin."

"Peki, efendim."

"Biz de son bir denetleme yapıp hemen sonuçlandıralım bu çalışmaları. Böylece can sıkıcı varsayımlarla zaman yitirmekten de kurtulmuş oluruz. Tamam mı?"

"Tamam, efendim, böyle yapalım," dedi Sabri Serin.

"Tamam, efendim, böyle yapalım," demesinden yirmi dakika sonra da arkadaşlarıyla başvurular üzerinde çalışmaya başladı. Sabahın dördünde yalnızca İstanbul, Ankara, İzmir mahkemelerinin değil, Adana, Trabzon, Diyarbakır mahkemelerinin yargıçları da belirlenmişti. Can Tezcan, dosyaları özenle gözden geçirdikten sonra, "İşte olmuş! Bence çok sıkı bir takım kurmuşsunuz!" dedi, ama, aynı anda, Sabri Serin'in kaygıyla kendisine bakmakta olduğunu gördü.

"Sabri'ciğim, sen gene neye taktın kafayı?" diye sordu. "Şimdi de kendi hazırladığın atamaları mı beğenmiyorsun?"

Sabri Serin umutsuz bir çocuk gibi boynunu büktü.

"İçimde bir kaygı var gene, efendim," dedi. "Bilirsiniz, özel mahkemeleri ve özel yargıçları bir yana bırakacak olursak, bu ülkede her şeye karşın en iyi işleyen yargıdır öteden beri; yasalar elverse, daha da iyi işler. Bu nedenle çevremizde ikide bir 'Türkiye'de yargıçlar var!' denildiğini duyarız. Korkarım ki bu söz unutulacak yakında."

"Bunu da nerden çıkardın?"

"Biz en güvenilir yargıçları şu atama dizelgelerinde topladık. Adamlar tüm bu yargıçları bizim seçtiklerimiz diye dışarıda bırakırlarsa, 'Türkiye'de yargıçlar var!' demek zor olacak. Diyeceğim, hiç de böyle bir amacımız yokken, adalete son yumruğu biz indirmiş olacağız."

Can Tezcan, çenesi yumruğuna dayalı, gözleri tavana dikili, hiçbir şey söylemeden, nerdeyse soluk bile almadan düşündü bir süre, sonra gene Sabri Serin'e dikti gözlerini.

"Hayır, dostum, yanılıyorsun," dedi güvenli bir sesle. "Hayır, bence insan doğasına güvenmek gerekir, insanların başkaldırı yetisine güvenmek gerekir. Biliyorum, çoğu zaman, hem de hemen her yerde, haksızlık egemendir, doğal gibi, doğruluk gibi, haklılık gibi göründüğü de çok olur. 'Bu böyledir, böyle gelmiş, böyle gider: yapılacak hiçbir şey yok!' der insanlar. Sonra bir yerlerden bir dip dalgası gelir, önünde ne varsa yerle bir etmeye başlar, adaletin ucu görünür, insanlar 'Bu böyle süremez!' derler ve bu böyle sürmez artık. İnsanların başkaldırı yetisinden umudu kesmemek gerekir. "

Sabri Serin pek de inanmış gibi görünmedi.

"Çok güzel konuşuyorsunuz, efendim, ama bence fazla iyimsersiniz," diye yanıtladı. "Benim görüşümü sorarsanız, adalet güçlülerin ayrıcalığıdır. Güçsüzler adaleti pek bilmezler genellikle, bilseler bile kendilerini de kapsayacağına, daha doğrusu, kendileri için de işleyebileceğine inanmazlar hiçbir zaman. Bu nedenle, kendi aralarında da boşverirler ona, doğa yasalarıyla yetinirler. Yılkı adamları konusunda söylenenleri düşünüyorum da..."

Can Tezcan bir süre duraladı, sonra yapay bir biçimde öksürdü, sonra gözlerini Sabri Serin'in gözlerine dikti.

"Biz gene de atama istemimizi sunalım paşalarımıza, kurulda seçim isteyenlerin çoğunlukta olması atama isteğimizi geri çevirmelerini gerektirmez," dedi. "O iş başka, bu iş başka."

Sabri Serin başını önüne eğdi.

"Peki, sunalım, efendim," dedi. "Ama ben bu konuda hiç de iyimser değilim."

"Biz görevimizi yapalım, gerisi onların sorunu," diye yanıtladı Can Tezcan, elini Sabri Serin'in omzuna koydu. Ama o önüne bakmayı sürdürüyordu.

"Belki de siz haklısınız, efendim," dedi, "Ama ben geri çevireceklerinden kuşku duymuyorum. Tartışmayacaklar bile."

Sonuç tam korktuğu gibi oldu: kendisi ve genç bir üye dışında hiç kimse onaylamadı atama dizelgesini. Birkaç gün içinde yeni bir yönetim kurulu oluşturma olasılığı bulunduğuna göre, çoğunluk atamayı bu kurulun yapmasının daha doğru olacağı konusunda birleşti. Bir üye de genel başkanın hem bunu düşünememiş olmasına çok şaşırdığını söyledi, hem de böyle bir günde yönetim kuruluna gelmemesini oldukça aşağılayıcı sözlerle eleştirdi, sonra da "Sayın genel başkanımız bu işi bu denli önemsiyorsa, neden toplantımıza gelip açıklamıyor görüşünü?" diye de bitirdi.

Can Tezcan gülümseyerek dinledi anlatılanı, sonra, yardımcısı ayrıntılara girmeye yönelir gibi olunca, "Anladım, Sabri'ciğim, oradaymış gibi görüyorum her şeyi, kendini yormana değmez," dedi. "Önceden kestirmem gerekirdi olacakları: alma zalimin ahını, çıkar aheste aheste. Sen yalnız şunu söyle bana: bizim Niyorklu bu konuda herhangi bir görüş belirtti mi?" diye sordu. Niyorklu'nun toplantıda hiç ağzını açmadığını öğrenince de gülümsemekle yetindi, ama atamaları benimseyen tek üyenin kim olduğunu öğrenmemeyi yeğledi, "Hiç bilmemek daha iyi; böylece karşı çıkanları da bilmemiş olurum," diyerek kapattı konuyu.

Bundan sonra, kuruluşu için bunca savaşım verdiği TTHO AŞ'yi nerdeyse tümüyle çıkardı düşüncelerinden, Gül Tezcan ya da başka bir yakını sözü buraya getirmeyi denediği zaman da hemen değiştirdi konuyu. Bununla birlikte, hiçbir zaman çok üzülmüş, çok yıkılmış gibi görünmedi. 11 ekim 2074 sabahı evden çıkmak üzere çantasını alıp kapıya yöneldiğinde, Gül Tezcan, yüzünde kaygılı bir gülümseme, nereye gittiğini sorunca da "55. sokak C-54 numaraya. Unuttun mu? Saat 16'da Genel Kurul toplantısı var," dedi. Gül Tezcan ileriye atıldı o zaman, sımsıkı sarılıp yanaklarını öptü. "Unutmuşum, beni bağışla, sevgilim," diye hıçkırdı. "Bağışla beni."

O da karısını öptü, parmağının ucuyla kirpiklerindeki damlaları sildi.

"Hoşçakal, sevgilim; benim için hiç kaygılanma," deyip kapıya yöneldi.

Saat 16.05'te Genel Kurul toplantısını açtı. Kısa bir açış konuşması yaptı. Hemen arkasından, oturum başkanı ve yardımcılarının seçimine geçti. Sonuç alınır alınmaz oturum başkanını kürsüye çağırdı. Dingin bir yüzle elini sıkarak kutladı adamı, az önce kendisinin oturmakta olduğu koltuğu gösterdi, "Buyurun, efendim," dedi, sonra, hiç acele etmeden, belki yalnızca dinginliğinin etkisiyle kopan alkışlar ve tek bir köşeden gelen "Gitme! Gitme! Gitme!" sesleri arasında, dosdoğru önüne bakarak, ağır ağır kapıya doğru yürüdü.

Onun kapıya varmasına birkaç adım kala, Temel Diker birdenbire yerinden fırlayarak arkasından koşmaya başladı, kapıdan çıktığı anda kolundan yakalayıverdi.

"Nereye kaçıyorsun? Toplantı yeni başlıyor daha! Kendini savunmayacak mısın? Adaylığını koymayacak mısın?" dedi. Aynı anda, Can Tezcan'ın hiçbir şey söylemeden, kolunu kurtarmaya da çalışmadan, gizemli bir biçimde gülümseyerek kendisine bakmakta olduğunu ayrımsadı, tepeden tırnağa titredi. "O yazıyı imzalamak zorundaydım," diye sürdürdü. "Biliyorum, sana çok şey borçluyum, ama işlerimi sürdürebilmem için bunu yapmak zorundaydım. Hem de nasıl olsa gene senin kazanacağına inanıyordum, hâlâ da inanıyorum. Çok insanla konuştum, geri dönüp 'Ben de adayım!' demen yeter."

Can Tezcan, yüzünde hep aynı gülümseme, hiç sesini çıkarmadan dinliyordu.

"Anlıyorum, açıklama yapmana da, özür dilemene de gerek yok, dostum," dedi, sonra kolunu kurtarıp gitmek istedi.

Niyorklu Temel bu kez de öbür kolunu da yakaladı.

"Senden yüz çevirdiğimi sanma," diye üsteledi. "Her zorlukta beni gene yanında bulacağından da kuşkun olmasın. Ben Tezcan Avukatlık Kurumu'nu bırakmam. Sen de biliyorsun ki..." Birden sustu: Can Tezcan söylediklerini dinlemiyordu. Ellerini omuzlarına bastırdı. "Tezcan Avukatlık Kurumu duruyor, ayrıca, her şey bitmedi, sen bir numaralı adaysın, elinle kurduğun kurumu bırakamazsın!" diyerek kolundan çekmeye başladı.

Can Tezcan bir kez daha kolunu kurtarmayı denedi.

"Hayır, Temel'ciğim, tüm üyeler istese de ben bu işte yokum," dedi. "Burada çalışamam artık, güvenimi yitirdim bir kez."

"Hiç değilse yönetim kuruluna girsen?... Hemen gidip önereyim mi?"

"Sakın yapma!"

"Gerçekten istemiyor musun?"

"İstemiyorum."

"Konuşmaları ve sonuçları da merak etmiyor musun?"

"Etmiyorum, gerçekten etmiyorum. Hadi, bana eyvallah," dedi Can Tezcan, çıkış kapısına yöneldi.

Niyorklu gene koluna yapıştı.

"Benden istediğin hiçbir şey yok mu?" diye sordu.

Can Tezcan bir süre düşündü, sonra gizemli bir biçimde gülümsedi.

"Evet, var, Temel'ciğim," dedi.

Niyorklu'nun gözleri sevinçle parladı.

"Hemen söyle!"

"Sokaklara numara vermekten vazgeç. Ad koy, daha iyi!"

"Peki, neden?"

"Cihangir'de bir sokak Nokta Hanım sokağı olur, bir sokak da Rahmetli Hikmet Bey Sokağı."

Niyorklu öyle dikilip kaldı bir süre, gözleri dumanlandı, sonra omuz silkti.

"Çok iyi düşünmüşsün, Can baba, ama benim için ilkeler daha önemli," dedi.

"Karar senin, hadi, bana eyvallah," diye yanıtladı Can Tezcan, dostunun elini sıkıp çıkış kapısına doğru yürüdü, tam çıkmak üzereyken dönüp geriye baktı, Niyorklu'nun, hep aynı yerde, gözleriyle kendisini izlediğini gördü. Birden, hızlı adımlarla yanına gitti. "Birinci isteğimi geri çevirdin, bakalım ikinci isteğimi de geri çevirecek misin?" dedi.

"Yapabileceğim bir şeyse, elbette yaparım," dedi Niyorklu.

"O zaman, söylüyorum: benim ortaklıktaki paylarımı alır mısın?" diye sordu.

Niyorklu düşünmedi bile.

"Ben ayrılmanı istemem, ama ille de elden çıkarmak istersen, alırım elbette, alacağımdan değil, sen istediğin için alırım," diye yanıtladı.

"Oldu o zaman, değerlerinin yarısına bırakıyorum sana," dedi Can Tezcan.

Niyorklu gülümsedi.

"Ben fırsatçı değilim, değeri neyse, ona alırım," dedi, dostunun koluna girdi. "Gerçekten bu kadar koptun mu bu işten? Seçim sonuçlarını da merak etmiyor musun?" diye sordu.

"Hayır, etmiyorum," dedi Can Tezcan. "Ayrıca, Sabri içerde, o bana her şeyi aktarır."

Sabri Serin başkanına her şeyi aktarma görevini ancak ertesi gün, yani 12 ekim 2074 günü öğleye doğru yerine getirebildi: hem çok fazla kişi söz almış, hem de konuşmalar gereğinden fazla uzun tutulmuştu. Ama söz alanların nerdeyse yarısı kurucu başkan Can Tezcan'ın yargıyı özelleştirme ve TTHO AŞ'yi kurma çabalarında da ortaya koyduğu bilgi ve becerisini övmüşler, yeni yönetim kurulu seçiminde adaylık önerilerini geri çevirmesini üzüntüyle karşıladıklarını belirtmişlerdi. Bu arada kurucu başkanın evinde ünlü bir sanığın yakalanmasının kusursuz biçimde hazırlanmış bir tuzak olabileceği konusunda kuşkularını belirtenler bile çıkmıştı. Adaylığını koymamış olmasına karşın, kendisine yirmiye yakın oy çıkması da hakkında konuşan üyelerin sözlerinde içten olduklarının açık bir belirtisi sayılırdı.

"Peki, seçilenler?" dedi Can Tezcan.

Sabri Serin çantasından bir kâğıt çıkarıp eski başkanına uzattı. O da şöyle bir baktıktan sonra önündeki sehpaya bıraktı.

"Güzel, çok güzel!" dedi: "Sen de varsın, Temel de var."

Sabri Serin nerdeyse yerinden fırlayacaktı.

"Hayır, ben yokum, efendim!" diye atıldı.

"Ama burada adın var!"

"Evet var, ama istemediğimi en baştan söylememe karşın seçtiler. Ben seçimden sonra da söyledim onlara, yazıyla da bildirdim ayrıca: çalışmayacağım."

"Peki, neden?"

"Bu işe sizinle başladığımı, sizinle de bitireceğimi söyledim onlara."

"İyi etmemişsin, Sabri'ciğim," dedi Can Tezcan. "Biliyorsun, çok önemli bir işlevi var genel yazmanlığın. Üstelik, hiç kimse senin kadar yararlı olamaz o koltukta."

"İşin o yanını hiç düşünmedim, efendim. Ayrıca, çok önemli bir neden daha çıktı sonradan."

"Nasıl bir neden?"

"Yönetim Kurulu dışarıdan bir başkan atadı."

"Dışarıdan mı? Bildiğimiz biri mi bu?"

"Çok iyi bildiğimiz biri: Cahit Güven."

"Cahit Güven! Cahit Güven! Cahit Güven!!" diye yineledi Can Tezcan, ama arkasını getiremedi bir türlü. En az beş dakika süresince, gözlerini tavana dikip durdu öyle. Sonra birden Sabri Serin'e döndü, "Peki, şimdi ne yapmayı düşünüyorsun?" diye sordu.

Sabri Serin gülümsedi.

"Bilmiyorum, efendim," dedi. "Bunu düşünmeye zamanım olmadı. İyi kötü bir iş bulurum herhalde."

Can Tezcan nerdeyse kızdı.

"Tezcan Hukuk Kurumu ne oluyor?" diye homurdandı. "Eski işimize yeniden başlarız, hem de daha coşkulu, daha ateşli bir biçimde."

Sabri Serin'in gözleri parladı.

"İşte bu çok güzel bir karar, efendim. Ben artık bu işlerden tiksindiğinizi sanıyordum," dedi. "Demek kaldığımız yerden sürdüreceğiz işimizi?"

"Elbette sürdüreceğiz!"

Sabri Serin umulmadık bir şey yaptı o zaman, yerinden fırlayarak patronunu yanaklarından öptü.

"O zaman, tamam, efendim: eskisinden de daha sıkı sürdürürüz işimizi," dedi.

Can Tezcan bir kahkaha attı.

"Hiç kuşkun olmasın," dedi. "Ancak, büyük bir olasılıkla, ana kaynaklarımızdan biri kuruyacak: Temel Diker bırakacak bizi?"

"Temel bey bizi neden bıraksın ki, efendim?"

"TTHO'nun en büyük paydaşı olarak, tıkır tıkır yürütür her işini, bize gereksinimi kalmadı."

"Önemi yok, biz onsuz da yaşatırız kurumumuzu," dedi Sabri Serin, bir süre dalıp gitti, sonra tuhaf bir biçimde gülümsedi, "Bir düşünsenize, efendim: bu adamlar bizim dizelgeyi hiç açmadan çöpe atacaklarına göre, öyle yargıçlar atayacaklar ki başımızı kaşıyacak zamanımız olmayacak belki," diye ekledi.

Ancak, üç gün sonra, 15 ekim 2073 günü, saat ona doğru, koltuğunun altında bir dosya ve birkaç gazeteyle Can Tezcan'ın odasına girerken, bacaklarının titrediğini duyuyor, öngörüsünün tam tersinin gerçekleşmiş olmasına üzülmek mi, yoksa sevinmek mi gerektiğini bilemiyor, bir tuhaf şaşkınlık içinde bocalıyordu. Başkanının odasına girdikten sonra, büsbütün arttı şaşkınlığı: Can Tezcan *Yeni Gündem* gazetesinin spor haberlerini okuyordu.

"Efendim, haberi görmediniz mi?" diye sordu.

Can Tezcan gülümsedi.

"Hangi haberi?" diye sordu alaylı alaylı.

"Hangi haberi olacak, efendim. Atama haberini, dizelgeyi..."

"Böyle bir haber görülmez mi? Elbette gördüm, Sabri' ciğim," dedi Can Tezcan. "Bizim dizelgeyi çöpe atmadıklarını ve bizim seçtiğimiz arkadaşların büyük bir bölümünü atadıklarını da gördüm."

"Büyük bölümünü değil, hepsini atamışlar, efendim, ben tek tek karşılaştırdım, ne bir eksik var, ne bir fazla," diye atıldı Sabri Serin, kendi hazırladıkları dizelgeyi başkanının önüne koydu. "Buyurun, kendiniz bakın," diye ekledi.

Can Tezcan parmağını bile oynatmadı.

"Sen karşılaştırdığına göre, benim bakmama gerek yok," dedi. "Bundan daha iyisini hazırlayamayacaklarını düşündüler herhalde."

Sabri Serin bu tutumun ardında şeytansı bir amaç arar gibiydi.

"Gizli bir amacı olamaz mı bu işin?" diye sordu.

"Olabilir," dedi Can Tezcan. "Bu çelişki çağında her şey olabilir."

"Hepsi bu kadar mı, efendim?"

"Dilediğin kadar varsayım üretebilirsin, Sabri'ciğim. Örneğin herkesi kendi dediklerine getireceklerinden kuşku duymadıklarını düşünebilirsin. Bizim atadığımız yargıçları daha sonra bir bir uzaklaştırarak ne kötü bir seçim yaptığımızı kanıtlamak istemiş de olabilirler. Daha pek çok varsayım üretebiliriz. Senin bir varsayımın yok mu?"

Sabri Serin içini çekti, şaşkınlığı hep sürer gibiydi.

"Sanırım, bu kadarı yeter, efendim," diye yanıtladı.

İnci kapıyı vurarak odaya girdi.

"Efendim, özür dilerim, İstanbul bölgesinin yeni atanmış yargıçlarından olduğunu söyleyen bir bayan üç kezdir sizi arıyor, size çok önemli bir bilgi verecekmiş," dedi.

"Adını söyledi mi peki?"

"Söyledi, efendim: Zeynep Bulak."

Sabri Serin elindeki dizelgeye baktı.

"Evet, baştan beşinci," dedi. "Tanırım, çok iyi yargıçtır."

Can Tezcan heyecanlandı birden, ama belli etmemeye çalıştı.

"Peki, bağla, kızım," dedi, sonra, telefondaki ses "Efendim, biz İstanbul bölgesinden yirmi üç arkadaş..." diye başlayınca, telefonun üzerindeki küçücük bir sarı düğmeye basarak öbür uçta konuşanın söylediklerini yardımcısının da işitmesini sağladı.

Böylece, Sabri Serin, başkanıyla aynı zamanda, İstanbul bölgesine atanan yetmiş dolayında yargıçtan yirmi üçünün TTHO'da yargıç olarak çalışmamaya karar verdiğini, öbür bölgelerde de onları izleyenler olacağını öğrendi. Can Tezcan yargının dürüst ellerde kalabilmesi için kararlarını yeniden gözden geçirmelerini önerince de Zeynep Bulak kararlarının değişmeyeceğini, ayrıca, birkaç gün içinde, sayılarının daha da artabileceğini söyledi. Yirmi dakika sonra İzmir'den, kırk beş dakika sonra Ankara'dan gelen telefonlar da onun söylediklerini doğruladı. Can Tezcan'la Sabri Serin buna sevinmek mi, yoksa üzülmek gerektiği konusunda bir karara varamadılar. Çok da tartışmadılar ayrıca. Can Tezcan kalktı, en az çeyrek saat süresince, bir aşağı bir yukarı dolaştı odasında. Sonra gelip Sabri Serin'in önüne dikildi.

"İşte bir kez daha gördük: anamalcıların bunca çabalarına, yozlaşmanın insanlık değerlerini bunca yıldır kemirmesine karşın, adalet duygusu kaldırılamıyor ortadan, ne kadar bastırılırsa bastırılsın, bir yerlerden fışkırıveriyor. Bizim yargıçlar bir kez daha kanıtladılar bunu; dolgun bir aylıkla gül gibi geçinmek varken, doğruluk uğrunda aç kalmayı göze aldılar," dedi.

Sabri Serin eski bir konuşmayı anımsadı.

"Ama oranları *fifty fifty*'nin altında, efendim," dedi.

Can Tezcan sarsılmış gibi görünmedi

"Olabilir, ama bu da bir yaşam belirtisi: dürüstlüğün tümden yok olmadığını, çıkarcılığın tüm bireyleri tutsak edemeyişinin kanıtı," diye sürdü.

Gittikçe coşuyordu, ama İnci gene kapıyı vurmadan odaya daldı.

"Başbakan telefonda, efendim," dedi.

Can Tezcan konuşup konuşmamakta bir an duraladı, sonra, telefonu açarken, tüm odada işitilmesini sağlayacak düğmeye de bastı.

"Buyurun, sayın başbakanım," dedi.

Öbür uçtan önce uzun bir kahkaha, sonra Mevlüt Doğan'ın hiç sıtma görmemiş sesi geldi: "Buyurunmuş! Senin gibi bir adama buyursak ne yazar sanki!" diyordu. "Ne istediysek, 'Olmaz!' diye kesip attın her zaman. Bu yüzden de sana yok pahasına verdiğimiz o güzel kuruluşu pisi pisine kaçırdın elinden. Hayır, Can aga, hiçbir şey istemiyorum senden. Ama ben birine 'Seni sevdim', dediysem, gerçekten sevmişimdir. Seni de severim, bilirsin. Bu nedenle sana bir 'Geçmiş olsun', demek istedim."

Can Tezcan Sabri Serin'e göz kırptı.

"Sağ olun, sayın başbakanım," dedi.

"Ben hem sağ, hem de sağlamım, Can aga," diye yanıtladı başbakan. "Ama senin birtakım sorunların olursa, çekinmeden söyleyeceksin bana, hemen bulurum çözümünü. Nasıl, rahat mısın?"

Can Tezcan gene Sabri Serin'e göz kırptı.

"Evet, sayın başbakanım, sayenizde rahata kavuştum," diye yanıtladı.

Telefonun öbür ucundan bir kahkaha daha geldi.

"Ya, gördün mü, Mevlüt Doğan nasıl rahat ettirtirmiş adamı!" dedi öbür uçtaki ses.

"Gördüm, sayın başbakanım."

"Çok güzel! Gene de bir kusurumuz olduysa, hoş gör, Can aga. Biliyorsun, benim adım Mevlüt Doğan, parolam da 'önce vatan'! Bunu sen de görmüş oldun."

"Hem de nasıl! Sizi kutlarım, sayın başbakanım."

"Çok güzel! Bir kusurumuz olduysa, bağışla."

"Estağfurullah, sayın başbakanım."

"Ama şu dediğimi unutma: ne zaman benden bir istediğin olursa, çekinmeden ara hemen. Özel numarayı biliyorsun."

"Biliyorum, sayın başbakanım."

"Ararsın yani?"

"Ararım, sayın başbakanım."

"Peki, hazır birbirimizi bulmuşken, söyle hemen: benden bir istediğin yok mu?"

"Hayır, yok, sayın başbakanım."

"Biraz düşün."

"Düşünmeme gerek yok, sayın başbakanım."

"Var olmasına var, ama söylemeyi gururuna yediremiyorsun. Ama benim adım Mevlüt Doğan, ben..."

Mevlüt Doğan birden sustu. Can Tezcan, elinde telefon,

sözün gerisini bekledi. En az bir dakika sonra, Mevlüt Doğan'ın kahkahası geldi, arkasından da sözleri:

"Senin çok isteyip de söyleyemediklerini ben yaptım bile: savunduğun şu patronların tümünün ipini koyvermesini söyledim senin ardılına," dedi. "Kendileri de, adamları da, bir hafta sonra tümden özgür, tek sorunları milyarlarını yitirmiş olmaları, bu kadarı da olur artık. "

Can Tezcan kendini tutamadı.

"Ama bu büyük bir haksızlık, sayın başbakanım: adamlar yasadışı hiçbir şey yapmamışlardı," dedi.

"Olabilir, ama burunlarından kıl aldırmaz olmuşlardı," dedi Mevlüt Doğan, gene sustu bir süre. Sonra "Sana bir armağanım daha var: senin adamını da bıraktık," diye ekledi.

"Hangi adamımı?" diye sordu Can Tezcan.

Mevlüt Doğan bir kahkaha daha attı.

"Hangi adamını olacak? Şu katrilyoner soyadlıyı, senin evinde yakaladığımız yazar bozuntusunu," dedi.

Can Tezcan'ın gözleri sevinçle parladı.

"Sağ olun, sayın başbakanım, buna gerçekten sevindim," dedi.

Telefonun öbür ucundan bir kahkaha daha yükseldi. Sonra Mevlüt Doğan gene konuştu.

"Bizim görevimiz dostlarımızı sevindirmektir, Can aga; hadi, öpüldün," diyordu.

Can Tezcan'la Sabri Serin hiçbir şey söylemeden birbirlerine baktılar bir süre, sonra Can Tezcan Sabri Serin'in yüzünün sapsarı olduğunu ayrımsadı.

"Ne oldu sana böyle?" dedi.

"Sakın, bu bir tuzak olmasın, efendim?" diye sordu Sabri Serin. "Rıza beyi sizin evde bir kez daha yakalamak gibi..."

"Hayır, sanmam, artık bundan kazanacakları hiçbir şey yok," dedi Can Tezcan. "Rıza'nın da şu sıralarda bizim eve uğrayacağını hiç sanmam."

"Öyleyse derdi ne bu adamın?" dedi Sabri Serin. "Hem size yapmadığını bırakmıyor, hem de kendince dostluk göstermeye çalışıyor. Bir çelişki değil mi bu? Sizinle alay mı ediyor? Yoksa gizli bir amacı mı var?"

Can Tezcan bir süre düşündü.

"Bunu anlamak o kadar da zor değil, Sabri'ciğim," dedi.

"Hiç de zor değil, çünkü Anadolu kasabaları böyle delikanlılarla dolu. Birtakım kalıp görüşleri gerçek bellemiş yarı cahil adamlarla. Benliklerinin derinlerinde' az da olsa bir arılık kalmıştır. Arada bir kendiliğinden ortaya çıkar."

"Ama burada bir başbakan söz konusu, efendim."

"Ben bunda şaşılacak bir şey görmüyorum, Sabri'ciğim. Bizim Mevlüt efendiden on kat daha akıllılar açlıktan sürünürken, onun başbakan olması bir rastlantıdır yalnızca. Anamal bu toplumda herkesi dilediği biçimde kullanabileceğinden kuşku duymadığından, seçimlerinde ince eleyip sık dokuma çabasına girmez pek. Öyle bir döneme geldik ki isterse seçimi gereksiz kılacak yolu da bulur. Kim olursa olsun, gelmesine izin verir. Nasıl olsa, bu düzen erki ele geçirenleri istediği biçimde yönlendirecek, sapmaya kalkanları da eleyecektir, kendiliğinden. 2073 yılındayız, anamalcılığın bayağı uzun bir tarihi var artık."

"Ben gene de çelişkinin bu kadarını anlamakta zorlanıyorum, efendim."

"Soruna salt mantık açısından bakarsan, anlamakta zorlanırsın elbette. Bugün toplumlara egemen olan anamalcılığın kendisi mantıksal değil. Şu korkunç eşitsizlikleri, şu büyük zenginlikleri ve şu yılkı adamlarını düşün. Toplumlarda mantık egemen olsaydı, insanlık toplumsal düzenlerin en aykırısına tutsak mı olurdu? İnsanlar gönüllü olarak bu yıkılası düzeni savunmaya kalkarlar mıydı?"

Sabri Serin başını önüne eğip düşündü bir süre.

"Efendim, tutumunuzu kusurlu bulmak gibi olmasın, ama tekil bir örneği koca bir dizgeyle, bunca yıllık bir yönetim yapısıyla açıklamak biraz aşırı olmuyor mu?" diye sordu.

Can Tezcan gülümsedi.

"Belki de haklısın," dedi. "Ama yargıçlar konusunda da söylemiştim: sonradan çok değişseler de insan doğasından her zaman bir şeyler kalıyor geride, kötüde iyi bir şeyler, iyide kötü bir şeyler. Hiçbir şey bekleyemeyeceklerimiz belki hiç yok, belki de çok küçük bir azınlık her şeye karşın, anamal 2073'te bile tüketemedi insanı. Hâlâ yaşayabilmemizi buna borçluyuz."

"Şu son günlerde yaşayıp gördüklerimizden sonra, bu denli iyimser olabilmeniz hayranlık verici, efendim."

Can Tezcan bir süre düşündü.

"Kendimde de aynı çelişkiyi görüyorum da ondan belki," diye yanıtladı. "Benim dürüstlüğüm konusunda kuşkuya düştüğün olmaz mı bazı bazı?"

Sabri Serin başını önüne eğdi.

"Kimi çelişkilerinizden rahatsızlık duyduğum çok olmuştur, efendim," dedi. "Örneğin şu yargıyı özelleştirme tutkunuzu hiçbir zaman gönülden benimseyemedim, kimi kez bir çocukluk, kimi kez alaylı bir meydan okuma gibi geldi bana. Hiçbir zaman kişiliğinize ve geçmişinize yakıştıramadım, ama dürüstlüğünüzden, daha doğrusu içtenliğinizden hiçbir zaman kuşku duymadım."

"Ama, bir başka açıdan bakılınca, bu çelişkiler bir yerde dürüstlükten kopmanın bir belirtisi de sayılabilir belki. Ne olursa olsun, hangi biçimde olursa olsun kenter düzenine katıldığın, onun bir parçası olduğun andan sonra, salt dürüstlük yalnızca bir yanılsamadır, sevgili dostum. Bu arada, en yakın arkadaşının babasını öldürenler arasında yer alabilir ve bundan fazla bir utanç da duymayabilirsin."

"Siz Hikmet hocanın arkadaşınızın babası olduğunu bilmiyordunuz, efendim."

Can Tezcan içini çekti, gözlerini yere dikti.

"Ama insan olduğunu, tutumunda yüzde yüz haklı olduğunu, bir insanlık değerini savunduğunu biliyordum," dedi. Hiç kımıldamadan ayaklarının ucuna baktı bir süre, sonra gene içini çekti. "Çok tuhaf," diye söylendi, "Hikmet babanın ölümüne şu an üzüldüğüm kadar üzülmemiştim hiç."

"Anlıyorum, efendim," dedi Sabri Serin: "Çelişkiyi aşamıyoruz."

Can Tezcan bir yerlerine bir sancı saplanmış gibi yüzünü buruşturdu.

"Bizi bu düzen, bu kenter düzeni çelişkin kılıyor, Sabri'ciğim," diye yanıtladı. "Karl Marx kenter düşünürlerin yanlışının kenter insanın tüm toplumların temeli olduğunu sanmaları, insanın artık kenter olmadığı bir toplum tasarlayamamaları olduğunu söylüyordu. Bu konuda da haklıydı yüzde yüz. Ama gırtlağımıza kadar çelişki ortamına gömülmüş olunca, bu düzen hep böyle sürecekmiş, kurtuluş yokmuş gibi geliyor, en azından bizim için. Sen de böyle düşünmüyor musun?"

"Bilemiyorum, efendim," dedi Sabri Serin. "Bu düzenin içinde doğduk, onun bir parçasıyız. Onunla savaşmak kendi kendimizle savaşmak oluyor bir bakıma. Bu da neye yarıyor ki?"

"Bilemiyorum, daha az kötüye ulaşmaya, en azından kendi sınırlarımız içinde," dedi Can Tezcan. "Şu ülkede Mevlüt Doğan'dan çok daha kötülerini de gördük."

"Evet, gördük, efendim, ama, kenterliğin değişik basamakları bulunduğunu varsayarsak, bence bu adam en iğrençlerinden."

"Bir bakıma, evet, ama insansı bir yanı da yok değil, yüzde yüz kenter olamıyor, bir yirminci yüzyıl kenteri."

"Evet, tıplı İvan Karamazof'un tanımladığı gibi, hem çok sıkı bir budala, hem dört dörtlük bir üç kâğıtçı. Tek farkı başbakanlığa kadar yükselmiş bir Smerdiakof olması."

"Onun yaptıklarını çok soğuk bir biçimde yapan, hiçbir zaman dönüp geriye bakmayan bir yirmi birinci yüzyıl kenterini mi yeğlerdin?"

"Evet, efendim, hiç değilse kararsızlığa düşmezdim o zaman, şaşırtıdan uzak olurdum."

"Yani daha bir rahat ederdin o zaman, düzenin tutarlılığına ve değişmezliğine inanırdın, tıpkı Marx'ın kenter düşünürleri gibi. Ama yaşamında şaşırtı diye bir şey olmazdı."

"Şimdi de yok, efendim, ama çelişki de yok."

"Ne olursa olsun, çelişkinin ve rastlantısallığın varlığı umudu sıfıra indirmiyor."

Sabri Serin bu tartışmanın hiçbir yere götürmeyeceğini düşündü.

"Rıza beyin özgürlüğe kavuşması sizi bayağı iyimser yaptı, efendim," dedi.

Can Tezcan bir kahkaha attı.

"Haklısın," diye yanıtladı. "Rıza'nın varlığı bile umutlu kılar insanı. O benim insanlardan ve toplumlardan umut kesmememi sağlamıştır hep."

Can Tezcan insanlardan ve toplumlardan umudunu kesmiyordu, ama yargı el değiştireli beri Tezcan Hukuk Kurumu sözcüğün tam anlamıyla sinek avlamakta, çalışanların aylıkları ve günlük harcamalar eski birikimlerden karşılanmaktaydı. Bu duruma en çok üzülen de Sabri Serin'di. "Temel beyden bile en ufak ses yok. Ne olacak bunun sonu?" deyip duruyordu.

"Dur bakalım, hele şu *Özgürlük Anıtı*'mız açılsın: bakarsın, uğurlu gelir, ülkeye özgürlük ve bolluk, bize de iş getirir," dedi Can Tezcan.

Sabri Serin umutsuzca başını salladı.

"Biteceği yok ki, efendim," dedi. "Üzerinde ışıklı rakamlarla bitişine kaç dakika kaldığı gösteriliyor, ama hâlâ dörtlü rakamlar söz konusu."

Can Tezcan güldü.

"Dakika söz konusu olduğuna göre, açılış çok yakın demektir. Ayrıca, geçen gün çağrı gelmişti bana; dur bakalım," dedi Can Tezcan, masasının üstündeki kâğıtlar arasından bir zarf çıkarıp açtı, "17 kasım 2073, yarın değil öbür gün, saat 16.30'da," diye ekledi.

Sabri Serin şaşırdı.

"Demek o kadar yakın!" diye söylendi. "Ama bu açılışın bize olumlu bir şeyler getirmesi çok kuşkulu."

Can Tezcan yapmacık bir biçimde kaşlarını çattı.

"Bunu nerden çıkarıyorsun?" dedi. "Bence tam tersi söz konusu."

"Siz bunu nerden çıkarıyorsunuz, efendim?" diye sordu Sabri Serin.

Can Tezcan gene güldü.

"Nerden olacak? Niyorklu'nun dostluğundan," dedi Can Tezcan. "Biliyorsun, bu ülkenin en güçlü adamlarından biri şimdi. O elimizden tuttu mu bize karada ölüm yok demektir."

Sabri Serin içini çekti.

"Anladım, şaka ediyorsunuz, efendim," dedi. "Temel bey zamanının çoğunu bizim buralarda geçirirdi eskiden; burada olmayınca da ikide bir telefon ederdi; şimdi hiç uğramaz oldu. Geçen gün İnci'ye sordum, şu son günlerde bir telefon bile etmemiş."

Can Tezcan'ın gene kaşlarını çatarak "Olabilir, ama Temel bey bizim..." diye söze başladığı sırada, İnci, kapıyı bile vurmadan, alı al, moru mor, odaya girdi.

"Temel bey hemen sizinle görüşmek istiyor, efendim," dedi.

Can Tezcan gülümsedi.

"Buyursun," dedi, sonra Sabri Serin'e döndü, "İyi adam sözünün üstüne gelir," diye ekledi.

Daha o tümcesini bitirmeden, Temel Diker odadaydı.

Can Tezcan dostunun yüzünü görünce donup kaldı: anlatılmaz bir korku anlatımı yerleşmişti yüzüne. Elini tuttu.

"Temel'ciğim, ne bu surat?" diye sordu. "*Özgürlük Anıtı*'nda bir sorun mu çıktı?"

Temel Diker her zaman oturduğu koltuğa bıraktı kendini, gözleri yerde, soluk soluğa, ter içinde, hiçbir şey söylemeden, öylece kaldı bir süre.

"Temel'ciğim, söylesene, ne oldu sana?" diye üsteledi, sorusunu birkaç kez daha yineledi, İnci'den su istedi.

Temel Diker ağır ağır içti suyunu, bir süre daha soludu, Can Tezcan bir hekim çağırmaktan söz etmeye başladıktan sonra konuşabildi ancak.

"Haberler... haberler çok kötü," diye kekelemeye başladı. "Düşünülmesi bile korkunç, olmayacak gibi bir şey... Seni bu kadar sevdiğimi bilmezdim, bilmiyormuşum... Gerçekten çok korkunç. Ama araştırdım, soruşturdum, en sağlam kaynaklardan. Kesinlikle doğru."

Can Tezcan, şaşkınlık içinde, bir Sabri Serin'e, bir Temel Diker'e bakıyor, dostunun bağıntısız sözlerinden bir şeyler çıkarmaya çalışıyor, çıkaramıyordu.

"Peki, ne haberiymiş bu? Kime, nasıl, neden doğrulattırdın?" diye üsteledi.

Temel Diker bir bardak su daha içti.

"Seni bu kadar sevdiğimi bilmezdim," diye mırıldandı, "Hayır, usumdan bile geçirmezdim."

"Orasını anladık," dedi Can Tezcan. "Biz eski dostlarız, elbette seveceğiz birbirimizi, sen şu korkunç haberi anlat bize."

"Evet, tamam, Mevlüt..." diye kekeledi Temel Diker.

"Mevlüt denen o pezevenk... seni içeri attırtmak istiyor, öldürtmesi bile olanaklı, ikisi arasında kararsız. Sabri de var defterde, bildiğin her şeyi o da biliyor diye."

Can Tezcan sararıverdi birden.

"İyi de neden içeri attırtmak ya da öldürtmek istesin ki beni? Sonra... sonra sen nerden biliyorsun bütün bunları?" diye sordu. "Kendisi mi söyledi?"

"Kendisi söyler mi hiç? Dostluğumuzu bilmez mi?"

"O zaman?"

"Cahit Güven aradı beni, gizlice görüştük."

"Cahit Güven, şu bizim Varol'u içeri atan, şimdi de benim yerime geçen adam! Neden bana değil de sana anlatmış ki bu masalı?"

Temel Diker bir bardak su daha içti, şimdi her dakika biraz daha yatışır gibiydi.

"Bir başka konu için aradığında görüşmek istememişsin adamla, en azından kendisi böyle söyledi. Telefona çıkmamışsın, sekreterine de görüşmek istemediğini söyletmişsin."

"Evet, doğru."

"O zaman bana geldi adam. Her şeyi anlattı. Takımının ileri gelenleriyle birlikte içeri alınmanı istiyormuş herif. Tüm hazırlıkları yapmasını ve bu işi bir gün içinde, *Anıt*'ın açılış gününde başlatıp bitirmesini istiyormuş."

"Neden açılış gününde?"

"O gün herkesin gözleri anıtta olacağı, hiç kimse anıttan başka bir şeyle ilgilenmeyeceği için. En azından adam böyle söyledi. Gene o gün bir delinin saldırısına uğraman da olanaklıymış. 'Herifi erken içeri alırsan, canını kurtarmış olursun,' demiş Cahit beye. Cahit bey senin o salak yazar arkadaşının bir arkadaşını, solcu diye bilinen serseriyi bu işe hazırlamakta olmasından da kuşkulanıyor. Yöntemde karar

271

vermemiş anlaşılan. Ama herifi kampa aldırtmış, burası nerdeyse kesin."

Can Tezcan Niyorklu'nun anlattıklarından pek de etkilenmiş gibi görünmüyor, arada gülümsediği ya da Sabri Serin'e göz kırptığı bile oluyordu.

"Demek kampa aldırtmış herifi!" dedi. "Sen de bunları duyunca çılgına döndün, hemen koşup bana geldin, öyle mi? Çılgınlar gibi."

Temel Diker bu alaylı soru karşısında sinirlendi.

"İnan bana, şakanın sırası değil," dedi. "Şaşırdım elbette, hem de çok şaşırdım; ama Cahit beyi dinlerken, sana geldiğim zamanki gibi değildim. Herhangi bir olayı konuşuyorduk sanki, konuştuklarımıza kendimiz de inanmıyor gibiydik. Sonra, ayrılırken, adam 'Hemen iletin bunu Can beye, ama telefonla, aracı maracıyla değil, kendiniz iletin, çok önemli, zaman çok az, hemen önlemini alsın,' dedi. Ben de 'Tamam, şurada atılacak birkaç imza var, onları atıp giderim,' dedim. Doğrusunu istersen, pek de inanamıyordum anlattıklarına. Sonra, adam gidince, birden seni bir sedyenin üstünde, çırılçıplak, ellerin göğsünde kavuşmuş, ayakların ak bir iple başparmaklarından birbirine bağlanmış gördüm, bayıldım bayılacaktım, birden seni ne kadar sevdiğimi anladım. Her işi bırakıp buraya koştum."

Can Tezcan uzun uzun güldü.

"Sen delinin tekisin," dedi. "O hıyar işletmiş seni. Ben başbakanla bilemedin bir saat önce konuştum. Sen de biliyorsun herhalde, adam sık sık arıyor beni. Alışveriş başka, dostluk başka."

Temel Diker bir su daha içti, sonra derin derin soludu.

"Cahit bey onu da söyledi," dedi, "Elinden kaçmanı, hesabını kesin bir biçimde görünceye kadar, kendi durumunu tehlikeye düşürecek bir davranışta bulunmanı önlemek için yapıyormuş bunu. Cahit bey adamın bu yönü konusunda çok şey biliyor. Başkalarına da çok göstermiş bu yalancı dostluğu, saati gelince de yumruğu vurmuş. Cahit bey ciğerinin içini biliyor herifin."

"Sırf beni hoşnut etmek için Rıza'yı da bıraktırttığını

söyledi," diye bastırdı Can Tezcan. "Bu da senin soytarının palavra attığını gösteriyor. Ayrıca, düşünüyorum da... hep aşağılık işler yapmış, bunca suçsuzu içeri kapatmış, hep iktidarlara uşaklık etmiş olan bu herif... Evet, bu herif neden şimdi beni korumaya çalışsın ki?"

Temel Diker gözlerini ayaklarının ucuna dikip düşündü bir süre.

"Çalışıyor işte, sana saygısı var, hayran olduğu bir yasa adamını haksız yere içeri attırtmak zorunda kalması durumunda aynaya bakamayacağını söylüyor."

Can Tezcan omuz silkti.

"Bugüne kadar nasıl bakmış ki aynalara? Anlamıyorum," dedi.

Temel Diker yanıt ararken, Sabri Serin ilk kez söze karıştı.

"Ben anlıyorum, efendim," dedi. "Şimdi adını unuttum, gençliğimde bir kitap okumuştum, çok güzel bir kitap, sanırım, bir Fransız'ındı. Kişi dayanır, katlanır, boyun eğer, eğer, eğer, sonra öyle bir noktaya gelir ki daha fazlasına katlanamaz artık, boyun eğmeyecektir, durur o noktada, başkaldırır, böyle bir şeydi, Cahit beyin durumu da bu olmalı. Hayranlık duyduğu bir yargı adamını haksız olarak tutuklatmayı alçalışın son noktası, sınırların en aşılmazı olarak görüyor, direnmek istiyor olabilir."

"Yani sen o herifin buna bir dürüstlük, bir namus sorunu olarak baktığını mı söylemek istiyorsun?" dedi Can Tezcan.

"Hayır, dürüstlük ya da namus sorunu değil, efendim," dedi Sabri Serin, "Çok daha derinlerde gelişen bir şey, bir insanlık sorunu, Hamlet'in *to be or not to be*'si gibi."

Temel Diker kalkıp Sabri Serin'i öptü.

"Sabri bey, sen çok akıllı adamsın," dedi. "Bu heriften ayrılacak olursan, dosdoğru bana gel; bende bu heriften aldığının en az dört katını alırsın."

Can Tezcan başı önünde düşünüyordu.

"Anladık, herif bir çizgiye gelip durmuş diyorsunuz; ama, ikide bir aradığına, Rıza'yı da bıraktırdığına göre, Mevlüt Doğan da o dediğiniz çizgiye gelmiş olamaz mı?"

Bu kez de Temel Diker attı kahkahayı.

"Sana telefon edip hatırını sorarken, arkadaşının ipini koyverdiğini söylerken, Cahit Güven'i senin yerine atayan Mevlüt Doğan mı?" dedi.

Can Tezcan'ın yanıt vermesine zaman kalmadan, bir kez daha Sabri Serin söze karıştı.

"İvan Karamazof'un Smerdiakof'a söylediğini düşünün, efendim," dedi: "Bana öyle geliyor ki sen çok hem sıkı bir salak... hem dört dörtlük bir üç kâğıtçısın."

Can Tezcan birden sararır gibi oldu.

"İyi de bunun bizim şu konuştuğumuz konuyla ilgisi ne?" diye sordu.

"Bence çok ilgili, efendim," diye bastırdı Sabri Serin: "Mevlüt Doğan hem sıkı bir salak, hem de dört dörtlük bir üç kâğıtçı olarak yapıyor yaptıklarını, kimi zaman üç kâğıtçı, kimi zaman salak olarak. Yargıcın durumu farklı."

Temel Diker koltuğunu avukatının koltuğuna yaklaştırdı, elini omzuna bastırdı.

"Dostum, bugün sana ne oldu, anlayamıyorum," dedi. "Bu herifin bunca oy almasının baş nedeni dürüst bir politikacı olarak tanınması. Gazeteler sürekli eleştiriyorlar, ama dürüstlüğünden ve her şeyi halk için yaptığından bir an bile kuşku duymadıklarını eklemeyi de unutmuyorlar hiçbir zaman. Bu ününde en ufak bir çatlak bir daha belini doğrultamayacak biçimde yıkabilir onu. Böyle bir duruma düşmemek için her şeyi göze almış, bugün senin için tasarladıklarını yarın da benim için tasarlayabilir; namuslu görünmek uğruna her namussuzluğu yapabilir. Yapıyor da. İşin doğrusunu istersen, ben Mevlüt'ün oyuncağı Cahit'i Mevlüt'ün kendisine on kez yeğ tutarım."

Can Tezcan hep önüne bakıyordu, bayağı korkuyordu şimdi.

"İyi de benim ona ne kötülüğüm dokunabilir ki?" dedi. "İmzaladığı kâğıdın nasıl bir kâğıt olduğunu biliyorsunuz. Hiçbir kanıt yok elimde."

Temel Diker bayağı kızmaya başlıyordu.

"Dostum, beni tereciye tere satma durumuna düşürme

şimdi!" diye gürledi. "Her şey kanıt olabilir, kasana yazılı girip de boş çıkan kâğıt da bir kanıt olabilir. Kanıt araman gerekmez ayrıca. Birkaç demeç vermen yeter. Senin gibi bir adamın sözleri kanıtlanamasa da etkiler insanları. Herifi açıktan açığa suçlaman da gerekmez ayrıca."

"O zaman benden önce seni içeri attırtması gerekmez mi?"

"Benim durumum seninkiyle bir değil."

"Neden değil?"

"Şimdilik bana herhangi bir zararı dokunmadı, bir; onun benimle, benim onunla işim bitmedi, iki. Biz birlikte çok iyi götürüyoruz işleri. Sen oyunbozanlık ettin, doğruluk, dürüstlük numaraları çektin herife. O da sana yapacağını yaptı, arkasını da getirmek üzere. Öyleyse, korkulu düş görmektense..."

Sabri Serin bu düşü çoktan görmeye başlamıştı, göğsünde korkunç bir daralma, bir Can Tezcan'a, bir Temel Diker'e bakıyordu.

"Peki, şimdi ne yapmak gerekiyor, efendim?" diye sordu.

"Tek bir yol var, o da tüymek; bu herif ülkenin yakasından düşünceye kadar da dönmemek," dedi Temel Diker, derin bir soluk aldı, "Sabri'ciğim, söylediğim senin için de geçerli," diye ekledi.

Sabri Serin "Tamam" dercesine başını önüne eğdi. Can Tezcan tüm bu konuşulanlar kendisini hiç mi hiç ilgilendirmiyormuş gibi oturuyordu öyle. Uzun bir sessizlik oldu. Sonra Sabri Serin "Peki, nasıl?" diye sordu.

"Kolay, ben her şeyi düşündüm," dedi Temel Diker. "Bu akşam bana geleceksiniz, Can, Gül, sen, bir de... vazgeçemeyeceğin bir hanım var mı?"

Sabri Serin bir süre düşündü.

"Hayır, yok, efendim," dedi.

"Yani yeni bir yaşamın başında, yeni olanaklara açık kalmak istiyorsun. İnsan böyle akıllı ve yakışıklı olunca..."

"Bu sizin görüşünüz, efendim."

Temel Diker güldü.

"Ben de başkasının görüşü demedim," dedi. "Her neyse, konumuza dönelim dersek, bu gece benim konuğum olacaksınız; sonra, *Özgürlük Anıtı*'nın açılış saatinde, yani tüm İstanbulluların gözünün tek bir noktaya dikildiği bir anda, benim uçakların en hızlısı Diker 33 sizi alıp Fransa'ya, İtalya'ya ya da İsviçre'ye bırakacak, indiğinizde yeriniz hazır olacak, daha sonra da karşılaşacağınız tüm sorunlar dakikasında çözülüverecek. Tamam mı?"

"Tamam, efendim, size ne kadar teşekkür etsek az," dedi Sabri Serin.

Temel Diker Can Tezcan'a döndü.

"Tamam mı?" diye yineledi.

Can Tezcan'dan yanıt gelmedi. Bilincini yitirmiş gibi boş boş bakıyordu öyle. Temel Diker'in içinde bir yerler sızladı.

"Tamam mı, sevgili dostum?"

Bir kez daha, bir kez daha, bir kez daha yineledi sorusunu. En sonunda Can Tezcan başını kaldırdı.

"Sen tamam diyorsan, tamam," diye yanıtladı.

Temel Diker derin bir soluk aldı.

"Oldu o zaman," dedi. "Bu akşam bendesiniz, benim çocuklar mekikle evlerinizden alırlar sizi. Yarın da aşağı yukarı bu saatte..."

Can Tezcan sözünü kesti.

"Peki, adam bunu öğrenirse, senin de canına okumaz mı?" diye sordu.

Temel Diker güldü.

"Benimle çok işi var daha, şimdilik böyle bir şey düşünemez, düşünse de yapamaz," dedi.

"Gökdelen işi mi?" diye sordu Can Tezcan.

"Evet, öyle," dedi Temel Diker. Birden kızardı, bir kararsızlık geçirdi. "Sabri bey gerçekten sağlam adamdır, değil mi?" diye sordu.

"En az senin, benim kadar," dedi Can Tezcan.

Bu arada, Sabri Serin kalkıp kapıya yönelmişti.

"Dur, Sabri bey, gitme, senin de kalmanı istiyorum," diye seslendi Temel Diker. "Görüşlerinden yararlanmak istiyorum."

Can Tezcan'ın da kalmasını söylemesi üzerine, Sabri

Serin dönüp yerine oturdu.

"Onunla başka işlerin de mi var? Yoksa ortak mı oluyorsunuz?" diye sordu Can Tezcan.

Temel Diker nerdeyse sinirlendi.

"Ağzından yel alsın," dedi. "Her şeyi olduğu gibi bırakırım da gene hiç kimseyi ortak etmem işime."

"O zaman ne bağlıyor sizi birbirinize?"

"Ne bağlasın istiyorsun ki? Şu senin TTHO'dan başka ne bağlayabilir beni o herife?"

"Sen TTHO'ya her zaman soğuk baktın, istemeden ortak oldun, istemeden toplantılarına katıldın."

"Doğru, ama sen kurumu yüzüstü bırakıp gittikten sonra..."

"Yeni bir yönetim kurulu oluştu, yeni bir başkan geldi."

"Ama sen çekip gittikten, payını da bana bıraktıktan sonra, kurum hemen hemen benimdi, hem de en sevdiğim, en güvendiğim arkadaşımın yapıtıydı, sorumluluğumu yüklenmek zorunda olduğumu düşündüm."

"Bu da seni Mevlüt Doğan'a biraz daha mı yaklaştırdı?"

Temel Diker önündeki sehpaya bir yumruk indirdi.

"Bırak dalga geçmeyi!" diye bağırdı. "Çok bozuluyordum herife, ama ben işadamıyım, hem arkadaşımın kurduğu, hem en büyük paydaşı olduğum bu kurumun sorumluluğunu yüklenmek zorunda olduğumu gördüm, şunun bunun elinde oyuncak olmaması, özellikle hükümetin etkisinden uzak kalması için ne gerekiyorsa yapmaya karar verdim."

Bir süredir Can Tezcan da, Sabri Serin de nerdeyse soluk bile almadan dinliyorlardı Temel Diker'i, tek bir vurgulamasını bile kaçırmak istemiyorlardı. Gene de Can Tezcan kendini tutamadı.

"Peki, hükümetin etkisinden nasıl uzak tutacaktın kurumu? Başbakanla uzlaşarak mı?" diye sordu.

Temel Diker gene sinirlendi.

"Saçmalama!" dedi. "Ben yalnızca köprüyü geçinceye kadar yararlanmak istiyorum ondan."

Can Tezcan gülümsedi.

"Anladım," dedi, sonra gözlerini eski ortağının gözleri-

277

ne dikti, "Peki, TTHO'yu hükümetin etkisinden uzak tutmak için düşündüğün önlem neydi?" diye sordu.

"Üç şey, senin hep karşı çıktığın üç önlem," dedi Temel Diker: "Savcıların da kuruma bağlanması, bir; kurumun uluslararası bir nitelik kazanması, iki; önemli bir Amerikalı paydaşı bulunması, üç."

Can Tezcan gülümsemekten kendini alamadı.

"Bunları sen mi düşündün?" diye sordu.

Temel Diker hiç alınmadı.

"Hayır, ben hukukçu değilim, ama şimdi çok nitelikli ve çok önemli bir danışmanım var, bizim oralı bir Amerikalı, bir hukuk profesörü," dedi.

"Sizin oralı bir Amerikalı! New Yorklu mu?"

"Hayır, Giresunlu."

"Adı ne peki?"

"Sen de tanıyorsun: John Smith."

"Evet, tanıyorum, senin Hikmet babanın oğlu."

"Evet, bizi Hikmet baba kaynaştırdı."

Can Tezcan gene gülümsedi.

"Tanrı dostluğunuzu artırsın," dedi.

"Benim özel danışmanım oldu. Amerikalı ortağı da o buldu. Benzerine az rastlanır bir hukukçu, senin gibi."

"Tanrı dostluğunuzu artırsın," dedi Can Tezcan, sonra kaşlarını çattı, "Peki, Mevlüt Doğan'la yakınlaşmanızın bütün bunlarla ilgisi ne?" diye sordu.

"Ne olacak, değişiklik yasası," dedi Temel Diker. "Savcıların da TTHO'ya bağlanması ve TTHO'nun yabancı paydaşlara açık tutulması konusunda. Çok yakında Büyük Millet Meclisi'ne gelecek."

"Mevlüt aga da yüzdesini alacak."

"Hayır, yalnızca bindesini. Bu binde dolayısıyla da bana katlanacak."

"Çok güzel," dedi Can Tezcan. "Gül, Sabri ve ben de yurtdışında çilemizi çekeceğiz."

Temel Diker kaşlarını çattı.

"Böyle saçmalayıp da sinirimi bozma," dedi. "Yasa değişikliği çıktıktan ve yargı tümüyle bize geçtikten sonra, eli

kolu bağlanmış olacak, üç ay sonraki genel seçimde de tepe-
taklak gidecek. Yani çok yakında döneceksiniz."

"Bunu John Smith mi söylüyor?"

"Hayır, ben söylüyorum," dedi Temel Diker, ayağa kalk-
tı. "Bu akşam yemekte o da olacak," diye ekledi, Can Tez-
can'la Sabri Serin'le el sıkışıp çıktı, ama birkaç saniye son-
ra geri döndü.

"Az kaldı söylemeyi unutuyordum," dedi: "Yarın *Özgür-
lük Anıtı*'yla aynı saniyede C- 310 da bitiyor. İkinizin de dai-
releriniz hazır; memlekete geri döndüğünüzde orada otura-
caksınız."

XIV

O akşam, Temel Diker'in çok süslü ve çok renkli salo-
nunda, Gül Tezcan, Can Tezcan ve Sabri Serin konuşmak-
tan çok susmayı yeğler görünüyor, Temel Diker'le John
Smith de ister istemez onlara uyuyorlardı. Biri bir görüş
açıklamak ya da bir olay anlatmak istedi mi daha söze baş-
lar başlamaz kısa kesmek zorunda olduğunu anlıyordu. Öte-
kiler dinlemek ya da dinler görünmekle yetiniyor, bir görüş
belirtmeleri ya da bir soru sormaları kaçınılmaz olunca da
olabildiğince kısa konuşuyor, sorulara tek sözcüklük ya-
nıtlar veriyorlardı. Aralarına gecenin onuna doğru katılan
Temel Diker önce buna çok şaşmış göründü, "Şu işe bak!
Ülkemizin en iyi üç avukatı ve Amerika Birleşik Devletleri'
nin en ünlü hukukçularından biri yeteneğini yitirmiş bu ak-
şam!" diye güldü. Dostlarından hiçbir tepki gelmeyince,
"Ne bu, yahu, sizin diliniz yalnız yargıç karşısında mı açı-
lır?" diye üsteledi. Gene yanıt gelmeyince, o da konukları
gibi suskunluğu seçti.

İşin ilginç yanı, sofraya ancak on buçuktan sonra otur-
muş olmalarına karşın, yemekte de aynı tutumluluğu sür-
dürdüler. Temel Diker'in İtalyan aşçısının özenle hazırladığı
ve başka akşamlarda her birinden en az bir kez daha aldık-
ları yemeklerden bir kaşıktan fazlasını almıyor, bunların da
nerdeyse yarısını tabakta bırakıyorlardı. Çok yemesine kar-
şın hiç kilo almamasıyla ünlü Sabri Serin de tıpkı ötekiler
gibi davranıyordu o gece, en sevdiği yemekleri bile geri çe-
virdiği oluyordu. Geri çevrilmeyen bir şey varsa, o da şarap-
tı. İçlerinden birinin küçük bir yanlışlığıyla bozulabilecek
bir ortak etkinliğe katılır gibi, hiç kimsenin önermesine ge-

rek kalmadan, elleri, eşit aralıklarla ve düzenli bir biçimde, önlerindeki şarap kadehine gidiyor, arada bir sırayı bozdukları olsa bile, nerdeyse beşi de aynı zamanda, nerdeyse aynı oranda şarabı yudumluyorlardı. Hiçbirinden ses çıkmaması durumunda, bu işlem hep böyle sürecekti sanki. Ama uykusuzluktan ayakta zor duran bir garsonun birkaç tabağı yere düşüreceği ve Temel Diker'in saate bakacağı tuttu.

"Allah Allah, saat üç olmuş!" dedi. "Konyağa geçmenin zamanı gelmiş de geçiyor bile."

Gül Tezcan kararlı bir biçimde ayağa kalktı o zaman.

"Konyak monyak yok; hemen uyumak gerek: yarın büyük bir gün," dedi.

"Yarın"ı büyük bir gün yapan eşi ve Sabri Serin'le birlikte ülkeden kaçacak olması mıydı, yoksa Temel Diker'in büyük düşü *Özgürlük Anıtı*'nın açılacak olması mı, yoksa her ikisi birden mi, bu konuda hiçbir ipucu vermedi. Ancak, her zaman olduğu gibi, Sabri Serin ayrımları belirleyip önemliyi önemsizden ayırmakta gecikmedi.

"Yalnızca büyük bir gün değil, tarihsel bir gün, efendim: Amerika Birleşik Devletleri'nden sonra Türkiye Cumhuriyeti'nde de bir *Özgürlük Anıtı* açılıyor, hem de ondan üç kat daha büyük olarak ve çok daha güzel bir yüzle. Temel beyi ne kadar kutlasak az," dedi. Şöyle bir bakındı: Temel Diker bir "İyi geceler" bile demeden yatak odasına gitmişti. "Yarın o da tarihsel bir kişi olacak, annesiyle birlikte," diye ekledi.

Ertesi gün, 17 kasım 2073'te, Temel Diker tarihsel bir kişi oldu mu, olmadı mı? Kararı tarih vereceğine göre, belli değildi daha. Ama yaşamının en mutlu günlerinden birini yaşadığı kesindi: bir oraya, bir buraya koşuyor, bir onunla, bir bununla konuşuyor, her şeyin tam istediği gibi olduğunu saptadıkça mutluluktan uçacak gibi oluyordu. Görünüşe bakılırsa, herkes mutluydu o gün, herkes olağandışı bir gün yaşadığının ayrımındaydı. Nerdeyse tüm İstanbullular, hatta adı kendisinden önce ünlenen söylensel heykelin tarihsel açılışında hazır bulunmak umuduyla ülkenin öteki kentlerinden kalkıp gelmiş varlıklı yurttaşlar her yanı doldurmuşlardı. Gerek Avrupa, gerek Anadolu yakasında, anıtın görülebildiği her yerde, özellikle de gökdelen pencerelerinde, insanlar, bir elde dürbün, bir elde bayrak, gözlerini sürekli olarak yeşilden kırmızıya, kırmızıdan aka ya da sarıya, sarıdan maviye dönüşen bir ışıkla kuşatılarak gizlenmiş büyük başyapıtın en sonunda görünür olacağı saniyeyi bekliyorlardı. Kazaları önlemek düşüncesiyle, sırtı kalın kenterlerin tepesini attırmak pahasına, İstanbul'un üzerinde mekikle dolaşmak kesinlikle yasaklanmıştı. Ancak, böyle bir günde tören alanına ulaşmak nerdeyse olanaksız olduğundan, dört ayrı yerde konuşlanmış özel uçaklar çağrılıları alıp Sarayburnu' na getiriyor, bir zamanların İtalyan subayları gibi abartmalı üniformalar giymiş görevliler de kendilerini önceden belirlenmiş yerlerine götürüyorlardı. Bir başbakan Mevlüt Doğan uymadı bu kurala: korumalarının çokluğu nedeniyle ötekilerden dört kat daha büyük bir uçakla geldi. Uçaktan inen bu dev yapılı adamlara karada beklemekte olanların da katılmasıyla, sağı, solu, önü, arkası öyle bir sarıldı ki ne kendisini onlardan başkalarının görmesine olanak vardı, ne kendisinin onlardan başkalarını görmesine. Ancak, iki yanında korumalarının, ortasında kendisinin yürüdüğü, kırmızı bir halıyla kaplı bir ince yol bir buçuk dakika içinde Temel Diker'in hazırolda beklediği noktaya getirdi onu. O da Temel Diker'in boynuna sarıldı hemen.

"Evet, Temel aga, ne zaman açıyoruz şu senin heykeli?" diye sordu.

"Biter bitmez, efendim, çok az bir süre kaldı," dedi Temel Diker.

Mevlüt Doğan gülmekle kızmak arasında bocaladı.

"Biter bitmez mi? Bu da ne demek oluyor? Daha bitmedi mi ki?" diye sordu.

"Bitmedi, efendim."

"Yani şurada oturup senin uşakların anıtı bitirmelerini mi bekleyeceğim?"

"Adamlar bitirmeyecek, efendim; anıtımız kendi işini kendi yapıyor," dedi Temel Diker, karşıda kocaman bir yeşil rakamı gösterdi eliyle. "İşini bitirmesine kaç dakika kaldığını da tam karşınızda yazıyor," diye ekledi.

Mevlüt Doğan başını kaldırıp karşıdaki mavi ışık kitlesinin üzerinde yeşil yeşil ışıldayan kocaman bir 7 rakamını gördü, bir an sonra da mavi kitle mora dönüşürken 7'nin yerini aynı renkte bir 6'nın aldığını.

"Yani altı dakika sonra anıt bitmiş olacak mı diyorsun, Temel aga?" diye sordu.

Temel Diker mutlulukla gülümsedi, cebinden çakmak büyüklüğünde bir mavi aygıt çıkararak Mevlüt Doğan'a gösterdi.

"Beş dakika sonra yapacağınız on dakikalık konuşmanın başında anıtımız bitmiş olacak, konuşmanızın sonunda şu uzaktan kumanda titremeye başlayacak, siz de onu cebinizden çıkararak *Özgürlük Anıtı*'nı açıyorum, Türkiye ve tüm dünya için hayırlı olsun!' deyip şu yeşil düğmeye basacaksınız. O zaman anıtı saran ışıklı kitle yukarıya doğru yükselmeye başlayacak ve anıt aşağıdan yukarıya doğru yavaş yavaş ortaya çıkacak," dedi, küçük mavi nesneyi uzatırken, bu tür küçük aygıtlarla başı hiç hoş olmayan başbakanın elinin titrediğini gördü, "Her şey yolunda gidecek, efendim, göreceksiniz," dedi; sonra gözlerini ışıktan rakama dikti. Tam birin yerini sıfırın aldığı anda, "Buyurun, sayın başbakanım, şu sarı düğmeye basın ve konuşmanıza başlayın," dedi.

Mevlüt Doğan'ın elinin titremesi daha da arttı.

"Burada mı? Kürsü mürsü yok mu?" diye kekeledi.

Temel Diker gülümsedi.

"Siz sarı düğmeye basın, gökyüzü kürsünüz olacak," dedi.

Mevlüt Doğan'ın elindeki titreme tüm bedenini sardı, gene de sarı düğmeye basmayı başardı, basar basmaz da görüntüsü anıtı sarmalamakta olan kırmızı ışık kitlesinin sağında ve en az elli kez büyütülmüş olarak tam karşısında belirdi. Aynı anda, yalnız tören alanında değil, nerdeyse tüm kentte benzerine hiçbir zaman, hiçbir yerde rastlanmamış bir alkış koptu. Mevlüt Doğan bir an bayılacak gibi olduysa da kendini toplamayı başardı: küçük aygıtı sol cebine koyarken, sağ cebinden de konuşmasının yazılı olduğu kâğıdı çıkardı, "İyi ki şu Niyorklu'nun sözünü dinledim de

konuşmamı yazılı hazırladım, yoksa tek sözcük çıkmayabi-
lirdi ağzımdan," diye geçirdi içinden; karşısında, belki alt-
mış, yetmiş metre ötesinde kendisine öykünmekte olan dev
başbakanın da içinden aynı şeyleri geçirdiğini sezinler gibi
oldu. Sonra konuşmasını okumaya başladı.

Hiç beklemediği bir durumla karşılaştığından mı, dev
görüntüsü karşısında kendini fazla küçük bulduğundan mı,
alışkanlığının tersine, söylevini kâğıttan okuduğundan mı,
bilinmez, sık sık tekledi, kimi sözcükleri de anlaşılmadı.
Bununla birlikte, "Amerika Birleşik Devletleri'nin kurulu-
şuna denk gelen 1783 yılı insanlık tarihinin bir numaralı,
yani en büyük miladıdır," dediği, hemen arkasından da
"New York'ta *Özgürlük Anıtı*'nın, yani *Statue of Liberty*'nin
açılışına denk gelen 18 ekim 1886'ysa, tarihin en büyük
ikinci miladı olmuştur," diye eklediği zaman, korkunç bir
alkış koptu ve en az iki dakika sürdü. Hemen arkasından,
Özgürlük Anıtı'nın, yani *Statue of Liberty*'nin en yüksek
noktasının denizden tam 93 metre yukarıda bulunduğunu
ve döneminin bir sanat ve teknik harikası olduğunu söyle-
yince, daha da coşkulu bir alkış yükseldi. Töreni televizyon-
dan izleyen Can Tezcan Sabri Serin'in kulağına eğildi, "He-
rif kitleleri coşturmasını iyi biliyor, çünkü her tümcesine bir
rakam sıkıştırıyor," diye fısıldadı. "Ta geçen yüzyılın ortala-
rından beri esinini en büyük dostu Amerika Birleşik Devlet-
leri'nden alan Türkiye Cumhuriyeti'nin tıpkı ulusu ve ülke-
si gibi gene Amerika Birleşik Devletleri'nden esinlenen ve
aynı zamanda ülkesinin en başarılı ve en sadık oğullarından
ve Tanrı'nın en sevgili kullarından biri olan çok büyük bir
zenginimiz, yani İstanbullular olarak hepimizin tanıdığı sa-
yın Temel Diker, uzun ve yorucu çabalar ve insan imgelemi-
ni aşan masraflar sonunda bir bakıma kendi yapıtı olan gök-
delenler kenti İstanbul'umuzu ikinci bir *Statue of Liberty*'
ye kavuşturarak bir ilke imza atmıştır. Evet, bir ilke imza at-
mıştır diyorum, çünkü az sonra göreceğiniz Türk *Statue of
Liberty*'sinin yüksekliği 279 metredir, yani Amerikalıların
Özgürlük Anıtı'ndan üç kat daha yüksek ve daha büyüktür,
yani bu kez boynuz kulağı geçmiştir!" deyince, insanlar al-

kışlarla yetinemediler artık, var güçleriyle "Yaşa!" diye bağırıp ıslık çalmaya, "Temel bey buraya! Temel bey buraya!" diye bağırmaya başladılar, Mevlüt Doğan Temel Diker'in elini tutup havaya kaldırıncaya ve bu görüntü kat kat büyütülmüş olarak anıtı kuşatan renkli ışık kitlesinin sağına yansıyıncaya kadar da susmadılar. Ancak başbakan coşkun kitlenin soluklanmasına bile zaman kalmadan, konuşmasına yazılı olmayan bir parça ekleyerek "Büyük vatan ve millet şairi Fuzuli efendi

Yüksel ki yerin bu yer değildir,
Dünyaya geliş hüner değildir

buyurmuştu, sayın kardeşimiz Temel Diker ozanımızın bu vasiyetini yerine getirdi, sevgili arkadaşlarım!" deyince, yer yerinden oynadı. Ama Mevlüt Doğan'ın başı dönmeye başlamıştı, sanki kendisinden elli kat daha büyük görüntüsünde rahat edemiyordu. Kâğıdını cebine koydu, "bizlere büyük ozanın vasiyetinin yerine getirildiğini görmenin gururunu yaşatan Temel kardeşimizin atmış olduğu bu adımı, daha doğrusu açmış bulunduğu bu yolu örnek alarak kendi *Statue of Liberty*'lerini dikmelerinin Amerika Birleşik Devletleri' nin çevresinde kenetlenerek yurtta ve dünyada barışı egemen kılmaları yolunda büyük bir işlevi gerçekleştireceğini ve herkesin er ya da geç bir gökdelen dairesi ve bir mekiği olacağını" muştuladı ve ışık kitlesinin üzerinde 1'in yerini 0' ın aldığı anda küçük mavi aygıtı cebinden çıkardı, üzerinde ışıldayan küçücük yeşil yuvarlağa parmağını basıverdi.

Aynı anda, dünyanın en büyük *Özgürlük Anıtı*'nı tüm gözlerden gizleyen ışık kitlesi önce gökkuşağının renklerine büründü, sonra yükselmeye başladı. Böylece, insanlar birdenbire üzerlerine çöken som sessizlik içinde ve kendilerine çok hızlı gibi gelen bir ağırlıkla, ama üç kat büyümüş olarak, önce Bartholdi'nin heykelinin ayaklığını, sonra, aynı ağırlıkla ve aynı sessizlik içinde, Bartholdi'nin anasının ayaklarını, sonra eteğini, sonra gövdesini, sonra omzunu gördüler, sonra, Bartholdi'nin anasının omuzlarının üstünde, Nokta hanımın yüzü belirince, derin bir uğultu yükseldi, yalnızca törene gelenlerin değil, tüm kentin insanlarının gırtlaklarından gelen bir uğultu. Sonra, bir an içinde, gene som bir sessizlik çöktü dört bir yana: Nokta hanımın yüzü öylesine güzel, öylesine arı, öylesine benzersiz, öylesine doğal ve öylesine canlıydı ki her an uçup gidebilir ve yerinde Bartholdi'nin anasının yüzü kalabilirmiş gibi bir izlenim uyandırıyordu insanlarda, onda tüm düşlenmişlerin, tüm bulunmuşların ve tüm yitirilmişlerin yüzünü görmüş gibi, nerdeyse soluk bile almadan bakıyorlardı. Böylece, başbakandan sonra konuşan Amerika Birleşik Devletleri büyükelçisinin söylediklerinden de, Amerika Birleşik Devletleri büyükelçisinden sonra konuşan İstanbul valisinin söylediklerinden de, İstanbul valisinden sonra konuşan Temel Diker'in söylediklerinden de tek bir sözcük kalmadı belleklerinde. Tören sona erdiğinde, yerlerinden kalkmayı uslarından bile geçirmiyor, Nokta hanımın uçup gitmemiş olmasını bir tansık olarak görüyor, silinmediği sürece de bakmak istiyorlardı.

Temel Diker'in uçaklarının en hızlısı Diker 33 üç yolcusu, bir pilotu ve iki yardımcısıyla bu sırada kanatlarını açıp yükselmeye başladı. Hemen arkasından da pilot "Ben kaptanınız Demir Pamuk..." diye söze başlayarak Floransa'ya yapacakları yolculuğa ilişkin açıklamalara girişti. Ama Can Tezcan önündeki düğmeye basarak sözünü kesti.

"Kaptanım, bu konularla hiç kendini yorma, yalnız şunu söyle bize: İtalya'ya yönelmeden önce, İstanbul'un üzerinde şöyle bir tur atabilir miyiz?" dedi.

Kaptan Pamuk duralamadı bile.

"Atabiliriz, efendim, bir değil, üç tur da atabiliriz," diye yanıtladı.

"Tehlikeli olmaz mı?" dedi Can Tezcan.

"Hayır, olmaz, efendim," dedi kaptan Pamuk. "Diker 33 bugün İstanbul üstünde uçma izni bulunan üç beş uçaktan biri. Ayrıca, sizi bizim kaçırdığımız konusunda hiçbir kuşku uyanmaması için uçağımızın bir İtalyan'a satış işlemlerini başlattık. Ben de bu nedenle üç gün sonra yeni bir uçakla döneceğim İstanbul'a."

"Senin patron hiç söz etmemişti bana bundan."

"Olayı gözünüzde büyütmeyesiniz diyedir, efendim."

"Peki, üç turumuzu atalım o zaman."

"Baş üstüne, efendim. Olabildiğince de alçaktan uçalım."

"Anıtı görmeden de gitmeyelim."

"Tamam, efendim, önce anıtı görelim."

Önce anıtı gördüler.

Yolcuların üçü de aynı anda bir hayranlık çığlığı kopardı.

Can Tezcan'ın gözlerinde birer damla yaş belirdi.

"Tıpkı fotoğraftaki gibi, ama şimdi yaşıyor sanki," diye söylendi.

"Evet, yaşıyor, ama bu kentte çok yalnız kalacak," dedi Gül Tezcan.

"Bir yalnızlık anıtı," dedi Sabri Serin.

Can Tezcan içini çekti.

"Hep gizlemek istersin ya sen çok duygusal bir herifsin," dedi, sonra düğmeye bastı.

"Kaptanım, göreceğimizi gördük, yolumuza gidelim artık," dedi.

Aynı anda Sabri Serin bir çığlık daha kopardı.

"Efendim, şuraya bakın!" diye bağırdı.

Can Tezcan yardımcısının parmağıyla gösterdiği yöne baktı: doğuda, sonu görünmeyen bir insan seli kente doğru akmaktaydı. "Olamaz, hayır, olamaz: bu kadar insan!" diye kekeledi, kaptana biraz alçalmasını söyledi. Bayağı alçaldıkları bir sırada, Sabri Serin bir kez daha bağırdı:

"Bir de şuraya bakın, efendim!"

Can Tezcan gösterilen yöne baktı: bir başka insan seli de güneyden geliyor, şimdi uçaktan da işitilen eskil mi eskil bir uğultu içinde kente doğru akıyordu.

"Yılkı adamları," diye söylendi Sabri Serin. "Bunlar yılkı adamları, efendim."

Can Tezcan Rıza Koç'un eski bir sözünü anımsadı.

"Evet, sanki dünya yeniden kendisi oluyor," diye söylendi, bir an düşündü, sonra, bir kez daha ve kararlı bir biçimde, yeşil düğmeye bastı.

"Kaptanım, biz Floransa'dan vazgeçtik, evimize dönelim!" dedi.

TAHSİN YÜCEL
Peygamberin Son Beş Günü

Peygamber'in Son Beş Günü, sürekli bir bölünmenin öyküsü. Devrimci ozan Rahmi Sönmez, takma adıyla Peygamber, bir kış akşamı, İstanbul'un Taksim alanında, arkasından kimsenin gelmediğini bile bile, en önden gidiyormuş gibi bir duygu içinde yürür. Bu yürüyüş bir bakıma onun bütün yaşamını özetler. Hep en önde olduğunu, hep ileriye doğru gittiğini sanırken, yaşamın dışına sürüklenir, gerisinde kalır. Hep çevresindekilerle kaynaşmak istemiş, ama onlar kendisini şu ya da bu biçimde yarı yolda bırakmışlardır. Gerçek devrimci ozanlar arasına katılmasını sağlayacak tabutluklar düşleyip durmuş, ama evinde bir tür tutuklu yaşamı sürdürmüştür. Bir yarı bilinç içinde geçen son beş gününde ise, düşlerini gerçekleştirdiğini sanır, ama yalnızca yıkılışlarını yaşar. Böylece, gülünç ile acıklının iç içe girdiği bir döngü içinde, sürekli bir bölünme olur yaşamı.

TAHSİN YÜCEL
Bıyık Söylencesi

Bıyık Söylencesi'nin en önemli kişisi, yıllar boyu bir kasabanın durgun yaşamını renklendiren, olağanüstü bir bıyık. Kasabalılar geçmişlerinin ve geleceklerinin parlak simgesi olarak görürler onu; her gün bakımını yapan berber kendi yapıtı olarak değerlendirir; genç kızlar geceleri uçarak dolaştığına, bu arada sık sık kendi yataklarına uğradığına inanırlar; türküsünü çıkarmaya çalışan ozan sürekli elinden kaçırır onu. Bıyığı taşıyan kişiye gelince, yavaş yavaş onun bir uzantısı durumuna gelir, altında silinir, onun göstergelik ettiği şeyi, erkekliği bile yitirir neredeyse, gene de her şeyden üstün tutar onu. Tek bir

kişi direnir bu zorlu bıyık karşısında: bıyığı taşıyan kişinin karısı. Onun da bıyık yolundan döndürmeye gücü yetmez. İşte *Bıyık Söylencesi*'nin öyküsü, ama okudukça göreceksiniz, *Peygamberin Son Beş Günü* gibi *Bıyık Söylencesi* de öyküsüne indirgenebilecek romanlardan değil.

TAHSİN YÜCEL
Vatandaş

Kimileri ilk olmayı sever. Tahsin Yücel'se, en güzel kitaplarından biri olan *Vatandaş*'ı Dostoyevski'nin *Yeraltından Notlar*'ı, Camus'nün *Düşüş*'ü, Sait Faik'in *Haritada Bir Nokta*'sı gibi yapıtların yönünde bir anlatı olarak niteliyor. Ona göre, bu yapıtların en belirgin özelliği, aynı zamanda hem bir öykü, hem de dünya ve insan üstüne bir söylem olmalarıdır. Belki de bu yüzden, *Vatandaş*'ın oluşumu kırk yılı aşkın bir süreye yayılmış; 1954'te, kısacık bir öykü olarak doğmuş; 1964'te, bir başka dille (Fransızca'da) daha uzun ve daha derli toplu bir öykü olmuş; 1975'te, roman diye de nitelenebilecek bir anlatıya dönüşmüş; şimdi, 1996'da, birtakım değişikliklerle yeniden karşımıza çıkıyor. Bu son biçimiyle daha bir akıcı ve daha bir yoğun. Öte yandan, ülkemizde ideolojilerin, politikanın ve basının geldiği nokta göz önüne alınınca, 1954'ün gençlik yapıtı, günümüzde çarpıcı bir gerçeklik ve geçerlilik kazanıyor.

TAHSİN YÜCEL
Aykırı Öyküler

"*Tahsin Yücel*'in *Aykırı Öyküler* adlı hikâye kitabında o çok sevdiğim Gogol mizahını bol bol bulmak mümkün. Toplumsal yapımızdaki yozlaşmayı, "belirli bir dönemeci döndükten sonra, gittikçe ağırlaşan, güçsüzleşen, çirkinleşen, sevişmeden karın doyurmaya dek her şeye yabancılaşan, doğadan, doğanın gücünden, doğanın güzelliğinden dışlanan" bireylere veren bu hikâyeler, son yıllarda okuduğum en güzel hikâyeler. *Aykırı Öyküler*, son yıllarda oldukça yakından izlediğim hikâyeciliğimizde çok özel bir yeri olan, nefis bir hikâye kitabı. İlk bakışta okunması zor bir kitap gibi görünüyor; ama bir başlayınca, o dil ve zekâ şöleni, o akıl almaz imgelem gücü, o "humour", insanı öyle bir sürüklüyor ki, kitabı bitirmeden elinizden bırakamıyorsunuz."

FETHİ NACİ

TAHSİN YÜCEL
Yalan

Gülünç ile acıklının iç içe geçtiği anlatımıyla, yaşadığımız dönemin çelişkilerine tanıklık eden ilginç kişileriyle *Yalan*, günümüz toplumunun hastalıklı yanlarından birine parmak basıyor. Romanın odak kişisi, şaşırtıcı bilgisini ansiklopedilere ve olağanüstü belleğine borçlu olan, yapayalnız, silik, beceriksiz, ama benzerine güç rastlanır bir adam: Yusuf Aksu. Saçma bir aşk yüzünden on yedi yaşında kendini öldüren bir sınıf arkadaşının anısı, Yusuf'un yaşamına bambaşka bir yön verir. Arkadaşının kuramı kendisine mal edilince de çok geniş bir hayran kitlesinin gözdesi olur. Çevresinin kendisine dayattığı kimliği üstlenir. Ancak mutsuz bir aşkın ardından, yalnızca yanıldığını görmekle kalmaz, başta kendi kimliği olmak üzere, her şeyin yalan üzerine kurulduğunu anlar. Edebiyat dünyamızda büyük ses getiren *Peygamberin Son Beş Günü* adlı romanından tam on yıl sonra usta yazar Tahsin Yücel, çağımızda toplumsal bir alışkanlığa dönüşen, ama evrensel boyutlara uzanan *Yalan*'ı ele alıyor. İzdüşümlerini pek çok kesimde bulabileceğimiz, aynalarda yansımışçasına çoğaltabileceğimiz *Yalan*, çok katmanlı, derinlikli bir roman.

TAHSİN YÜCEL
Komşular

Tahsin Yücel'i, öyküleri, romanları, denemeleri, inceleme ve araştırma yazılarıyla tanıyorsunuz. *Komşular* adlı kitabında son öykülerini bir araya getirdi. Kitaba adını veren öyküde, apartman komşusu olan bir karı-kocanın kavgasına tanık olan Albay Atmaca'nın, kavgadan nefret etmesine karşın kendini nasıl da bu kavgaya kaptırdığını, hatta taraf olduğunu, kavganın dayanılmaz çekiciliğine kapılıp neredeyse o karı-kocanın seslerini bekler olduğunu Tahsin Yücel büyük bir ustalıkla işlemiş. Gerek *Komşular* öyküsü, gerekse öteki dört öykü, Tahsin Yücel'in olgunlaşmış öykücülüğünün nefis örnekleri.

TAHSİN YÜCEL
Ben ve Öteki

Ben ve Öteki'nin ilk öykülerini yazmaya giriştiğimde, üç öykü kitabı, bir de roman yayımlamıştım; ama, nice yıldır, benim için gerçek yazarlık serüveninin bu kitapla başladığını düşünürüm. Onu öncekilerden ayıran özellikler, örneğin: öykülerin değişmez anlatıcısını bütünleyen değişmez gözlemci, gözlemciyi yönlendiren bireysel açılmalar, nerdeyse kesintisiz bir sorgulama biçiminde gelişen anlatım ve kurgu, önceden kararlaştırılmış öğeler değildi; bunlar, şöyle bir sezinlenmiş çocukluk evrenini, yani ötegeçeyi ve söylensel kişilerini yeniden kurmaya çalışırken, yolculuk sırasında oluşturmak zorunda kaldığım araçlardı. Bu bakımdan, *Ben ve Öteki* benim için bir okul oldu: anlatı kişilerinin, zamanın, uzamın, kurgunun ve biçemin mantığını her şeyden çok onu yazarken kavradım. Yazınsal değerine gelince, bu konuda söz söylemek bana düşmez. Ama, öyle sanıyorum ki, Oğuz Demiralp'in "Buplamak"ından Rafael Carpintero Ortega'nın Madrid Üniversitesi'nde verdiği doktora tezine kadar, bu kitap ve öyküleri üzerine yazılmış bunca inceleme ve eleştirinin niteliği en azından, kendisini getiren serüvenin üzerinde durulmaya değer bir süreç olduğunu gösteriyor.

TAHSİN YÜCEL

TAHSİN YÜCEL
Yapısalcılık

İlk baskısı 1982 yılında yapılan *Yapısalcılık*, edebiyat meraklılarıyla araştırmacıların büyük ilgisiyle karşılanmıştı. Konu üzerinde yeterli yayının ülkemizde hâlâ olmadığı düşünülürse, Tahsin Yücel'in bu değerli çalışmasının önemi daha iyi anlaşılacaktır. Yapısalcılığın büyük öncülerinden Lèvi-Strauss, Jacobson, Benveniste, Gremas'tan *Genel Dilbilim Dersleri*'nin efsanevi yazarı dilbilimci Ferdinand de Saussure'a, konuya katkıda bulunmuş düşünürlerin görüşlerini tartışan Tahsin Yücel, *Yapısalcılık*'la Türk okurunu yazınsal metinlerin arka planlarını keşfe çağırmış, yüzyılımızın bu önemli düşünce akımını da duyurmak istemişti.

TAHSİN YÜCEL
Yazın, Gene Yazın

Tahsin Yücel, *Yalan, Peygamberin Son Beş Günü* gibi yazınsal yapıtlarıyla olduğu kadar deneme ve eleştirileriyle de tanınan çok yönlü bir yazın adamı. Yazdığı deneme ve eleştiriler, Türkiye'de olduğu kadar dünyada da geniş yankılar uyandırdı, edebiyat eğitimcileriyle öğrencilerin başvuru kaynaklarından biri oldu. *Yazın, Gene Yazın*, ilk bakışta birbirinden bağımsız yirmi denemeden oluşan bir derleme gibi görünse de, bunlar bütüncül bir yapıtın bölümleridir. Her biri *yazın* olgusunun belirli bir yönünü irdeleyip aydınlatmayı amaçlar. Böylece, kitabın başından sonuna, biçiminden içeriğine, kurgusundan işlevine, gelişiminden değişimine, yazarından okuruna, tanımından tüketimine, yazın yapıtı ve yazın olgusu sorgulanır; yazına adanmış bir yaşamın damgasını taşıyan özgün, tutarlı, olabildiğince bütüncül yanıtlar getirilir.

TAHSİN YÜCEL
Göstergeler

Tahsin Yücel, edebiyat incelemeleri ve göstergebilim çalışmalarıyla ülkemizde neredeyse tek başına okul olmuş bir isim. Kitabın başlığıysa, Yücel'in başından beri ana uğraş edindiği alana bir selam niteliğinde. Göstergebilim, çağdaş dünyanın metin okuma çabası sayesinde oluşturduğu bir bilim. Yücel, bu kitabında, göstergebilimsel yöntemleri kullanarak, birer gösterge niteliği gösteren popüler kavramları inceliyor. Descartes'ın *düşünüyorum, öyleyse varım* sözünden yola çıkarak, önyargıların düşünce dünyamıza etkilerini, değişim ve dönüşümün zorunluluğunu anlatıyor. Popüler kültürün araçları tarafından yaşamımıza sokulan sözlerin, nesnelerin ve başka göstergelerin çözümlemesini yapıyor.

TAHSİN YÜCEL
Kumru ile Kumru

Tahsin Yücel, yeni romanı *Kumru ile Kumru*'da yine toplumumuzun aslında gözler önünde olan ama kimsenin bir türlü dile getiremediği, yüksek sesle söylemekten herkesin ürktüğü bir sorununu anlatıyor. Yaşamımıza egemen olan eşyanın, yalnızca günlük çalışma biçimimizi değil, aynı zamanda duygularımızı, düşüncelerimizi ve giderek kişiliğimizi de nasıl etkisi altına aldığı, son derece etkileyici ve inandırıcı bir dille anlatılmış *Kumru ile Kumru*'da. Tahsin Yücel bu anlatılması güç konuyu ustalıkla romanlaştırmış; eşya zamanla bize egemen olur. Başka pek çok konuda olduğu gibi eşya tutkusunda da televizyonun belirli bir etkisi vardır. Oysa bir yerde durup kendi kendimize sormamız gerekir: kim kumanda etmekte? Biz mi televizyonu, yoksa televizyon mu bizi?

TAHSİN YÜCEL
Mutfak Çıkmazı

"Hepsi kördü, hepsi suçluydu: zorbaları alkışlayan onlardı, kötüleri el üstünde tutan, göklere çıkaran onlardı; iyileri, zayıfları, iyiliği, zayıflığı sinekler gibi ezen onlardı. Bu dünyayı onlar bu hale getirmişlerdi. Belki de hepsi Emel'di. Hiç değilse Emel'dendi hepsi de, hepsi de Emel'in çirkin bir gölgesiydi."

Her şey bir tutku nesnesi olabilir. Yemek yapmak bile. Ne olursa olsun. *Mutfak Çıkmazı*'nın kahramanı Divitoğlu'nun yaşamını bu tutku altüst eder. Gittikçe zorlaşan yoksul öğrenci yaşamının yükünü hafifletmek için girişir bu işe. Ancak, bir kez başladıktan sonra, birbirinden güzel, birbirinden özgün yemekler yapma tutkusu, öğrenimini de, sevgilisini de, ailesini de, adına yaraşır bir yargıç olma hayalini de unutturuverir, yaşamını benzerine az rastlanır bir tragedyaya dönüştürür. Hepsi bu mu? Hayır. Bu kısa romanı okurken, bir yandan korkunç bir yokluk ve baskı döneminin yansımalarına, bir yandan da genç bir yazarın arayışlarına tanık oluruz. Tahsin Yücel'in yıllar sonra *Vatandaş*'ta, *Peygamberin Son Beş Günü*'nde, *Yalan*'da ve *Kumru ile Kumru*'da da sürecek olan arayışlarına.

Tüm kitaplarımızla ilgili
ayrıntılı bilgi için:
<u>www.canyayinlari.com</u>